Ryan

9

D0373257

Victor Hugo

Le Dernier Jour d'un Condamné

PRÉCÉDÉ DE

Bug-Jargal

Préface, notices et notes
de Roger Borderie

Gallimard

PRÉFACE

« *Nous qui sommes modernes, serons anciens dans quelques siècles* », écrivit *La Bruyère. Voulait-il dire que le temps confère quelque autorité aux choses qui durent ? Ou bien entendait-il que la modernité se périme avec le temps ? Auquel cas nous lui répondrions, avec Stravinski, que « l'œuvre qui a été moderne en son temps, le restera à jamais ». Le temps qui passe et l'œuvre de Hugo n'ont pas fini de donner raison à Stravinski.

Hugo fait parler le néant, le gouffre, l'océan, la misère. Ces choses-là ne se démodent pas. Ce qui sera actuel demain a sa source dans Hugo et attend d'être lu. Pour que l'invention littéraire de Hugo se tarisse aux yeux de ses lecteurs futurs, il faudrait que la mer se dessèche, que les mots de haine et d'amour se vident de leur sens, que l'humanité renonce à ses vertiges. L'œuvre de Hugo est vieille comme le monde et jeune comme lui. Elle porte en elle les germes de son propre avenir. Comment les siècles pourraient-ils la périmer ? Elle se nourrit du temps qui passe et sa modernité réside dans ses inépuisables ressources de renouvellement.

Singulière modernité de Hugo : les deux livres que nous

*donnons ici suffiraient à l'établir. Modernité des
« thèmes » (l'oppression d'une race par une autre race,
quoi de plus actuel? Et la question de la peine de mort
n'est-elle pas plus vivement débattue que jamais?) insépa-
rable de la modernité de l'écriture.*

    *Bug-Jargal est un roman d'aventures visionnaire. Ou,
mieux encore, un roman au sein duquel l'accession à la
vision constitue l'aventure. C'est déjà Hugo qui s'affirme
sous le désir proclamé, en 1816 (mais la citation est d'une
authenticité douteuse), d'être* Chateaubriand ou rien.
*Hugo déjà : dans cet intérêt éprouvé pour l'ampleur
historique d'un sujet, la révolte des noirs de Saint-
Domingue, en 1791, dans laquelle il se plaît à voir une
« lutte de géants, trois mondes intéressés dans la question,
l'Europe et l'Afrique pour combattants, l'Amérique pour
champ de bataille ». Hugo déjà : dans la générosité de
cette prose qui ne regarde pas à la dépense, qui préfère
pécher à tout propos par excès que par défaut, qui n'hésite
pas à s'encombrer d'effets ou d'invraisemblances si cela
peut contribuer à rendre l'horreur plus horrible et la
démonstration plus efficace. Hugo déjà : dans ce souci de
porter l'expression à son degré supérieur même si cela
suppose le recours à des mouvements dramatiques outran-
ciers, impliquant parfois un certain schématisme des
personnages. De la première à la seconde version de* Bug-
Jargal, *nous assistons au reniement d'un certain classi-
cisme, à la naissance littéraire de Hugo. Faisant désormais fi du « goût » passager et des critères étroits de la
raison, le second* Bug-Jargal *se veut baroque, extrava-
gant, parfois confus, partition rutilante et grossie de
modulations inouïes. Oui, déjà ce trait spécifiquement
hugolien, cet appétit d'imperfections essentielles que l'au-*

teur des Travailleurs de la mer *lit dans le monde et qu'il
désigne d'une phrase :* « *Un reste d'angoisse du chaos est
dans la création.* » *Hugo déjà : dans cette fascination
pour les* bavures de l'univers, *à l'origine de la grandiose
impureté de ses écrits. Tout se passe comme si Hugo avait
délibérément travaillé à rendre imparfaite la deuxième
version de* Bug-Jargal. *Les défauts de ce roman foison-
nant sont là comme pour illustrer une théorie qui sera
développée l'année suivante dans la célèbre préface de*
Cromwell : « *Où voit-on médaille qui n'ait son revers ?
talent qui n'apporte son ombre avec sa lumière, sa fumée
avec sa flamme ? Telle tache peut n'être que la conséquence indivisible de telle beauté. Cette touche heurtée, qui
me choque de près, complète l'effet et donne la saillie à
l'ensemble. Effacez l'une, vous effacez l'autre. L'originalité se compose de tout cela. Le génie est nécessairement
inégal. Il n'est pas de hautes montagnes sans profonds
précipices. Comblez la vallée avec le mont, vous n'aurez
plus qu'une steppe, une lande, la plaine des Sablons au
lieu des Alpes, des alouettes et non des aigles.* » *Hugo
déjà : dans ce mépris affiché pour la demi-mesure. En fait
d'Alpes et d'aigles,* Bug-Jargal, *avec son gnome haineux,
ses incendies prodigieux, ses fleurs tropicales et ses
crocodiles, ses combats spectaculaires, ses luttes au bord de
gouffres et ses lourdes ambiguïtés, nous comble, nous
rassasie de couleurs et de bruits.*

*Hugo enfin, dans ce souci de lier sans cesse son sujet et
les moyens d'expression qui le mettent en œuvre. Une des
métaphores les plus constantes chez Hugo concerne le livre,
le livre en général et le livre qu'il est en train d'écrire, en
particulier. On ne compte pas, dans son œuvre, les
comparaisons qu'il établit entre une réalité physique,*

politique, psychologique — et le livre. Il suffit de relire, à
ce propos, les pages saisissantes qu'il consacre à l'idée du
livre-pierre, de la bibliothèque-monument, dans Notre-
Dame de Paris. CECI TUERA CELA, le livre tuera
l'édifice. *Les monuments sont des livres.* « *Il faut relire le*
passé, nous dit-il, sur ces pages de marbre. Il faut admirer
et refeuilleter sans cesse le livre écrit par l'architecture. »
Mais, à leur tour, les livres sont des monuments. Le titre
qu'il a choisi souligne d'ailleurs l'ambivalence. Notre-
Dame de Paris, *c'est la cathédrale et c'est aussi le livre de*
Hugo.

 Dans Bug-Jargal, *on découvrirait un mouvement ana-*
logue. En même temps que Bug-Jargal se bat pour
l'affranchissement des siens, Hugo entend se libérer d'un
autre esclavage, celui des conventions littéraires. On sait
que ce désir d'émancipation le mènera loin. Le petit
bourgeois légitimiste de 1818, qui lutte, jusqu'au désordre
parfois, et comme contre lui-même, pour le droit de
l'imagination à disposer d'elle-même, est en train d'armer
le poète pamphlétaire de Quatre-vingt-treize. *Hugo est*
révolutionnaire et ne le sait pas encore. C'est par l'écriture
qu'il le devient; c'est son écriture même qui le lui révélera.
En défendant, pour le récit, le droit au rêve, Hugo
pressent qu'il sert la cause des peuples opprimés : les livres
sont des actes. Dans le prologue du Dernier Jour d'un
Condamné *il souligne ironiquement la relation entre la*
liberté littéraire et la liberté politique : « *Depuis la prise de*
la Bastille, on peut tout écrire. Les livres font un mal
affreux », *s'écrie, effrayé, le Chevalier, propos que ses*
commensaux reprennent en écho : Mme *de Blinval :* « *Ah !*
les livres ! les livres ! Qui eût dit cela d'un roman ? » *Le*
poète : « *Il est certain que les livres sont bien souvent un*

poison subversif de l'ordre social. » Le Monsieur maigre :
« *Sans compter la langue, que messieurs les romantiques
révolutionnent aussi.* » Il arrive que les lecteurs de Hugo
oublient cela. Les factions répressives du corps social,
elles, ne l'oublient jamais. Retenons ceci : pour Hugo, un
livre sur la révolte doit s'écrire dans une langue révoltée.

Les différences que Hugo a introduites entre son premier
et son second Bug-Jargal *sont significatives et leur étude
n'est pas superflue quant à l'intelligence de toute l'œuvre.
Presque toutes ces différences consistent en additions qui
contribuent à rendre mystérieux le dessein de l'auteur. Il a
intégralement conservé les éléments de sa nouvelle, mais il
a rendu louche ce qui était par trop limpide, il a jeté des
ombres sur la clarté même, il a troublé ses eaux. Ce
repentir en dit long. Il s'agissait pour Hugo de fonder son
premier roman sur ses propres incursions dans l'ambigu, le
terrible, l'inavouable, l'obscur. D'où ces pages riches en
abîmes, fertiles en monstres.* Bug-Jargal : *première explo-
ration hugolienne des couches primordiales de l'être.*

Dans Le Dernier Jour d'un Condamné, *il ıra
beaucoup plus loin encore et c'est dès lors de l'ultra-
modernité de Hugo qu'il conviendrait de parler. La
présence insistante, obsédante de la première personne du
singulier dans ce livre correspond à la naissance littéraire
du* Je. *C'est là le premier grand monologue intérieur de la
littérature moderne. Les précédents invoqués (*René, Le
Voyage autour de ma chambre*) sont des exemples
purement circonstanciels : il s'agit de convaincre un
éditeur qui craint d'effrayer sa clientèle que telle fiction
monstrueuse n'est pas trop neuve. Elle l'est.* René — *son*

prénom le désigne — prend les autres à témoin. Le Condamné (même une majuscule n'y peut rien) parle dans le néant de sa propre voix. Premier discours sans tête, qui ressasse, tout au long du texte, l'idée de la décapitation physique. Premier discours sans fin, puisque le terrible massicot de la guillotine dérobe au narrateur son dernier chapitre. Première biographie envisagée sous l'angle de l'agonie.

Nous avons, depuis Samuel Beckett et Georges Bataille, quelques clefs nouvelles pour lire Le Dernier Jour d'un Condamné. *Le projet de Hugo était apparemment très simple : montrer l'horreur de la peine de mort, et pour cela, imaginer le récit d'un condamné qui sera exécuté dans quelques heures et note ses impressions (l'expression est bien faible) au fur et à mesure que le délai vient à expiration. Mais Je est lui-même le délai, qui expirera. L'horreur de la mort est liée, chez Hugo, à une fascination du néant. Une chose est ce raisonnable projet de livre contre la peine de mort que Hugo emporte dans ses cartons depuis quelques années : autre chose cet irrépressible mouvement qui le pousse à griffonner sur une page, quelques mois avant de se mettre à la rédaction du* Dernier Jour, *ce titre :* L'Amant de la Mort. *Mort dont il rêvera encore en termes de sinistres épousailles :*

« — Mon bon ami, dans six mois cette prison sera beaucoup mieux. »

« Et son geste semblait ajouter :

« — Vous n'en jouirez pas, c'est dommage. »

« Il souriait presque. J'ai cru voir le moment où il allait me railler doucement, comme on plaisante une jeune mariée le soir de ses noces. »

Il y a du Bataille dans ces notations, dans ce titre, dans ce ton.

Aujourd'hui nous savons que Le Dernier Jour *est l'histoire d'un homme sans nom qui écrit parce qu'il ne peut plus parler à personne. Devant l'aumônier, le friauche, le concierge, le gendarme qui défilent dans sa prison, le condamné reste muet. Tout au plus s'autorise-t-il un sarcasme, une allusion que personne ne comprendra (il s'adresse en latin au concierge). Même sa fille, ce qui lui est le plus cher au monde, ne lui est plus accessible par les mots. Chaque bribe de phrase consacre la séparation. Le mariage avec la Veuve commence par un divorce d'avec les autres. Les dernières heures sont celles du discours impossible. Le narrateur joue et perd sans cesse au jeu truqué de la « voix ». Il faut cependant persévérer dans l'impossible. « Si abrégée que soit ma vie, il y aura bien encore dans les angoisses, dans les terreurs, dans les tortures qui la rempliront, de cette heure à la dernière, de quoi user cette plume et tarir cet encrier. » Tel est le sens de ce combat mené par le condamné contre l'ombre qu'il est à lui-même. Ombre d'un langage qui ne lui sert à rien. Son langage ne comble pas le vide qu'il est à lui-même : il n'est plus là que pour être ce vide. Le condamné, dans la proximité de sa mort, découvre ceci : que l'indicible n'est pas ce que l'on ne peut pas dire (car on peut tout dire), mais ce que le « dire » ne peut pas (car le « dire » ne peut rien). Ce combat, c'est celui de l'anonyme singulier s'adressant à l'anonyme pluriel. Je est un autre. Je suis fait des mêmes os, du même sang, de la même boue que l'autre. Je ne sais plus parler. Je :* la prison du condamné est avant tout grammaticale. *D'autres sont venus dans ces murs et ont gravé leurs noms dans la pierre : ils signaient leur silence. Les deux lettres du mot* Je *caviardent toute identité, et l'amant de la mort n'a pas de nom. Si Hugo a laissé en blanc l'*Histoire *du condamné c'est aussi pour que nous puissions substituer à ce vide la vanité de notre propre histoire, le « blanc » essentiel de toute biographie. Je suis n'importe qui. N'avoir pas de nom, les avoir tous : c'est tout un. Murphy, Malone, Molloy...*

La référence à Beckett ne doit pas surprendre. Le condamné n'emploie-t-il pas une formule aux accents étrangement modernes pour définir son propos, dans lequel il voit « le procès-verbal de la pensée agonisante » ? Songeons à ce cul-de-jatte enfermé dans une jarre, réduit à n'être plus qu'un rôle, à n'être plus qu'un râle, long, désespéré, grotesque. Même existence au bord du vide, même expérience de l'être nu, en proie au chevauchement instantané de l'idée et de la réalité de sa mort prochaine : même recours au délire verbal, au langage malade (témoin, ici, le long développement concernant l'argot, cette langue monstre) : même monologue dont le sens est soustrait à l'Autre : même souffle tiède exhalé dans l'humidité froide du cachot ; même exiguïté dérisoire du Temps et du Lieu, une fausse éternité qui coule comme du pus, ce temps qui ne laisse plus le temps d'être autre chose que du Temps. Et toujours la parole, ce discours qui se poursuivra « si j'ai la force de le mener jusqu'au moment où il me sera physiquement *impossible de continuer cette histoire, nécessairement inachevée ». Imaginez-le, prêt à tout, prêt à se vider de tous ses mots, ce narrateur tombe dans le piège d'une éternité tronquée. Je suis à la fois au bout du rouleau et prêt à le dévider comme ça mille ans encore. Qui dit mieux ? Même humour enfin, humour impossible, fait de colère et de honte, de révolte et de désespoir.*

L'huissier interroge le condamné :

« — *Ah! savez-vous la grande nouvelle de Paris, aujourd'hui?*

« — *Je crois la savoir* », *répond le condamné. Ailleurs, il note :* « *C'est une soirée que je me rappellerai toute ma vie.*

« *Toute ma vie!* »

On le harcèle :

« — *A quoi pensez-vous donc?*

« — *Je pense, ai-je répondu, que je ne penserai plus ce soir.* » *Humour tour à tour éperdu et gros de rage étouffée.*

« *C'était mon tour. J'ai monté d'une allure assez ferme.*

« — *Il va bien!* » *a dit une femme à côté des gendarmes.*

« *Cet atroce éloge m'a donné du courage.* [...]

« — *Chapeaux bas! chapeaux bas!* » *criaient mille bouches ensemble. — Comme pour le roi.*

« *Alors j'ai ri horriblement aussi, moi, et j'ai dit au prêtre :*

« — *Eux les chapeaux, moi la tête.* [...] »

« *On louait des tables, des chaises, des échafaudages, des charrettes. Tout pliait de spectateurs. Des marchands de sang humain criaient à tue-tête :*

« — *Qui veut des places?* »

« *Une rage m'a pris contre ce peuple. J'ai eu envie de leur crier :*

« — *Qui veut la mienne?* »

Et encore ceci, fascinant morceau :

« *Un jeune homme, près de la fenêtre, qui écrivait, avec*

un crayon, sur un portefeuille, a demandé à un des guichetiers comment s'appelait ce qu'on faisait là.

« *La toilette du condamné* », *a répondu l'autre.*

« *J'ai compris que cela serait demain dans le journal.*

« *Tout à coup l'un des valets m'a enlevé ma veste, et l'autre a pris mes deux mains qui pendaient, les a ramenées derrière mon dos, et j'ai senti les nœuds d'une corde se rouler lentement autour de mes poignets rapprochés. En même temps, l'autre détachait ma cravate. Ma chemise de batiste, seul lambeau qui me restât du moi d'autrefois, l'a fait en quelque sorte hésiter un moment; puis il s'est mis à couper le col.*

« *A cette précaution horrible, au saisissement de l'acier qui touchait mon cou, mes coudes ont tressailli, et j'ai laissé échapper un rugissement étouffé. La main de l'exécuteur a tremblé*

« — *Monsieur, m'a-t-il dit, pardon! Est-ce que je vous ai fait mal?* »

« *Ces bourreaux sont des hommes très doux.* »

Je ne lis jamais Le Dernier Jour d'un Condamné *sans éprouver une terreur fascinée. Le mufle de la mort promené sur le dos. Je frissonne, éprouvant pour ce bavard qui va bientôt se taire, une sympathie frémissante. Ce bavard, car enfin le condamné ne nous dit rien, tout au long de ce qu'il appelle son* autopsie intellectuelle (*Ah! Flaubert!*), *sinon qu'il va mourir. Je suis à ses côtés pour rêver à une destinée peu glorieuse de l'écrit, lorsqu'il me murmure :* « *A moins qu'après ma mort le vent ne joue dans le préau avec ces morceaux de papier souillés de boue, ou qu'ils n'aillent pourrir à la pluie, collés en étoiles à la vitre cassée d'un guichetier.* » *Le plus inquiétant dans* tout cela, n'est-ce pas que la détresse où il est tombé puisse en fin de compte faire l'objet d'un discours ? A la vérité, il s'est pris au piège des mots, et à un point tel qu'il ne peut plus dénoncer ce piège qu'à l'aide d'autres mots. A présent la machine peut marcher toute seule. Il peut écrire dix pages, vingt pages, comme ça, avec la tête vide et le cœur sec. Il peut tenir. Il a le souffle. Ici, allongé sur le dos, il se peut qu'il n'en finisse plus d'en finir. Mais il se sent capable de parler jusqu'au bout. Il peut commenter sa décrépitude avec un luxe de détails qui fait vraiment de lui un parleur. Il est à la fois Prométhée, le foie, le rocher et l'aigle. Pourquoi ne serait-il pas mon semblable, mon frère ? Ce livre est dédié à tous ceux qui parlent et qui meurent.

Roger Borderie.

Bug-Jargal
version définitive
(première édition : février 1826)

PRÉFACE DE L'ÉDITION ORIGINALE

L'épisode qu'on va lire, et dont le fond est emprunté à la révolte des esclaves de Saint-Domingue en 1791, a un air de circonstance qui eût suffi pour empêcher l'auteur de le publier. Cependant une ébauche de cet opuscule ayant été déjà imprimée et distribuée à un nombre restreint d'exemplaires, en 1820, à une époque où la politique du jour s'occupait fort peu d'Haïti, il est évident que si le sujet qu'il traite a pris depuis un nouveau degré d'intérêt, ce n'est pas la faute de l'auteur. Ce sont les événements qui se sont arrangés pour le livre, et non le livre pour les événements.

Quoi qu'il en soit, l'auteur ne songeait pas à tirer cet ouvrage de l'espèce de demi-jour où il était comme enseveli ; mais, averti qu'un libraire de la capitale se proposait de réimprimer son esquisse anonyme, il a cru devoir prévenir cette réimpression en mettant lui-même au jour son travail revu et en quelque sorte refait, précaution qui épargne un ennui à son amour-propre d'auteur, et au libraire susdit une mauvaise spéculation.

Plusieurs personnes distinguées qui, soit comme colons, soit comme fonctionnaires, ont été mêlées aux troubles de Saint-Domingue, ayant appris la prochaine publication de cet épisode, ont bien voulu communiquer spontanément à l'auteur des matériaux d'autant plus précieux qu'ils sont presque tous inédits. L'auteur leur en témoigne ici sa vive reconnaissance. Ces documents lui ont été singulièrement utiles pour rectifier ce que le récit du capitaine d'Auverney présentait d'incomplet sous le rapport de la couleur locale, et d'incertain relativement à la vérité historique.

Enfin, il doit encore prévenir les lecteurs que l'histoire de *Bug-Jargal* n'est qu'un fragment d'un ouvrage plus étendu, qui devait être composé avec le titre de *Contes sous la tente*. L'auteur suppose que, pendant les guerres de la révolution, plusieurs officiers français conviennent entre eux d'occuper chacun à leur tour la longueur des nuits du bivouac par le récit de quelqu'une de leurs aventures. L'épisode que l'on publie ici faisait partie de cette série de narrations ; il peut en être détaché sans inconvénient ; et d'ailleurs l'ouvrage dont il devait faire partie n'est point fini, ne le sera jamais, et ne vaut pas la peine de l'être.

Janvier 1826.

PRÉFACE DE 1832

En 1818, l'auteur de ce livre avait seize ans : il paria qu'il écrirait un volume en quinze jours. Il fit *Bug-Jargal*. Seize ans, c'est l'âge où l'on parie pour tout et où l'on improvise sur tout.

Ce livre a donc été écrit deux ans avant *Han d'Islande*. Et quoique, sept ans plus tard, en 1825, l'auteur l'ait remanié et récrit en grande partie, il n'en est pas moins, et par le fond et par beaucoup de détails, le premier ouvrage de l'auteur.

Il demande pardon à ses lecteurs de les entretenir de détails si peu importants : mais il a cru que le petit nombre de personnes qui aiment à classer par rang de taille et par ordre de naissance les œuvres d'un poète, si obscur qu'il soit, ne lui sauraient pas mauvais gré de leur donner l'âge de *Bug-Jargal*; et, quant à lui, comme ces voyageurs qui se retournent au milieu de leur chemin et cherchent à découvrir encore dans les plis brumeux de l'horizon le lieu d'où ils sont partis, il a voulu donner ici un souvenir à cette époque de sérénité, d'audace et de confiance, où il abordait de front un si immense sujet, la révolte des noirs de Saint

Domingue en 1791, lutte de géants, trois mondes intéressés dans la question, l'Europe et l'Afrique pour combattants, l'Amérique pour champ de bataille.

24 mars 1832.

Bug-Jargal

I

. . . .
. . . .

Quand vint le tour du capitaine Léopold d'Auverney, il ouvrit de grands yeux et avoua à ces messieurs qu'il ne connaissait réellement aucun événement de sa vie qui méritât de fixer leur attention.

— Mais, capitaine, lui dit le lieutenant Henri, vous avez pourtant, dit-on, voyagé et vu le monde. N'avezvous pas visité les Antilles, l'Afrique et l'Italie, l'Espagne ? Ah ! capitaine, votre chien boiteux !

D'Auverney tressaillit, laissa tomber son cigare, et se retourna brusquement vers l'entrée de la tente, au moment où un chien énorme accourait en boitant vers lui.

Le chien écrasa en passant le cigare du capitaine ; le capitaine n'y fit nulle attention.

Le chien lui lécha les pieds, le flatta avec sa queue, jappa, gambada de son mieux, puis vint se coucher devant lui. Le capitaine, ému, oppressé, le caressait machinalement de la main gauche, en détachant de l'autre la mentonnière de son casque, et répétait de temps en temps : — Te voilà, Rask ! te voilà ! — Enfin il s'écria : — Mais qui donc t'a ramené ?

— Avec votre permission, mon capitaine...

Depuis quelques minutes, le sergent Thadée avait soulevé le rideau de la tente, et se tenait debout, le bras droit enveloppé dans sa redingote, les larmes aux yeux, et contemplant en silence le dénouement de l'odyssée. Il hasarda à la fin ces paroles : *Avec votre permission, mon capitaine...* D'Auverney leva les yeux.

— C'est toi, Thad ; et comment diable as-tu pu ?... Pauvre chien ! je le croyais dans le camp anglais. Où donc l'as-tu trouvé ?

— Dieu merci ! vous m'en voyez, mon capitaine, aussi joyeux que monsieur votre neveu, quand vous lui faisiez décliner *cornu*, la corne ; *cornu*, de la corne...

— Mais dis-moi donc où tu l'as trouvé ?

— Je ne l'ai pas trouvé, mon capitaine, j'ai bien été le chercher.

Le capitaine se leva, et tendit la main au sergent ; mais la main du sergent resta enveloppée dans sa redingote. Le capitaine n'y prit point garde.

— C'est que, voyez-vous, mon capitaine, depuis que ce pauvre Rask s'est perdu, je me suis bien aperçu, avec votre permission, s'il vous plaît, qu'il vous manquait quelque chose. Pour tout vous dire, je crois que le soir où il ne vint pas, comme à l'ordinaire, partager mon pain de munition, peu s'en fallut que le vieux Thad ne se prît à pleurer comme un enfant. Mais non, Dieu merci, je n'ai pleuré que deux fois dans ma vie : la première, quand... le jour où... — Et le sergent regardait son maître avec inquiétude. — La seconde, lorsqu'il prit l'idée à ce drôle de Balthazar, caporal dans la septième demi-brigade, de me faire éplucher une botte d'oignons.

— Il me semble, Thadée, s'écria en riant Henri, que vous ne dites pas à quelle occasion vous pleurâtes pour la première fois.

— C'est sans doute, mon vieux, quand tu reçus l'accolade de La Tour d'Auvergne, premier grenadier de France ? demanda avec affection le capitaine, continuant à caresser le chien.

— Non, mon capitaine ; si le sergent Thadée a pu pleurer, ce n'a pu être, et vous en conviendrez, que le jour où il a crié *feu* sur Bug-Jargal, autrement dit Pierrot.

Un nuage se répandit sur tous les traits de d'Auverney. Il s'approcha vivement du sergent, et voulut lui serrer la main ; mais malgré un tel excès d'honneur, le vieux Thadée la retint sous sa capote.

— Oui, mon capitaine, continua Thadée en reculant de quelques pas, tandis que d'Auverney fixait sur lui des regards pleins d'une expression pénible ; oui, j'ai pleuré cette fois-là ; aussi, vraiment, il le méritait bien ! Il était noir, cela est vrai mais la poudre à canon est noire aussi, et... et...

Le bon sergent aurait bien voulu achever honorablement sa bizarre comparaison. Il y avait peut-être quelque chose dans ce rapprochement qui plaisait à sa pensée ; mais il essaya inutilement de l'exprimer ; et après avoir plusieurs fois attaqué, pour ainsi dire, son idée dans tous les sens, comme un général d'armée qui échoue contre une place forte, il en leva brusquement le siège, et poursuivit sans prendre garde au sourire des jeunes officiers qui l'écoutaient :

— Dites, mon capitaine, vous souvient-il de ce pauvre nègre ; quand il arriva tout essoufflé, à l'instant même où ses dix camarades étaient là ? Vraiment, il avait bien fallu les lier, — C'était moi qui commandais. Et quand il les détacha lui-même pour reprendre leur place, quoiqu'ils ne le voulussent pas. Mais il fut inflexible. Oh ! quel homme ! c'était un vrai Gibraltar. Et puis, dites, mon capitaine ? quand il se tenait là, droit comme s'il allait entrer en danse, et son chien, le même Rask qui est ici, qui comprit ce qu'on allait lui faire, et qui me sauta à la gorge...

— Ordinairement, Thad, interrompit le capitaine, tu ne laissais point passer cet endroit de ton récit sans faire quelques caresses à Rask : vois comme il te regarde.

— Vous avez raison, dit Thadée avec embarras ; il me regarde, ce pauvre Rask : mais... la vieille Malagrida m'a dit que caresser de la main gauche porte malheur.

— Et pourquoi pas la main droite ? demanda d'Auverney avec surprise, et remarquant pour la première fois la main enveloppée dans la redingote, et la pâleur répandue sur le visage de Thad.

Le trouble du sergent parut redoubler.

— Avec votre permission, mon capitaine, c'est que... Vous avez déjà un chien boiteux, je crains que vous ne finissiez par avoir aussi un sergent manchot.

Le capitaine s'élança de son siège.

— Comment ? quoi ? que dis-tu, mon vieux Thadée ? manchot ! — Voyons ton bras. Manchot, grand Dieu !

D'Auverney tremblait : le sergent déroula lentement son manteau, et offrit aux yeux de son chef son bras enveloppé d'un mouchoir ensanglanté.

— Hé ! mon Dieu ! murmura le capitaine en soulevant le linge avec précaution. Mais dis-moi donc, mon ancien ?...

— Oh ! la chose est toute simple. Je vous ai dit que j'avais remarqué votre chagrin depuis que ces maudits Anglais nous avaient enlevé votre beau chien, ce pauvre Rask, le dogue de Bug... Il suffit. Je résolus aujourd'hui de le ramener, dût-il m'en coûter la vie, afin de souper ce soir de bon appétit. C'est pourquoi, après avoir recommandé à Mathelet, votre soldat, de bien brosser votre grand uniforme, parce que c'est demain jour de bataille, je me suis esquivé tout doucement du camp, armé seulement de mon sabre ; et j'ai pris à travers les haies pour être plus tôt au camp des Anglais. Je n'étais pas encore aux premiers retranchements, quand, avec votre permission, mon capitaine, dans un petit bois sur la gauche, j'ai vu un grand attroupement de soldats rouges. Je me suis avancé pour flairer ce que c'était, et, comme ils ne prenaient pas garde à moi, j'ai aperçu au milieu d'eux Rask attaché à un arbre, tandis que deux milords, nus jusqu'ici comme des païens, se donnaient sur les os de grands coups de poing qui faisaient autant de bruit que la grosse caisse d'une demi-brigade. C'étaient deux particuliers anglais, s'il vous plaît, qui se battaient en duel pour votre chien. Mais voilà Rask qui me voit, et qui donne un tel coup de collier que la corde casse, et que le drôle est en un clin d'œil sur mes trousses. Vous pensez bien que toute l'autre bande ne reste pas en arrière. Je m'enfonce dans le bois. Rask

me suit. Plusieurs balles sifflent à mes oreilles, Rask
aboyait ; mais heureusement ils ne pouvaient l'entendre à cause de leurs cris de *French dog ! French dog !*
comme si votre chien n'était pas un beau et bon chien
de Saint-Domingue. N'importe, je traverse le hallier,
et j'étais près d'en sortir quand deux rouges se
présentent devant moi. Mon sabre me débarrasse de
l'un, et m'aurait sans doute délivré de l'autre, si son
pistolet n'eût été chargé à balle. Vous voyez mon bras
droit. — N'importe ! *French dog* lui a sauté au cou,
comme une ancienne connaissance, et je vous réponds
que l'embrassement a été rude... l'Anglais est tombé
étranglé. — Aussi pourquoi ce diable d'homme
s'acharnait-il après moi, comme un pauvre après un
séminariste ! Enfin, Thad est de retour au camp, et
Rask aussi. Mon seul regret, c'est que le Bon Dieu
n'ait pas voulu m'envoyer plutôt cela à la bataille de
demain. — Voilà !

Les traits du vieux sergent s'étaient rembrunis à
l'idée de n'avoir point eu sa blessure dans une bataille.

— Thadée !... cria le capitaine d'un ton irrité. Puis
il ajouta plus doucement : — Comment es-tu fou à ce
point de t'exposer ainsi. — pour un chien ?

— Ce n'était pas pour un chien, mon capitaine,
c'était pour Rask.

Le visage de d'Auverney se radoucit tout à fait. Le
sergent continua :

— Pour Rask, le dogue de Bug...

— Assez ! assez ! mon vieux Thad, cria le capitaine
en mettant la main sur ses yeux. — Allons, ajouta-t-il
après un court silence, appuie-toi sur moi, et viens à
l'ambulance.

Thadée obéit après une résistance respectueuse. Le chien qui, pendant cette scène, avait à moitié rongé de joie la belle peau d'ours de son maître, se leva et les suivit tous deux.

II

Cet épisode avait vivement excité l'attention et la curiosité des joyeux conteurs.

Le capitaine Léopold d'Auverney était un de ces hommes qui, sur quelque échelon que le hasard de la nature et le mouvement de la société les aient placés, inspirent toujours un certain respect mêlé d'intérêt. Il n'avait cependant peut-être rien de frappant au premier abord ; ses manières étaient froides, son regard indifférent. Le soleil des tropiques, en brunissant son visage, ne lui avait point donné cette vivacité de geste et de parole qui s'unit chez les créoles à une nonchalance souvent pleine de grâce. D'Auverney parlait peu, écoutait rarement, et se montrait sans cesse prêt à agir. Toujours le premier à cheval et le dernier sous la tente, il semblait chercher dans les fatigues corporelles une distraction à ses pensées. Ces pensées, qui avaient gravé leur triste sévérité dans les rides précoces de son front, n'étaient pas de celles dont on se débarrasse en les communiquant, ni de celles qui dans une conversation frivole, se mêlent volontiers aux idées d'autrui. Léopold d'Auverney, dont les travaux de guerre ne pouvaient rompre le corps, paraissait éprouver une

fatigue insupportable dans ce que nous appelons les
luttes d'esprit. Il fuyait les discussions comme il
cherchait les batailles. Si quelquefois il se laissait
entraîner à un débat de paroles, il prononçait trois ou
quatre mots pleins de sens et de haute raison, puis, au
moment de convaincre son adversaire, il s'arrêtait tout
court, en disant : *A quoi bon ?* et sortait pour demander au commandant ce qu'on pourrait faire en attendant l'heure de la charge ou de l'assaut.

Ses camarades excusaient ses habitudes froides,
réservées et taciturnes, parce qu'en toute occasion ils
le trouvaient brave, bon et bienveillant. Il avait sauvé
la vie de plusieurs d'entre eux au risque de la sienne,
et l'on savait que s'il ouvrait rarement la bouche, sa
bourse du moins n'était jamais fermée. On l'aimait
dans l'armée, et on lui pardonnait même de se faire en
quelque sorte vénérer.

Cependant il était jeune. On lui eût donné trente
ans, il était loin encore de les avoir. Quoiqu'il
combattît déjà depuis un certain temps dans les rangs
républicains, on ignorait ses aventures. Le seul être
qui, avec Rask, pût lui arracher quelque vive démonstration d'attachement, le bon vieux sergent Thadée,
qui était entré avec lui au corps, et ne le quittait pas,
contait parfois vaguement quelques circonstances de
sa vie. On savait que d'Auverney avait éprouvé de
grands malheurs en Amérique ; que, s'étant marié à
Saint-Domingue, il avait perdu sa femme et toute sa
famille au milieu des massacres qui avaient marqué
l'invasion de la révolution dans cette magnifique
colonie. A cette époque de notre histoire, les infor-
tunes de ce genre étaient si communes, qu'il s'était

formé pour elles une espèce de pitié générale dans laquelle chacun prenait et apportait sa part. On plaignait donc le capitaine d'Auverney, moins pour les pertes qu'il avait souffertes que pour sa manière de les souffrir. C'est qu'en effet, à travers son indifférence glaciale, on voyait quelquefois les tressaillements d'une plaie incurable et intérieure.

Dès qu'une bataille commençait, son front redevenait serein. Il se montrait intrépide dans l'action comme s'il eût cherché à devenir général, et modeste après la victoire comme s'il n'eût voulu être que simple soldat. Ses camarades, en lui voyant ce dédain des honneurs et des grades, ne comprenaient pas pourquoi, avant le combat, il paraissait espérer quelque chose, et ne devinaient point que d'Auverney, de toutes les chances de la guerre, ne désirait que la mort.

Les représentants du peuple en mission à l'armée le nommèrent un jour chef de brigade sur le champ de bataille; il refusa, parce qu'en se séparant de la compagnie il aurait fallu quitter le sergent Thadée. Quelques jours après, il s'offrit pour conduire une expédition hasardeuse, et en revint, contre l'attente générale et contre son espérance. On l'entendit alors regretter le grade qu'il avait refusé : — Car, disait-il, puisque le canon ennemi m'épargne toujours, la guillotine, qui frappe tous ceux qui s'élèvent, aurait peut-être voulu de moi [1].

III

Tel était l'homme sur le compte duquel s'engagea la conversation suivante quand il fut sorti de la tente.

— Je parierais, s'écria le lieutenant Henri en essuyant sa botte rouge, sur laquelle le chien avait laissé en passant une large tache de boue, je parierais que le capitaine ne donnerait pas la patte cassée de son chien pour ces dix paniers de madère que nous entrevîmes l'autre jour dans le grand fourgon du général.

— Chut! chut! dit gaiement l'aide de camp Paschal, ce serait un mauvais marché. Les paniers sont à présent vides, j'en sais quelque chose; et, ajouta-t-il d'un air sérieux, trente bouteilles décachetées ne valent certainement pas, vous en conviendrez, lieutenant, la patte de ce pauvre chien, patte dont on pourrait, après tout, faire une poignée de sonnette.

L'assemblée se mit à rire du ton grave dont l'aide de camp prononçait ces dernières paroles. Le jeune officier des hussards basques, Alfred, qui seul n'avait pas ri, prit un air mécontent.

— Je ne vois pas, messieurs, ce qui peut prêter à la raillerie dans ce qui vient de se passer. Ce chien et ce sergent, que j'ai toujours vus auprès de d'Auverney depuis que je le connais, me semblent plutôt susceptibles de faire naître quelque intérêt. Enfin, cette scène...

Paschal, piqué et du mécontentement d'Alfred et de la bonne humeur des autres, l'interrompit.

— Cette scène est très sentimentale. Comment donc ! un chien retrouvé et un bras cassé !

Capitaine Paschal, vous avez tort, dit Henri en jetant hors de la tente la bouteille qu'il venait de vider, ce Bug, autrement dit Pierrot, pique singulièrement ma curiosité.

Paschal, prêt à se fâcher, s'apaisa en remarquant que son verre, qu'il croyait vide, était plein. D'Auverney rentra ; il alla se rasseoir à sa place sans prononcer une parole. Son air était pensif, mais son visage était plus calme. Il paraissait si préoccupé, qu'il n'entendait rien de ce qui se disait autour de lui. Rask, qui l'avait suivi, se coucha à ses pieds en le regardant d'un air inquiet.

— Votre verre, capitaine d'Auverney. Goûtez de celui-ci.

— Oh ! grâce à Dieu, dit le capitaine, croyant répondre à la question de Paschal, la blessure n'est pas dangereuse, le bras n'est pas cassé.

Le respect involontaire que le capitaine inspirait à tous ses compagnons d'armes contint seul l'éclat de rire prêt à éclore sur les lèvres de Henri.

— Puisque vous n'êtes plus aussi inquiet de Thadée, dit-il, et que nous sommes convenus de raconter chacun une de nos aventures pour abréger cette nuit de bivouac, j'espère, mon cher ami, que vous voudrez bien remplir votre engagement, en nous disant l'histoire de votre chien boiteux et de Bug... je ne sais comment, autrement dit Pierrot, ce vrai Gibraltar !

A cette question, faite d'un ton moitié sérieux,

moitié plaisant, d'Auverney n'aurait rien répondu, si
tous n'eussent joint leurs instances à celles du lieutenant.

Il céda enfin à leurs prières.

— Je vais vous satisfaire, messieurs ; mais n'attendez que le récit d'une anecdote toute simple, dans
laquelle je ne joue qu'un rôle très secondaire. Si
l'attachement qui existe entre Thadée, Rask et moi
vous a fait espérer quelque chose d'extraordinaire, je
vous préviens que vous vous trompez. Je commence.

Alors il se fit un grand silence. Paschal vida d'un
trait sa gourde d'eau-de-vie, et Henri s'enveloppa de la
peau d'ours à demi rongée, pour se garantir du frais de
la nuit, tandis qu'Alfred achevait de fredonner l'air
galicien de *mata-perros*.

D'Auverney resta un moment rêveur, comme pour
rappeler à son souvenir des événements depuis longtemps remplacés par d'autres ; enfin il prit la parole,
lentement, presque à voix basse et avec des pauses
fréquentes.

IV

Quoique né en France, j'ai été envoyé de bonne
heure à Saint-Domingue, chez un de mes oncles,
colon très riche, dont je devais épouser la fille.

Les habitations de mon oncle étaient voisines du
fort Galifet, et ses plantations occupaient la majeure
partie des plaines de l'Acul.

Cette malheureuse position, dont le détail vous semble sans doute offrir peu d'intérêt, a été l'une des premières causes des désastres et de la ruine totale de ma famille.

Huit cents nègres cultivaient les immenses domaines de mon oncle. Je vous avouerai que la triste condition des esclaves était encore aggravée par l'insensibilité de leur maître. Mon oncle était du nombre, heureusement assez restreint, de ces planteurs dont une longue habitude de despotisme absolu avait endurci le cœur. Accoutumé à se voir obéi au premier coup d'œil, la moindre hésitation de la part d'un esclave était punie des plus mauvais traitements, et souvent l'intercession de ses enfants ne servait qu'à accroître sa colère. Nous étions donc le plus souvent obligés de nous borner à soulager en secret des maux que nous ne pouvions prévenir.

— Comment ! mais voilà des phrases ! dit Henri à demi-voix, en se penchant vers son voisin. Allons, j'espère que le capitaine ne laissera point passer les malheurs des *ci-devant noirs* sans quelque petite dissertation sur les devoirs qu'impose l'humanité, *et cætera*. On n'en eût pas été quitte à moins au club Massiac[a2].

---

a. Nos lecteurs ont sans doute oublié que le club *Massiac*, dont parle le lieutenant Henri, était une association de *négrophiles*. Ce club, formé à Paris au commencement de la révolution, avait provoqué la plupart des insurrections qui éclatèrent alors dans les colonies.

On pourra s'étonner aussi de la légèreté un peu hardie avec laquelle le jeune lieutenant raille des *philanthropes* qui régnaient encore à cette époque par la grâce du bourreau. Mais il faut se rappeler qu'avant, pendant et après la Terreur, la liberté de penser et de parler s'était réfugiée dans les camps. Ce noble privilège

— Je vous remercie, Henri, de m'épargner un ridicule, dit froidement d'Auverney, qui l'avait entendu.

Il poursuivit.

— Entre tous ces esclaves, un seul avait trouvé grâce devant mon oncle. C'était un nain espagnol, griffe[a] de couleur, qui lui avait été donné comme un sapajou par lord Effingham, gouverneur de la Jamaïque. Mon oncle, qui, ayant longtemps résidé au

---

coûtait de temps en temps la tête à un général : mais il absout de tout reproche la gloire si éclatante de ces soldats que les dénonciateurs de la Convention appelaient « les *messieurs* de l'armée du Rhin ».

a. Une explication précise sera peut-être nécessaire à l'intelligence de ce mot.

M. Moreau de Saint-Méry, en développant le système de Franklin, a classé dans des espèces génériques les différentes teintes que présentent les mélanges de la population de couleur.

Il suppose que l'homme forme un tout de cent vingt-huit parties, blanches chez les blancs, et noires chez les noirs. Partant de ce principe, il établit que l'on est d'autant plus près ou plus loin de l'une ou de l'autre couleur, qu'on se rapproche ou qu'on s'éloigne davantage du terme soixante-quatre, qui leur sert de moyenne proportionnelle.

D'après ce système, tout homme qui n'a point huit parties de blanc est réputé noir.

Marchant de cette couleur vers le blanc, on distingue neuf souches principales, qui ont encore entre elles des variétés d'après le plus ou le moins de parties qu'elles retiennent de l'une ou de l'autre couleur. Ces neuf espèces sont le *sacatra*, le *griffe*, le *marabout*, le *mulâtre*, le *quarteron*, le *métis*, le *mameluco*, le *quarteronné*, le *sang-mêlé*.

Le *sang-mêlé*, en continuant son union avec le blanc, finit en quelque sorte par se confondre avec cette couleur. On assure pourtant qu'il conserve toujours sur une certaine partie du corps la trace ineffaçable de son origine.

Le *griffe* est le résultat de cinq combinaisons, et peut avoir depuis vingt-quatre jusqu'à trente-deux parties blanches et quatre-vingt-seize ou cent quatre noires.

Brésil, y avait contracté les habitudes du faste portugais, aimait à s'environner chez lui d'un appareil qui
repondît à sa richesse. De nombreux esclaves, dressés
au service comme des domestiques européens, donnaient à sa maison un éclat en quelque sorte seigneu-
rial. Pour que rien n'y manquât, il avait fait de
l'esclave de lord Effingham son *fou*, à l'imitation de
ces anciens princes féodaux qui avaient des bouffons
dans leurs cours. Il faut dire que le choix était
singulièrement heureux. Le griffe Habibrah (c'était
son nom) était un de ces êtres dont la conformation
physique est si étrange qu'ils paraîtraient des monstres, s'ils ne faisaient rire. Ce nain hideux était gros,
court, ventru, et se mouvait avec une rapidité singulière sur deux jambes grêles et fluettes, qui, lorsqu'il
s'asseyait, se repliaient sous lui comme les bras d'une
araignée[3]. Sa tête énorme, lourdement enfoncée entre
ses épaules, hérissée d'une laine rousse et crépue, était
accompagnée de deux oreilles si larges, que ses
camarades avaient coutume de dire qu'Habibrah s'en
servait pour essuyer ses yeux quand il pleurait. Son
visage était toujours une grimace, et n'était jamais la
même ; bizarre mobilité des traits, qui du moins
donnait à sa laideur l'avantage de la variété. Mon oncle
l'aimait à cause de sa difformité rare et de sa gaieté
inaltérable. Habibrah était son favori. Tandis que les
autres esclaves étaient rudement accablés de travail,
Habibrah n'avait d'autre soin que de porter derrière le
maître un large éventail de plumes d'oiseaux de
paradis, pour chasser les moustiques et les bigailles.
Mon oncle le faisait manger à ses pieds sur une natte
de jonc, et lui donnait toujours sur sa propre assiette

quelque reste de son mets de prédilection. Aussi Habibrah se montrait-il reconnaissant de tant de bontés ; il n'usait de ses privilèges de bouffon, de son droit de tout faire et de tout dire, que pour divertir son maître par mille folles paroles entremêlées de contorsions, et au moindre signe de mon oncle il accourait avec l'agilité d'un singe et la soumission d'un chien.

Je n'aimais pas cet esclave. Il y avait quelque chose de trop rampant dans sa servilité ; et si l'esclavage ne déshonore pas, la domesticité avilit. J'éprouvais un sentiment de pitié bienveillante pour ces malheureux nègres que je voyais travailler tout le jour sans que presque aucun vêtement cachât leur chaîne ; mais ce baladin difforme, cet esclave fainéant, avec ses ridicules habits bariolés de galons et semés de grelots, ne m'inspirait que du mépris. D'ailleurs le nain n'usait pas en bon frère du crédit que ses bassesses lui avaient donné sur le patron commun. Jamais il n'avait demandé une grâce à un maître qui infligeait si souvent des châtiments ; et on l'entendit même un jour, se croyant seul avec mon oncle, l'exhorter à redoubler de sévérité envers ces infortunés camarades. Les autres esclaves cependant, qui auraient dû le voir avec défiance et jalousie, ne paraissaient pas le haïr. Il leur inspirait une sorte de crainte respectueuse qui ne ressemblait point à de l'amitié ; et quand ils le voyaient passer au milieu de leurs cases avec son grand bonnet pointu orné de sonnettes, sur lequel il avait tracé des figures bizarres en encre rouge, ils se disaient entre eux à voix basse *C'est un obi*[a] !

a. Un sorcier.

Ces détails, sur lesquels j'arrête en ce moment votre attention, messieurs, m'occupaient fort peu alors. Tout entier aux pures émotions d'un amour que rien ne semblait devoir traverser, d'un amour éprouvé et partagé depuis l'enfance par la femme qui m'était destinée, je n'accordais que des regards fort distraits à tout ce qui n'était pas Marie. Accoutumé dès l'âge le plus tendre à considérer comme ma future épouse celle qui était déjà en quelque sorte ma sœur, il s'était formé entre nous une tendresse dont on ne comprendrait pas encore la nature, si je disais que notre amour était un mélange de dévouement fraternel, d'exaltation passionnée et de confiance conjugale. Peu d'hommes ont coulé plus heureusement que moi leurs premières années : peu d'hommes ont senti leur âme s'épanouir à la vie sous un plus beau ciel, dans un accord plus délicieux de bonheur pour le présent et d'espérance pour l'avenir. Entouré presque en naissant de tous les contentements de la richesse, de tous les privilèges du rang dans un pays où la couleur suffisait pour le donner, passant mes journées près de l'être qui avait tout mon amour, voyant cet amour favorisé de nos parents, qui seuls auraient pu l'entraver, et tout cela dans l'âge où le sang bouillonne, dans une contrée où l'été est éternel, où la nature est admirable ; en fallait-il plus pour me donner une foi aveugle dans mon heureuse étoile ? En faut-il plus pour me donner le droit de dire que peu d'hommes ont coulé plus heureusement que moi leurs premières années ?

Le capitaine s'arrêta un moment, comme si la voix lui eût manqué pour ces souvenirs de bonheur. Puis il poursuivit avec un accent profondément triste :

— Il est vrai que j'ai maintenant de plus le droit
d'ajouter que nul ne coulera plus déplorablement ses
derniers jours.

Et comme s'il eût repris de la force dans le
sentiment de son malheur, il continua d'une voix
assurée.

V

C'est au milieu de ces illusions et de ces espérances
aveugles que j'atteignais ma vingtième année. Elle
devait être accomplie au mois d'août 1791, et mon
oncle avait fixé cette époque pour mon union avec
Marie. Vous comprenez aisément que la pensée d'un
bonheur si prochain absorbait toutes mes facultés, et
combien doit être vague le souvenir qui me reste des
débats politiques dont à cette époque la colonie était
déjà agitée depuis deux ans. Je ne vous entretiendrai
donc ni du comte de Peinier, ni de M. de Blanchelande, ni de ce malheureux colonel de Mauduit[4] dont
la fin fut si tragique. Je ne vous peindrai point les
rivalités de l'assemblée *provinciale* du nord, et de cette
assemblée *coloniale* qui prit le titre d'assemblée *générale*, trouvant que le mot *coloniale* sentait l'esclavage.
Ces misères, qui ont bouleversé alors tous les esprits,
n'offrent plus maintenant d'intérêt que par les désastres qu'elles ont produits. Pour moi, dans cette
jalousie mutuelle qui divisait le Cap et le Port-au-
Prince[5], si j'avais une opinion, ce devait être nécessai-

rement en faveur du Cap, dont nous habitions le territoire, et de l'assemblée provinciale, dont mon oncle était membre.

Il m'arriva une seule fois de prendre une part un peu vive à un débat sur les affaires du jour. C'était à l'occasion de ce désastreux décret du 15 mai 1791, par lequel l'Assemblée nationale de France admettait les hommes de couleur libres à l'égal partage des droits politiques avec les blancs. Dans un bal donné à la ville du Cap par le gouverneur, plusieurs jeunes colons parlaient avec véhémence sur cette loi, qui blessait si cruellement l'amour-propre, peut-être fondé, des blancs. Je ne m'étais point encore mêlé à la conversation, lorsque je vis s'approcher du groupe un riche planteur que les blancs admettaient difficilement parmi eux, et dont la couleur équivoque faisait suspecter l'origine. Je m'avançai brusquement vers cet homme en lui disant à voix haute : — Passez outre, monsieur ; il se dit ici des choses désagréables pour vous, qui avez du *sang mêlé* dans les veines. — Cette imputation l'irrita au point qu'il m'appela en duel. Nous fûmes tous deux blessés. J'avais eu tort, je l'avoue, de le provoquer ; mais il est probable que ce qu'on appelle *le préjugé de la couleur* n'eût pas suffi seul pour m'y pousser ; cet homme avait depuis quelque temps l'audace de lever les yeux jusqu'à ma cousine, et au moment où je l'humiliai d'une manière si inattendue, il venait de danser avec elle.

Quoi qu'il en fût, je voyais s'avancer avec ivresse le moment où je posséderais Marie, et je demeurais étranger à l'effervescence toujours croissante qui faisait bouillonner toutes les têtes autour de moi. Les

yeux fixés sur mon bonheur qui s'approchait, je
n'apercevais pas le nuage effrayant qui déjà couvrait
presque tous les points de notre horizon politique, et
qui devait, en éclatant, déraciner toutes les existences.
Ce n'est pas que les esprits même les plus prompts à
s'alarmer, s'attendissent sérieusement dès lors à la
révolte des esclaves, on méprisait trop cette classe
pour la craindre ; mais il existait seulement entre les
blancs et les mulâtres libres assez de haine pour que ce
volcan si longtemps comprimé bouleversât toute la
colonie au moment redouté où il se déchirerait[6].

Dans les premiers jours de ce mois d'août, si
ardemment appelé de tous mes vœux, un incident
étrange vint mêler une inquiétude imprévue à mes
tranquilles espérances.

VI

Mon oncle avait fait construire, sur les bords d'une
jolie rivière qui baignait ses plantations, un petit
pavillon de branchages, entouré d'un massif d'arbres
épais, où Marie venait tous les jours respirer la
douceur de ces brises de mer qui, pendant les mois les
plus brûlants de l'année, soufflent régulièrement à
Saint-Domingue, depuis le matin jusqu'au soir, et
dont la fraîcheur augmente ou diminue avec la chaleur
même du jour.

J'avais soin d'orner moi-même tous les matins cette
retraite des plus belles fleurs que je pouvais cueillir.

Un jour Marie accourt à moi tout effrayée. Elle était entrée comme de coutume dans son cabinet de verdure, et là elle avait vu, avec une surprise mêlée de terreur, toutes les fleurs dont je l'avais tapissé le matin arrachées et foulées aux pieds ; un bouquet de soucis sauvages fraîchement cueillis était déposé à la place où elle avait coutume de s'asseoir. Elle n'était pas encore revenue de sa stupeur, qu'elle avait entendu les sons d'une guitare sortir du milieu du taillis même qui environnait le pavillon ; puis une voix, qui n'était pas la mienne, avait commencé à chanter doucement une chanson qui lui avait paru espagnole, et dans laquelle son trouble, et sans doute aussi quelque pudeur de vierge, l'avaient empêchée de comprendre autre chose que son nom, fréquemment répété. Alors elle avait eu recours à une fuite précipitée, à laquelle heureusement il n'avait point été mis d'obstacle.

Ce récit me transporta d'indignation et de jalousie. Mes premières conjectures s'arrêtèrent sur le *sang-mêlé* libre avec qui j'avais eu récemment une altercation : mais, dans la perplexité où j'étais jeté, je résolus de ne rien faire légèrement. Je rassurai la pauvre Marie, et je me promis de veiller sans relâche sur elle, jusqu'au moment prochain où il me serait permis de la protéger encore de plus près.

Présumant bien que l'audacieux dont l'insolence avait si fort épouvanté Marie ne se bornerait pas à cette première tentative pour lui faire connaître ce que je devinais être son amour, je me mis dès le même soir en embuscade autour du corps de bâtiment où reposait ma fiancée, après que tout le monde fut endormi dans la plantation. Caché dans l'épaisseur des hautes cannes

à sucre, armé de mon poignard, j'attendais. Je n'attendis pas en vain. Vers le milieu de la nuit, un prélude
mélancolique et grave, s'élevant dans le silence à
quelques pas de moi, éveilla brusquement mon attention. Ce bruit fut pour moi comme une secousse ;
c'était une guitare ; c'était sous la fenêtre même de
Marie ! Furieux, brandissant mon poignard, je
m'élançais vers le point d'où ces sons partaient,
brisant sous mes pas les tiges cassantes des cannes à
sucre. Tout à coup je me sentis saisir et renverser avec
une force qui me parut prodigieuse ; mon poignard me
fut violemment arraché, et je le vis briller au-dessus de
ma tête. En même temps deux yeux ardents étincelaient dans l'ombre tout près des miens, et une double
rangée de dents blanches, que j'entrevoyais dans les
ténèbres, s'ouvrait pour laisser passer ces mots, prononcés avec l'accent de la rage : *Te tengo ! te tengo*[a].

Plus étonné encore qu'effrayé, je me débattais
vainement contre mon formidable adversaire, et déjà
la pointe de l'acier se faisait jour à travers mes
vêtements, lorsque Marie, que la guitare et ce tumulte
de pas et de paroles avaient réveillée, parut subitement
à sa fenêtre. Elle reconnut ma voix, vit briller un
poignard, et poussa un cri d'angoisse et de terreur. Ce
cri déchirant paralysa en quelque sorte la main de mon
antagoniste victorieux : il s'arrêta, comme pétrifié par
un enchantement ; promena encore quelques instants
avec indécision le poignard sur ma poitrine, puis le
jetant tout à coup : — Non ! dit-il, cette fois en
français, non ! elle pleurerait trop ! — En achevant ces

---

a. Je te tiens ! je te tiens !

paroles bizarres, il disparut dans les touffes de roseaux; et avant que je me fusse relevé, meurtri par cette lutte inégale et singulière, nul bruit, nul vestige ne restait de sa présence et de son passage.

Il me serait fort difficile de dire ce qui se passa en moi au moment où je revins de ma première stupeur entre les bras de ma douce Marie, à laquelle j'étais si étrangement conservé par celui-là même qui paraissait prétendre à me la disputer. J'étais plus que jamais indigné contre ce rival inattendu, et honteux de lui devoir la vie. — Au fond, me disait mon amour-propre, c'est à Marie que je la dois, puisque c'est le son de sa voix qui a fait seul tomber le poignard. — Cependant je ne pouvais me dissimuler qu'il y avait bien quelque générosité dans le sentiment qui avait décidé mon rival inconnu à m'épargner. Mais ce rival, quel était-il donc? Je me confondais en soupçons, qui tous se détruisaient les uns les autres. Ce ne pouvait être le planteur *sang-mêlé*, que ma jalousie s'était d'abord désigné. Il était loin d'avoir cette force extraordinaire, et d'ailleurs ce n'était point sa voix. L'individu avec qui j'avais lutté m'avait paru nu jusqu'à la ceinture. Les esclaves seuls dans la colonie étaient ainsi à demi vêtus. Mais ce ne pouvait être un esclave; des sentiments comme celui qui lui avait fait jeter le poignard ne me semblaient pas pouvoir appartenir à un esclave; et d'ailleurs tout en moi se refusait à la révoltante supposition d'avoir un esclave pour rival. Quel était-il donc? Je résolus d'attendre et d'épier.

VII

Marie avait éveillé la vieille nourrice qui lui tenait lieu de la mère qu'elle avait perdue au berceau. Je passai le reste de la nuit auprès d'elle, et, dès que le jour fut venu, nous informâmes mon oncle de ces inexplicables événements. Sa surprise en fut extrême ; mais son orgueil, comme le mien, ne s'arrêta pas à l'idée que l'amoureux inconnu de sa fille pourrait être un esclave. La nourrice reçut ordre de ne plus quitter Marie ; et comme les séances de l'assemblée provinciale, les soins que donnait aux principaux colons l'attitude de plus en plus menaçante des affaires coloniales, et les travaux des plantations, ne laissaient à mon oncle aucun loisir, il m'autorisa à accompagner sa fille dans toutes ses promenades jusqu'au jour de mon mariage, qui était fixé au 22 août. En même temps, présumant que le nouveau soupirant n'avait pu venir que du dehors, il ordonna que l'enceinte de ses domaines fût désormais gardée nuit et jour plus sévèrement que jamais.

Ces précautions prises, de concert avec mon oncle, je voulus tenter une épreuve. J'allai au pavillon de la rivière, et, réparant le désordre de la veille, je lui rendis la parure de fleurs dont j'avais coutume de l'embellir pour Marie.

Quand l'heure où elle s'y retirait habituellement fut venue, je m'armai de ma carabine, chargée à balle, et je proposai à ma cousine de l'accompagner à son pavillon. La vieille nourrice nous suivit.

Marie, à qui je n'avais point dit que j'avais fait disparaître les traces qui l'avaient effrayée la veille, entra la première dans le cabinet de feuillage.

Vois, Léopold, me dit-elle, mon berceau est bien dans le même état de désordre où je l'ai laissé hier; voilà bien ton ouvrage gâté, tes fleurs arrachées, flétries; ce qui m'étonne, ajouta-t-elle en prenant un bouquet de soucis sauvages, déposé sur le banc de gazon, ce qui m'étonne, c'est que ce vilain bouquet ne se soit pas fané depuis hier. Vois, cher ami, il a l'air d'être tout fraîchement cueilli.

J'étais immobile d'étonnement et de colère. En effet, mon ouvrage du matin même était déjà détruit, et ces tristes fleurs, dont la fraîcheur étonnait ma pauvre Marie, avaient repris insolemment la place des roses que j'avais semées.

— Calme-toi, me dit Marie, qui vit mon agitation, calme-toi; c'est une chose passée, cet insolent n'y reviendra sans doute plus; mettons tout cela sous nos pieds, comme cet odieux bouquet.

Je me gardai bien de la détromper, de peur de l'alarmer; et sans lui dire que celui qui devait, selon elle, *n'y plus revenir*, était déjà revenu, je la laissai fouler les soucis aux pieds, pleine d'une innocente indignation. Puis, espérant que l'heure était venue de connaître mon mystérieux rival, je la fis asseoir en silence entre sa nourrice et moi.

A peine avions-nous pris place, que Marie mit son doigt sur ma bouche; quelques sons, affaiblis par le vent et par le bruissement de l'eau, venaient de frapper son oreille. J'écoutai : c'était le même prélude triste et lent qui la nuit précédente avait éveillé ma fureur. Je voulus m'élancer de mon siège, un geste de Marie me retint.

— Léopold, me dit-elle à voix basse, contiens-toi. Il va peut-être chanter, et sans doute ce qu'il dira nous apprendra qui il est.

En effet, une voix dont l'harmonie avait quelque chose de mâle et de plaintif à la fois sortit un moment après du fond du bois, et mêla aux notes graves de la guitare une romance espagnole, dont chaque parole retentit assez profondément dans mon oreille pour que ma mémoire puisse encore aujourd'hui en retrouver presque toutes les expressions.

« Pourquoi me fuis-tu, Maria[a] ? pourquoi me fuis-tu, jeune fille ? pourquoi cette terreur qui glace ton âme quand tu m'entends ? Je suis en effet bien formidable ! je ne sais qu'aimer, souffrir et chanter !

« Lorsque, à travers les tiges élancées des cocotiers de la rivière, je vois glisser ta forme légère et pure, un éblouissement trouble ma vue, ô Maria ! et je crois voir passer un esprit !

« Et si j'entends, ô Maria ! les accents enchantés qui s'échappent de ta bouche comme une mélodie, il me semble que mon cœur vient palpiter dans mon oreille et mêle un bourdonnement plaintif à ta voix harmonieuse.

« Hélas ! ta voix est plus douce pour moi que le chant même des jeunes oiseaux qui battent de l'aile dans le ciel, et qui viennent du côté de ma patrie ;

« De ma patrie où j'étais roi, de ma patrie où j'étais libre !

---

a. On a jugé inutile de reproduire ici en entier les paroles du chant espagnol. *Porque me huyes, Maria ?* etc.

« Libre et roi, jeune fille ! j'oublierais tout cela pour toi ; j'oublierais tout, royaume, famille, devoirs, vengeance, oui, jusqu'à la vengeance ! quoique le moment soit bientôt venu de cueillir ce fruit amer et délicieux, qui mûrit si tard ! »

La voix avait chanté les stances précédentes avec des pauses fréquentes et douloureuses ; mais en achevant ces derniers mots, elle avait pris un accent terrible.

« Ô Maria ! tu ressembles au beau palmier, svelte et doucement balancé sur sa tige, et tu te mires dans l'œil de ton jeune amant, comme le palmier dans l'eau transparente de la fontaine.

« Mais, ne le sais-tu pas ? il y a quelquefois au fond du désert un ouragan jaloux du bonheur de la fontaine aimée ; il accourt, et l'air et le sable se mêlent sous le vol de ses lourdes ailes ; il enveloppe l'arbre et la source d'un tourbillon de feu ; et la fontaine se dessèche, et le palmier sent se crisper sous l'haleine de mort le cercle vert de ses feuilles, qui avait la majesté d'une couronne et la grâce d'une chevelure.

« Tremble, ô blanche fille d'Hispaniola [a] ! tremble que tout ne soit bientôt plus autour de toi qu'un ouragan et qu'un désert ! Alors tu regretteras l'amour qui eût pu te conduire vers moi, comme le joyeux katha, l'oiseau de salut, guide à travers les sables d'Afrique le voyageur à la citerne.

« Et pourquoi repousserais-tu mon amour, Maria ? Je suis roi, et mon front s'élève au-dessus de tous les

a. Nos lecteurs n'ignorent pas sans doute que c'est le premier nom donné à Saint-Domingue, par Christophe Colomb, à l'époque de la découverte, en décembre 1492.

fronts humains. Tu es blanche, et je suis noir ; mais le
jour a besoin de s'unir à la nuit pour enfanter l'aurore
et le couchant, qui sont plus beaux que lui ! »

VIII

Un long soupir, prolongé sur les cordes frémis-
santes de la guitare, accompagna ces dernières paroles.
J'étais hors de moi. « Roi ! — noir ! — esclave ! »
Mille idées incohérentes, éveillées par l'inexplicable
chant que je venais d'entendre, tourbillonnaient dans
mon cerveau. Un violent besoin d'en finir avec l'être
inconnu qui osait ainsi associer le nom de Marie à des
chants d'amour et de menace s'empara de moi. Je
saisis convulsivement ma carabine, et me précipitai
hors du pavillon. Marie, effrayée, tendait encore les
bras pour me retenir, que déjà je m'étais enfoncé dans
le taillis du côté d'où la voix était venue. Je fouillai le
bois dans tous les sens, je plongeai le canon de mon
mousqueton dans l'épaisseur de toutes les broussailles, je fis le tour de tous les gros arbres, je remuai
toutes les hautes herbes. Rien ! rien, et toujours rien !
Cette recherche inutile, jointe à d'inutiles réflexions
sur la romance que je venais d'entendre, mêla de la
confusion à ma colère. Cet insolent rival échapperait
donc toujours à mon bras comme à mon esprit ! Je ne
pourrais donc ni le deviner, ni le rencontrer !
    En ce moment, un bruit de sonnettes vint me

distraire de ma rêverie. Je me retournai. Le nain
Habibrah était à côté de moi.

Bonjour, maître, me dit-il, et il s'inclina avec
respect : mais son louche regard, obliquement relevé
vers moi, paraissait remarquer avec une expression
indéfinissable de malice et de triomphe l'anxiété
peinte sur mon front.

— Parle ! lui criai-je brusquement ; as-tu vu quelqu'un dans ce bois ?

— Nul autre que vous, *señor mio*, me répondit-il
avec tranquillité.

— Est-ce que tu n'as pas entendu une voix ? repris-
je.

L'esclave resta un moment comme cherchant ce
qu'il pouvait me répondre. Je bouillais.

— Vite, lui dis-je, réponds vite, malheureux ! as-tu
entendu ici une voix ?

Il fixa hardiment sur mes yeux ses deux yeux ronds
comme ceux d'un chat-tigre.

— *Que quiere decir usted*[a] par une voix, maître ? Il y
a des voix partout, et pour tout ; il y a la voix des
oiseaux, il y a la voix de l'eau, il y a la voix du vent
dans les feuilles...

Je l'interrompis en le secouant rudement.

— Misérable bouffon ! cesse de me prendre pour
ton jouet, ou je te fais écouter de près la voix qui sort
d'un canon de carabine. Réponds en quatre mots. As-
tu entendu dans ce bois un homme qui chantait un air
espagnol ?

— Oui, *señor*, me répliqua-t-il sans paraître ému, et

a. Que voulez-vous dire ?

des paroles sur l'air... Tenez, maître, je vais vous
conter la chose. Je me promenais sur la lisière de ce
bosquet, en écoutant ce que les grelots d'argent de ma
gorra[a] me disaient à l'oreille. Tout à coup le vent est
venu joindre à ce concert quelques mots d'une langue
que vous appelez l'espagnol, la première que j'aie
bégayée, lorsque mon âge se comptait par mois, et non
par années, et que ma mère me suspendait sur son dos
à des bandelettes de laine rouge et jaune. J'aime cette
langue ; elle me rappelle le temps où je n'étais que
petit et pas encore nain, qu'un enfant et pas encore un
fou ; je me suis rapproché de la voix, et j'ai entendu la
fin de la chanson.

— Eh bien, est-ce là tout ? repris-je impatienté.

— Oui, maître *hermoso*[7], mais, si vous voulez, je
vous dirai ce que c'est que l'homme qui chantait.

Je crus que j'allais embrasser le pauvre bouffon.

— Oh ! parle, m'écriai-je, parle, voici ma bourse.
Habibrah ! et dix bourses meilleures sont à toi si tu me
dis quel est cet homme.

Il prit la bourse, l'ouvrit, et sourit.

— *Diez bolsas* meilleures que celles-ci ! mais, *demonio* ! cela ferait une pleine *fanega*[8] de bons écus à
l'image *del rey Luis quince*, autant qu'il en aurait fallu
pour ensemencer le champ du magicien grenadin
Altornino, lequel savait l'art d'y faire pousser de
buenos doblones : mais, ne vous fâchez pas, jeune
maître, je viens au fait. Rappelez-vous, *señor*, les
derniers mots de la chanson : « Tu es blanche, et je
suis noir ; mais le jour a besoin de s'unir à la nuit pour

a. Le petit griffe espagnol désigne par ce nom son *bonnet*.

enfanter l'aurore et le couchant, qui sont plus beaux que lui. » Or, si cette chanson dit vrai, le griffe Habibrah, votre humble esclave, né d'une négresse et d'un blanc, est plus beau que vous, *señorito de amor*. Je suis le produit de l'union du jour et de la nuit, je suis l'aurore ou le couchant dont parle la chanson espagnole, et vous n'êtes que le jour. Donc je suis plus beau que vous, *si usted quiere*[a], plus beau qu'un blanc.

Le nain entremêlait cette divagation bizarre de longs éclats de rire. Je l'interrompis encore.

— Où donc en veux-tu venir avec tes extravagances ? Tout cela me dira-t-il ce que c'est que l'homme qui chantait dans ce bois ?

— Précisément, maître, repartit le bouffon avec un regard malicieux. Il est évident que *el hombre* qui a pu chanter de telles *extravagances*, comme vous les appelez, ne peut être et n'est qu'un fou pareil à moi ! J'ai gagné *las diez bolsas !*

Ma main se levait pour châtier l'insolente plaisanterie de l'esclave émancipé, lorsqu'un cri affreux retentit tout à coup dans le bosquet, du côté du pavillon de la rivière. C'était la voix de Marie. — Je m'élance, je cours, je vole, m'interrogeant d'avance avec terreur sur le nouveau malheur que je pouvais avoir à redouter. J'arrive haletant au cabinet de verdure. Un spectacle effrayant m'y attendait. Un crocodile monstrueux, dont le corps était à demi caché sous les roseaux et les mangles de la rivière, avait passé sa tête énorme à travers l'une des arcades de verdure qui soutenaient le toit du pavillon. Sa gueule entrouverte

a. S'il vous plaît.

et hideuse menaçait un jeune noir, d'une stature colossale, qui d'un bras soutenait la jeune fille épouvantée, de l'autre plongeait hardiment le fer d'une bisaiguë entre les mâchoires acérées du monstre. Le crocodile luttait furieusement contre cette main audacieuse et puissante qui le tenait en respect. Au moment où je me présentai devant le seuil du cabinet, Marie poussa un cri de joie, s'arracha des bras du nègre, et vint tomber dans les miens en s'écriant :

— Je suis sauvée !

A ce mouvement, à cette parole de Marie, le nègre se retourne brusquement, croise ses bras sur sa poitrine gonflée, et, attachant sur ma fiancée un regard douloureux, demeure immobile, sans paraître s'apercevoir que le crocodile est là, près de lui, qu'il s'est débarrassé de la bisaiguë, et qu'il va le dévorer. C'en était fait du courageux noir, si, déposant rapidement Marie sur les genoux de sa nourrice, toujours assise sur un banc et plus morte que vive, je ne me fusse approché du monstre, et je n'eusse déchargé à bout portant dans sa gueule la charge de ma carabine. L'animal, foudroyé, ouvrit et ferma encore deux ou trois fois sa gueule sanglante et ses yeux éteints, mais ce n'était plus qu'un mouvement convulsif, et tout à coup il se renversa à grand bruit sur le dos en roidissant ses deux pattes larges et écaillées. Il était mort.

Le nègre que je venais de sauver si heureusement détourna la tête, et vit les derniers tressaillements du monstre ; alors il fixa ses yeux sur la terre, et les relevant lentement vers Marie, qui était revenue achever de se rassurer sur mon cœur, il me dit, et l'accent de sa voix exprimait plus que le désespoir, il me dit :

— *Porque le has matado* [a] ?

Puis il s'éloigna à grands pas sans attendre ma réponse, et rentra dans le bosquet, où il disparut.

IX

Cette scène terrible, ce dénouement singulier, les émotions de tout genre qui avaient précédé, accompagné et suivi mes vaines recherches dans le bois, jetèrent un chaos dans ma tête. Marie était encore toute pensive de sa terreur, et il s'écoula un temps assez long avant que nous puissions nous communiquer nos pensées incohérentes autrement que par des regards et des serrements de main. Enfin je rompis le silence.

— Viens, dis-je à Marie, sortons d'ici ! ce lieu a quelque chose de funeste !

Elle se leva avec empressement, comme si elle n'eût attendu que ma permission, appuya son bras sur le mien, et nous sortîmes.

Je lui demandai alors comment lui était advenu le secours miraculeux de ce noir au moment du danger horrible qu'elle venait de courir, et si elle savait qui était cet esclave, car le grossier caleçon qui voilait à peine sa nudité montrait assez qu'il appartenait à la dernière classe des habitants de l'île.

a. Pourquoi l'as-tu tué ?

— Cet homme, me dit Marie, est sans doute un des nègres de mon père, qui était à travailler aux environs de la rivière à l'instant où l'apparition du crocodile m'a fait pousser le cri qui t'a averti de mon péril. Tout ce que je puis te dire, c'est qu'au moment même il s'est élancé hors du bois pour voler à mon secours.

— De quel côté est-il venu ? lui demandai-je.

— Du côté opposé à celui d'où partait la voix l'instant d'auparavant, et par lequel tu venais de pénétrer dans le bosquet.

Cet incident dérangea le rapprochement que mon esprit n'avait pu s'empêcher de faire entre les mots espagnols que m'avait adressés le nègre en se retirant, et la romance qu'avait chantée dans la même langue mon rival inconnu. D'autres rapports d'ailleurs s'étaient déjà présentés à moi. Ce nègre, d'une taille presque gigantesque, d'une force prodigieuse, pouvait bien être le rude adversaire contre lequel j'avais lutté la nuit précédente. La circonstance de la nudité devenait d'ailleurs un indice frappant. Le chanteur du bosquet avait dit : — Je suis noir. — Similitude de plus. Il s'était déclaré roi, et celui-ci n'était qu'un esclave, mais je me rappelais, non sans étonnement, l'air de rudesse et de majesté empreint sur son visage au milieu des signes caractéristiques de la race africaine, l'éclat de ses yeux, la blancheur de ses dents sur le noir éclatant de sa peau, la largeur de son front, surprenante surtout chez un nègre, le gonflement dédaigneux qui donnait à l'épaisseur de ses lèvres et de ses narines quelque chose de si fier et de si puissant, la noblesse de son port, la beauté de ses formes, qui, quoique maigries et dégradées par la fatigue d'un

travail journalier, avaient encore un développement
pour ainsi dire herculéen ; je me représentais dans son
ensemble l'aspect imposant de cet esclave, et je me
disais qu'il aurait bien pu convenir à un roi. Alors,
calculant une foule d'autres incidents, mes conjectures
s'arrêtaient avec un frémissement de colère sur ce
nègre insolent ; je voulais le faire rechercher et châtier... Et puis toutes mes indécisions me revenaient.
En réalité, où était le fondement de tant de soupçons ?
L'île de Saint-Domingue était en grande partie possé-
dée par l'Espagne, il résultait de là que beaucoup de
nègres, soit qu'ils eussent primitivement appartenu à
des colons de Santo-Domingo, soit qu'ils y fussent
nés, mêlaient la langue espagnole à leur jargon. Et
parce que cet esclave m'avait adressé quelques mots en
espagnol, était-ce une raison pour le supposer auteur
d'une romance en cette langue, qui annonçait nécessairement un degré de culture d'esprit selon mes idées
tout à fait inconnu aux nègres ? Quant à ce reproche
singulier qu'il m'avait adressé d'avoir tué le crocodile,
il annonçait chez l'esclave un dégoût de la vie que sa
position expliquait d'elle-même, sans qu'il fût besoin,
certes, d'avoir recours a l'hypothèse d'un amour
impossible pour la fille de son maître. Sa présence
dans le bosquet du pavillon pouvait bien n'être que
fortuite ; sa force et sa taille étaient loin de suffire pour
constater son identité avec mon antagoniste nocturne.
Était-ce sur d'aussi frêles indices que je pouvais
charger d'une accusation terrible devant mon oncle et
livrer à la vengeance implacable de son orgueil un
pauvre esclave qui avait montré tant de courage pour
secourir Marie ?

Au moment où ces idées se soulevaient contre ma colère, Marie la dissipa entièrement en me disant avec sa douce voix :

— Mon Léopold, nous devons de la reconnaissance à ce brave nègre ; sans lui, j'étais perdue ! Tu serais arrivé trop tard.

Ce peu de mots eut un effet décisif. Il ne changea pas mon intention de faire rechercher l'esclave qui avait sauvé Marie, mais il changea le but de cette recherche. C'était pour une punition ; ce fut pour une récompense.

Mon oncle apprit de moi qu'il devait la vie de sa fille à l'un de ses esclaves, et me promit sa liberté, si je pouvais le retrouver dans la foule de ces infortunés.

X

Jusqu'à ce jour, la disposition naturelle de mon esprit m'avait tenu éloigné des plantations où les noirs travaillaient. Il m'était trop pénible de voir souffrir des êtres que je ne pouvais soulager. Mais, dès le lendemain, mon oncle m'ayant proposé de l'accompagner dans sa ronde de surveillance, j'acceptai avec empressement, espérant rencontrer parmi les travailleurs le sauveur de ma bien-aimée Marie.

J'eus lieu de voir dans cette promenade combien le regard d'un maître est puissant sur des esclaves, mais en même temps combien cette puissance s'achète cher. Les nègres, tremblants en présence de mon

oncle, redoublaient, sur son passage, d'efforts et
d'activité ; mais qu'il y avait de haine dans cette
terreur !

Irascible par habitude, mon oncle était prêt à se
fâcher de n'en avoir pas sujet, quand son bouffon
Habibrah, qui le suivait toujours, lui fit remarquer
tout à coup un noir qui, accablé de lassitude, s'était
endormi sous un bosquet de dattiers. Mon oncle court
à ce malheureux, le réveille rudement, et lui ordonne
de se remettre à l'ouvrage. Le nègre, effrayé, se lève,
et découvre en se levant un jeune rosier du Bengale sur
lequel il s'était couché par mégarde, et que mon oncle
se plaisait à élever. L'arbuste était perdu. Le maître,
déjà irrité de ce qu'il appelait la paresse de l'esclave,
devient furieux à cette vue. Hors de lui, il détache de
sa ceinture le fouet armé de lanières ferrées qu'il
portait dans ses promenades, et lève le bras pour en
frapper le nègre tombé à genoux. Le fouet ne retomba
pas. Je n'oublierai jamais ce moment. Une main
puissante arrêta subitement la main du colon. Un noir
(c'était celui-là même que je cherchais !) lui cria en
français :

— Punis-moi, car je viens de t'offenser ; mais ne
fais rien à mon frère, qui n'a touché qu'à ton rosier !

Cette intervention inattendue de l'homme à qui je
devais le salut de Marie, son geste, son regard, l'accent
impérieux de sa voix, me frappèrent de stupeur. Mais
sa généreuse imprudence, loin de faire rougir mon
oncle, n'avait fait que redoubler la rage du maître et la
détourner du patient à son défenseur. Mon oncle,
exaspéré, se dégagea des bras du grand nègre, en
l'accablant de menaces, et leva de nouveau son fouet

pour l'en frapper à son tour. Cette fois le fouet lui fut
arraché de la main. Le noir en brisa le manche garni
de clous comme on brise une paille, et foula sous ses
pieds ce honteux instrument de vengeance. J'étais
immobile de surprise, mon oncle de fureur ; c'était
une chose inouïe pour lui de voir son autorité ainsi
outragée. Ses yeux s'agitaient comme prêts à sortir de
leur orbite ; ses lèvres bleues tremblaient. L'esclave le
considéra un instant d'un air calme : puis tout à coup,
lui présentant avec dignité une cognée qu'il tenait à la
main :

— Blanc, dit-il, si tu veux me frapper, prends au
moins cette hache.

Mon oncle, qui ne se connaissait plus, aurait
certainement exaucé son vœu, et se précipitait sur la
hache, quand j'intervins à mon tour. Je m'emparai
lestement de la cognée, et je la jetai dans le puits d'une
noria, qui était voisine.

— Que fais-tu ? me dit mon oncle avec emportement.

— Je vous sauve, lui répondis-je, du malheur de
frapper le défenseur de votre fille. C'est à cet esclave
que vous devez Marie : c'est le nègre dont vous
m'avez promis la liberté.

Le moment était mal choisi pour invoquer cette
promesse. Mes paroles effleurèrent à peine l'esprit
ulcéré du colon.

— Sa liberté ! me répliqua-t-il d'un air sombre.
Oui, il a mérité la fin de son esclavage. Sa liberté !
nous verrons de quelle nature sera celle que lui
donneront les juges de la cour martiale.

Ces paroles sinistres me glacèrent. Marie et moi le

suppliâmes inutilement. Le nègre dont la négligence
avait causé cette scène fut puni de la bastonnade, et
l'on plongea son défenseur dans les cachots du fort
Galifet, comme coupable d'avoir porté la main sur un
blanc. De l'esclave au maître, c'était un crime capital.

XI

Vous jugez, messieurs, à quel point toutes ces
circonstances avaient dû éveiller mon intérêt et ma
curiosité. Je pris des renseignements sur le compte du
prisonnier. On me révéla des particularités singu-
lières. On m'apprit que ses compagnons semblaient
avoir le plus profond respect pour ce jeune nègre.
Esclave comme eux, il lui suffisait d'un signe pour
s'en faire obéir. Il n'était point né dans les cases ; on ne
lui connaissait ni père ni mère ; il y avait même peu
d'années, disait-on, qu'un vaisseau négrier l'avait jeté
à Saint-Domingue. Cette circonstance rendait plus
remarquable encore l'empire qu'il exerçait sur tous ses
compagnons, sans même en excepter les noirs *créoles*,
qui, vous ne l'ignorez sans doute pas, messieurs,
professaient ordinairement le plus profond mépris
pour les nègres *congos* ; expression impropre, et trop
générale, par laquelle on désignait dans la colonie tous
les esclaves amenés d'Afrique.

Quoiqu'il parût absorbé dans une noire mélancolie,
sa force extraordinaire, jointe à une adresse merveilleuse, en faisait un sujet du plus grand prix pour la

culture des plantations. Il tournait plus vite et plus longtemps que ne l'aurait fait le meilleur cheval les roues des *norias*. Il lui arrivait souvent de faire en un jour l'ouvrage de dix de ses camarades, pour les soustraire aux châtiments réservés à la négligence ou à la fatigue. Aussi était-il adoré des esclaves; mais la vénération qu'ils lui portaient, toute différente de la terreur superstitieuse dont ils environnaient le fou Habibrah, semblait avoir aussi quelque cause cachée; c'était une espèce de culte.

Ce qu'il y avait d'étrange, reprenait-on, c'était de le voir aussi doux, aussi simple avec ses égaux, qui se faisaient gloire de lui obéir, que fier et hautain vis-à-vis de nos commandeurs. Il est juste de dire que ces esclaves privilégiés, anneaux intermédiaires qui liaient en quelque sorte la chaîne de la servitude à celle du despotisme, joignant à la bassesse de leur condition l'insolence de leur autorité, trouvaient un malin plaisir à l'accabler de travail et de vexations. Il paraît néanmoins qu'ils ne pouvaient s'empêcher de respecter le sentiment de fierté qui l'avait porté à outrager mon oncle. Aucun d'eux n'avait jamais osé lui infliger de punitions humiliantes. S'il leur arrivait de l'y condamner, vingt nègres se levaient pour les subir à sa place; et lui, immobile, assistait gravement à leur exécution, comme s'ils n'eussent fait que remplir un devoir. Cet homme bizarre était connu dans les cases sous le nom de *Pierrot*.

XII

Tous ces détails exaltèrent ma jeune imagination. Marie, pleine de reconnaissance et de compassion, applaudit à mon enthousiasme, et Pierrot s'empara si vivement de notre intérêt, que je résolus de le voir et de le servir. Je rêvais aux moyens de lui parler.

Quoique fort jeune, comme neveu de l'un des plus riches colons du Cap, j'étais capitaine des milices de la paroisse de l'Acul. Le fort Galifet était confié à leur garde, et à un détachement des dragons jaunes, dont le chef, qui était pour l'ordinaire un sous-officier de cette compagnie, avait le commandement du fort. Il se trouvait justement à cette époque que ce commandant était le frère d'un pauvre colon auquel j'avais eu le bonheur de rendre de très grands services, et qui m'était entièrement dévoué...

Ici tout l'auditoire interrompit d'Auverney en nommant Thadée.

— Vous l'avez deviné, messieurs, reprit le capitaine. Vous comprenez sans peine qu'il ne me fut pas difficile d'obtenir de lui l'entrée du cachot du nègre. J'avais le droit de visiter le fort, comme capitaine des milices. Cependant, pour ne pas inspirer de soupçons à mon oncle, dont la colère était encore toute flagrante, j'eus soin de ne m'y rendre qu'à l'heure où il faisait sa méridienne. Tous les soldats, excepté ceux de garde, étaient endormis. Guidé par Thadée, j'arrivai à la porte du cachot ; Thadée l'ouvrit et se retira. J'entrai.

Le noir était assis, car il ne pouvait se tenir debout à cause de sa haute taille. Il n'était pas seul ; un dogue énorme se leva en grondant et s'avança vers moi. — Rask ! cria le noir. Le jeune dogue se tut, et revint se coucher aux pieds de son maître, où il acheva de dévorer quelques misérables aliments.

J'étais en uniforme ; la lumière que répandait le soupirail dans cet étroit cachot était si faible que Pierrot ne pouvait distinguer qui j'étais.

— Je suis prêt, me dit-il d'un ton calme.

En achevant ces paroles, il se leva à demi.

— Je suis prêt, répéta-t-il encore.

— Je croyais, lui dis-je, surpris de la liberté de ses mouvements, je croyais que vous aviez des fers.

L'émotion faisait trembler ma voix. Le prisonnier ne parut pas la reconnaître.

Il poussa du pied quelques débris qui retentirent.

— Des fers ! je les ai brisés.

Il y avait dans l'accent dont il prononça ces dernières paroles quelque chose qui semblait dire *Je ne suis pas fait pour porter des fers*. Je repris.

— L'on ne m'avait pas dit qu'on vous eût laissé un chien.

— C'est moi qui l'ai fait entrer.

J'étais de plus en plus étonné. La porte du cachot était fermée en dehors d'un triple verrou. Le soupirail avait à peine six pouces de largeur, et était garni de deux barreaux de fer. Il paraît qu'il comprit le sens de mes réflexions ; il se leva autant que la voûte trop basse le lui permettait, détacha sans effort une pierre énorme placée au-dessous du soupirail, enleva les deux barreaux scellés en dehors de cette pierre, et pratiqua ainsi une ouverture où deux hommes auraient pu facilement passer. Cette ouverture donnait de plain-pied sur le bois de bananiers et de cocotiers qui couvre le morne auquel le fort était adossé.

Le chien, voyant l'issue ouverte, crut que son maître voulait qu'il sortît. Il se dressa prêt à partir ; un geste du noir le renvoya à sa place.

La surprise me rendait muet ; tout à coup un rayon du jour éclaira vivement mon visage. Le prisonnier se redressa comme s'il eût mis par mégarde le pied sur un serpent, et son front heurta les pierres de la voûte. Un mélange indéfinissable de mille sentiments opposés, une étrange expression de haine, de bienveillance et d'étonnement douloureux, passa rapidement dans ses yeux. Mais, reprenant un subit empire sur ses pensées, sa physionomie en moins d'un instant redevint calme et froide, et il fixa avec indifférence son regard sur le mien. Il me regardait en face comme un inconnu.

— Je puis encore vivre deux jours sans manger, dit-il.

Je fis un geste d'horreur ; je remarquai alors la maigreur de l'infortuné.

Il ajouta :

— Mon chien ne peut manger que de ma main ; si je n'avais pu élargir le soupirail, le pauvre Rask serait mort de faim. Il vaut mieux que ce soit moi que lui, puisqu'il faut toujours que je meure.

— Non, m'écriai-je, non, vous ne mourrez pas de faim !

Il ne me comprit pas.

— Sans doute, reprit-il en souriant amèrement,

j'aurais pu vivre encore deux jours sans manger ; mais je suis prêt, monsieur l'officier ; aujourd'hui vaut encore mieux que demain ; ne faites pas de mal à Rask.

Je sentis alors ce que voulait dire son *je suis prêt*. Accusé d'un crime qui était puni de mort, il croyait que je venais pour le mener au supplice ; et cet homme doué de forces colossales, quand tous les moyens de fuir lui étaient ouverts, doux et tranquille, répétait à un enfant : *Je suis prêt !*

— Ne faites pas de mal à Rask, répéta-t-il encore.

Je ne pus me contenir.

— Quoi ! lui dis-je, non seulement vous me prenez pour votre bourreau, mais encore vous doutez de mon humanité envers ce pauvre chien qui ne m'a rien fait !

Il s'attendrit, sa voix s'altéra.

— Blanc, dit-il en me tendant la main, blanc, pardonne, j'aime mon chien : et, ajouta-t-il après un court silence, les tiens m'ont fait bien du mal.

Je l'embrassai, je lui serrai la main, je le détrompai.

— Ne me connaissiez-vous pas ? lui dis-je.

— Je savais que tu étais un blanc, et pour les blancs, quelques bons qu'ils soient, un noir est si peu de chose ! D'ailleurs, j'ai aussi à me plaindre de toi.

— Et de quoi ? repris-je étonné.

— Ne m'as-tu pas conservé deux fois la vie ?

Cette inculpation étrange me fit sourire. Il s'en aperçut, et poursuivit avec amertume :

— Oui, je devrais t'en vouloir. Tu m'as sauvé d'un crocodile et d'un colon ; et, ce qui est pis encore, tu m'as enlevé le droit de te haïr. Je suis bien malheureux !

La singularité de son langage et de ses idées ne me surprenait presque plus. Elle était en harmonie avec lui-même.

— Je vous dois bien plus que vous ne me devez, lui dis-je. Je vous dois la vie de ma fiancée, de Marie.

Il éprouva comme une commotion électrique.

— *Maria !* dit-il d'une voix étouffée : et sa tête tomba sur ses mains, qui se crispaient violemment, tandis que de pénibles soupirs soulevaient les larges parois de sa poitrine.

J'avoue que mes soupçons assoupis se réveillèrent, mais sans colère et sans jalousie. J'étais trop près du bonheur, et lui trop près de la mort, pour qu'un pareil rival, s'il l'était en effet, pût exciter en moi d'autres sentiments que la bienveillance et la pitié.

Il releva enfin sa tête.

— Va ! me dit-il, ne me remercie pas !

Il ajouta, après une pause :

— Je ne suis pourtant pas d'un rang inférieur au tien !

Cette parole paraissait révéler un ordre d'idées qui piquait vivement ma curiosité ; je le pressai de me dire qui il était et ce qu'il avait souffert. Il garda un sombre silence.

Ma démarche l'avait touché ; mes offres de service, mes prières parurent vaincre son dégoût de la vie. Il sortit, et rapporta quelques bananes et une énorme noix de coco. Puis il referma l'ouverture et se mit à manger. En causant avec lui, je remarquai qu'il parlait avec facilité le français et l'espagnol, et que son esprit ne paraissait pas dénué de culture ; il savait des romances espagnoles qu'il chantait avec expression.

Cet homme était si inexplicable, sous tant d'autres rapports, que jusqu'alors la pureté de son langage ne m'avait pas frappé. J'essayai de nouveau d'en savoir la cause ; il se tut. Enfin je le quittai, ordonnant à mon fidèle Thadée d'avoir pour lui tous les égards et tous les soins possibles.

XIII

Je le voyais tous les jours à la même heure. Son affaire m'inquiétait ; malgré mes prières, mon oncle s'obstinait à le poursuivre. Je ne cachais pas mes craintes à Pierrot ; il m'écoutait avec indifférence.

Souvent Rask arrivait tandis que nous étions ensemble, portant une large feuille de palmier autour de son cou. Le noir la détachait, lisait des caractères inconnus qui y étaient tracés, puis la déchirait. J'étais habitué à ne pas lui faire de questions.

Un jour j'entrai sans qu'il parût prendre garde à moi. Il tournait le dos à la porte de son cachot, et chantait d'un ton mélancolique l'air espagnol : *Yo que soy contrabandista*[a]. Quand il eut fini, il se tourna brusquement vers moi, et me cria :

— Frère, promets, si jamais tu doutes de moi, d'écarter tous tes soupçons quand tu m'entendras chanter cet air.

Son regard était imposant ; je lui promis ce qu'il

a. Moi qui suis contrebandier.

désirait, sans trop savoir ce qu'il entendait par ces mots : *Si jamais tu doutes de moi...* Il prit l'écorce profonde de la noix qu'il avait cueillie le jour de ma première visite, et conservée depuis, la remplit de vin de palmier, m'engagea à y porter les lèvres, et la vida d'un trait. A compter de ce jour, il ne m'appela plus que son frère.

Cependant je commençais à concevoir quelque espérance. Mon oncle n'était plus aussi irrité. Les réjouissances de mon prochain mariage avec sa fille avaient tourné son esprit vers de plus douces idées. Marie suppliait avec moi. Je lui représentais chaque jour que Pierrot n'avait point voulu l'offenser, mais seulement l'empêcher de commettre un acte de sévérité peut-être excessive ; que ce noir avait, par son audacieuse lutte avec le crocodile, préservé Marie d'une mort certaine ; que nous lui devions, lui sa fille, moi ma fiancée ; que, d'ailleurs, Pierrot était le plus vigoureux de ses esclaves (car je ne songeais plus à obtenir sa liberté, il ne s'agissait que de sa vie) ; qu'il faisait à lui seul l'ouvrage de dix autres, et qu'il suffisait de son bras pour mettre en mouvement les cylindres d'un moulin à sucre. Il m'écoutait, et me faisait entendre qu'il ne donnerait peut-être pas suite à l'accusation. Je ne disais rien au noir du changement de mon oncle, voulant jouir du plaisir de lui annoncer sa liberté tout entière, si je l'obtenais. Ce qui m'étonnait, c'était de voir que, se croyant voué à la mort, il ne profitait d'aucun des moyens de fuir qui étaient en son pouvoir. Je lui en parlai.

— Je dois rester, me répondit-il froidement ; on penserait que j'ai eu peur.

XIV

Un matin, Marie vint à moi. Elle était rayonnante, et il y avait sur sa douce figure quelque chose de plus angélique encore que la joie d'un pur amour. C'était la pensée d'une bonne action.

— Écoute, me dit-elle, c'est dans trois jours le 22 août, et notre noce. Nous allons bientôt...

Je l'interrompis.

— Marie, ne dis pas bientôt, puisqu'il y a encore trois jours !

Elle sourit et rougit.

— Ne me trouble pas, Léopold, reprit-elle ; il m'est venu une idée qui te rendra content. Tu sais que je suis allée hier à la ville avec mon père pour acheter les parures de notre mariage. Ce n'est pas que je tienne à ces bijoux, à ces diamants, qui ne me rendront pas plus belle à tes yeux. Je donnerais toutes les perles du monde pour l'une de ces fleurs que m'a fanées le vilain homme au bouquet de soucis : mais n'importe. Mon père veut me combler de toutes ces choses-là, et j'ai l'air d'en avoir envie pour lui faire plaisir. Il y avait hier une *basquina*[9] de satin chinois à grandes fleurs, qui était enfermée dans un coffre de bois de senteur, et que j'ai beaucoup regardée. Cela est bien cher, mais cela est bien singulier. Mon père a remarqué que cette robe frappait mon attention. En rentrant, je l'ai prié de me promettre l'octroi d'un don à la manière des anciens chevaliers ; tu sais qu'il aime qu'on le compare aux anciens chevaliers. Il m'a juré sur son honneur qu'il m'accorderait la chose que je lui demanderais, quelle qu'elle fût. Il croit que c'est la basquina de satin chinois ; point du tout, c'est la vie de Pierrot. Ce sera mon cadeau de noces.

Je ne pus m'empêcher de serrer cet ange dans mes bras. La parole de mon oncle était sacrée ; et tandis que Marie allait près de lui en réclamer l'éxécution, je courus au fort Galifet annoncer a Pierrot son salut, désormais certain.

— Frère ! lui criai-je en entrant, frère ! réjouis-toi ! ta vie est sauvée, Marie l'a demandée à son père pour son présent de noces !

L'esclave tressaillit.

— Marie ! noces ! ma vie ! Comment tout cela peut-il aller ensemble ?

— Cela est tout simple, repris-je. Marie, à qui tu as sauvé la vie, se marie.

— Avec qui ? s'écria l'esclave ; et son regard était égaré et terrible.

— Ne le sais-tu pas ? répondis-je doucement : avec moi.

Son visage formidable redevint bienveillant et résigné.

— Ah ! c'est vrai, me dit-il, c'est avec toi ! Et quel est le jour ?

— C'est le 22 août.

— Le 22 août ! es-tu fou ? reprit-il avec une expression d'angoisse et d'effroi.

Il s'arrêta. Je le regardais, étonné. Après un silence, il me serra vivement la main.

— Frère, je te dois tant qu'il faut que ma bouche te

donne un avis. Crois-moi, va au Cap, et marie-toi avant le 22 août.

Je voulus en vain connaître le sens de ces paroles énigmatiques.

— Adieu, me dit-il avec solennité. J'en ai peut-être déjà trop dit ; mais je hais encore plus l'ingratitude que le parjure.

Je le quittai, plein d'indécisions et d'inquiétudes qui s'effacèrent cependant bientôt dans mes pensées de bonheur.

Mon oncle retira sa plainte le jour même. Je retournai au fort pour en faire sortir Pierrot. Thadée, le sachant libre, entra avec moi dans la prison. Il n'y était plus. Rask, qui s'y trouvait seul, vint à moi d'un air caressant ; à son cou était attachée une feuille de palmier ; je la pris et j'y lus ces mots : *Merci, tu m'as sauvé la vie une troisième fois. Frère, n'oublie pas ta promesse.* Au-dessous étaient écrits, comme signature, les mots : *Yo que soy contrabandista.*

Thadée était encore plus étonné que moi ; il ignorait le secret du soupirail, et s'imaginait que le nègre s'était changé en chien. Je lui laissai croire ce qu'il voulut, me contentant d'exiger de lui le silence sur ce qu'il avait vu.

Je voulus emmener Rask. En sortant du fort, il s'enfonça dans des haies voisines et disparut.

XV

Mon oncle fut outré de l'évasion de l'esclave. Il ordonna des recherches, et écrivit au gouverneur pour mettre Pierrot à son entière disposition si on le retrouvait.

Le 22 août arriva. Mon union avec Marie fut célébrée avec pompe à la paroisse de l'Acul. Qu'elle fut heureuse cette journée de laquelle allaient dater tous mes malheurs ! J'étais enivré d'une joie qu'on ne saurait faire comprendre à qui ne l'a point éprouvée. J'avais complètement oublié Pierrot et ses sinistres avis. Le soir, bien impatiemment attendu, vint enfin. Ma jeune épouse se retira dans la chambre nuptiale, où je ne pus la suivre aussi vite que je l'aurais voulu. Un devoir fastidieux, mais indispensable, me réclamait auparavant. Mon office de capitaine des milices exigeait de moi ce soir-là une ronde aux postes de l'Acul ; cette précaution était alors impérieusement commandée par les troubles de la colonie, par les révoltes partielles de noirs, qui, bien que promptement étouffées, avaient eu lieu aux mois précédents de juin et de juillet, même aux premiers jours d'août, dans les habitations Thibaud et Lagoscette, et surtout par les mauvaises dispositions des mulâtres libres, que le supplice récent du rebelle Ogé [10] n'avait fait qu'aigrir. Mon oncle fut le premier à me rappeler mon devoir ; il fallut me résigner. J'endossai mon uniforme, et je partis. Je visitai les premières stations sans

rencontrer de sujet d'inquiétude ; mais, vers minuit, je
me promenais en rêvant près des batteries de la baie,
quand j'aperçus à l'horizon une lueur rougeâtre s'élever et s'étendre du côté de Limonade et de Saint-
Louis du Morin. Les soldats et moi l'attribuâmes
d'abord à quelque incendie accidentel ; mais, un
moment après, les flammes devinrent si apparentes, la
fumée, poussée par le vent, grossit et s'épaissit à un tel
point, que je repris promptement le chemin du fort
pour donner l'alarme et envoyer des secours. En
passant près des cases de nos noirs, je fus surpris de
l'agitation extraordinaire qui y régnait. La plupart
étaient encore éveillés et parlaient avec la plus grande
vivacité. Un nom bizarre, *Bug-Jargal*, prononcé avec
respect, revenait souvent au milieu de leur jargon
inintelligible. Je saisis pourtant quelques paroles, dont
le sens me parut être que les noirs de la plaine du nord
étaient en pleine révolte, et livraient aux flammes les
habitations et les plantations situées de l'autre côté du
Cap. En traversant un fond marécageux, je heurtai du
pied un amas de haches et de pioches cachées dans les
joncs et les mangliers. Justement inquiet, je fis sur-le-
champ mettre sous les armes les milices de l'Acul, et
j'ordonnai de surveiller les esclaves ; tout rentra dans
le calme.

Cependant les ravages semblaient croître à chaque
instant et s'approcher du Limbé. On croyait même
distinguer le bruit lointain de l'artillerie et des fusil-
lades. Vers les deux heures du matin, mon oncle, que
j'avais éveillé, ne pouvant contenir son inquiétude,
m'ordonna de laisser dans l'Acul une partie des
milices sous les ordres du lieutenant ; et, pendant que

ma pauvre Marie dormait ou m'attendait, obéissant à mon oncle, qui était, comme je l'ai déjà dit, membre de l'assemblée provinciale, je pris avec le reste des soldats le chemin du Cap.

Je n'oublierai jamais l'aspect de cette ville, quand j'en approchai. Les flammes, qui dévoraient les plantations autour d'elle, y répandaient une sombre lumière, obscurcie par les torrents de fumée que le vent chassait dans les rues. Des tourbillons d'étincelles, formés par les menus débris embrasés des cannes à sucre, et emportés avec violence comme une neige abondante sur les toits des maisons et sur les agrès des vaisseaux mouillés dans la rade, menaçaient à chaque instant la ville du Cap d'un incendie non moins déplorable que celui dont ses environs étaient la proie. C'était un spectacle affreux et imposant que de voir d'un côté les pâles habitants exposant encore leur vie pour disputer au fléau terrible l'unique toit qui allait leur rester de tant de richesses ; tandis que, de l'autre, les navires, redoutant le même sort, et favorisés du moins par ce vent si funeste aux malheureux colons, s'éloignaient à pleines voiles sur une mer teinte des feux sanglants de l'incendie.

XVI

Étourdi par le canon des forts, les clameurs des fuyards et le fracas lointain des écroulements, je ne savais de quel côté diriger mes soldats, quand je rencontrai sur la place d'armes le capitaine des dragons jaunes, qui nous servit de guide. Je ne m'arrêterai pas, messieurs, à vous décrire le tableau que nous offrit la plaine incendiée. Assez d'autres ont dépeint ces premiers désastres du Cap, et j'ai besoin de passer vite sur ces souvenirs où il y a du sang et du feu. Je me bornerai à vous dire que les esclaves rebelles étaient, disait-on, déjà maîtres du Dondon, du Terrier-Rouge, du bourg d'Ouanaminte, et même des malheureuses plantations du Limbé, ce qui me remplissait d'inquiétudes à cause du voisinage de l'Acul.

Je me rendis en hâte à l'hôtel du gouverneur, M. de Blanchelande. Tout y était dans la confusion, jusqu'à la tête du maître. Je lui demandai des ordres, en le priant de songer le plus vite possible à la sûreté de l'Acul, que l'on croyait déjà menacée. Il avait auprès de lui M. de Rouvray, maréchal de camp et l'un des principaux propriétaires de l'île, M. de Touzard, lieutenant-colonel du régiment du Cap, quelques membres des assemblées coloniale et provinciale, et plusieurs des colons les plus notables. Au moment où je me présentai, cette espèce de conseil délibérait tumultueusement.

— Monsieur le gouverneur, disait un membre de l'assemblée provinciale, cela n'est que trop vrai ; ce sont les esclaves, et non les sang-mêlés libres ; il y a longtemps que nous l'avions annoncé et prédit.

— Vous le disiez sans y croire, repartit aigrement un membre de l'assemblée coloniale appelée *générale*. Vous le disiez pour vous donner crédit à nos dépens ; et vous étiez si loin de vous attendre à une rébellion réelle des esclaves, que ce sont les intrigues de votre assemblée qui ont stimulé, dès 1789, cette fameuse et ridicule révolte des trois mille noirs sur le morne du Cap ; révolte où il n'y a eu qu'un volontaire national de tué, encore l'a-t-il été par ses propres camarades !

— Je vous répète, reprit le *provincial,* que nous voyons plus clair que vous. Cela est simple. Nous restions ici pour observer les affaires de la colonie, tandis que votre assemblée en masse allait en France se faire décerner cette ovation risible, qui s'est terminée par les réprimandes de la représentation nationale : *ridiculus mus !*

Le membre de l'assemblée coloniale répondit avec un dédain amer :

— Nos concitoyens nous ont réélus à l'unanimité !

— C'est vous, répliqua l'autre, ce sont vos exagérations qui ont fait promener la tête de ce malheureux qui s'était montré sans cocarde tricolore dans un café, et qui ont fait pendre le mulâtre Lacombe pour une pétition qui commençait par ces mots *inusités :* — Au nom du Père, du Fils et du Saint-Esprit !

— Cela est faux, s'écria le membre de l'assemblée générale. C'est la lutte des principes et celle des privilèges, des *bossus* et des *crochus !*

— Je l'ai toujours pensé, monsieur, vous êtes un *indépendant !*

A ce reproche du membre de l'assemblée provinciale, son adversaire répondit d'un air de triomphe :

— C'est confesser que vous êtes un *pompon blanc* [11]. Je vous laisse sous le poids d'un pareil aveu !

La querelle eût peut-être été poussée plus loin, si le gouverneur ne fût intervenu.

— Eh, messieurs ! en quoi cela a-t-il trait au danger imminent qui nous menace ? Conseillez-moi, et ne vous injuriez pas. Voici les rapports qui me sont parvenus. La révolte a commencé cette nuit à dix heures du soir parmi les nègres de l'habitation Turpin. Les esclaves commandés par un nègre anglais nommé Boukmann[12], ont entraîné les ateliers des habitations Clément, Trémès, Flaville et Noé. Ils ont incendié toutes les plantations et massacré les colons avec des cruautés inouïes. Je vous en ferai comprendre toute l'horreur par un seul détail. Leur étendard est le corps d'un enfant porté au bout d'une pique.

Un frémissement interrompit M. de Blanchelande.

— Voilà ce qui se passe au-dehors, poursuivit-il. Au-dedans, tout est bouleversé. Plusieurs habitants du Cap ont tué leurs esclaves ; la peur les a rendus cruels. Les plus doux ou les plus braves se sont bornés à les enfermer sous bonne clef. Les *petits blancs*[a] accusent de ces désastres les sang-mêlés libres. Plusieurs mulâtres ont failli être victimes de la fureur populaire. Je leur ai fait donner pour asile une église gardée par un bataillon. Maintenant, pour prouver qu'ils ne sont point d'intelligence avec les noirs révoltés, les sang-mêlés me font demander un poste à défendre et des armes.

— N'en faites rien ! cria une voix que je reconnus ; c'était celle du planteur soupçonné d'être sang-mêlé, avec qui j'avais eu un duel. N'en faites rien, monsieur le gouverneur, ne donnez point d'armes aux mulâtres.

---

a. Blancs non propriétaires exerçant dans la colonie une industrie quelconque.

— Vous ne voulez donc point vous battre? dit brusquement un colon.

L'autre ne parut point entendre, et continua :

— Les sang-mêlés sont nos pires ennemis. Eux seuls sont à craindre pour nous. Je conviens qu'on ne pouvait s'attendre qu'à une révolte de leur part et non de celle des esclaves. Est-ce que les esclaves sont quelque chose?

Le pauvre homme espérait par ces invectives contre les mulâtres s'en séparer tout à fait, et détruire dans l'esprit des blancs qui l'écoutaient l'opinion qui le rejetait dans cette caste méprisée. Il y avait trop de lâcheté dans cette combinaison pour qu'elle réussît. Un murmure de désapprobation le lui fit sentir.

— Oui, monsieur, dit le vieux maréchal de camp de Rouvray, oui, les esclaves sont quelque chose : ils sont quarante contre trois; et nous serions à plaindre si nous n'avions à opposer aux nègres et aux mulâtres que des blancs comme vous.

Le colon se mordit les lèvres.

— Monsieur le général, reprit le gouverneur, que pensez-vous donc de la pétition des mulâtres?

— Donnez-leur des armes, monsieur le gouverneur! répondit M. de Rouvray; faisons voile de toute étoffe! Et, se tournant vers le colon suspect :

— Entendez-vous, monsieur? allez vous armer.

Le colon humilié sortit avec tous les signes d'une rage concentrée.

Cependant la clameur d'angoisse qui éclatait dans toute la ville se faisait entendre de moments en moments jusque chez le gouverneur, et rappelait aux membres de cette conférence le sujet qui les rassemblait. M. de Blanchelande remit à un aide de camp un ordre au crayon écrit à la hâte, et rompit le silence sombre avec lequel l'assemblée écoutait cette effrayante rumeur.

— Les sang-mêlés vont être armés, messieurs, mais il reste bien d'autres mesures à prendre.

— Il faut convoquer l'assemblée provinciale, dit le membre de cette assemblée qui avait parlé au moment où j'étais entré.

— L'assemblée provinciale ! reprit son antagoniste de l'assemblée coloniale. Qu'est-ce que c'est que l'assemblée provinciale ?

— Parce que vous êtes membre de l'assemblée coloniale ! répliqua le *pompon blanc*.

L'*indépendant* l'interrompit.

— Je ne connais pas plus la *coloniale* que la *provinciale*. Il n'y a que l'assemblée générale, entendez-vous, monsieur ?

— Eh bien, repartit le pompon blanc, je vous dirai, moi, qu'il n'y a que l'assemblée nationale de Paris.

— Convoquer l'assemblée provinciale ! répétait l'indépendant en riant ; comme si elle n'était pas dissoute au moment où la générale a décidé qu'elle tiendrait ses séances ici.

Une réclamation universelle éclatait dans l'auditoire, ennuyé de cette discussion oiseuse.

— Messieurs nos députés, criait un entrepreneur de cultures, pendant que vous vous occupez de ces balivernes, que deviennent mes cotonniers et ma cochenille ?

— Et mes quatre cent mille plants d'indigo au Limbé ! ajoutait un planteur.

— Et mes nègres, payés trente dollars par tête l'un dans l'autre ! disait un capitaine de négriers.

— Chaque minute que vous perdez, poursuivait un autre colon, me coûte, montre et tarif en main, dix quintaux de sucre, ce qui, à dix-sept piastres fortes le quintal, fait cent soixante-dix piastres, ou neuf cent trente livres dix sous, monnaie de France !

— La coloniale, que vous appelez générale, usurpe ! reprenait l'autre disputeur, dominant le tumulte à force de voix ; qu'elle reste au Port-au-Prince à fabriquer des décrets pour deux lieues de terrain et deux jours de durée, mais qu'elle nous laisse tranquilles ici. Le Cap appartient au congrès provincial du nord, à lui seul !

— Je prétends, reprenait l'indépendant, que son excellence monsieur le gouverneur n'a pas droit de convoquer une autre assemblée que l'assemblée générale des représentants de la colonie, présidée par M. de Cadusch !

— Mais où est-il, votre président M. de Cadusch ? demanda le pompon blanc ; où est votre assemblée ? il n'y en a pas encore quatre membres d'arrivés, tandis que la provinciale est toute ici. Est-ce que vous voudriez par hasard représenter à vous seul une assemblée, toute une colonie ?

Cette rivalité des deux députés, fidèles échos de leurs assemblées respectives, exigea encore une fois l'intervention du gouverneur.

— Messieurs, où voulez-vous donc enfin en venir avec vos éternelles assemblées *provinciale, générale, coloniale, nationale ?* Aiderez-vous aux décisions de cette assemblée en lui en faisant invoquer trois ou quatre autres ?

— Morbleu ! criait d'une voix de tonnerre le général de Rouvray en frappant violemment sur la table du conseil, quels maudits bavards ! J'aimerais mieux lutter de poumons avec une pièce de vingt-quatre. Que nous font ces deux assemblées, qui se disputent le pas comme deux compagnies de grenadiers qui vont monter à l'assaut ! Eh bien ! convoquez-les toutes deux, monsieur le gouverneur, j'en ferai deux régiments pour marcher contre les noirs ; et nous verrons si leurs fusils feront autant de bruit que leurs langues.

Après cette vigoureuse sortie, il se pencha vers son voisin (c'était moi), et dit à demi-voix : — Que voulez-vous que fasse entre les deux assemblées de Saint-Domingue, qui se prétendent souveraines, un gouverneur de par le roi de France ? Ce sont les beaux parleurs et les avocats qui gâtent tout, ici comme dans la métropole. Si j'avais l'honneur d'être monsieur le lieutenant-général pour le roi, je jetterais toute cette canaille à la porte. Je dirais : Le roi règne, et moi je gouverne. J'enverrais la responsabilité par-devant les soi-disant représentants à tous les diables ; et avec douze croix de Saint-Louis, promises au nom de sa majesté, je balaierais tous les rebelles dans l'île de la Tortue, qui a été habitée autrefois par des brigands comme eux, les boucaniers. Souvenez-vous de ce que je vous dis, jeune homme. Les *philosophes* ont enfanté les *philanthropes*, qui ont procréé les *négrophiles*, qui produisent les mangeurs de blancs, ainsi nommés en attendant qu'on leur trouve un nom grec ou latin. Ces prétendues idées libérales dont on s'enivre en France sont un poison sous les tropiques. Il fallait traiter les nègres avec douceur, non les appeler à un affranchissement subit. Toutes les horreurs que vous voyez aujourd'hui à Saint-Domingue sont nées au club Massiac, et l'insurrection des esclaves n'est qu'un contrecoup de la chute de la Bastille.

Pendant que le vieux soldat m'exposait ainsi sa politique étroite, mais pleine de franchise et de conviction, l'orageuse discussion continuait. Un colon, du petit nombre de ceux qui partageaient la frénésie révolutionnaire, qui se faisait appeler le citoyen-général C★★★, pour avoir présidé à quelques sanglantes exécutions, s'était écrié :

— Il faut plutôt des supplices que des combats. Les nations veulent des exemples terribles : épouvantons les noirs ! C'est moi qui ai apaisé les révoltes de juin et de juillet, en faisant planter cinquante têtes d'esclaves des deux côtés de l'avenue de mon habitation, en guise de palmiers. Que chacun se cotise pour la proposition que je vais faire. Défendons les approches du Cap avec les nègres qui nous restent encore.

— Comment ! quelle imprudence ! répondit-on de toutes parts.

— Vous ne me comprenez pas, messieurs, reprit le *citoyen-général*. Faisons un cordon de têtes de nègres qui entoure la ville, du fort Picolet à la pointe de Caracol ; leurs camarades insurgés n'oseront approcher. Il faut se sacrifier pour la cause commune dans un semblable moment. Je me dévoue le premier. J'ai cinq cents esclaves non révoltés ; je les offre.

Un mouvement d'horreur accueillit cette exécrable proposition.

— C'est abominable ! c'est horrible ! s'écrièrent toutes les voix.

— Ce sont des mesures de ce genre qui ont tout perdu, dit un colon. Si on ne s'était pas tant pressé d'exécuter les derniers révoltés de juin, de juillet et d'août, on aurait pu saisir le fil de leur conspiration, que la hache du bourreau a coupé.

Le citoyen C*** garda un moment le silence du dépit, puis il murmura entre ses dents :

— Je croyais pourtant ne pas être suspect. Je suis lié avec des négrophiles ; je corresponds avec Brissot et Pruneau de Pomme-Gouge, en France ; Hans-Sloane, en Angleterre ; Magaw, en Amérique ; Pezll, en Allemagne ; Olivarius, en Danemark ; Wadstrohm, en Suède ; Peter Paulus, en Hollande ; Avendano, en Espagne ; et l'abbé Pierre Tamburini, en Italie !

Sa voix s'élevait à mesure qu'il avançait dans sa nomenclature de négrophiles. Il termina enfin, en disant :

— Mais il n'y a point ici de philosophes !

M. de Blanchelande, pour la troisième fois, demanda à recueillir les conseils de chacun.

— Monsieur le gouverneur, dit une voix, voici mon avis. Embarquons-nous tous sur *le Léopard,* qui est mouillé dans la rade.

— Mettons à prix la tête de Boukmann, dit un autre.

— Informons de tout ceci le gouverneur de la Jamaïque, dit un troisième.

— Oui, pour qu'il nous envoie encore une fois le secours dérisoire de cinq cents fusils, reprit un député de l'assemblée provinciale. Monsieur le gouverneur, envoyez un aviso en France, et attendons !

— Attendre ! attendre ! interrompit M. de Rouvray avec force. Et les noirs attendront-ils ? Et la flamme qui circonscrit déjà cette ville attendra-t-elle ? Monsieur de Touzard, faites battre la générale, prenez du canon, et allez trouver le gros des rebelles avec vos grenadiers et vos chasseurs. Monsieur le gouverneur, faites faire des camps dans les paroisses de l'est ; établissez des postes au Trou et à Vallières ; je me charge, moi, des plaines du fort Dauphin. J'y dirigerai les travaux ; mon grand-père, qui était mestre-de-camp du régiment de Normandie, a servi sous M. le maréchal de Vauban ; j'ai étudié Folard et Bezout, et j'ai quelque pratique de la défense d'un pays. D'ailleurs les plaines du fort Dauphin, presque enveloppées par la mer et les frontières espagnoles, ont la forme d'une presqu'île, et se protégeront en quelque sorte d'elles-mêmes ; la presqu'île du Mole offre un semblable avantage. Usons de tout cela, et agissons !

Le langage énergique et positif du vétéran fit taire subitement toutes les discordances de voix et d'opinions. Le général était dans le vrai. Cette conscience que chacun a de son intérêt véritable rallia tous les avis à celui de M. de Rouvray ; et tandis que le gouverneur, par un serrement de main reconnaissant, témoignait au brave officier général qu'il sentait la valeur de ses conseils, bien qu'ils fussent énoncés comme des ordres, et l'importance de son secours, tous les colons réclamaient la prompte exécution des mesures indiquées.

Les deux députés des assemblées rivales, seuls,

semblaient se séparer de l'adhésion générale, et murmuraient dans leur coin les mots d'*empiétement du pouvoir exécutif,* de *décision hâtive* et de *responsabilité.*

Je saisis ce moment pour obtenir de M. de Blanchelande les ordres que je sollicitais impatiemment ; et je sortis afin de rallier ma troupe et de reprendre sur-le-champ le chemin de l'Acul, malgré la fatigue que tous sentaient, excepté moi.

XVII

Le jour commençait à poindre. J'étais sur la place d'armes, réveillant les miliciens couchés sur leurs manteaux, pêle-mêle avec les dragons jaunes et rouges, les fuyards de la plaine, les bestiaux bêlant et mugissant, et les bagages de tout genre apportés dans la ville par les planteurs des environs. Je commençais à retrouver ma petite troupe dans ce désordre, quand je vis un dragon jaune, couvert de sueur et de poussière, accourir vers moi à toute bride. J'allais à sa rencontre, et, au peu de paroles entrecoupées qui lui échappèrent, j'appris avec consternation que mes craintes s'étaient réalisées ; que la révolte avait gagné les plaines de l'Acul, et que les noirs assiégeaient le fort Galifet, où s'étaient enfermés les milices et les colons. Il faut vous dire que ce fort Galifet était fort peu de chose ; on appelait *fort* à Saint-Domingue tout ouvrage en terre.

Il n'y avait donc pas un moment à perdre. Je fis

prendre des chevaux à ceux de mes soldats pour qui je
pus en trouver ; et, guidé par le dragon, j'arrivais sur
les domaines de mon oncle vers dix heures du matin.

Je donnais à peine un regard à ces immenses
plantations qui n'étaient plus qu'une mer de flammes,
bondissant sur la plaine avec de grosses vagues de
fumée, à travers lesquelles le vent emportait de temps
en temps, comme des étincelles, de grands troncs
d'arbres hérissés de feux. Un pétillement effrayant,
mêlé de craquements et de murmures, semblait répondre aux hurlements lointains des noirs, que nous
entendions déjà sans les voir encore. Moi, je n'avais
qu'une pensée, et l'évanouissement de tant de
richesses qui m'étaient réservées ne pouvait m'en
distraire, c'était le salut de Marie. Marie sauvée, que
m'importait le reste ! Je la savais renfermée dans le
fort, et je ne demandais à Dieu que d'arriver à temps.
Cette espérance seule me soutenait dans mes angoisses
et me donnait un courage et des forces de lion.

Enfin un tournant de la route nous laissa voir le fort
Galifet. Le drapeau tricolore flottait encore sur la
plate-forme, et un feu bien nourri couronnait le
contour de ses murs. Je poussai un cri de joie. — Au
galop, piquez des deux ! lâchez les brides ! criai-je à
mes camarades. Et, redoublant de vitesse, nous nous
dirigeâmes vers le fort, au bas duquel on apercevait la
maison de mon oncle, portes et fenêtres brisées, mais
debout encore, et rouge des reflets de l'embrasement,
qui ne l'avait pas atteinte, parce que le vent soufflait
de la mer et qu'elle est isolée des plantations.

Une multitude de nègres, embusqués dans cette
maison, se montraient à la fois à toutes les croisées et

jusque sur le toit ; et les torches, les piques, les haches, brillaient au milieu de coups de fusil qu'ils ne cessaient de tirer contre le fort, tandis qu'une autre foule de leurs camarades montait, tombait, et remontait sans cesse autour des murs assiégés qu'ils avaient chargés d'échelles. Ce flot de noirs, toujours repoussé et toujours renaissant sur ces murailles grises, ressemblait de loin à un essaim de fourmis essayant de gravir l'écaille d'une grande tortue, et dont le lent animal se débarrassait par une secousse d'intervalle en intervalle.

Nous touchions enfin aux premières circonvallations du fort. Les regards fixés sur le drapeau qui le dominait, j'encourageai mes soldats au nom de leurs familles renfermées comme la mienne dans ces murs que nous allions secourir. Une acclamation générale me répondit, et, formant mon petit escadron en colonne, je me préparai à donner le signal de charger le troupeau assiégeant.

En ce moment un grand cri s'éleva de l'enceinte du fort, un tourbillon de fumée enveloppa l'édifice tout entier, roula quelque temps ses plis autour des murs, d'où s'échappait une rumeur pareille au bruit d'une fournaise, et, en s'éclaircissant, nous laissa voir le fort Galifet surmonté d'un drapeau rouge. — Tout était fini !

XVIII

Je ne vous dirai pas ce qui se passa en moi à cet horrible spectacle. Le fort pris, ses défenseurs égorgés, vingt familles massacrées, tout ce désastre général, je l'avouerai à ma honte, ne m'occupa pas un instant. Marie perdue pour moi ! perdue pour moi peu d'heures après celle qui me l'avait donnée pour jamais ! perdue pour moi par ma faute, puisque, si je ne l'avais pas quittée la nuit précédente pour courir au Cap sur l'ordre de mon oncle, j'aurais pu du moins la défendre ou mourir près d'elle et avec elle, ce qui n'eût, en quelque sorte, pas été la perdre ! Ces pensées de désolation égarèrent ma douleur jusqu'à la folie. Mon désespoir était du remords.

Cependant mes compagnons, exaspérés, avaient crié : vengeance ! nous nous étions précipités le sabre aux dents, les pistolets aux deux poings, au milieu des insurgés vainqueurs. Quoique bien supérieurs en nombre, les noirs fuyaient à notre approche, mais nous les voyions distinctement à droite et à gauche, devant et derrière nous, massacrant les blancs et se hâtant d'incendier le fort.

Notre fureur s'accroissait de leur lâcheté.

A une poterne du fort, Thadée, couvert de blessures, se présenta devant moi.

— Mon capitaine, me dit-il, votre Pierrot est un sorcier, un *obi*, comme disent ces damnés nègres, ou au moins un diable. Nous tenions bon ; vous arriviez, et tout était sauvé, quand il a pénétré dans le fort, je ne sais par où, et voyez ! — Quant à monsieur votre oncle, à sa famille, à madame...

— Marie ! interrompis-je, où est Marie ?

En ce moment un grand noir sortit de derrière une palissade enflammée, emportant une jeune femme qui

criait et se débattait dans ses bras. La jeune femme
était Marie ; le noir était Pierrot.

— Perfide ! lui criai-je.

Je dirigeai un pistolet vers lui ; un des esclaves
révoltés se jeta au-devant de la balle, et tomba mort.
Pierrot se retourna, et parut m'adresser quelques
paroles ; puis il s'enfonça avec sa proie au milieu des
touffes de cannes embrasées. Un instant après, un
chien énorme passa à sa suite, tenant dans sa gueule
un berceau, dans lequel était le dernier enfant de mon
oncle. Je reconnus aussi le chien ; c'était Rask.
Transporté de rage, je déchargeai sur lui mon second
pistolet : mais je le manquai.

Je me mis à courir comme un insensé sur sa trace ;
mais ma double course nocturne, tant d'heures passées sans prendre de repos et de nourriture, mes
craintes pour Marie, le passage subit du comble du
bonheur au dernier terme du malheur, toutes ces
violentes émotions de l'âme m'avaient épuisé plus
encore que les fatigues du corps. Après quelques pas
je chancelai : un nuage se répandit sur mes yeux, et je
tombai évanoui.

XIX

Quand je me réveillai, j'étais dans la maison dévas-
tée de mon oncle et dans les bras de Thadée. Cet
excellent Thadée fixait sur moi des yeux pleins
d'anxiété.

— Victoire! cria-t-il dès qu'il sentit mon pouls se ranimer sous sa main, victoire! les nègres sont en déroute, et le capitaine est ressuscité!

J'interrompis son cri de joie par mon éternelle question :

— Où est Marie?

Je n'avais point encore rallié mes idées; il ne me restait que le sentiment et non le souvenir de mon malheur. Thadée baissa la tête. Alors toute ma mémoire me revint; je me retraçai mon horrible nuit de noces, et le grand nègre emportant Marie dans ses bras à travers les flammes s'offrit à moi comme une infernale vision. L'affreuse lumière qui venait d'éclater dans la colonie, et de montrer à tous les blancs des ennemis dans leurs esclaves, me fit voir dans ce Pierrot, si bon, si généreux, si dévoué, qui me devait trois fois la vie, un ingrat, un monstre, un rival! L'enlèvement de ma femme, la nuit même de notre union, me prouvait ce que j'avais d'abord soupçonné, et je reconnus enfin clairement que le chanteur du pavillon n'était autre que l'exécrable ravisseur de Marie. Pour si peu d'heures, que de changements!

Thadée me dit qu'il avait vainement poursuivi Pierrot et son chien; que les nègres s'étaient retirés, quoique leur nombre eût pu facilement écraser ma faible troupe, et que l'incendie des propriétés de ma famille continuait sans qu'il fût possible de l'arrêter.

Je lui demandai si l'on savait ce qu'était devenu mon oncle, dans la chambre duquel on m'avait apporté. Il me prit la main en silence, et, me conduisant vers l'alcôve, il en tira les rideaux.

Mon malheureux oncle était là, gisant sur son lit

ensanglanté, un poignard profondément enfoncé dans
le cœur. Au calme de sa figure, on voyait qu'il avait été
frappé dans le sommeil. La couche du nain Habibrah,
qui dormait habituellement à ses pieds, était aussi
tachée de sang, et les mêmes souillures se faisaient
remarquer sur la veste chamarrée du pauvre fou, jetée
à terre à quelques pas du lit.

Je ne doutai pas que le bouffon ne fût mort victime
de son attachement connu pour mon oncle, et n'eût
été massacré par ses camarades, peut-être en défendant son maître. Je me reprochai amèrement ces
préventions qui m'avaient fait porter de si faux
jugements sur Habibrah et sur Pierrot ; je mêlai aux
larmes que m'arracha la fin prématurée de mon oncle
quelques regrets pour son fou. D'après mes ordres, on
rechercha son corps, mais en vain. Je supposai que les
nègres avaient emporté et jeté le nain dans les
flammes ; et j'ordonnai que, dans le service funèbre de
mon beau-père, des prières fussent dites pour le repos
de l'âme du fidèle Habibrah.

XX

Le fort Galifet était détruit, nos habitations avaient
disparu ; un plus long séjour sur ces ruines était inutile
et impossible. Dès le soir même, nous retournâmes au
Cap.

Là, une fièvre ardente me saisit. L'effort que j'avais
fait sur moi-même pour dompter mon désespoir était

trop violent. Le ressort, trop tendu, se brisa. Je tombai dans le délire. Toutes mes espérances trompées, mon amour profané, mon amitié trahie, mon avenir perdu, et par-dessus tout l'implacable jalousie, égarèrent ma raison. Il me semblait que des flammes ruisselaient dans mes veines ; ma tête se rompait ; j'avais des furies dans le cœur. Je me représentais Marie au pouvoir d'un autre amant, au pouvoir d'un maître, d'un esclave, de Pierrot ! On m'a dit qu'alors je m'élançais de mon lit, et qu'il fallait six hommes pour m'empêcher de me fracasser le crâne sur l'angle des murs. Que ne suis-je mort alors !

Cette crise passa. Les médecins, les soins de Thadée, et je ne sais quelle force de la vie dans la jeunesse, vainquirent le mal, ce mal qui aurait pu être un si grand bien. Je guéris au bout de dix jours, et je ne m'en affligeai pas. Je fus content de pouvoir vivre encore quelque temps, pour la vengeance.

A peine convalescent, j'allai chez M. de Blanchelande demander du service. Il voulait me donner un poste à défendre ; je le conjurai de m'incorporer comme volontaire dans l'une des colonnes mobiles que l'on envoyait de temps en temps contre les noirs pour balayer le pays.

On avait fortifié le Cap à la hâte. L'insurrection faisait des progrès effrayants. Les nègres de Port-au-Prince commençaient à s'agiter ; Biassou commandait ceux du Limbé, du Dondon et de l'Acul ; Jean-François s'était fait proclamer généralissime des révoltés de la plaine de Maribarou[13] ; Boukmann, célèbre depuis par sa fin tragique, parcourait avec ses brigands les bords de la Limonade ; et enfin les bandes du Morne-Rouge avaient reconnu pour chef un nègre nommé Bug-Jargal.

Le caractère de ce dernier, si l'on en croyait les relations, contrastait d'une manière singulière avec la férocité des autres. Tandis que Boukmann et Biassou inventaient mille genres de mort pour les prisonniers qui tombaient entre leurs mains, Bug-Jargal s'empressait de leur fournir les moyens de quitter l'île. Les premiers contractaient des marchés avec les lanches espagnoles qui croisaient autour des côtes, et leur vendaient d'avance les dépouilles des malheureux qu'ils forçaient à fuir ; Bug-Jargal coula à fond plusieurs de ces corsaires. M. Colas de Maigné et huit autres colons distingués furent détachés par ses ordres de la roue où Boukmann les avait fait lier. On citait de lui mille autres traits de générosité qu'il serait trop long de vous rapporter.

Mon espoir de vengeance ne paraissait pas près de s'accomplir. Je n'entendais plus parler de Pierrot. Les rebelles commandés par Biassou continuaient d'inquiéter le Cap. Ils avaient même une fois osé aborder le morne qui domine la ville, et le canon de la citadelle avait eu de la peine à les repousser. Le gouverneur résolut de les refouler dans l'intérieur de l'île. Les milices de l'Acul, du Limbé, d'Ouanaminte et de Maribarou, réunies au régiment du Cap et aux redoutables compagnies jaune et rouge, constituaient notre armée active. Les milices du Dondon et du Quartier-Dauphin, renforcées d'un corps de volontaires, sous les ordres du négociant Poncignon, formaient la garnison de la ville.

Le gouverneur voulut d'abord se délivrer de Bug-

Jargal, dont la diversion l'alarmait. Il envoya contre lui les milices d'Ouanaminte et un bataillon du Cap. Ce corps rentra deux jours après complètement battu. Le gouverneur s'obstina à vouloir vaincre Bug-Jargal ; il fit repartir le même corps avec un renfort de cinquante dragons jaunes et de quatre cents miliciens de Maribarou. Cette seconde armée fut encore plus maltraitée que la première. Thadée, qui était de cette expédition, en conçut un violent dépit, et me jura à son retour qu'il s'en vengerait sur Bug-Jargal.

Une larme roula dans les yeux de d'Auverney ; il croisa les bras sur sa poitrine, et parut quelques minutes plongé dans une rêverie douloureuse ; enfin il reprit.

XXI

— La nouvelle arriva que Bug-Jargal avait quitté le Morne-Rouge, et dirigeait sa troupe par les montagnes pour se joindre à Biassou. Le gouverneur sauta de joie : — Nous les tenons, dit-il en se frottant les mains. Le lendemain l'armée coloniale était à une lieue en avant du Cap. Les insurgés, à notre approche, abandonnèrent précipitamment Port-Margot et le fort Galifet, où ils avaient établi un poste défendu par de grosses pièces d'artillerie de siège, enlevées à des batteries de la côte ; toutes les bandes se replièrent vers les montagnes. Le gouverneur était triomphant. Nous poursuivîmes notre marche. Chacun de nous, en passant dans ces plaines arides et désolées, cherchait à

saluer encore d'un triste regard le lieu où étaient ses
champs, ses habitations, ses richesses ; souvent il n'en
pouvait reconnaître la place.

Quelquefois notre marche était arrêtée par des
embrasements qui des champs cultivés s'étaient
communiqués aux forêts et aux savanes. Dans ces
climats, où la terre est encore vierge, où la végétation
est surabondante, l'incendie d'une forêt est accompagné de phénomènes singuliers. On l'entend de loin,
souvent même avant de le voir, sourdre et bruire avec
le fracas d'une cataracte diluviale. Les troncs d'arbres
qui éclatent, les branches qui pétillent, les racines qui
craquent dans le sol, les grandes herbes qui frémis-
sent, le bouillonnement des lacs et des marais enfermés dans la forêt, le sifflement de la flamme qui
dévore l'air, jettent une rumeur qui tantôt s'apaise,
tantôt redouble avec les progrès de l'embrasement.
Parfois on voit une verte lisière d'arbres encore intacts
entourer longtemps le foyer flamboyant. Tout à coup
une langue de feu débouche par l'une des extrémités
de cette fraîche ceinture, un serpent de flamme
bleuâtre court rapidement le long des tiges, et en un
clin d'œil le front de la forêt disparaît sous un voile
d'or mouvant : tout brûle à la fois. Alors un dais de
fumée s'abaisse de temps à autre sous le souffle du
vent, et enveloppe les flammes. Il se roule et se
déroule, s'élève et s'affaisse, se dissipe et s'épaissit,
devient tout à coup noir ; puis une sorte de frange de
feu en découpe vivement tous les bords, un grand
bruit se fait entendre, la frange s'efface, la fumée
remonte, et verse en s'envolant un flot de cendre
rouge, qui pleut longtemps sur la terre.

XXII

Le soir du troisième jour, nous entrâmes dans les gorges de la Grande-Rivière. On estimait que les noirs étaient à vingt lieues dans la montagne.

Nous assîmes notre camp sur un mornet qui paraissait leur avoir servi au même usage, à la manière dont il était dépouillé. Cette position n'était pas heureuse : il est vrai que nous étions tranquilles. Le mornet était dominé de tous côtés par des rochers à pic, couverts d'épaisses forêts. L'aspérité de ces escarpements avait fait donner à ce lieu le nom de *Dompte-Mulâtre*. La Grande-Rivière coulait derrière le camp ; resserrée entre deux côtes, elle était dans cet endroit étroite et profonde. Ses bords, brusquement inclinés, se hérissaient de touffes de buissons impénétrables à la vue. Souvent même ses eaux étaient cachées par des guirlandes de lianes, qui, s'accrochant aux branches des érables à fleurs rouges semés parmi les buissons, mariaient leurs jets d'une rive à l'autre, et, se croisant de mille manières, formaient sur le fleuve de larges tentes de verdure. L'œil qui les contemplait du haut des roches voisines croyait voir des prairies humides encore de rosée. Un bruit sourd, ou quelquefois une sarcelle sauvage, perçant tout à coup ce rideau fleuri, décelaient seuls le cours de la rivière.

Le soleil cessa bientôt de dorer la cime aiguë des monts lointains du Dondon : peu à peu l'ombre s'étendit sur le camp, et le silence ne fut plus troublé que par les cris de la grue et les pas mesurés des sentinelles.

Tout à coup les redoutables chants d'*Oua-Nassé* et du *Camp du Grand Pré* se firent entendre sur nos têtes; les palmiers, les acomas et les cèdres qui couronnaient les rocs s'embrasèrent, et les clartés livides de l'incendie nous montrèrent sur les sommets voisins de nombreuses bandes de nègres et de mulâtres dont le teint cuivré paraissait rouge à la lueur des flammes. C'étaient ceux de Biassou.

Le danger était imminent. Les chefs s'éveillant en sursaut coururent rassembler leurs soldats : le tambour battit la générale; la trompette sonna l'alarme; nos lignes se formèrent en tumulte, et les révoltés, au lieu de profiter du désordre où nous étions, immobiles, nous regardaient en chantant *Oua-Nassé*.

Un noir gigantesque parut seul sur le plus élevé des pics secondaires qui encaissent la Grande-Rivière; une plume couleur de feu flottait sur son front; une hache était dans sa main droite, un drapeau rouge dans sa main gauche; je reconnus Pierrot! Si une carabine se fût trouvée à ma portée, la rage m'aurait peut-être fait commettre une lâcheté. Le noir répéta le refrain d'*Oua-Nassé*, planta son drapeau sur le pic, lança sa hache au milieu de nous, et s'engloutit dans les flots du fleuve. Un regret s'éleva en moi, car je crus qu'il ne mourrait plus de ma main.

Alors les noirs commencèrent à rouler sur nos colonnes d'énormes quartiers de rochers; une grêle de balles et de flèches tomba sur le mornet. Nos soldats, furieux de ne pouvoir atteindre les assaillants, expiraient en désespérés, écrasés par les rochers, criblés de balles ou percés de flèches. Une horrible confusion régnait dans l'armée. Soudain un bruit affreux parut sortir du milieu de la Grande-Rivière. Une scène extraordinaire s'y passait. Les dragons jaunes, extrêmement maltraités par les masses que les rebelles poussaient du haut des montagnes, avaient conçu l'idée de se réfugier, pour y échapper, sous les voûtes flexibles de lianes dont le fleuve était couvert. Thadée avait le premier mis en avant ce moyen, d'ailleurs ingénieux...

Ici le narrateur fut soudainement interrompu.

XXIII

Il y avait plus d'un quart d'heure que le sergent Thadée, le bras droit en écharpe, s'était glissé, sans être vu de personne, dans un coin de la tente, où ses gestes avaient seuls exprimé la part qu'il prenait aux récits de son capitaine, jusqu'à ce moment où, ne croyant pas que le respect lui permît de laisser passer un éloge aussi direct sans en remercier d'Auverney, il se prit à balbutier d'un ton confus :

— Vous êtes bien bon, mon capitaine.

Un éclat de rire général s'éleva. D'Auverney se retourna, et lui cria d'un ton sévère :

— Comment ; vous ici, Thadée ! et votre bras ?

A ce langage, si nouveau pour lui, les traits du vieux soldat se rembrunirent ; il chancela et leva la tête en arrière, comme pour arrêter les larmes qui roulaient dans ses yeux.

— Je ne croyais pas, dit-il enfin à voix basse, je n'aurais jamais cru que mon capitaine pût manquer à son vieux sergent jusqu'à lui dire *vous*.

Le capitaine se leva précipitamment.

— Pardonne, mon vieil ami, pardonne, je ne sais ce que j'ai dit ; tiens, Thad, me pardonnes-tu ?

Les larmes jaillirent des yeux du sergent, malgré lui.

— Voilà la troisième fois, baltutia-t-il ; mais celles-ci sont de joie.

La paix était faite. Un court silence s'ensuivit.

— Mais, dis-moi, Thad, demanda le capitaine doucement, pourquoi as-tu quitté l'ambulance pour venir ici ?

— C'est que, avec votre permission, j'étais venu pour vous demander, mon capitaine, s'il faudrait faire mettre demain la housse galonnée à votre cheval de bataille.

Henri se mit à rire.

— Vous auriez mieux fait, Thadée, de demander au chirurgien-major s'il faudrait mettre demain deux onces de charpie sur votre bras malade.

— Ou de vous informer, reprit Paschal, si vous pourriez boire un peu de vin pour vous rafraîchir ; en attendant, voici de l'eau-de-vie qui ne peut que vous faire du bien ; goûtez-en, mon brave sergent.

Thadée s'avança, fit un salut respectueux, s'excusa de prendre le verre de la main gauche, et le vida à la santé de la compagnie. Il s'anima.

— Vous en étiez, mon capitaine, au moment, au

moment où... Eh bien oui, ce fut moi qui proposai d'entrer sous les lianes pour empêcher des chrétiens d'être tués par des pierres. Notre officier, qui, ne sachant pas nager, craignait de se noyer, et cela était bien naturel, s'y opposait de toutes ses forces, jusqu'à ce qu'il vît, avec votre permission, messieurs, un gros caillou, qui manqua de l'écraser, tomber sur la rivière, sans pouvoir s'y enfoncer, à cause des herbes. — Il vaut encore mieux, dit-il alors, mourir comme Pharaon d'Égypte que comme saint Étienne. Nous ne sommes pas des saints, et Pharaon était un militaire comme nous. — Mon officier, un savant comme vous voyez, voulut donc bien se rendre à mon avis, à condition que j'essaierais le premier de l'exécuter. Je vais. Je descends le long du bord, je saute sous le berceau en me tenant aux branches d'en haut, et, dites, mon capitaine, je me sens tirer par la jambe ; je me débats, je crie au secours, je reçois plusieurs coups de sabre ; et voilà tous les dragons, qui étaient des diables, qui se précipitent pêle-mêle sous les lianes. C'étaient les noirs du Morne-Rouge qui s'étaient cachés là sans qu'on s'en doutât, probablement pour nous tomber sur le dos, comme un sac trop chargé, le moment d'après. — Cela n'aurait pas été un bon moment pour pêcher ! — On se battait, on jurait, on criait. Étant tout nus, il étaient plus alertes que nous ; mais nos coups portaient mieux que les leurs. Nous nagions d'un bras, et nous battions de l'autre, comme cela se pratique toujours dans ce cas-là. — Ceux qui ne savaient pas nager, dites, mon capitaine, se suspendaient d'une main aux lianes et les noirs les tiraient par les pieds. Au milieu de la bagarre, je vis un grand nègre qui se défendait comme un Belzébuth contre huit ou dix de mes camarades ; je nageai là, et je reconnus Pierrot, autrement dit Bug... Mais cela ne doit se découvrir qu'après, n'est-ce pas, mon capitaine ? Je reconnus Pierrot. Depuis la prise du fort, nous étions brouillés ensemble ; je le saisis à la gorge ; il allait se délivrer de moi d'un coup de poignard, quand il me regarda, et se rendit au lieu de me tuer ; ce qui fut très malheureux, mon capitaine, car s'il ne s'était pas rendu... — Mais cela se saura plus tard. — Sitôt que les nègres le virent pris, ils sautèrent sur nous pour le délivrer ; si bien que les milices allaient aussi entrer dans l'eau pour nous secourir, quand Pierrot, voyant sans doute que les nègres allaient tous être massacrés, dit quelques mots qui étaient un vrai grimoire, puisque cela les mit tous en fuite. Ils plongèrent, et disparurent en un clin d'œil. — Cette bataille sous l'eau aurait eu quelque chose d'agréable, et m'aurait bien amusé, si je n'y avais pas perdu un doigt et mouillé dix cartouches, et si... pauvre homme ! mais cela était écrit, mon capitaine.

Et le sergent, après avoir respectueusement appuyé le revers de sa main gauche sur la grenade de son bonnet de police, l'éleva vers le ciel d'un air inspiré.

D'Auverney paraissait violemment agité.

— Oui, dit-il, oui, tu as raison, mon vieux Thadée. Cette nuit-là fut une nuit fatale.

Il serait tombé dans une de ces profondes rêveries qui lui étaient habituelles, si l'assemblée ne l'eût vivement pressé de continuer. Il poursuivit.

XXIV

— Tandis que la scène que Thadée vient de décrire... (Thadée, triomphant, vint se placer derrière le capitaine), tandis que la scène que Thadée vient de décrire se passait derrière le mornet, j'étais parvenu, avec quelques-uns des miens, à grimper de broussaille en broussaille sur un pic nommé le *Pic du Paon*, à cause des teintes irisées que le mica répandu à sa surface présentait aux rayons du soleil. Ce pic était de niveau avec les positions des noirs. Le chemin une fois frayé, le sommet fut bientôt couvert de milices ; nous recommençâmes une vive fusillade. Les nègres, moins bien armés que nous, ne purent nous riposter aussi chaudement ; ils commencèrent à se décourager ; nous redoublâmes d'acharnement, et bientôt les rocs les plus voisins furent évacués par les rebelles, qui cependant eurent d'abord soin de faire rouler les cadavres de leurs morts sur le reste de l'armée, encore rangée en bataille sur le mornet. Alors nous abattîmes et liâmes ensemble avec des feuilles de palmier et des cordes plusieurs troncs de ces énormes cotonniers sauvages dont les premiers habitants de l'île faisaient des pirogues de cent rameurs. A l'aide de ce pont improvisé, nous passâmes sur les pics abandonnés, et une partie de l'armée se trouva ainsi avantageusement postée. Cet aspect ébranla le courage des insurgés. Notre feu se soutenait. Des clameurs lamentables, auxquelles se mêlait le nom de Bug-Jargal, retentirent soudain dans l'armée de Biassou. Une grande épouvante s'y manifesta. Plusieurs noirs du Morne-Rouge parurent sur le roc où flottait le drapeau écarlate : ils se prosternèrent, enlevèrent l'étendard, et se précipitèrent avec lui dans les gouffres de la Grande-Rivière. Cela semblait signifier que leur chef était mort ou pris.

Notre audace s'en accrut à un tel point que je résolus de chasser à l'arme blanche les rebelles des rochers qu'ils occupaient encore. Je fis jeter un pont de troncs d'arbres entre notre pic et le roc le plus voisin ; et je m'élançai le premier au milieu des nègres. Les miens allaient me suivre, quand un des rebelles, d'un coup de hache, fit voler le pont en éclats. Les débris tombèrent dans l'abîme en battant les rocs avec un bruit épouvantable.

Je tournai la tête ; en ce moment je me sentis saisir par six ou sept noirs qui me désarmèrent. Je me débattais comme un lion ; ils me lièrent avec des cordes d'écorce, sans s'inquiéter des balles que mes gens faisaient pleuvoir autour d'eux.

Mon désespoir ne fut adouci que par les cris de victoire que j'entendis pousser autour de moi un instant après ; je vis bientôt les noirs et les mulâtres gravir pêle-mêle les sommets les plus escarpés, en jetant des clameurs de détresse. Mes gardiens les imitèrent ; le plus vigoureux d'entre eux me chargea sur ses épaules, et m'emporta vers les forêts, en sautant de roche en roche avec l'agilité d'un chamois. La lueur des flammes cessa bientôt de le guider ; la faible lumière de la lune lui suffit ; il se mit seulement à marcher avec moins de rapidité.

XXV

Après avoir traversé des halliers et franchi des torrents, nous arrivâmes dans une haute vallée d'un aspect singulièrement sauvage. Ce lieu m'était absolument inconnu.

Cette vallée était située dans le cœur même des mornes, dans ce qu'on appelle à Saint-Domingue *les doubles montagnes*. C'était une grande savane verte, emprisonnée dans des murailles de roches nues, parsemée de bouquets de pins, de gayacs et de palmistes. Le froid vif qui règne presque continuellement dans cette région de l'île, bien qu'il n'y gèle pas, était encore augmenté par la fraîcheur de la nuit, qui finissait à peine. L'aube commençait à faire revivre la blancheur des hauts sommets environnants, et la vallée, encore plongée dans une obscurité profonde, n'était éclairée que par une multitude de feux allumés par les nègres ; car c'était là leur point de ralliement. Les membres disloqués de leur armée s'y rassemblaient en désordre. Les noirs et les mulâtres arrivaient de moment en moment par troupes effarées, avec des cris de détresse ou des hurlements de rage, et de nouveaux feux, brillants comme des yeux de tigre dans la sombre savane, marquaient à chaque instant que le cercle du camp s'agrandissait.

Le nègre dont j'étais le prisonnier m'avait déposé au pied d'un chêne, d'où j'observais avec insouciance ce bizarre spectacle. Le noir m'attacha par la ceinture au

tronc de l'arbre auquel j'étais adossé, resserra les
nœuds redoublés qui comprimaient tous mes mouvements, mit sur ma tête son bonnet de laine rouge, sans
doute pour indiquer que j'étais sa propriété, et après
qu'il se fut ainsi assuré que je ne pourrais ni m'échapper, ni lui être enlevé par d'autres, il se disposa à
s'éloigner. Je me décidai alors à lui adresser la parole,
et je lui demandai en patois créole, s'il était de la
bande du Dondon ou de celle de Morne-Rouge. Il
s'arrêta et me répondit d'un air d'orgueil : *Morne-
Rouge !* Une idée me vint. J'avais entendu parler de la
générosité du chef de cette bande, Bug-Jargal, et,
quoique résolu sans peine à une mort qui devait finir
tous mes malheurs, l'idée des tourments qui m'attendaient si je la recevais de Biassou ne laissait pas que de
m'inspirer quelque horreur. Je n'aurais pas mieux
demandé que de mourir, sans ces tortures. C'était
peut-être une faiblesse, mais je crois qu'en de pareils
moments notre nature d'homme se révolte toujours.
Je pensai donc que si je pouvais me soustraire à
Biassou, j'obtiendrais peut-être de Bug-Jargal une
mort sans supplices, une mort de soldat. Je demandai
à ce nègre du Morne-Rouge de me conduire à son
chef, Bug-Jargal. Il tressaillit. — Bug-Jargal ! dit-il en
se frappant le front avec désespoir : puis passant
rapidement à l'expression de la fureur, il grinça des
dents et me cria en me montrant le poing : —
Biassou ! Biassou ! — Après ce nom menaçant, il me
quitta.

La colère et la douleur du nègre me rappelèrent
cette circonstance du combat de laquelle nous avions
conclu la prise ou la mort du chef des bandes du

Morne-Rouge. Je n'en doutai plus ; et je me résignai à cette vengeance de Biassou dont le noir semblait me menacer.

XXVI

Cependant les ténèbres couvraient encore la vallée, où la foule des noirs et le nombre des feux s'accroissaient sans cesse. Un groupe de négresses vint allumer un foyer près de moi. Aux nombreux bracelets de verre bleu, rouge et violet qui brillaient échelonnés sur leurs bras et leurs jambes, aux anneaux qui chargeaient leurs oreilles, aux bagues qui ornaient tous les doigts de leurs mains et de leurs pieds, aux amulettes attachées sur leur sein, au collier de *charmes* suspendu à leur cou, au tablier de plumes bariolées, seul vêtement qui voilât leur nudité, et surtout à leurs clameurs cadencées, à leurs regards vagues et hagards, je reconnus des *griotes*. Vous ignorez peut-être qu'il existe parmi les noirs de diverses contrées de l'Afrique des nègres, doués de je ne sais quel grossier talent de poésie et d'improvisation qui ressemble à la folie. Ces nègres, errant de royaume en royaume, sont, dans ces pays barbares, ce qu'étaient les rhapsodes antiques, et, dans le moyen âge les *minstrels* d'Angleterre, les *minsinger* d'Allemagne, et les *trouvères* de France. On les appelle *griots*[14]. Leurs femmes, les griotes, possédées comme eux d'un démon insensé, accompagnent les chansons barbares de leurs maris par des danses lubriques, et présentent une parodie grotesque des bayadères de l'Hindoustan et des almées égyptiennes. C'étaient donc quelques-unes de ces femmes qui venaient de s'asseoir en rond, à quelques pas de moi, les jambes repliées à la mode africaine, autour d'un grand amas de branchages desséchés, qui brûlait en faisant trembler sur leurs visages hideux la lueur rouge de ses flammes.

Dès que leur cercle fut formé, elles se prirent toutes la main, et la plus vieille, qui portait une plume de héron plantée dans ses cheveux, se mit à crier : *Ouanga !* Je compris qu'elles allaient opérer un de ces sortilèges qu'elles désignent sous ce nom. Toutes répétèrent : *Ouanga !* La plus vieille, après un silence de recueillement, arracha une poignée de ses cheveux, et la jeta dans le feu en disant ces paroles sacramentelles : *Malé o guiab !* qui, dans le jardon des nègres créoles, signifient : — J'irai au diable. Toutes les griotes, imitant leur doyenne, livrèrent aux flammes une mèche de leurs cheveux, et redirent gravement : — *Malé o guiab !*

Cette invocation étrange, et les grimaces burlesques qui l'accompagnaient, m'arrachèrent cette espèce de convulsion involontaire qui saisit souvent malgré lui l'homme le plus sérieux ou même le plus pénétré de douleur, et qu'on appelle le fou rire. Je voulais en vain le réprimer, il éclata. Ce rire, échappé à un cœur bien triste, fit naître une scène singulièrement sombre et effrayante.

Toutes les négresses, troublées dans leur mystère, se levèrent comme réveillées en sursaut. Elles ne s'étaient pas aperçues jusque-là de ma présence. Elles coururent tumultueusement vers moi, en hurlant : *Blanco ! blanco !* Je n'ai jamais vu une réunion de figures plus diversement horribles que ne l'étaient dans leur fureur tous ces visages noirs avec leurs dents blanches et leurs yeux blancs traversés de grosses veines sanglantes.

Elles m'allaient déchirer. La vieille à la plume de héron fit un signe, et cria à plusieurs reprises : *Zoté cordé ! zoté cordé*[a] ! Ces forcenées s'arrêtèrent subitement, et je les vis, non sans surprise, détacher toutes ensemble leur tablier de plumes, les jeter sur l'herbe, et commencer autour de moi cette danse lascive que les noirs appellent *la chica*.

Cette danse, dont les attitudes grotesques et la vive allure n'expriment que le plaisir et la gaieté, empruntait ici de diverses circonstances accessoires un caractère sinistre. Les regards foudroyants que me lançaient les griotes au milieu de leurs folâtres évolutions, l'accent lugubre qu'elles donnaient à l'air joyeux de *la chica*, le gémissement aigu et prolongé que la vénérable présidente du sanhédrin noir arrachait de temps en temps à son *balafo*, espèce d'épinette qui murmure comme un petit orgue, et se compose d'une vingtaine de tuyaux de bois dur dont la grosseur et la longueur vont en diminuant graduellement, et surtout l'horrible rire que chaque sorcière nue, à certaines pauses de la danse, venait me présenter à son tour, en appuyant presque son visage sur le mien, ne m'annonçaient que trop à quel affreux châtiments devait s'attendre le *blanco* profanateur de leur Ouanga. Je me rappelai la

---

a. Accordez-vous ! accordez-vous !

coutume de ces peuplades sauvages qui dansent autour des prisonniers avant de les massacrer, et je laissai patiemment ces femmes exécuter le ballet du drame dont je devais ensanglanter le dénouement. Cependant je ne pus m'empêcher de frémir quand je vis, à un moment marqué par le balafo, chaque griote mettre dans le brasier la pointe d'une lame de sabre, ou le fer d'une hache, l'extrémité d'une longue aiguille à voiture, les pinces d'une tenaille, ou les dents d'une scie.

La danse touchait à sa fin ; les instruments de torture étaient rouges. A un signal de la vieille, les négresses allèrent processionnellement chercher, l'une après l'autre, quelque arme horrible dans le feu.

Celles qui ne purent se munir d'un fer ardent prirent un tison enflammé. Alors je compris clairement quel supplice m'était réservé, et que j'aurais un bourreau dans chaque danseuse. A un autre commandement de leur coryphée, elles recommencèrent une dernière ronde, en se lamentant d'une manière effrayante. Je fermai les yeux pour ne plus voir du moins les ébats de ces démons femelles, qui, haletants de fatigue et de rage, entrechoquaient en cadence sur leurs têtes leurs ferrailles flambroyantes, d'où s'échappaient un bruit aigu et des myriades d'étincelles. J'attendis en me roidissant l'instant où je sentirais mes chairs se tourmenter, mes os se calciner, mes nerfs se tordre sous les morsures brûlantes des tenailles et des scies, et un frisson courut sur tous mes membres. Ce fut un moment affreux.

Il ne dura heureusement pas longtemps. La chica des griotes atteignait son dernier période, quand j'entendis de loin la voix du nègre qui m'avait fait prisonnier. Il accourait en criant : *Que haceis, mujeres de demonio ? Que haceis alli ? Dexaïs mi prisonero*[a] ! Je rouvris les yeux. Il était déjà grand jour. Le nègre se hâtait avec mille gestes de colère. Les griotes s'étaient arrêtées ; mais elles paraissaient moins émues de ses menaces qu'interdites par la présence d'un personnage assez bizarre dont le noir était accompagné.

C'était un homme très gros et très petit, une sorte de nain, dont le visage était caché par un voile blanc, percé de trois trous, pour la bouche et les yeux, à la manière des pénitents. Ce voile, qui tombait sur son cou et ses épaules, laissait nue sa poitrine velue, dont la couleur me parut être celle des griffes, et sur laquelle brillait, suspendu à une chaîne d'or, le soleil d'un ostensoir d'argent tronqué. On voyait le manche en croix d'un poignard grossier passer au-dessus de sa ceinture écarlate qui soutenait un jupon rayé de vert, de jaune et de noir, dont la frange descendait jusqu'à ses pieds larges et difformes. Ses bras, nus comme sa poitrine, agitaient un bâton blanc ; un chapelet, dont les grains étaient d'adrézarach, pendait à sa ceinture, près du poignard ; et son front était surmonté d'un bonnet pointu orné de sonnettes dans lequel, lorsqu'il s'approcha, je ne fus pas peu surpris de reconnaître la *gorra* d'Habibrah. Seulement, parmi les hiéroglyphes dont cette espèce de mitre était couverte, on remarquait des taches de sang. C'était sans doute le sang du fidèle bouffon. Ces traces de meurtre me parurent une

a. Que faites-vous, femmes du démon ? Que faites-vous là ? Laissez mon prisonnier !

nouvelle preuve de sa mort, et réveillèrent dans mon cœur un dernier regret.

Au moment où les griotes aperçurent cet héritier du bonnet d'Habibrah, elles s'écrièrent toutes ensemble : — L'*obi* ! et tombèrent prosternées. Je devinai que c'était le sorcier de l'armée de Biassou. — *Basta ! Basta !* dit-il en arrivant auprès d'elles, avec une voix sourde et grave, *dexaïs el prisonero de Biassu*[a]. Toutes les négresses, se relevant en tumulte, jetèrent les instruments de mort dont elles étaient chargées, reprirent leurs tabliers de plumes, et, à un geste de l'obi, elles se dispersèrent comme une nuée de sauterelles.

En ce moment le regard de l'obi parut se fixer sur moi ; il tressaillit, recula d'un pas, et reporta son bâton blanc vers les griotes, comme s'il eût voulu les rappeler. Cependant, après avoir grommelé entre ses dents le mot *maldicho*[b], et dit quelques paroles à l'oreille du nègre, il se retira lentement, en croisant les bras, et dans l'attitude d'une profonde méditation.

XXVII

Mon gardien m'apprit alors que Biassou demandait à me voir, et qu'il fallait me préparer à soutenir dans une heure une entrevue avec ce chef.

a. Il suffit ! il suffit ! Laissez le prisonnier de Biassou !
b. Maudit.

C'était sans doute encore une heure de vie. En attendant qu'elle fût écoulée, mes regards erraient sur le camp des rebelles, dont le jour me laissait voir dans ses moindres détails la singulière physionomie. Dans une autre disposition d'esprit, je n'aurais pu m'empêcher de rire de l'inepte vanité des noirs, qui étaient presque tous chargés d'ornements militaires et sacerdotaux, dépouilles de leurs victimes. La plupart de ces parures n'étaient plus que des haillons déchiquetés et sanglants. Il n'était pas rare de voir briller un hausse-col sous un rabat, ou une épaulette sur une chasuble. Sans doute pour se délasser des travaux auxquels ils avaient été condamnés toute leur vie, les nègres restaient dans une inaction inconnue à nos soldats, même retirés sous la tente. Quelques-uns dormaient au grand soleil, la tête près d'un feu ardent ; d'autres, l'œil tour à tour terne et furieux, chantaient un air monotone, accroupis sur le seuil de leurs *ajoupas*, espèces de huttes couvertes de feuilles de bananier ou de palmier, dont la forme conique ressemble à nos tentes canonnières. Leurs femmes noires ou cuivrées, aidées des négrillons, préparaient la nourriture des combattants. Je les voyais remuer avec des fourches l'igname, les bananes, la patate, les pois, le coco, le maïs, le chou caraïbe qu'ils appellent tayo, et une foule d'autres fruits indigènes qui bouillonnaient autour des quartiers de porc, de tortue et de chien, dans de grandes chaudières volées aux cases des planteurs. Dans le lointain, aux limites du camp, les griots et les griotes formaient de grandes rondes autour des feux, et le vent m'apportait par lambeaux leurs chants barbares mêlés aux sons des guitares et des balafos. Quelques vedettes, placées au sommets des rochers voisins, éclairaient les alentours du quartier général de Biassou, dont le seul retranchement, en cas d'attaque, était un cordon circulaire de cabrouets, chargés de butin et de munitions. Ces sentinelles noires, debout sur la pointe aiguë des pyramides de granit dont les mornes sont hérissés, tournaient fréquemment sur elles-mêmes, comme les girouettes sur les flèches gothiques, et se renvoyaient l'une à l'autre, de toute la force de leurs poumons, le cri qui maintenait la sécurité du camp : *Nada ! Nada*[a] !

De temps en temps, des attroupements de nègres curieux se formaient autour de moi. Tous me regardaient d'un air menaçant.

XXVIII

Enfin, un peloton de soldats de couleur, assez bien armés, arriva vers moi. Le noir à qui je semblais appartenir me détacha du chêne auquel j'étais lié, et me remit au chef de l'escouade, des mains duquel il reçut en échange un assez gros sac, qu'il ouvrit sur-le-champ. C'étaient des piastres. Pendant que le nègre, agenouillé sur l'herbe, les comptait avidement, les soldats m'entraînèrent. Je considérai avec curiosité leur équipement. Ils portaient un uniforme de gros drap, brun, rouge et jaune, coupé à l'espagnole ; une

a. Rien ! Rien !

espèce de *montera* [15] castillane, ornée d'une large cocarde rouge [a], cachait leurs cheveux de laine. Ils avaient, au lieu de giberne, une façon de carnassière attachée sur le côté. Leurs armes étaient un lourd fusil, un sabre et un poignard. J'ai su depuis que cet uniforme était celui de la garde particulière de Biassou.

Après plusieurs circuits entre les rangées irrégulières d'ajoupas qui encombraient le camp, nous parvînmes à l'entrée d'une grotte, taillée par la nature au pied de l'un de ces immenses pans de roches dont la savane était murée. Un grand rideau d'une étoffe thibétaine qu'on appelle le katchmir, et qui se distingue moins par l'éclat de ses couleurs que par ses plis moelleux et ses dessins variés, fermait à l'œil intérieur de cette caverne. Elle était entourée de plusieurs lignes redoublées de soldats, équipés comme ceux qui m'avaient amené.

Après l'échange du mot d'ordre avec les deux sentinelles qui se promenaient devant le seuil de la grotte, le chef de l'escouade souleva le rideau de katchmir, et m'introduisit, en le laissant retomber derrière moi.

Une lampe de cuivre à cinq becs, pendue par des chaînes à la voûte, jetait une lumière vacillante sur les parois humides de cette caverne fermée au jour. Entre deux haies de soldats mulâtres, j'aperçus un homme de couleur, assis sur un énorme tronc d'acajou, que recouvrait à demi un tapis de plumes de perroquet. Cet homme appartenait à l'espèce des *sacatras*, qui

a. On sait que cette couleur est celle de la cocarde espagnole.

n'est séparée des nègres que par une nuance souvent
imperceptible. Son costume était ridicule. Une ceinture magnifique de tresse de soie, à laquelle pendait
une croix de Saint-Louis, retenait à la hauteur du
nombril un caleçon bleu, de toile grossière ; une veste
de basin blanc, trop courte pour descendre jusqu'à la
ceinture, complétait son vêtement. Il portait des
bottes grises, un chapeau rond, surmonté d'une
cocarde rouge, et des épaulettes, dont l'une était d'or
avec les deux étoiles d'argent des maréchaux de camp,
l'autre de laine jaune. Deux étoiles de cuivre, qui
paraissaient avoir été des molettes d'éperons, avaient
été fixées sur la dernière, sans doute pour la rendre
digne de figurer auprès de sa brillante compagne. Ces
deux épaulettes, n'étant point bridées à leur place
naturelle par des ganses transversales, pendaient des
deux côtés de la poitrine du chef. Un sabre et des
pistolets richement damasquinés étaient posés sur le
tapis de plumes auprès de lui.

Derrière son siège se tenaient, silencieux et immobiles, deux enfants revêtus du caleçon des esclaves, et
portant chacun un large éventail de plumes de paon.
Ces deux enfants esclaves étaient blancs.

Deux carreaux de velours cramoisi, qui paraissaient
avoir appartenu à quelque prie-Dieu de presbytère,
marquaient deux places à droite et à gauche du bloc
d'acajou. L'une de ces places, celle de droite, était
occupée par l'obi qui m'avait arraché à la fureur des
griotes. Il était assis, les jambes repliées, tenant sa
baguette droite, immobile comme une idole de porce-
laine dans une pagode chinoise. Seulement, à travers

les trous de son voile, je voyais briller ses yeux flamboyants, constamment attachés sur moi.

De chaque côté du chef étaient des faisceaux de drapeaux, de bannières et de guidons de toute espèce, parmi lesquels je remarquai le drapeau blanc fleurde-lysé, le drapeau tricolore et le drapeau d'Espagne. Les autres étaient des enseignes de fantaisie. On y voyait un grand étendard noir.

Dans le fond de la salle, au-dessus de la tête du chef, un autre objet attira encore mon attention. C'était le portrait de ce mulâtre Ogé, qui avait été roué l'année précédente au Cap, pour crime de rébellion, avec son lieutenant Jean-Baptiste Chavanne, et vingt autres noirs ou sang-mêlés. Dans ce portrait, Ogé, fils d'un boucher du Cap, était représenté comme il avait coutume de se faire peindre, en uniforme de lieute-nant-colonel, avec la croix de Saint-Louis, et l'ordre du mérite du Lion, qu'il avait acheté en Europe du prince de Limbourg.

Le chef sacatra devant lequel j'étais introduit était d'une taille moyenne. Sa figure ignoble offrait un rare mélange de finesse et de cruauté. Il me fit approcher, et me considéra quelque temps en silence ; enfin il se mit à ricaner à la manière de l'hyène.

— Je suis Biassou, me dit-il.

Je m'attendais à ce nom, mais je ne pus l'entendre de cette bouche, au milieu de ce rire féroce, sans frémir intérieurement. Mon visage pourtant resta calme et fier. Je ne répondis rien.

— Eh bien ! reprit-il en assez mauvais français, est-ce que tu viens déjà d'être empalé, pour ne pouvoir plier l'épine du dos en présence de Jean Biassou, généralissime des pays conquis et maréchal de camp des armées de *su magestad catolica* ? (La tactique des principaux chefs rebelles était de faire croire qu'ils agissaient, tantôt pour le roi de France, tantôt pour la révolution, tantôt pour le roi d'Espagne.)

Je croisai les bras sur ma poitrine, et le regardai fixement. Il recommença à ricaner. Ce *tic* lui était familier.

— Oh ! Oh ! *me pareces hombre de buen corazon*[a]. Eh bien, écoute ce que je vais te dire. Es-tu créole ?

— Non, répondis-je, je suis français.

Mon assurance lui fit froncer le sourcil. Il reprit en ricanant :

— Tant mieux ! Je vois à ton uniforme que tu es officier. Quel âge as-tu ?

— Vingt ans.

— Quand les as-tu atteints ?

A cette question, qui réveillait en moi de bien douloureux souvenirs, je restai un moment absorbé dans mes pensées. Il la répéta vivement. Je lui répondis :

— Le jour où ton compagnon Léogri fut pendu.

La colère contracta ses traits ; son ricanement se prolongea. Il se contint cependant.

— Il y a vingt-trois jours que Léogri fut pendu, me dit-il. Français, tu lui diras ce soir, de ma part, que tu as vécu vingt-quatre jours de plus que lui. Je veux te laisser au monde encore cette journée, afin que tu puisses lui conter où en est la liberté de ses frères, ce que tu as vu dans le quartier général de Jean Biassou,

a. Tu me parais homme de bon courage.

maréchal de camp, et quelle est l'autorité de ce généralissime sur les *gens du roi*.

C'était sous ce titre que Jean-François, qui se faisait appeler *grand amiral de France*, et son camarade Biassou, désignaient leurs hordes de nègres et de mulâtres révoltés.

Alors il ordonna que l'on me fît asseoir entre deux gardes dans un coin de la grotte, et, adressant un signe de la main à quelques nègres affublés de l'habit d'aide de camp :

— Qu'on batte le rappel, que toute l'armée se rassemble autour de notre quartier général, pour que nous la passions en revue. Et vous, monsieur le chapelain, dit-il en se tournant vers l'obi, couvrez-vous de vos vêtements sacerdotaux, et célébrez pour nous et nos soldats le saint sacrifice de la messe.

L'obi se leva, s'inclina profondément devant Biassou, et lui dit à l'oreille quelques paroles que le chef interrompit brusquement et à haute voix.

— Vous n'avez point d'autel, ditez-vous, *señor cura !* cela est-il étonnant dans ces montagnes ? Mais qu'importe ! depuis quand le *bon Giu*[a] a-t-il besoin pour son culte d'un temple magnifique, d'un autel orné d'or et de dentelles ? Gédéon et Josué l'ont adoré devant des monceaux de pierres : faisons comme eux, *bon per*[b] ; il suffit au *bon Giu* que les cœurs soient fervents. Vous n'avez point d'autel ! Eh bien, ne pouvez-vous pas vous en faire un de cette grande caisse de sucre, prise avant-hier par les gens du roi dans l'habitation Dubuisson ?

a. Patois créole. Le bon Dieu.
b. Patois créole. Bon père.

L'intention de Biassou fut promptement exécutée. En un clin d'œil l'intérieur de la grotte fut disposé pour cette parodie du divin mystère. On apporta un tabernacle et un saint ciboire enlevés à la paroisse de l'Acul, au même temple où mon union avec Marie avait reçu du ciel une bénédiction si promptement suivie de malheur. On érigea en autel la caisse de sucre volée, qui fut couverte d'un drap blanc, en guise de nappe, ce qui n'empêchait pas de lire encore sur les faces latérales de cet autel : *Dubuisson et Cie, pour Nantes.*

Quand les vases sacrés furent placés sur la nappe, l'obi s'aperçut qu'il manquait une croix : il tira son poignard, dont la garde horizontale présentait cette forme, et le planta debout entre le calice et l'ostensoir, devant le tabernacle. Alors, sans ôter son bonnet de sorcier et son voile de pénitent, il jeta promptement la chape volée au prieur de l'Acul sur son dos et sa poitrine nue, ouvrit auprès du tabernacle le missel à fermoir d'argent sur lequel avaient été lues les prières de mon fatal mariage, et, se tournant vers Biassou, dont le siège était à quelques pas de l'autel, annonça par une salutation profonde qu'il était prêt.

Sur-le-champ, à un signe du chef, les rideaux de katchmir furent tirés, et nous découvrirent toute l'armée noire rangée en carrés épais devant l'ouverture de la grotte. Biassou ôta son chapeau et s'agenouilla devant l'autel. — A genoux ! cria-t-il d'une voix forte. — A genoux ! répétèrent les chefs de chaque bataillon. Un roulement de tambours se fit entendre. Toutes les hordes étaient agenouillées.

Seul, j'étais resté immobile sur mon siège, révolté

de l'horrible profanation qui allait se commettre sous mes yeux : mais les deux vigoureux mulâtres qui me gardaient dérobèrent mon siège sous moi, me poussèrent rudement par les épaules, et je tombai à genoux comme les autres, contraint de rendre un simulacre de respect à ce simulacre de culte.

L'obi officia gravement. Les deux petits pages blancs de Biassou faisaient les offices de diacre et de sous-diacre.

La foule des rebelles, toujours prosternée, assistait à la cérémonie avec un recueillement dont le *généralissime* donnait le premier l'exemple. Au moment de l'exaltation, l'obi, élevant entre ses mains l'hostie consacrée, se tourna vers l'armée, et cria en jargon créole : — *Zoté coné bon Giu ; ce li mo fe zoté voer. Blan touyé li, touyé blan yo toute*[a]. A ces mots, prononcés d'une voix forte, mais qu'il me semblait avoir déjà entendue quelque part et en d'autres temps, toute la horde poussa un rugissement : ils entrechoquèrent longtemps leurs armes, et il ne fallut rien moins que la sauvegarde de Biassou pour empêcher que ce bruit sinistre ne sonnât ma dernière heure. Je compris à quels excès de courage et d'atrocité pouvaient se porter des hommes pour qui un poignard était une croix, et sur l'esprit desquels toute impression est prompte et profonde.

---

a. « Vous connaissez le bon Dieu : c'est lui que je vous fais voir. Les blancs l'ont tué ; tuez tous les blancs. » Depuis, Toussaint-Louverture avait coutume d'adresser la même allocution aux nègres, après avoir communié.

XXIX

La cérémonie terminée, l'obi se retourna vers Biassou avec une révérence respectueuse. Alors le chef se leva, et, s'adressant à moi, me dit en français :

— On nous accuse de n'avoir pas de religion, tu vois que c'est une calomnie, et que nous sommes bons catholiques.

Je ne sais s'il parlait ironiquement ou de bonne foi. Un moment après, il se fit apporter un vase de verre plein de grains de maïs noir, il y jeta quelques grains de maïs blanc ; puis, élevant le vase au-dessus de sa tête, pour qu'il fût mieux vu de toute son armée :

— Frères, vous êtes le maïs noir, les blancs vos ennemis sont le maïs blanc.

A ces paroles, il remua le vase, et quand presque tous les grains blancs eurent disparu sous les noirs, il s'écria d'un air d'inspiration et de triomphe : *Guetté blan si la la*[a].

Une nouvelle acclamation, répétée par tous les échos des montagnes, accueillit la parabole du chef. Biassou continua, en mêlant fréquemment son méchant français de phrases créoles et espagnoles :

— *El tiempo de la mansuetud es pasado*[b]. Nous avons été longtemps patients comme les moutons, dont les blancs comparent la laine à nos cheveux ; soyons maintenant implacables comme les panthères et les

a. Voyez ce que sont les blancs relativement à vous !
b. Le temps de la mansuétude est passé.

jaguars des pays d'où ils nous ont arrachés. La force peut seule acquérir les droits ; tout appartient à qui se montre fort et sans pitié. Saint-Loup a deux fêtes dans le calendrier grégorien, l'agneau pascal n'en a qu'une ! — N'est-il pas vrai, monsieur le chapelain ?

L'obi s'inclina en signe d'adhésion.

— ... Ils sont venus, poursuivit Biassou, ils sont venus les ennemis de la régénération de l'humanité, ces blancs, ces colons, ces planteurs, ces hommes de négoce, *verdaderos demonios* vomis de la bouche d'Alecto ! *Son venidos con insolencia*[a]. Ils étaient couverts, les superbes, d'armes, de panaches et d'habits magnifiques à l'œil, et ils nous méprisaient parce que nous sommes noirs et nus. Ils pensaient, dans leur orgueil, pouvoir nous disperser aussi aisément que ces plumes de paon chassent les noirs essaims des moustiques et des maringouins !

En achevant cette comparaison, il avait arraché des mains d'un esclave blanc un des éventails qu'il faisait porter derrière lui, et l'agitait sur sa tête avec mille gestes véhéments. Il reprit :

— ... Mais, ô mes frères, notre armée a fondu sur la leur comme les bigailles sur un cadavre ; ils sont tombés avec leurs beaux uniformes sous les coups de ces bras nus qu'ils croyaient sans vigueur, ignorant que le bon bois est plus dur quand il est dépouillé d'écorce. Ils tremblent maintenant, ces tyrans exécrés ! *Yo gagné peur*[b] !

Un hurlement de joie et de triomphe répondit à ce

a. Ils sont venus avec insolence.
b. Jargon créole. *Ils ont peur.*

cri du chef, et toutes les hordes répétèrent longtemps :
— *Yo gagné peur!*

— ... Noirs créoles et congos, ajouta Biassou,
vengeance et liberté! Sang-mêlés, ne vous laissez pas
attiédir par les séductions *de los diabolos blancos.* Vos
pères sont dans leurs rangs, mais vos mères sont dans
les nôtres. Au reste, *o hermanos de mi alma*[a], ils ne
vous ont jamais traités en pères, mais bien en maîtres;
vous étiez esclaves comme les noirs. Pendant qu'un
misérable pagne couvrait à peine vos flancs brûlés par
le soleil, vos barbares pères se pavanaient sous de
buenos sombreros, et portaient des vestes de nankin les
jours de travail, et les jours de fête des habits de
bouracan ou de velours, *a diez y siete quartos la vara*[b].
Maudissez ces êtres dénaturés! Mais, comme les
saints commandements du *bon Giu* le défendent, ne
frappez pas vous-même votre propre père. Si vous le
rencontrez dans les rangs ennemis, qui vous empêche,
amigos, de vous dire l'un à l'autre : *Touyé papa moé,
ma touyé quena toué*[c]! Vengeance, gens du roi!Liberté
à tous les hommes! Ce cri a son écho dans toutes les
îles; il est parti de *Quisqueya*[d], il réveille Tabago à
Cuba. C'est un chef des cent vingt-cinq nègres
marrons de la montagne Bleue, c'est un noir de la
Jamaïque, Boukmann, qui a levé l'étendard parmi

a. Ô frères de mon âme.
b. A dix-sept *quartos* la *vara* (mesure espagnole qui équivaut à
peu près à l'aune).
c. Tue mon père, je tuerai le tien. On a entendu en effet les
mulâtres, capitulant en quelque sorte avec le parricide, prononcer
ces exécrables paroles.
d. Ancien nom de Saint-Domingue, qui signifie *Grande-Terre.*
Les indigènes l'appelaient aussi *Aity.*

nous. Une victoire a été son premier acte de fraternité avec les noirs de Saint-Domingue. Suivons son glorieux exemple, la torche d'une main, la hache de l'autre ! Point de grâce pour les blancs, pour les planteurs ! Massacrons leurs familles, dévastons leurs plantations ; ne laissons point dans leurs domaines un arbre qui n'ait la racine en haut. Bouleversons la terre pour qu'elle engloutisse les blancs ! Courage donc, amis et frères ! nous irons bientôt combattre et exterminer. Nous triompherons ou nous mourrons. Vainqueurs, nous jouirons à notre tour de toutes les joies de la vie ; morts, nous irons dans le ciel, où les saints nous attendent, dans le paradis, où chaque brave recevra une double mesure d'*aguardiente*[a] et une piastre-gourde par jour !

Cette sorte de sermon soldatesque, qui ne vous semble que ridicule, messieurs, produisit sur les rebelles un effet prodigieux. Il est vrai que la pantomine extraordinaire de Biassou, l'accent inspiré de sa voix, le ricanement étrange qui entrecoupait ses paroles, donnaient à sa harangue je ne sais quelle puissance de prestige et de fascination. L'art avec lequel il entremêlait sa déclamation de détails faits pour flatter la passion ou l'intérêt des révoltés ajoutait un degré de force à cette éloquence, appropriée à cet auditoire.

Je n'essaierai donc pas de vous décrire quel sombre enthousiasme se manifesta dans l'armée insurgée après l'allocution de Biassou. Ce fut un concert discordant de cris, de plaintes, de hurlements. Les uns se

a. Eau-de-vie.

frappaient la poitrine, les autres heurtaient leurs massues et leurs sabres. Plusieurs, à genoux ou prosternés, conservaient l'attitude d'une immobile extase. Des négresses se déchiraient les seins et les bras avec les arêtes de poissons dont elles se servent en guise de peigne pour démêler leurs cheveux. Les guitares, les tamtams, les tambours, les balafos, mêlaient leurs bruits aux décharges de mousqueterie. C'était quelque chose d'un sabbat.

Biassou fit un signe de la main ; le tumulte cessa comme par un prodige ; chaque nègre reprit son rang en silence. Cette discipline, à laquelle Biassou avait plié ses égaux par le simple ascendant de la pensée et de la volonté, me frappa, pour ainsi dire, d'admiration. Tous les soldats de cette armée de rebelles paraissaient parler et se mouvoir sous la main du chef, comme les touches du clavecin sous les doigts du musicien.

XXX

Un autre spectacle, un autre genre de charlatanisme et de fascination excita alors mon attention ; c'était le pansement des blessés. L'obi, qui remplissait dans l'armée les doubles fonctions de médecin de l'âme et de médecin du corps, avait commencé l'inspection des malades. Il avait dépouillé ses ornements sacerdotaux, et avait fait apporter auprès de lui une grande caisse à compartiments dans laquelle étaient ses drogues et ses instruments. Il usait fort rarement de ses outils chirurgicaux, et, excepté une lancette en arête de poisson avec laquelle il pratiquait fort adroitement une saignée, il me paraissait assez gauche dans le maniement de la tenaille qui lui servait de pince, et du couteau qui lui tenait lieu de bistouri. Il se bornait, la plupart du temps, à prescrire des tisanes d'oranges des bois, des breuvages de squine, et de salsepareille, et quelques gorgées de vieux tafia. Son remède favori, et qu'il disait souverain, se composait de trois verres de vin rouge, où il mêlait la poudre d'une noix muscade et d'un jaune d'œuf bien cuit sous la cendre. Il employait ce spécifique pour guérir toute espèce de plaie ou de maladie. Vous concevez aisément que cette médecine était aussi dérisoire que le culte dont il se faisait le ministre ; et il est probable que le petit nombre de cures qu'il opérait par hasard n'eût point suffi pour conserver à l'obi la confiance des noirs, s'il n'eût joint des jongleries à ses drogues, et s'il n'eût cherché à agir d'autant plus sur l'imagination des nègres qu'il agissait moins sur leurs maux. Ainsi, tantôt il se bornait à toucher leurs blessures en faisant quelques signes mystiques ; d'autres fois, usant habilement de ce reste d'anciennes superstitions qu'ils mêlaient à leur catholicisme de fraîche date, il mettait dans les plaies une petite pierre fétiche enveloppée de charpie ; et le malade attribuait à la pierre les bienfaisants effets de la charpie. Si l'on venait lui annoncer que tel blessé, soigné par lui, était mort de sa blessure, et peut-être de son pansement : — Je l'avais prévu, répondait-il d'une voix solennelle, c'était un traître ; dans l'incendie de telle habitation il avait sauvé un

blanc. Sa mort est un châtiment ! — Et la foule des
rebelles ébahis applaudissait, de plus en plus ulcérée
dans ses sentiments de haine et de vengeance. Le
charlatan employa, entre autres, un moyen de guérison dont la singularité me frappa. C'était pour un des
chefs noirs, assez dangereusement blessé dans le
dernier combat. Il examina longtemps la plaie, la
pansa de son mieux, puis, montant à l'autel : — Tout
cela n'est rien, dit-il. Alors il déchira trois ou quatre
feuillets du missel, les brûla à la flamme des flambeaux dérobés à l'église de l'Acul, et, mêlant la cendre
de ce papier consacré à quelques gouttes de vin versées
dans le calice : — Buvez, dit-il au blessé ; ceci est la
guérison[a]. — L'autre but stupidement, fixant des
yeux pleins de confiance sur le jongleur, qui avait les
mains levées sur lui, comme pour appeler les bénédic-
tions du ciel ; et peut-être la conviction qu'il était guéri
contribua-t-elle à le guérir.

XXXI

Une autre scène, dont l'obi voilé était encore le
principal acteur, succéda à celle-ci : le médecin avait
remplacé le prêtre, le sorcier remplaça le médecin.

---

[a]. Ce remède est encore assez fréquemment pratiqué en Afrique,
notamment par les Maures de Tripoli, qui jettent souvent dans leurs
breuvages la cendre d'une page du livre de Mahomet. Cela compose
un philtre auquel ils attribuent des vertus souveraines. Un voyageur
anglais, je ne sais plus lequel, appelle ce breuvage une *infusion
d'Alcoran.*

— *Hombres, escuchate*[a] ! s'écria l'obi, sautant avec une incroyable agilité sur l'autel improvisé, où il tomba assis les jambes repliées dans son jupon bariolé, *escuchate hombres !* Que ceux qui voudront lire au livre du destin le mot de leur vie s'approchent, je le leur dirai ; *hé estudiado la ciencia de los gitanos* [b].

Une foule de noirs et de mulâtres s'avancèrent précipitamment.

— L'un après l'autre ! dit l'obi, dont la voix sourde et intérieure reprenait quelquefois cet accent criard qui me frappait comme un souvenir ; si vous venez tous ensemble, vous entrerez tous ensemble au tombeau.

Ils s'arrêtèrent. En ce moment, un homme de couleur, vêtu d'une veste et d'un pantalon blanc, coiffé d'un madras, à la manière des riches colons, arriva près de Biassou. La consternation était peinte sur sa figure.

— Eh bien ! dit le *généralissime* à voix basse, qu'est-ce ? qu'avez-vous, Rigaud ?

C'était ce chef mulâtre du rassemblement des Cayes, depuis connu sous le nom de *général Rigaud*, homme rusé sous des dehors candides, cruel sous un air de douceur. Je l'examinai avec attention.

— Général, répondit Rigaud (et il parlait très bas, mais j'étais placé près de Biassou, et j'entendais), il y a là, aux limites du camp, un émissaire de Jean-François. Boukmann vient d'être tué dans un engage-

---

a. Hommes, écoutez ! — Le sens que les Espagnols attachent au mot *hombre*, dans ce cas, ne peut se traduire. C'est plus qu'*homme*, et moins qu'*ami*.
b. J'ai étudié la science des Égyptiens.

ment avec M. de Touzard; et les blancs ont dû exposer sa tête comme un trophée dans leur ville.

— N'est-ce que cela? dit Biassou; et ses yeux brillaient de la secrète joie de voir diminuer le nombre des chefs, et, par conséquent, croître son importance.

— L'émissaire de Jean-François a en outre un message à vous remettre.

— C'est bon, reprit Biassou. Quittez cette mine de déterré, mon cher Rigaud.

— Mais, objecta Rigaud, ne craignez-vous pas, général, l'effet de la mort de Boukmann sur votre armée?

— Vous n'êtes pas si simple que vous le paraissez, Rigaud, répliqua le chef; vous allez juger Biassou. Faites retarder seulement d'un quart d'heure l'admission du messager.

Alors il s'approcha de l'obi, qui, durant ce dialogue, entendu de moi seul, avait commencé son office de devin, interrogeant les nègres émerveillés, examinant les signes de leurs fronts et de leurs mains, et leur distribuant plus ou moins de bonheur à venir, suivant le son, la couleur et la grosseur de la pièce de monnaie jetée par chaque nègre à ses pieds dans une patène d'argent doré. Biassou lui dit quelques mots à l'oreille. Le sorcier, sans interrompre, continua ses opérations métoposcopiques [16].

« — Celui, disait-il, qui porte au milieu du front, sur la ride du soleil, une petite figure carrée ou un triangle, fera une grande fortune sans peine et sans travaux.

« La figure de trois *S* rapprochés, en quelque endroit du front qu'ils se trouvent, est un signe bien

funeste : celui qui porte ce signe se noiera infailliblement, s'il n'évite l'eau avec le plus grand soin.

« Quatre lignes partant du nez, et se recourbant
deux à deux sur le front au-dessus des yeux, annoncent qu'on sera un jour prisonnier de guerre, et qu'on
gémira captif aux mains de l'étranger. »

Ici l'obi fit une pause.

— Compagnons, ajouta-t-il gravement, j'avais
observé ce signe sur le front de Bug-Jargal, chef des
braves du Morne-Rouge.

Ces paroles, qui me confirmaient encore la prise de
Bug-Jargal, furent suivies des lamentations d'une
horde qui ne se composait que de noirs, et dont les
chefs portaient des caleçons écarlates ; c'était la bande
du Morne-Rouge.

Cependant l'obi recommençait :

« — Si vous avez, dans la partie droite du front, sur
la ligne de la lune, quelque figure qui ressemble à une
fourche, craignez de demeurer oisif ou de trop rechercher la débauche.

« Un petit signe bien important, la figure arabe du
chiffre 3, sur la ligne du soleil, vous présage des coups
de bâton... »

Un vieux nègre espagnol-domingois interrompit le
sorcier. Il se traînait vers lui en implorant un pansement. Il avait été blessé au front, et l'un de ses yeux,
arraché de son orbite, pendait tout sanglant. L'obi
l'avait oublié dans sa revue médicale. Au moment où il
l'aperçut il s'écria :

— Des figures rondes dans la partie droite du
front, sur la ligne de la lune, annoncent des maladies
aux yeux. — *Hombre*, dit-il au misérable blessé, ce

signe est bien apparent sur ton front ; voyons ta main.

— *Alas ! exelentisimo señor,* repartit l'autre, *mir'usted mi ojo*[a] !

— Fatras[b], répliqua l'obi avec humeur, j'ai bien
besoin de voir son œil ! — Ta main, te dis-je !

Le malheureux livra sa main, en murmurant toujours : *mi ojo !*

— Bon ! dit le sorcier. — Si l'on trouve sur la ligne
de vie un point entouré d'un petit cercle, on sera
borgne, parce que cette figure annonce la perte d'un
œil. C'est cela, voici le point et le petit cercle, tu seras
borgne.

— *Ya le soy*[c], répondit le fatras en gémissant
pitoyablement.

Mais l'obi, qui n'était plus chirurgien, l'avait
repoussé rudement, et poursuivait sans se soucier de la
plainte du pauvre borgne :

« *Escuchate, hombres !* — Si les sept lignes du front
sont petites, tortueuses, faiblement marquées, elles
annoncent un homme dont la vie sera courte.

« Celui qui aura entre les deux sourcils sur la ligne
de la lune la figure de deux flèches croisées mourra
dans une bataille.

« Si la ligne de vie qui traverse la main présente une
croix à son extrémité près de la jointure, elle présage
qu'on paraîtra sur l'échafaud... »

— Et ici, reprit l'obi, je dois vous le dire *hermanos,*
l'un des plus braves appuis de l'indépendance,
Boukmann, porte ces trois signes funestes.

a. Hélas ! très excellent seigneur, regardez mon œil.
b. Nom sous lequel on désignait un vieux nègre hors de service.
c. Je le suis déjà.

A ces mots tous les nègres tendirent la tête,
retinrent leur haleine ; leurs yeux immobiles, attachés
sur le jongleur, exprimaient cette sorte d'attention qui
ressemble à la stupeur.

— Seulement, ajouta l'obi, je ne puis accorder ce
double signe qui menace à la fois Boukmann d'une
bataille et d'un échafaud. Pourtant mon art est
infaillible.

Il s'arrêta, et échangea un regard avec Biassou.
Biassou dit quelques mots à l'oreille d'un de ses aides
de camp, qui sortit sur-le-champ de la grotte.

« — Une bouche béante et fanée, reprit l'obi, se
retournant vers son auditoire avec son accent malicieux et goguenard, une attitude insipide, les bras
pendants, et la main gauche tournée en dehors sans
qu'on en devine le motif annoncent la stupidité
naturelle, la nullité, le vide, une curiosité hébétée. »

Biassou ricanait. — En cet instant l'aide de camp
revint ; il ramenait un nègre couvert de fange et de
poussière, dont les pieds, déchirés par les ronces et les
cailloux, prouvaient qu'il avait fait une longue course.
C'était le messager annoncé par Rigaud. Il tenait
d'une main un paquet cacheté, de l'autre un parchemin déployé qui portait un sceau dont l'empreinte
figurait un cœur enflammé. Au milieu était un chiffre
formé des lettres caractéristiques M et N, entrelacées
pour désigner sans doute la réunion des mulâtres
libres et des nègres esclaves. A côté de ce chiffre je lus
cette légende : « Le préjugé vaincu, la verge de fer
brisée : *vive le roi !* » Ce parchemin était un passeport
délivré par Jean-François.

L'émissaire le présenta à Biassou, et, après s'être

incliné jusqu'à terre, lui remit le paquet cacheté. Le généralissime l'ouvrit vivement, parcourut les dépêches qu'il renfermait, en mit une dans la poche de sa veste, et, froissant l'autre dans ses mains, s'écria d'un air désolé :

— Gens du roi !...

Les nègres saluèrent profondément.

— Gens du roi ! voilà ce que mande à Jean Biassou, généralissime des pays conquis, maréchal des camps et armées de sa majesté catholique, Jean-François, grand amiral de France, lieutenant général des armées de sadite majesté, le roi des Espagnes et des Indes :

« Boukmann, chef de cent vingt noirs de la Montagne Bleue à la Jamaïque, reconnus indépendants par le gouvernement général de Belle-Combe, Boukmann vient de succomber dans la glorieuse lutte de la liberté et de l'humanité contre le despotisme et la barbarie. Ce généreux chef a été tué dans un engagement avec les brigands blancs de l'infâme Touzard. Les monstres ont coupé sa tête, et ont annoncé qu'ils allaient l'exposer ignominieusement sur un échafaud dans la place d'armes de leur ville du Cap. — Vengeance ! »

Le sombre silence du découragement succéda un moment dans l'armée à cette lecture. Mais l'obi s'était dressé debout sur l'autel, et il s'écriait, en agitant sa baguette blanche, avec des gestes triomphants :

— Salomon, Zorobabel, Eléazar Thaleb, Cardan, Judas Bowtharicht, Averroès, Albert le Grand, Bohabdil, Jean de Hagen, Anna Baratro, Daniel Ogrumof, Rachel Flintz, Altornino ! je vous rends grâces. La *ciencia* des voyants ne m'a pas trompé. *Hijos, amigos, hermanos ; muchachos, mozos, madres, y*

vosotros todos qui me escuchais aqui[a], qu'avais-je prédit ?
que habia dicho ? Les signes du front de Boukmann
m'avaient annoncé qu'il vivrait peu, et qu'il mourrait
dans un combat ; les lignes de sa main, qu'il paraîtrait
sur un échafaud. Les révélations de mon art se
réalisent fidèlement, et les événements s'arrangent
d'eux-mêmes pour exécuter jusqu'aux circonstances
que nous ne pouvions concilier, la mort sur le champ
de bataille, et l'échafaud ! Frères, admirez !

Le découragement des noirs s'était changé durant
ce discours en une sorte d'effroi merveilleux. Ils
écoutaient l'obi avec une confiance mêlée de terreur ;
celui-ci, enivré de lui-même, se promenait de long en
large sur la caisse de sucre, dont la surface offrait assez
d'espace pour que ses petits pas pussent s'y déployer
fort à l'aise. Biassou ricanait.

Il adressa la parole à l'obi.

— Monsieur le chapelain, puisque vous savez les
choses à venir, il nous plairait que vous voulussiez
bien lire ce qu'il adviendra de notre fortune, à nous
Jean Biassou, *mariscal de campo.*

L'obi, s'arrêtant fièrement sur l'autel grotesque où
la crédulité des noirs le divinisait, dit au *mariscal de
campo* : — *Venga vuestra merced*[b] ! En ce moment
l'obi était l'homme important de l'armée. Le pouvoir militaire céda devant le pouvoir sacerdotal.
Biassou s'approcha. On lisait dans ses yeux quelque
dépit.

— Votre main, général, dit l'obi en se baissant pour

a. Fils, amis, frères, garçons, enfants, mères, et vous tous qui
m'écoutez ici.
b. Vienne votre grâce !

la saisir. *Empezo*[a]. La *ligne de la jointure,* également marquée dans toute sa longueur, vous promet des richesses et du bonheur. La *ligne de vie,* longue, marquée, vous prédit une vie exempte de maux, une verte vieillesse : étroite, elle désigne votre sagesse, votre esprit ingénieux, la *generosidad* de votre cœur ; enfin j'y vois ce que les *chiromancos* appellent le plus heureux de tous les signes, une foule de petites rides qui lui donnent la forme d'un arbre chargé de rameaux et qui s'élèvent vers le haut de la main, c'est le pronostic assuré de l'opulence et des grandeurs. La *ligne de santé,* très longue, confirme les indices de la ligne de vie ; elle indique aussi le courage ; recourbée vers le petit doigt, elle forme une sorte de crochet. Général, c'est le signe d'une sévérité utile.

A ce mot, l'œil brillant du petit obi se fixa sur moi à travers les ouvertures de son voile, et je remarquai encore une fois un accent connu, caché en quelque sorte sous la gravité habituelle de sa voix. Il continuait avec la même intention de geste et d'intonation :

— ... Chargée de petits cercles, la *ligne de santé* vous annonce un grand nombre d'exécutions nécessaires que vous devrez ordonner. Elle s'interrompt vers le milieu pour former un demi-cercle, signe que vous serez exposé à de grands périls avec les bêtes féroces, c'est-à-dire les blancs, si vous ne les exterminez. — La *ligne de fortune,* entourée, comme la ligne de vie, de petits rameaux qui s'élèvent vers le haut de la main, confirme l'avenir de puissance et de suprématie auquel vous êtes appelé ; droite et déliée dans sa

a. Je commence.

partie supérieure, elle annonce le talent de gouverner. — La cinquième ligne, celle du *triangle,* prolongée jusque vers la racine du doigt du milieu, vous promet le plus heureux succès dans toute entreprise. — Voyons les doigts. — Le pouce, traversé dans sa longueur de petites lignes qui vont de l'ongle à la jointure vous promet un grand héritage : celui de la gloire de Boukmann sans doute ! ajouta l'obi d'une voix haute. — La petite éminence qui forme la racine de l'index est chargée de petites rides doucement marquées : honneurs et dignités ! — Le doigt du milieu n'annonce rien. — Votre doigt annulaire est sillonné de lignes croisées les unes sur les autres : vous vaincrez tous vos ennemis, vous dominerez tous vos rivaux ! Ces lignes forment une croix de Saint-André, signe de génie et de prévoyance ! — La jointure qui unit le petit doigt à la main offre des rides tortueuses : la fortune vous comblera de faveurs. J'y vois encore la figure d'un cercle, présage à ajouter aux autres, qui vous annonce puissance et dignités !

« Heureux dit Éléazar Thaleb, celui qui porte tous ces signes ! le destin est chargé de sa prospérité, et son étoile lui amènera le génie qui donne la gloire. »

— Maintenant, général, laissez-moi interroger votre front. « Celui, dit Rachel Flintz la bohémienne, qui porte au milieu du front sur la ride du soleil une petite figure carrée ou un triangle, fera une grande fortune... » La voici, bien prononcée. « Si ce signe est à droite, il promet une importante succession... » Toujours celle de Boukmann ! « Le signe d'un fer à cheval entre les deux sourcils, au-dessous de la ride de la lune, annonce qu'on saura se venger de l'injure et de la tyrannie. » Je porte ce signe ; vous le portez aussi.

La manière dont l'obi prononça les mots, *je porte ce signe*, me frappa encore.

— On le remarque, ajouta-t-il du même ton, chez les braves qui savent méditer une révolte courageuse et briser la servitude dans un combat. La griffe de lion que vous avez empreinte au-dessus du sourcil prouve votre bouillant courage. Enfin, général Jean Biassou, votre front présente le plus éclatant de tous les signes de prospérité, c'est une combinaison de lignes qui forment la lettre *M*, la première du nom de la Vierge. En quelque partie du front, sur quelque ride que cette figure paraisse, elle annonce le génie, la gloire et la puissance. Celui qui la porte fera toujours triompher la cause qu'il embrassera ; ceux dont il sera le chef n'auront jamais à regretter aucune perte ; il vaudra à lui seul tous les défenseurs de son parti. Vous êtes cet élu du destin !

— *Gratias*, monsieur le chapelain, dit Biassou, se préparant à retourner à son trône d'acajou.

— Attendez, général, reprit l'obi, j'oubliais encore un signe. La ligne du soleil, fortement prononcée sur votre front, prouve du savoir-vivre, le désir de faire des heureux, beaucoup de libéralité, et un penchant à la magnificence.

Biassou parut comprendre que l'oubli venait plutôt de sa part que de celle de l'obi. Il tira de sa poche une bourse assez lourde et la jeta dans le plat d'argent, pour ne pas faire mentir la *ligne du soleil*.

Cependant l'éblouissant horoscope du chef avait produit son effet dans l'armée. Tous les rebelles, sur lesquels la parole de l'obi était devenue plus puissante

que jamais depuis les nouvelles de la mort de
Boukmann, passèrent du découragement à l'enthousiasme, et, se confiant aveuglément à leur sorcier
infaillible et à leur général prédestiné, se mirent à
hurler à l'envi : — *Vive l'obi! Vive Biassou!* L'obi et
Biassou se regardaient, et je crus entendre le rire
étouffé de l'obi répondant au ricanement du généralissime.

Je ne sais pourquoi cet obi tourmentait ma pensée ;
il me semblait que j'avais déjà vu ou entendu ailleurs
quelque chose qui ressemblait à cet être singulier ; je
voulus le faire parler.

— Monsieur l'obi, *señor cura, doctor medico,* monsieur le chapelain, *bon per!* lui dis-je.

Il se retourna brusquement vers moi.

— Il y a encore ici quelqu'un dont vous n'avez
point tiré l'horoscope, c'est moi.

Il croisa ses bras sur le soleil d'argent qui couvrait sa
poitrine velue, et ne me répondit pas.

Je repris :

— Je voudrais bien savoir ce que vous augurez de
mon avenir ; mais vos honnêtes camarades m'ont
enlevé ma montre et ma bourse, et vous n'êtes pas
sorcier à prophétiser *gratis.*

Il s'avança précipitamment jusqu'auprès de moi, et
me dit sourdement à l'oreille :

— Tu te trompes! Voyons ta main.

Je la lui présentai en le regardant en face. Ses yeux
étincelaient. Il parut examiner ma main.

« — Si la ligne de vie, me dit-il, est coupée vers le
milieu par deux petites lignes transversales et bien

apparentes, c'est le signe d'une mort prochaine. — Ta mort est prochaine !

« Si la ligne de santé ne se trouve pas au milieu de la main, et qu'il n'y ait que la ligne de vie et la ligne de fortune réunies à leur origine de manière à former un angle, on ne doit pas s'attendre, avec ce signe, à une mort naturelle. — Ne t'attends point à une mort naturelle !

« Si le dessous de l'index est traversé d'une ligne dans toute sa longueur, on mourra de mort violente ! » Entends-tu ? prépare-toi à une morte violente !

Il y avait quelque chose de joyeux dans cette voix sépulcrale qui annonçait la mort ; je l'écoutai avec indifférence et mépris.

— Sorcier, lui dis-je avec un sourire de dédain, tu es habile, tu pronostiques à coup sûr.

Il se rapprocha encore de moi.

— Tu doutes de ma science ! eh bien ! écoute encore. — La rupture de la ligne du soleil sur ton front m'annonce que tu prends un ennemi pour un ami, et un ami pour un ennemi.

Le sens de ces paroles semblait concerner ce perfide Pierrot que j'aimais et qui m'avait trahi, ce fidèle Habibrah, que je haïssais, et dont les vêtements ensanglantés attestaient la mort courageuse et dévouée.

— Que veux-tu dire ? m'écriai-je.

— Écoute jusqu'au bout, poursuivi l'obi. Je t'ai dit de l'avenir, voici du passé : — La ligne de la lune est légèrement courbée sur ton front ; cela signifie que ta femme t'a été enlevée.

Je tressaillis; je voulais m'élancer de mon siège. Mes gardiens me retinrent.

— Tu n'es pas patient, reprit le sorcier; écoute donc jusqu'à la fin. La petite croix qui coupe l'extrémité de cette courbure complète l'éclaircissement. Ta femme t'a été enlevée la nuit même de tes noces.

— Misérable! m'écriai-je, tu sais où elle est! Qui es-tu?

Je tentai encore de me délivrer et de lui arracher son voile; mais il fallut céder au nombre et à la force; et je vis avec rage le mystérieux obi s'éloigner en me disant:

— Me crois-tu maintenant? prépare-toi à ta mort prochaine!

XXXII

Il fallut, pour me distraire un moment des perplexités où m'avait jeté cette scène étrange, le nouveau drame qui succéda sous mes yeux à la comédie ridicule que Biassou et l'obi venaient de jouer devant leur bande ébahie.

Biassou s'était replacé sur son siège d'acajou: l'obi s'était assis à sa droite. Rigaud à sa gauche, sur les deux carreaux qui accompagnaient le trône du chef. L'obi, les bras croisés sur la poitrine, paraissait absorbé dans une profonde contemplation; Biassou et Rigaud mâchaient du tabac; et un aide de camp était venu demander au *mariscal de campo* s'il fallait faire défiler l'armée, quand trois groupes tumultueux de noirs arrivèrent ensemble à l'entrée de la grotte avec des clameurs furieuses. Chacun de ces attroupements amenait un prisonnier qu'il voulait remettre à la disposition de Biassou, moins pour savoir s'il lui conviendrait de leur faire grâce que pour connaître son bon plaisir sur le genre de mort que les malheureux devaient endurer. Leurs cris sinistres ne l'annonçaient que trop : — Mort ! Mort ! — *Muerte ! muerte !* — *Death ! Death !* criaient quelques nègres anglais, sans doute de la horde de Boukmann, qui étaient déjà venus rejoindre les noirs espagnols et français de Biassou.

Le *mariscal de campo* leur imposa silence d'un signe de main, et fit avancer les trois captifs sur le seuil de la grotte. J'en reconnus deux avec surprise ; l'un était ce *citoyen-général* C***, ce philanthrope correspondant de tous les négrophiles du globe, qui avait émis un avis si cruel pour les esclaves dans le conseil, chez le gouverneur. L'autre était le planteur équivoque qui avait tant de répugnance pour les mulâtres, au nombre desquels les blancs le comptaient. Le troisième paraissait appartenir à la classe des *petits blancs* ; il portait un tablier de cuir, et avait les manches retroussées au-dessus du coude. Tous trois avaient été surpris séparément, cherchant à se cacher dans les montagnes.

Le petit blanc fut interrogé le premier.

— Qui es-tu, toi ? lui dit Biassou.

— Je suis Jacques Belin, charpentier de l'hôpital des Pères, au Cap.

Une surprise mêlée de honte se peignit dans les yeux du *généralissime des pays conquis*.

— Jacques Belin! dit-il en se mordant les lèvres.

— Oui, reprit le charpentier : est-ce que tu ne me reconnais pas ?

— Commence, toi, dit le *mariscal de campo,* par me reconnaître et me saluer.

— Je ne salue pas mon esclave! répondit le charpentier.

— Ton esclave, misérable! s'écria le généralissime.

— Oui, répliqua le charpentier, oui, je suis ton premier maître. Tu feins de me méconnaître ; mais souviens-toi, Jean Biassou ; je t'ai vendu treize piastres-gourdes à un marchand domingois.

Un violent dépit contracta tous les traits de Biassou.

— Hé quoi! poursuivit le petit blanc, tu parais honteux de m'avoir servi! Est-ce que Jean Biassou ne doit pas s'honorer d'avoir appartenu à Jacques Belin ? Ta propre mère, la vieille folle! a bien souvent balayé mon échoppe ; mais à présent je l'ai vendue à monsieur le majordome de l'hôpital des Pères : elle est si décrépite qu'il ne m'en a voulu donner que trente-deux livres, et six sous pour l'appoint. Voilà cependant ton histoire et la sienne ; mais il paraît que vous êtes devenus fiers, vous autres nègres et mulâtres, et que tu as oublié le temps où tu servais, à genoux, maître Belin, charpentier au Cap.

Biassou l'avait écouté avec ce ricanement féroce qui lui donnait l'air d'un tigre.

— Bien! dit-il.

Alors il se tourna vers les nègres qui avaient amené maître Belin :

— Emportez deux chevalets, deux planches et une scie, et emmenez cet homme. Jacques Belin, charpentier au Cap, remercie-moi, je te procure une mort de charpentier.

Son rire acheva d'expliquer de quel horrible supplice allait être puni l'orgueil de son ancien maître. Je frissonnai ; mais Jacques Belin ne fronça pas le sourcil ; il se tourna fièrement vers Biassou.

— Oui, dit-il, je dois te remercier, car je t'ai vendu pour le prix de treize piastres, et tu m'as rapporté certainement plus que tu ne vaux.

On l'entraîna.

XXXIII

Les deux autres prisonniers avaient assisté plus morts que vifs à ce prologue effrayant de leur propre tragédie. Leur attitude humble et effrayée contrastait avec la fermeté un peu fanfaronne du charpentier ; ils tremblaient de tous leurs membres.

Biassou les considéra l'un après l'autre avec son œil de renard ; puis, se plaisant à prolonger leur agonie, il entama avec Rigaud une conversation sur les différentes espèces de tabac, affirmant que le tabac de la Havane n'était bon qu'à fumer en cigares, et qu'il ne connaissait pas pour priser de meilleur tabac d'Espagne que celui dont feu Boukmann lui avait envoyé deux barils, pris chez M. Lebattu, propriétaire de l'île de la Tortue. Puis, s'adressant brusquement au citoyen-général C*** :

— Qu'en penses-tu ? lui dit-il.

Cette apostrophe inattendue fit chanceler le citoyen. Il répondit en balbutiant :

— Je m'en rapporte, général, à l'opinion de votre excellence...

— Propos de flatteur! répliqua Biassou. Je te demande ton avis et non le mien. Est-ce que tu connais un tabac meilleur à prendre en prise que celui de M. Lebattu?

— Non vraiment, monseigneur dit C***, dont le trouble amusait Biassou.

— *Général! excellence! monseigneur!* reprit le chef d'un air impatienté; tu es un aristocrate!

— Oh! vraiment non! s'écria le citoyen-général : je suis un bon patriote de 91 et fervent négrophile...

— *Négrophile,* interrompit le généralissime : qu'est-ce que c'est qu'un négrophile?

— C'est un ami des noirs, balbutia le citoyen.

— Il ne suffit pas d'être ami des noirs, repartit sévèrement Biassou, il faut l'être aussi des hommes de couleur.

Je crois avoir dit que Biassou était sacatra.

— Des hommes de couleur, c'est ce que je voulais dire, répondit humblement le négrophile. Je suis lié avec tous les plus fameux partisans des nègres et des mulâtres...

Biassou, heureux d'humilier un blanc, l'interrompit encore : — *Nègres et mulâtres!* qu'est-ce que cela veut dire? Viens-tu ici nous insulter avec ces noms odieux, inventés par le mépris des blancs? Il n'y a ici que des hommes de couleur et des noirs, entendez-vous, monsieur le colon?

— C'est une mauvaise habitude contractée dès

l'enfance, reprit C*** ; pardonnez-moi, je n'ai point eu l'intention de vous offenser, monseigneur.

— Laisse là ton *monseigneur* ; je te répète que je n'aime point ces façons d'aristocrate.

C*** voulut encore s'excuser : il se mit à bégayer une nouvelle explication.

— Si vous me connaissiez, citoyen…

— Citoyen ! pour qui me prends-tu ? s'écria Biassou avec colère. Je déteste ce jargon des jacobins. Est-ce que tu serais un jacobin, par hasard ? Songe que tu parles au généralissime des gens du roi ! *Citoyen !…* l'insolent !

Le pauvre négrophile ne savait plus sur quel ton parler à cet homme, qui repoussait également les titres de *monseigneur* et de *citoyen*, le langage des aristocrates et celui des patriotes : il était atterré. Biassou, dont la colère n'était que simulée, jouissait cruellement de son embarras.

— Hélas ! dit enfin le citoyen-général, vous me jugez bien mal, noble défenseur des droits imprescriptibles de la moitié du genre humain.

Dans l'embarras de donner une qualification quelconque à ce chef qui paraissait les refuser toutes, il avait eu recours à l'une de ces périphrases sonores que les révolutionnaires substituent volontiers au nom ou au titre de la personne qu'ils haranguent.

Biassou le regarda fixement et lui dit :

— Tu aimes donc les noirs et les sang-mêlés ?

— Si je les aime ! s'écria le citoyen C***. Je corresponds avec Brissot et…

Biassou l'interrompit en ricanant.

— Ha ! Ha ! Je suis charmé de voir en toi un ami de

notre cause. En ce cas, tu dois détester ces misérables colons qui ont puni notre juste insurrection par les plus cruels supplices. Tu dois penser avec nous que ce ne sont pas les noirs, mais les blancs qui sont les véritables rebelles, puisqu'ils se révoltent contre la nature et l'humanité. Tu dois exécrer ces monstres !

— Je les exècre ! répondit C***.

— Hé bien ! poursuivit Biassou, que penserais-tu d'un homme qui aurait, pour étouffer les dernières tentatives des esclaves, planté cinquante têtes de noirs des deux côtés de l'avenue de son habitation ?

La pâleur de C*** devint effrayante.

— Que penserais-tu d'un blanc qui aurait proposé de ceindre la ville du Cap d'un cordon de têtes d'esclaves ?...

— Grâce ! grâce ! dit le citoyen terrifié.

— Est-ce que je te menace ? reprit froidement Biassou. Laisse-moi achever... D'un cordon de têtes qui environnât la ville, du fort Pichet au cap Caracol ? Que penserais-tu de cela, hein ? réponds !

Le mot de Biassou, *Est-ce que je te menace ?* avait rendu quelque espérance à C*** ; il songea que peut-être le chef savait ces horreurs sans en connaître l'auteur, et répondit avec quelque fermeté, pour prévenir toute présomption qui lui fût contraire :

— Je pense que ce sont des crimes atroces.

Biassou ricanait.

— Bon ! et quel châtiment infligerais-tu au coupable ?

Ici le malheureux C*** hésita.

— Hé bien ! reprit Biassou, es-tu l'ami des noirs, ou non ?

Des deux alternatives, le négrophile choisit la moins menaçante ; et ne remarquant rien d'hostile pour lui-même dans les yeux de Biassou, il dit d'une voix faible.

— Le coupable mérite la mort.

— Fort bien répondu, dit tranquillement Biassou en jetant le tabac qu'il mâchait.

Cependant son air d'indifférence avait rendu quelque assurance au pauvre négrophile ; il fit un effort pour écarter tous les soupçons qui pouvaient peser sur lui.

— Personne, s'écria-t-il, n'a fait de vœux plus ardents que les miens pour le triomphe de votre cause. Je corresponds avec Brissot et Pruneau de Pomme-Gouge, en France ; Magaw en Amérique ; Peter Paulus, en Hollande ; l'abbé Tamburini, en Italie...

Il continuait d'étaler complaisamment cette litanie philanthropique, qu'il récitait volontiers, et qu'il avait notamment débitée en d'autres circonstances et dans un autre but chez M. de Blanchelande, quand Biassou l'arrêta.

— Eh ! que me font à moi tous tes correspondants ! indique-moi seulement où sont tes magasins, tes dépôts ; mon armée a besoin de munitions. Tes plantations sont sans doute riches, ta maison de commerce doit être forte, puisque tu corresponds avec tous les négociants du monde.

Le citoyen C*** hasarda une observation timide.

— Héros de l'humanité, ce ne sont point des négociants, ce sont des philosophes, des philanthropes, des négrophiles.

Allons, dit Biassou en hochant la tête, le voilà

revenu à ses diables de mots inintelligibles. Eh bien, si tu n'as ni dépôts ni magasins à piller, à quoi donc es-tu bon ?

Cette question présentait une lueur d'espoir que C*** saisit avidemment.

Illustre guerrier, répondit-il, avez-vous un économiste dans votre armée ?

— Qu'est-ce encore que cela ? demanda le chef.

— C'est, dit le prisonnier avec autant d'emphase que sa crainte le lui permettait, c'est un homme nécessaire par excellence. C'est celui qui seul apprécie, suivant leurs valeurs respectives, les ressources matérielles d'un empire, qui les échelonne dans l'ordre de leur importance, les classe suivant leur valeur, les bonifie et les améliore en combinant leurs sources et leurs résultats, et les distribue à propos, comme autant de ruisseaux fécondateurs, dans le grand fleuve de l'utilité générale, qui vient grossir à son tour la mer de la prospérité publique.

— *Caramba !* dit Biassou en se penchant vers l'obi. Que diantre veut-il dire avec ses mots, enfilés les uns dans les autres comme les grains de votre chapelet ?

L'obi haussa les épaules en signe d'ignorance et de dédain. Cependant le citoyen C*** continuait :

— ... J'ai étudié, daignez m'entendre, vaillant chef des braves régénérateurs de Saint-Domingue, j'ai étudié les grands économistes, Turgot, Raynal, et Mirabeau, l'ami des hommes ! J'ai mis leur théorie en pratique. Je sais la science indispensable au gouvernement des royaumes et des états quelconques...

— L'économiste n'est pas économe de paroles ! dit Rigaud avec son sourire doux et goguenard.

Biassou s'était écrié :

— Dis-moi donc, bavard ! est-ce que j'ai des royaumes et des états à gouverner ?

— Pas encore, grand homme, repartit C***, mais cela peut venir ; et d'ailleurs ma science descend, sans déroger, à des détails utiles pour la gestion d'une armée.

Le généralissime l'arrêta encore brusquement.

— Je ne gère pas mon armée, monsieur le planteur, je la commande.

— Fort bien, observa le citoyen ; vous serez le général, je serai l'intendant. J'ai des connaissances spéciales pour la multiplication des bestiaux...

— Crois-tu que nous élevons les bestiaux ? dit Biassou en ricanant ; nous les mangeons. Quand le bétail de la colonie française me manquera, je passerai les mornes de la frontière, et j'irai prendre les bœufs et les moutons espagnols qu'on élève dans les hattes des grandes plaines de Cotuy, de la Vega, de Sant-Jago, et sur les bords de la Yuna ; j'irai encore chercher, s'il le faut, ceux qui paissent dans la presqu'île de Samana et au revers de la montagne de Cibos, à partir des bouches du Neybe jusqu'au-delà de Santo-Domingo. D'ailleurs je serai charmé de punir ces damnés planteurs espagnols, ce sont eux qui ont livré Ogé ! Tu vois que je ne suis pas embarrassé du défaut de vivres, et que je n'ai pas besoin de ta science *nécessaire par excellence !*

Cette vigoureuse déclaration déconcerta le pauvre économiste ; il essaya pourtant encore une dernière planche de salut.

— Mes études ne se sont pas bornées à l'éducation

du bétail. J'ai d'autres connaissances spéciales qui peuvent vous être fort utiles. Je vous indiquerai les moyens d'exploiter la braie et les mines de charbon de terre.

— Que m'importe ! dit Biassou. Quand j'ai besoin de charbon, je brûle trois lieues de forêt.

— Je vous enseignerai à quel emploi est propre chaque espèce de bois, poursuivit le prisonnier ; le chicaron et le sabiecca pour les quilles de navire, les yabas pour les courbes ; les tocumas[a] pour les membrures ; les hacamas, les gaïacs, les cèdres, les accomas...

— *Que te lleven todos los demonios de los diez-y-siete infiernos*[b] ! s'écria Biassou impatienté.

— Plaît-il, mon gracieux patron ? dit l'économiste tout tremblant, et qui n'entendait pas l'espagnol.

— Écoute, reprit Biassou, je n'ai pas besoin de vaisseaux. Il n'y a qu'un emploi vacant dans ma suite ; ce n'est pas la place de *mayor-domo*, c'est la place de valet de chambre. Vois, *señor filosofo*, si elle te convient. Tu me serviras à genoux ; tu m'apporteras la pipe, le calabou[c] et la soupe de tortue ; et tu porteras derrière moi un éventail de plumes de paon ou de perroquet, comme ces deux pages que tu vois. Hum ! réponds, veux-tu être mon valet de chambre ?

Le citoyen C***, qui ne songeait qu'à sauver sa vie, se courba jusqu'à terre avec mille démonstrations de joie et de reconnaissance.

— Tu acceptes donc ? demanda Biassou.

---

a. Néfliers.
b. Que puissent t'emporter tous les démons des dix-sept enfers !
c. Ragoût créole.

— Pouvez-vous douter, mon généreux maître, que j'hésite un moment devant une si insigne faveur que celle de servir votre personne ?

A cette réponse, le ricanement diabolique de Biassou devint éclatant. Il croisa les bras, se leva d'un air de triomphe, et, repoussant du pied la tête du blanc prosterné devant lui, il s'écria d'une voix haute :

— J'étais bien aise d'éprouver jusqu'où peut aller la lâcheté des blancs, après avoir vu jusqu'où peut aller leur cruauté ! Citoyen C★★★, c'est à toi que je dois ce double exemple. Je te connais ! comment as-tu été assez stupide pour ne pas t'en apercevoir ? C'est toi qui as présidé aux supplices de juin, de juillet et d'août ; c'est toi qui as fait planter cinquante têtes de noirs des deux côtés de ton avenue, en place de palmiers ; c'est toi qui voulais égorger les cinq cents nègres restés dans tes fers après la révolte, et ceindre la ville du Cap d'un cordon de têtes d'esclaves, du fort Picolet à la pointe Caracol. Tu aurais fait, si tu l'avais pu, un trophée de ma tête ; maintenant tu t'estimerais heureux que je voulusse de toi pour valet de chambre. Non ! non ! j'ai plus de soin de ton honneur que toi-même ; je ne te ferai pas cet affront. Prépare-toi à mourir.

Il fit un geste, et les noirs déposèrent auprès de moi le malheureux négrophile, qui, sans pouvoir prononcer une parole, était tombé à ses pieds comme foudroyé.

XXXIV

— A ton tour à présent ! dit le chef en se tournant vers le dernier des prisonniers, le colon soupçonné par les blancs d'être sang-mêlé, et qui m'avait envoyé un cartel pour cette injure.

Une clameur générale des rebelles étouffa la réponse du colon. — *Muerte ! muerte !* Mort ! *Death ! Touyé ! touyé !* s'écriaient-ils en grinçant des dents et en montrant les poings au malheureux captif.

— Général, dit un mulâtre qui s'exprimait plus clairement que les autres, c'est un blanc ; il faut qu'il meure !

Le pauvre planteur, à force de gestes et de cris, parvint à faire entendre quelques paroles.

— Non, non ! monsieur le général, non, mes frères, je ne suis pas un blanc ! C'est une abominable calomnie ! Je suis un mulâtre, un sang-mêlé comme vous, fils d'une négresse comme vos mères et vos sœurs !

— Il ment ! disaient les nègres furieux. C'est un blanc. Il a toujours détesté les noirs et les hommes de couleur.

— Jamais ! reprenait le prisonnier. Ce sont les blancs que je déteste. Je suis un de vos frères. J'ai toujours dit avec vous : *Nègre cé blan, blan cé nègre*[a] !

a. Dicton populaire chez les nègres révoltés, dont voici la traduction littérale : « Les nègres sont les blancs, les blancs sont les nègres. » On rendrait mieux le sens en traduisant ainsi : *Les nègres sont les maîtres, les blancs sont les esclaves.*

— Point! point! criait la multitude! *touyé blan,*
touyé blan[a]!

Le malheureux répétait en se lamentant misérable-
ment :

— Je suis un mulâtre! Je suis un des vôtres.

— La preuve? dit froidement Biassou.

— La preuve, répondit l'autre dans son égarement,
c'est que les blancs m'ont toujours méprisé.

— Cela peut être vrai, répliqua Biassou, mais tu es
un insolent.

Un jeune sang-mêlé adressa vivement la parole au
colon.

— Les blancs te méprisaient, c'est juste; mais en
revanche tu affectais, toi, de mépriser les sang-mêlés
parmi lesquels ils te rangeaient. On m'a même dit que
tu avais provoqué en duel un blanc qui t'avait un jour
reproché d'appartenir à notre caste.

Une rumeur universelle de rage et d'indignation
s'éleva dans la foule, et les cris de mort, plus violents
que jamais, couvrirent les justifications du colon qui,
jetant sur moi un regard oblique d'étonnement et de
prière, redisait en pleurant :

— C'est une calomnie! Je n'ai point d'autre gloire
et d'autre bonheur que d'appartenir aux noirs. Je suis
un mulâtre!

— Si tu étais un mulâtre, en effet, observa Rigaud
paisiblement, tu ne te servirais pas de ce mot[b].

— Hélas! sais-je ce que je dis? reprenait le misé-

a. Tuez le blanc! Tuez le blanc!
b. Il faut se souvenir que les hommes de couleur rejetaient avec
colère cette qualification, inventée, disaient-ils, par le mépris des
blancs.

rable. Monsieur le général en chef, la preuve que je suis sang-mêlé, c'est ce cercle noir que vous pouvez voir autour de mes ongles[a].

Biassou repoussa cette main suppliante.

Je n'ai pas la science de monsieur le chapelain, qui devine qui vous êtes à l'inspection de votre main. Mais écoute ; nos soldats t'accusent, les uns d'être un blanc, les autres d'être un faux frère. Si cela est, tu dois mourir. Tu soutiens que tu appartiens à notre caste, et que tu ne l'as jamais reniée. Il ne te reste qu'un moyen de prouver ce que tu avances et de te sauver.

— Lequel, mon général, lequel ? demanda le colon avec empressement. Je suis prêt.

— Le voici, dit Biassou froidement. Prends ce stylet et poignarde toi-même ces deux prisonniers blancs.

En parlant ainsi, il nous désignait du regard et de la main. Le colon recula d'horreur devant le stylet que Biassou lui présentait avec un sourire infernal.

— Eh bien, dit le chef, tu balances ! C'est pourtant l'unique moyen de me prouver, ainsi qu'à mon armée, que tu n'es pas un blanc, et que tu es des nôtres. Allons, décide-toi, tu me fais perdre mon temps.

Les yeux du prisonnier étaient égarés. Il fit un pas vers le poignard, puis laissa retomber ses bras, et s'arrêta en détournant la tête. Un frémissement faisait trembler tout son corps.

— Allons donc ! s'écria Biassou d'un ton d'impatience et de colère. Je suis pressé. Choisis, ou de les tuer toi-même, ou de mourir avec eux.

---

a. Plusieurs sang-mêlés présentent en effet à l'origine des ongles ce signe, qui s'efface avec l'âge, mais renaît chez leurs enfants.

Le colon restait immobile et comme pétrifié.

— Fort bien! dit Biassou en se tournant vers les nègres; il ne veut pas être le bourreau, il sera le patient. Je vois que c'est un blanc; emmenez-le, vous autres...

Les noirs s'avançaient pour saisir le colon. Ce mouvement décida de son choix entre la mort à donner et la mort à recevoir. L'excès de la lâcheté a aussi son courage. Il se précipita sur le poignard que lui offrait Biassou, puis, sans se donner le temps de réfléchir à ce qu'il allait faire, le misérable se jeta comme un tigre sur le citoyen C***, qui était couché près de moi.

Alors commença une horrible lutte. Le négrophile, que le dénouement de l'interrogatoire dont l'avait tourmenté Biassou venait de plonger dans un désespoir morne et stupide, avait vu la scène entre le chef et le planteur sang-mêlé d'un œil fixe, et tellement absorbé dans la terreur de son supplice prochain, qu'il n'avait point paru la comprendre; mais quand il vit le colon fondre sur lui, et le fer briller sur sa tête, l'imminence du danger le réveilla en sursaut. Il se dressa debout; il arrêta le bras du meurtrier en criant d'une voix lamentable :

— Grâce! grâce! Que me voulez-vous donc? Que vous ai-je donc fait?

— Il faut mourir, monsieur, répondit le sang-mêlé, cherchant à dégager son bras et fixant sur sa victime des yeux effarés. Laissez-moi faire, je ne vous ferai point de mal.

— Mourir de votre main, disait l'économiste, pourquoi donc? Épargnez-moi! Vous m'en voulez peut-être de ce que j'ai dit autrefois que vous étiez un sang-mêlé ? Mais laissez-moi la vie, je vous proteste que je vous reconnais pour un blanc. Oui, vous êtes un blanc, je le dirai partout, mais grâce !

Le négrophile avait mal choisi son moyen de défense.

— Tais-toi ! tais-toi ! cria le sang-mêlé furieux, et craignant que les nègres n'entendissent cette déclaration.

Mais l'autre hurlait, sans l'écouter, qu'il le savait blanc et de bonne race. Le sang-mêlé fit un dernier effort pour le réduire au silence, écarta violemment les deux mains qui le retenaient, et fouilla de son poignard à travers les vêtements du citoyen C★★★. L'infortuné sentit la pointe du fer, et mordit avec rage le bras qui l'enfonçait.

— Monstre ! scélérat ! tu m'assassines !

Il jeta un regard vers Biassou.

— Défendez-moi, vengeur de l'humanité !

Mais le meurtrier appuya fortement sur le poignard ; un flot de sang jaillit autour de sa main et jusqu'à son visage. Les genoux du malheureux négrophile plièrent subitement, ses bras s'affaissèrent, ses yeux s'éteignirent, sa bouche poussa un sourd gémissement. Il tomba mort.

XXXV

Cette scène, dans laquelle je m'attendais à jouer bientôt mon rôle, m'avait glacé d'horreur. Le *vengeur de l'humanité* avait contemplé la lutte de ses deux victimes d'un œil impassible. Quand ce fut terminé, il se tourna vers ses pages épouvantés.

— Apportez-moi d'autre tabac, dit-il ; et il se remit à le mâcher paisiblement.

L'obi et Rigaud étaient immobiles, et les nègres paraissaient eux-mêmes effrayés de l'horrible spectacle que leur chef venait de leur donner.

Il restait cependant encore un blanc à poignarder, c'était moi ; mon tour était venu. Je jetai un regard sur cet assassin, qui allait être mon bourreau. Il me fit pitié. Ses lèvres étaient violettes, ses dents claquaient, un mouvement convulsif dont tremblaient tous ses membres le faisait chanceler, sa main revenait sans cesse, et comme machinalement, sur son front pour en essuyer les taches de sang, et il regardait d'un air insensé le cadavre fumant étendu à ses pieds. Ses yeux hagards ne se détachaient pas de sa victime.

J'attendais le moment où il achèverait sa tâche par ma mort. J'étais dans une position singulière avec cet homme ; il avait déjà failli me tuer pour prouver qu'il était blanc ; il allait maintenant m'assassiner pour démontrer qu'il était mulâtre.

— Allons, lui dit Biassou, c'est bien. Je suis content de toi, l'ami ! Il jeta un coup d'œil sur moi, et ajouta : — Je te fais grâce de l'autre. Va-t'en. Nous te déclarons bon frère, et nous te nommons bourreau de notre armée.

A ces paroles du chef, un nègre sortit des rangs, s'inclina trois fois devant Biassou, et s'écria en son jargon, que je traduirai en français pour vous en faciliter l'intelligence :

— Et moi, général ?

— Eh bien, toi ! que veux-tu dire ? demanda Biassou.

— Est-ce que vous ne ferez rien pour moi, mon général ? dit le nègre. Voilà que vous donnez de l'avancement à ce chien de blanc, qui assassine pour se faire reconnaître des nôtres. Est-ce que vous ne m'en donnerez pas aussi, à moi qui suis un bon noir ?

Cette requête inattendue parut embarrasser Biassou ; il se pencha vers Rigaud, et le chef du rassemblement des Cayes lui dit en français :

— On ne peut le satisfaire, tâchez d'éluder sa demande.

— Te donner de l'avancement ? dit alors Biassou au *bon noir ;* je ne demande pas mieux. Quel grade désires-tu ?

— Je voudrais être *official*[a].

— Officier ! reprit le généralissime, eh bien ! quels sont tes titres pour obtenir l'épaulette ?

— C'est moi, répondit le noir avec emphase, qui ai mis le feu à l'habitation Lagoscette, dès les premiers jours d'août. C'est moi qui ai massacré M. Clément, le planteur, et porté la tête de son raffineur au bout d'une pique. J'ai égorgé dix femmes blanches et sept petits enfants ; l'un d'entre eux a même servi d'enseigne aux braves noirs de Boukmann. Plus tard, j'ai brûlé quatre familles de colons dans une chambre du fort Galifet, que j'avais fermée à double tour avant de l'incendier. Mon père a été roué au Cap, mon frère a été pendu au Rocrou, et j'ai failli moi-même être

a. Officier.

fusillé. J'ai brûlé trois plantations de café, six plantations d'indigo, deux cents carreaux de cannes à sucre ;
j'ai tué mon maître M. Noë et sa mère...

— Épargne-nous les états de service, dit Rigaud,
dont la feinte mansuétude cachait une cruauté réelle,
mais qui était féroce avec décence, et ne pouvait
souffrir le cynisme du brigandage.

— Je pourrais en citer encore bien d'autres, repartit le nègre avec orgueil ; mais vous trouvez sans doute
que cela suffit pour mériter le grade d'*official*, et pour
porter une épaulette d'or sur ma veste, comme nos
camarades que voilà.

Il montrait les aides de camp et l'état-major de
Biassou. Le généralissime parut réfléchir un moment,
puis il adressa gravement ces paroles au nègre :

— Je serais charmé de t'accorder un grade ; je suis
satisfait de tes services ; mais il faut encore autre
chose. — Sais-tu le latin ?

Le brigand ébahi ouvrit de grands yeux, et dit :

— Plaît-il, mon général ?

— Eh bien oui, reprit vivement Biassou, sais-tu le
latin ?

— Le... latin ?... répéta le noir stupéfait.

— Oui, oui, oui, le latin ! sais-tu le latin ? poursuivit le rusé chef. Et, déployant un étendard sur lequel
était écrit le verset du psaume : *In exitu Israël de
Ægypto* [17], il ajouta : Explique-nous ce que veulent
dire ces mots.

Le noir, au comble de la surprise, restait immobile
et muet, et froissait machinalement le pagne de son
caleçon, tandis que ses yeux effarés allaient du général
au drapeau, et du drapeau au général.

— Allons, répondras-tu ? dit Biassou avec impatience.

Le noir, après s'être gratté la tête, ouvrit et ferma plusieurs fois la bouche, et laissa enfin tomber ces mots embarrassés :

— Je ne sais pas ce que veut dire le général.

Le visage de Biassou prit une subite expression de colère et d'indignation.

— Comment ! misérable drôle ! s'écria-t-il, comment ! tu veux être officier et tu ne sais pas le latin !

— Mais, notre général…, balbutia le nègre, confus et tremblant.

— Tais-toi ! reprit Biassou, dont l'emportement semblait croître. Je ne sais à quoi tient que je ne te fasse fusiller sur l'heure pour ta présomption. Comprenez-vous, Rigaud, ce plaisant officier qui ne sait seulement pas le latin ? Eh bien, drôle, puisque tu ne comprends point ce qui est écrit sur ce drapeau, je vais te l'expliquer. *In exitu*, tout soldat, *Israël*, qui ne sait pas le latin, de *Ægypto*, ne peut être nommé officier. — N'est-ce point cela, monsieur le chapelain ?

Le petit obi fit un signe affirmatif. Biassou continua :

— Ce frère, que je viens de nommer bourreau de l'armée, et dont tu es jaloux, sait le latin.

Il se tourna vers le nouveau *bourreau*.

— N'est-il pas vrai, l'ami ? Prouvez à ce butor que vous en savez plus que lui. Que signifie *Dominus vobiscum* ?

Le malheureux colon sang-mêlé, arraché de sa sombre rêverie par cette voix redoutable, leva la tête, et quoique ses esprits fussent encore tout égarés par le lâche assassinat qu'il venait de commettre, la terreur le décida à l'obéissance. Il y avait quelque chose d'étrange dans l'air dont cet homme cherchait à retrouver un souvenir de collège parmi ses pensées d'épouvante et de remords, et dans la manière lugubre dont il prononça l'explication enfantine.

— *Dominus vobiscum...* cela veut dire : Que le Seigneur soit avec vous !

— *Et cum spiritu tuo !* ajouta solennellement le mystérieux obi.

— *Amen*, dit Biassou. Puis, reprenant son accent irrité, et mêlant à son courroux simulé quelques phrases de mauvais latin à la façon de Sganarelle, pour convaincre les noirs de la science de leur chef :

— Rentre le dernier dans ton rang ! cria-t-il au nègre ambitieux. *Sursum corda !* Ne t'avise plus à l'avenir de prétendre monter au rang de tes chefs qui savent le latin, *orate fratres*, ou je te fais pendre ! *Bonus, bona, bonum !*

Le nègre, émerveillé et terrifié tout ensemble, retourna à son rang en baissant honteusement la tête au milieu des huées générales de tous ses camarades, qui s'indignaient de ses prétentions si mal fondées, et fixaient des yeux d'admiration sur leur docte généralissime.

Il y avait un côté burlesque dans cette scène, qui acheva cependant de m'inspirer une haute idée de l'habileté de Biassou. Le moyen ridicule qu'il venait d'employer avec tant de succès[a] pour déconcerter les ambitions toujours si exigeantes dans une bande de rebelles me donnait à la fois la mesure de la stupidité des nègres et de l'adresse de leur chef.

XXXVI

Cependant l'heure de l'*almuerzo*[b] de Biassou était venue. On apporta devant le *mariscal de campo de sû magestad catolica* une grande écaille de tortue dans laquelle fumait une espèce d'*olla podrida*[18], abondamment assaisonnée de tranches de lard, où la chair de tortue remplaçait le *carnero*[c], et la patate les *garganzas*[d]. Un énorme chou caraïbe flottait à la surface de ce *puchero*. Des deux côtés de l'écaille, qui servait à la fois de marmite et de soupière, étaient deux coupes d'écorce de coco pleines de raisins secs, de *sandias*[e], d'ignames et de figues; c'était le *postre*[f]. Un pain de maïs et une outre de vin goudronné complétaient l'appareil du festin. Biassou tira de sa poche quelques gousses d'ail et en frotta lui-même le pain; puis, sans même faire enlever le cadavre palpitant couché devant

a. Toussaint-Louverture s'est servi plus tard du même expédient avec le même avantage.
b. Déjeuner.
c. L'agneau.
d. Les pois chiches.
e. Melons d'eau.
f. Dessert.

ses yeux, il se mit à manger, et invita Rigaud à en faire autant. L'appétit de Biassou avait quelque chose d'effrayant.

L'obi ne partagea point leur repas. Je compris que, comme tous ses pareils, il ne mangeait jamais en public, afin de faire croire aux nègres qu'il était d'une essence surnaturelle, et qu'il vivait sans nourriture.

Tout en déjeunant, Biassou ordonna à un aide de camp de faire commencer la revue, et les bandes se mirent à défiler en bon ordre devant la grotte. Les noirs du Morne-Rouge passèrent les premiers ; ils étaient environ quatre mille divisés en petits pelotons serrés que conduisaient des chefs ornés, comme je l'ai déjà dit, de caleçons ou de ceintures écarlates. Ces noirs, presque tous grands et forts, portaient des fusils, des haches et des sabres ; un grand nombre d'entre eux avaient des arcs, des flèches et des zagaies, qu'ils s'étaient forgés à défaut d'autres armes. Ils n'avaient point de drapeau, et marchaient en silence d'un air consterné.

En voyant défiler cette horde, Biassou se pencha à l'oreille de Rigaud, et lui dit en français :

— Quand donc la mitraille de Blanchelande et de Rouvray me débarrassera-t-elle de ces bandits du Morne-Rouge ? Je les hais ; ce sont presque tous des congos ! Et puis ils ne savent tuer que dans le combat ; ils suivaient l'exemple de leur chef imbécile, de leur idole Bug-Jargal, jeune fou qui voulait faire le généreux et le magnanime. Vous ne le connaissez pas. Rigaud ? Vous ne le connaîtrez jamais, je l'espère. Les blancs l'ont fait prisonnier, et ils me délivreront de lui comme ils m'ont délivré de Boukmann.

— A propos de Boukmann, répondit Rigaud, voici les noirs marrons de Macaya qui passent, et je vois dans leurs rangs le nègre que Jean-François vous a envoyé pour vous annoncer la mort de Boukmann. Savez-vous bien que cet homme pourrait détruire tout l'effet des prophéties de l'obi sur la fin de ce chef, s'il disait qu'on l'a arrêté pendant une demi-heure aux avant-postes, et qu'il m'avait confié sa nouvelle avant l'instant où vous l'avez fait appeler ?

— *Diabolo !* dit Biassou, vous avez raison, mon cher : il faut fermer la bouche à cet homme-là. Attendez !

Alors, élevant la voix :

— Macaya ! cria-t-il.

Le chef des nègres marrons s'approcha, et présenta son tromblon au col évasé en signe de respect.

— Faites sortir de vos rangs, reprit Biassou, ce noir que j'y vois là-bas, et qui ne doit pas en faire partie.

C'était le messager de Jean-François. Macaya l'amena au généralissime, dont le visage prit subitement cette expression de colère qu'il savait si bien simuler.

— Qui es-tu ? demanda-t-il au nègre interdit.

— Notre général, je suis un noir.

— *Caramba !* je le vois bien ! Mais comment t'appelles-tu ?

— Mon nom de guerre est Vavelan ; mon patron chez les bienheureux est saint Sabas, diacre et martyr, dont la fête viendra le vingtième jour avant la nativité de Notre-Seigneur.

Biassou l'interrompit :

— De quel front oses-tu te présenter à la parade, au

milieu des espingoles luisantes et des baudriers blancs,
avec ton sabre sans fourreau, ton caleçon déchiré, tes
pieds couverts de boue ?

— Notre général, répondit le noir, ce n'est pas ma
faute. J'ai été chargé par le grand-amiral Jean-François de vous porter la nouvelle de la mort du chef des
marrons anglais, Boukmann ; et si mes vêtements sont
déchirés, si mes pieds sont sales, c'est que j'ai couru à
perdre haleine pour vous l'apporter plus tôt ; mais on
m'a retenu au camp, et...

Biassou fronça le sourcil.

— Il ne s'agit point de cela, *gavacho !* mais de ton
audace d'assister à la revue dans ce désordre. Recommande ton âme à saint Sabas, diacre et martyr, ton
patron. Va te faire fusiller !

Ici j'eus encore une nouvelle preuve du pouvoir
moral de Biassou sur les rebelles. L'infortuné, chargé
d'aller lui-même se faire exécuter, ne se permit par un
murmure : il baissa la tête, croisa les bras sur sa
poitrine, salua trois fois son juge impitoyable, et,
après s'être agenouillé devant l'obi, qui lui donna
gravement une absolution sommaire, il sortit de la
grotte. Quelques minutes après, une détonation de
mousqueterie annonça à Biassou que le nègre avait
obéi et vécu.

Le chef, débarrassé de toute inquiétude, se tourna
alors vers Rigaud, l'œil étincelant de plaisir, et avec un
ricanement de triomphe qui semblait dire : — Admirez[a] !

a. Toussaint-Louverture, qui s'était formé à l'école de Biassou,
et qui, s'il ne lui était pas supérieur en habileté, était du moins fort
loin de l'égaler en perfidie et en cruauté, Toussaint-Louverture a

XXXVII

Cependant la revue continuait. Cette armée, dont le désordre m'avait offert un tableau si extraordinaire quelques heures auparavant, n'était pas moins bizarre sous les armes. C'étaient tantôt des troupes de nègre absolument nus, munis de massues, de tomahawks, de casse-têtes, marchant au son de la corne à bouquin, comme les sauvages ; tantôt des bataillons de mulâtres, équipés à l'espagnole ou à l'anglaise, bien armés et bien disciplinés, réglant leurs pas sur le roulement d'un tambour ; puis des cohues de négresses, de négrillons, chargés de fourches et de broches ; des fatras courbés sous de vieux fusils sans chien et sans canon ; des griotes avec leurs parures bariolées ; des griots, effroyables de grimaces et de contorsions, chantant des airs incohérents sur la guitare, le tam-tam et le balafo. Cette étrange procession était de temps à autre coupée par des détachements hétérogènes de griffes, de marabouts, de sacatras, de mamelucos, de quarterons, de sang-mêlés libres, ou par des

donné plus tard le spectacle du même pouvoir sur les nègres fanatisés. Ce chef, issu, dit-on, d'une race royale africaine, avait reçu, comme Biassou, quelque instruction grossière, à laquelle il ajoutait du génie. Il s'était dressé une façon de trône républicain à Saint-Domingue dans le même temps où Bonaparte se fondait en France une monarchie sur la victoire. Toussaint admirait naïvement le premier consul ; mais le premier consul, ne voyant dans Toussaint qu'un parodiste gênant de sa fortune, repoussa toujours dédaigneusement toute correspondance avec l'esclave affranchi qui osait lui écrire : *Au premier des blancs le premier des noirs.*

hordes nomades de noirs marrons à l'attitude fière, aux carabines brillantes, traînant dans leurs rangs leurs cabrouets tout chargés, ou quelque canon pris aux blancs, qui leur servait moins d'arme que de trophée, et hurlant à pleine voix les hymnes du camp du Grand-Pré et d'Oua-Nassé. Au-dessus de toutes ces têtes flottaient des drapeaux de toutes couleurs, de toutes devises, blancs, rouges, tricolores, fleurdelysés, surmontés de bonnet de liberté, portant pour inscriptions : — *Mort aux prêtres et aux aristocrates ! — Vive la religion ! — Liberté ! Égalité ! — Vive le roi ! — A bas la métropole ! — Viva España ! — Plus de tyrans !* etc. Confusion frappante qui indiquait que toutes les forces des rebelles n'étaient qu'un amas de moyens sans but, et qu'en cette armée il n'y avait pas moins de désordre dans les idées que dans les hommes.

En passant tour à tour devant la grotte, les bandes inclinaient leur bannière, et Biassou rendait le salut. Il adressait à chaque troupe quelque réprimande ou quelque éloge ; et chaque parole de sa bouche, sévère ou flatteuse, était recueillie par les siens avec un respect fanatique et une sorte de crainte superstitieuse.

Ce flot de barbares et de sauvages passa enfin. J'avoue que la vue de tant de brigands, qui m'avait distrait d'abord, finissait par me peser. Cependant le jour tombait, et, au moment où les derniers rangs défilèrent, le soleil ne jetait plus qu'une teinte de cuivre rouge sur le front granitique des montagnes de l'orient.

XXXVIII

Biassou paraissait rêveur. Quand la revue fut terminée, qu'il eut donné ses derniers ordres, et que tous les rebelles furent rentrés sous leurs ajoupas, il m'adressa la parole.

— Jeune homme, me dit-il, tu as pu juger à ton aise de mon génie et de ma puissance. Voici que l'heure est venue pour toi d'en aller rendre compte à Léogri.

— Il n'a pas tenu à moi qu'elle ne vînt plus tôt, lui répondis-je froidement.

— Tu as raison, répliqua Biassou. Il s'arrêta un moment comme pour épier l'effet que produirait sur moi ce qu'il allait me dire, et il ajouta : — Mais il ne tient qu'à toi qu'elle ne vienne pas.

— Comment ! m'écriai-je étonné ; que veux-tu dire ?

— Oui, continua Biassou, ta vie dépend de toi ; tu peux la sauver, si tu le veux.

Cet accès de clémence, le premier et le dernier sans doute que Biassou ait jamais eu, me parut un prodige. L'obi, surpris comme moi, s'était élancé du siège où il avait conservé si longtemps la même attitude extatique, à la mode des fakirs hindous. Il se plaça en face du généralissime, et éleva la voix avec colère :

— *Que dice el exelentisimò senõr mariscal de campo*[a] ? Se souvient-il de ce qu'il m'a promis ? Il ne peut, ni lui

a. Que dit le très excellent seigneur maréchal de camp ?

ni le *bon Giu,* disposer maintenant de cette vie : elle
m'appartient.

En ce moment encore, à cet accent irrité, je crus me
ressouvenir de ce maudit petit homme ; mais ce
moment fut insaisissable, et aucune lumière n'en jaillit
pour moi.

Biassou se leva sans s'émouvoir, parla bas un instant
avec l'obi, lui montra le drapeau noir que j'avais
remarqué, et, après quelques mots échangés, le sorcier
remua la tête de haut en bas et la releva de bas en haut,
en signe d'adhésion. Tous deux reprirent leurs places
et leurs attitudes.

— Écoute, me dit alors le généralissime en tirant de
la poche de sa veste l'autre dépêche de Jean-François,
qu'il y avait déposée ; nos affaires vont mal ;
Boukmann vient de périr dans un combat. Les blancs
ont exterminé deux mille noirs dans le district du Cul-
de-Sac. Les colons continuent de se fortifier et de
hérisser la plaine de postes militaires. Nous avons
perdu, par notre faute, l'occasion de prendre le Cap ;
elle ne se représentera pas de longtemps. Du côté de
l'est, la route principale est coupée par une rivière ; les
blancs, afin d'en défendre le passage, y ont établi une
batterie sur des pontons, et ont formé sur chaque bord
deux petits camps. Au sud, il y a une grande route qui
traverse ce pays montueux appelé le Haut-du-Cap ; ils
l'ont couverte de troupes et d'artillerie. La position est
également fortifiée du côté de la terre par une bonne
palissade, à laquelle tous les habitants ont travaillé, et
l'on y a ajouté des chevaux de frise. Le Cap est donc à
l'abri de nos armes. Notre embuscade aux gorges de
Dompte-Mulâtre a manqué son effet. A tous nos

échecs se joint la fièvre de Siam, qui dépeuple le camp de Jean-François. En conséquence, le grand amiral de France[a] pense, et nous partageons son avis, qu'il conviendrait de traiter avec le gouverneur Blanchelande et l'assemblée coloniale. Voici la lettre que nous adressons à l'assemblée à ce sujet : écoute !

« Messieurs les députés,

« De grands malheurs ont affligé cette riche et importante colonie ; nous y avons été enveloppés, et il ne nous reste plus rien à dire pour notre justification. Un jour vous nous rendrez toute la justice que mérite notre position. Nous devons être compris dans l'amnistie générale que le roi Louis XVI a prononcée pour tous indistinctement.

« Sinon, comme le roi d'Espagne est un bon roi, qui nous traite fort bien, et nous *témoigne des récompenses*, nous continuerons de le servir avec zèle et dévouement.

« Nous voyons par la loi du 28 septembre 1791 que l'assemblée nationale et le roi vous accordent de prononcer définitivement sur l'état des personnes non libres et l'état politique des hommes de couleur. Nous défendrons les décrets de l'assemblée nationale et les vôtres, revêtus des formalités requises, jusqu'à la dernière goutte de notre sang. Il serait même intéressant que vous *déclariez*, par un arrêté sanctionné de monsieur le général, que votre intention est de vous occuper du sort des esclaves. Sachant qu'ils sont l'objet de votre sollicitude, par leurs chefs, à qui vous

a. Nous avons déjà dit que Jean-François prenait ce titre.

feriez parvenir ce travail, ils seraient satisfaits, et
l'équilibre rompu se rétablirait en peu de temps.

« Ne comptez pas cependant, messieurs les représentants, que nous consentions à nous armer pour les
volontés des assemblées révolutionnaires. Nous
sommes sujets de trois rois, le roi de Congo, maître-né
de tous les noirs ; le roi de France, qui représente nos
père ; et le roi d'Espagne, qui représente nos mères.
Ces trois rois sont les descendants de ceux qui,
conduits par une étoile, ont été adorer l'Homme-
Dieu. Si nous servions les assemblées, nous serions
peut-être entraînés à faire la guerre contre nos frères,
les sujets de ces trois rois, à qui nous avons promis
fidélité.

« Et puis, nous ne savons ce qu'on entend par
volonté de la nation, vu que *depuis que le monde règne*
nous n'avons exécuté que celle d'un roi. Le prince de
France nous aime, celui d'Espagne ne cesse de nous
secourir. Nous les aidons, ils nous aident ; c'est la
cause de l'humanité. Et d'ailleurs ces majestés vien-
draient à nous manquer, que nous aurions bien vite
trôné un roi.

« Telles sont nos intentions, moyennant quoi nous
consentirons à faire la paix.

« *Signé* JEAN-FRANÇOIS, général ; BIASSOU,
maréchal de camp ; DESPREZ, MANZEAU, TOUS-
SAINT, AUBERT, commissaires *ad hoc*[a][19]. »

— Tu vois, ajouta Biassou après la lecture de cette
pièce de diplomatie nègre, dont le souvenir s'est fixé

---

a. Il paraîtrait que cette lettre, ridiculement caractéristique, fut
en effet envoyée à l'assemblée.

mot pour mot dans ma tête, tu vois que nous sommes pacifiques. Or, voici ce que je veux de toi. Ni Jean-François, ni moi, n'avons été élevés dans les écoles des blancs, où l'on apprend le beau langage. Nous savons nous battre, mais nous ne savons point écrire. Cependant nous ne voulons pas qu'il reste rien dans notre lettre à l'assemblée qui puisse exciter les *burlerias*[20] orgueilleuses de nos anciens maîtres. Tu parais avoir appris cette science frivole qui nous manque. Corrige les fautes qui pourraient, dans notre dépêche, prêter à rire aux blancs. A ce prix, je t'accorde la vie.

Il y avait dans ce rôle de correcteur des fautes d'orthographe diplomatique de Biassou quelque chose qui répugnait trop à ma fierté pour que je balançasse un moment. Et d'ailleurs, que me faisait la vie ? Je refusai son offre.

Il parut surpris.

— Comment ! s'écria-t-il, tu aimes mieux mourir que de redresser quelques traits de plume sur un morceau de parchemin ?

— Oui, lui répondis-je.

Ma résolution semblait l'embarrasser. Il me dit après un instant de rêverie :

— Écoute bien, jeune fou, je suis moins obstiné que toi. Je te donne jusqu'à demain soir pour te décider à m'obéir ; demain, au coucher du soleil, tu seras ramené devant moi. Pense alors à me satisfaire. Adieu, la nuit porte conseil. Songes-y bien, chez nous la mort n'est pas seulement la mort.

Le sens de ces dernières paroles, accompagnées d'un rire affreux, n'était pas équivoque ; et les tour-

ments que Biassou avait coutume d'inventer pour ses
victimes achevaient de l'expliquer.

— Candi, ramenez le prisonnier, poursuivit Biassou ; confiez-en la garde aux noirs du Morne-Rouge ;
je veux qu'il vive encore un tour de soleil, et mes
autres soldats n'auraient peut-être pas la patience
d'attendre que les vingt-quatre heures fussent écou-
lées.

Le mulâtre Candi, qui était le chef de sa garde, me
fit lier les bras derrière le dos. Un soldat prit
l'extrémité de la corde, et nous sortîmes de la grotte.

XXXIX

Quand les événements extraordinaires, les angoisses
et les catastrophes viennent fondre tout à coup au
milieu d'une vie heureuse et délicieusement uniforme,
ces émotions inattendues, ces coups du sort, interrom-
pent brusquement le sommeil de l'âme, qui se reposait
dans la monotonie de la prospérité. Cependant le
malheur qui arrive de cette manière ne semble pas un
réveil, mais seulement un songe. Pour celui qui a
toujours été heureux, le désespoir commence par la
stupeur. L'adversité imprévue ressemble à la torpille ;
elle secoue, mais engourdit ; et l'effrayante lumière
qu'elle jette soudainement devant nos yeux n'est point
le jour. Les hommes, les choses, les faits, passent alors
devant nous avec une physionomie en quelque sorte
fantastique ; et se meuvent comme dans un rêve. Tout

est changé dans l'horizon de notre vie, atmosphère et
perspective ; mais il s'écoule un long temps avant que
nos yeux aient perdu cette sorte d'image lumineuse du
bonheur passé qui les suit, et, s'interposant sans cesse
entre eux et le sombre présent, en change la couleur et
donne je ne sais quoi de faux à la réalité. Alors tout ce
qui est nous paraît impossible et absurde ; nous
croyons à peine à notre propre existence, parce que,
ne retrouvant rien autour de nous de ce qui composait
notre être, nous ne comprenons pas comment tout cela
aurait disparu sans nous entraîner, et pourquoi de
notre vie il ne serait resté que nous. Si cette position
violente de l'âme se prolonge, elle dérange l'équilibre
de la pensée et devient folie, état peut-être heureux,
dans lequel la vie n'est plus pour l'infortuné qu'une
vision, dont il est lui-même le fantôme.

XL

J'ignore, messieurs, pourquoi je vous expose ces
idées. Ce ne sont point de celles que l'on comprend et
que l'on fait comprendre. Il faut les avoir senties. Je
les ai éprouvées. C'était l'état de mon âme au moment
où les gardes de Biassou me remirent aux nègres du
Morne-Rouge. Il me semblait que c'étaient des spectres qui me livraient à des spectres, et sans opposer de
résistance je me laissai lier par la ceinture au tronc
d'un arbre. Ils m'apportèrent quelques patates cuites
dans l'eau, que je mangeai par cette sorte d'instinct

machinal que la bonté de Dieu laisse à l'homme au milieu des préoccupations de l'esprit.

Cependant la nuit était venue : mes gardiens se retirèrent dans leurs ajoupas, et six d'entre eux seulement restèrent près de moi, assis ou couchés devant un grand feu qu'ils avaient allumé pour se préserver du froid nocturne. Au bout de quelques instants, tous s'endormirent profondément.

L'accablement physique dans lequel je me trouvais alors ne contribuait pas peu aux vagues rêveries qui égaraient ma pensée. Je me rappelais les jours sereins et toujours les mêmes que, peu de semaines auparavant, je passais encore près de Marie, sans même entrevoir dans l'avenir une autre possibilité que celle d'un bonheur éternel. Je les comparais à la journée qui venait de s'écouler, journée où tant de choses étranges s'étaient déroulées devant moi, comme pour me faire douter de leur existence, où ma vie avait été trois fois condamnée, et n'avait pas été sauvée. Je méditais sur mon avenir présent, qui ne se composait plus que d'un lendemain, et ne m'offrait plus d'autre certitude que le malheur et la mort, heureusement prochaine. Il me semblait lutter contre un cauchemar affreux. Je me demandais s'il était possible que tout ce qui s'était passé, que ce qui m'entourait fût le camp du sanguinaire Biassou, que Marie fût pour jamais perdue pour moi, et que ce prisonnier gardé par six barbares, garrotté et voué à une mort certaine, ce prisonnier que me montrait la lueur d'un feu de brigands, fût bien moi. Et, malgré tous mes efforts pour fuir l'obsession d'une pensée bien plus déchirante encore, mon cœur

revenait à Marie. Je m'interrogeais avec angoisse sur
son sort ; je me roidissais dans mes liens comme pour
voler à son secours, espérant toujours que le rêve
horrible se dissiperait, et que Dieu n'aurait pas voulu
faire entrer toutes les horreurs sur lesquelles je n'osais
m'arrêter dans la destinée de l'ange qu'il m'avait
donné pour épouse. L'enchaînement douloureux de
mes idées ramenait alors Pierrot devant moi, et la rage
me rendait presque insensé ; les artères de mon front
me semblaient prêtes à se rompre ; je me haïssais, je
me maudissais, je me méprisais pour avoir un moment
uni mon amitié pour Pierrot à mon amour pour
Marie ; et, sans chercher à m'expliquer quel motif
avait pu le pousser à se jeter lui-même dans les eaux de
la Grande-Rivière, je pleurais de ne point l'avoir tué.
Il était mort ! j'allais mourir ; et la seule chose que je
regrettasse de sa vie et de la mienne, c'était ma
vengeance.

Toutes ces émotions m'agitaient au milieu d'un
demi-sommeil dans lequel l'épuisement m'avait
plongé. Je ne sais combien de temps il dura ; mais j'en
fus soudainement arraché par le retentissement d'une
voix mâle qui chantait distinctement, mais de loin :
Yo que soy contrabandista. J'ouvris les yeux en tressaillant ; tout était noir, les nègres dormaient, le feu
mourait. Je n'entendais plus rien ; je pensai que cette
voix était une illusion du sommeil, et mes paupières
alourdies se refermèrent. Je les ouvris une seconde fois
précipitamment ; la voix avait recommencé, et chantait avec tristesse et de plus près ce couplet d'une
romance espagnole :

En los campos de Ocaña,
Prisionero cai;
Me llevan a Cotadilla;
Desdichado fui[a] *!*

Cette fois, il n'y avait plus de rêve. C'était la voix de
Pierrot! Un moment après, elle s'éleva encore dans
l'ombre et le silence, et fit entendre pour la deuxième
fois, presque à mon oreille, l'air connu : *Yo que soy*
contrabandista. Un dogue vint joyeusement se rouler à
mes pieds, c'était Rask. Je levai les yeux. Un noir était
devant moi, et la lueur du foyer projetait à côté du
chien son ombre colossale ; c'était Pierrot. La vengeance me transporta ; la surprise me rendit immobile
et muet. Je ne dormais pas. Les morts revenaient
donc! Ce n'était plus un songe, mais une apparition.
Je me détournai avec horreur. A cette vue, sa tête
tomba sur sa poitrine.

— Frère, murmura-t-il à voix basse, tu m'avais
promis de ne jamais douter de moi quand tu m'enten-
drais chanter cet air ; frère, dis, as-tu oublié ta
promesse ?

La colère me rendit la parole.

— Monstre ! m'écriai-je, je te retrouve donc enfin ;
bourreau, assassin de mon oncle, ravisseur de Marie,
oses-tu m'appeler ton frère ? Tiens, ne m'approche
pas !

J'oubliais que j'étais attaché de manière à ne
pouvoir faire presque aucun mouvement. J'abaissai

a. Dans les champs d'Ocana / Je tombai prisonnier; / Ils
m'emmenèrent à Cotadilla ; / Je fus malheureux.

comme involontairement les yeux sur mon côté pour y chercher mon épée. Cette intention visible le frappa. Il prit un air ému, mais doux.

— Non, dit-il, non, je n'approcherai pas. Tu es malheureux, je te plains ; toi, tu ne me plains pas, quoique je sois plus malheureux que toi.

Je haussai les épaules. Il comprit ce reproche muet. Il me regarda d'un air rêveur.

— Oui, tu as beaucoup perdu ; mais, crois-moi, j'ai perdu plus que toi.

Cependant ce bruit de voix avait réveillé les six nègres qui me gardaient. Apercevant un étranger, ils se levèrent précipitamment en saisissant leurs armes ; mais dès que leurs regards se furent arrêtés sur Pierrot, ils poussèrent un cri de surprise et de joie, et tombèrent prosternés en battant la terre de leurs fronts.

Mais les respects que ces nègres rendaient à Pierrot, les caresses que Rask portait alternativement de son maître à moi, en me regardant avec inquiétude, comme étonné de mon froid accueil, rien ne faisait impression sur moi en ce moment. J'étais tout entier à l'émotion de ma rage, rendue impuissante par les liens qui me chargeaient.

— Oh ! m'écriai-je enfin, en pleurant de fureur sous les entraves qui me retenaient, oh ! que je suis malheureux ! Je regrettais que ce misérable se fût fait justice à lui-même ; je le croyais mort, et je me désolais pour ma vengeance. Et maintenant le voilà qui vient me narguer lui-même ; il est là, vivant, sous mes yeux, et je ne puis jouir du bonheur de le poignarder ! Oh ! qui me délivrera de ces exécrables nœuds ?

Pierrot se retourna vers les nègres, toujours en adoration devant lui.

— Camarades, dit-il, détachez le prisonnier !

XLI

Il fut promptement obéi. Mes six gardiens coupèrent avec empressement les cordes qui m'entouraient. Je me levai debout et libre, mais je restai immobile ; l'étonnement m'enchaînait à son tour.

— Ce n'est pas tout, reprit alors Pierrot ; et, arrachant le poignard de l'un de ses nègres, il me le présenta en disant : — Tu peux te satisfaire. A Dieu ne plaise que je te dispute le droit de disposer de ma vie ! Tu l'as sauvée trois fois ; elle est bien à toi maintenant ; frappe, si tu veux frapper.

Il n'y avait ni reproche ni amertume dans sa voix. Il n'était que triste et résigné.

Cette voie inattendue ouverte à ma vengeance par celui même qu'elle brûlait d'atteindre avait quelque chose de trop étrange et de trop facile. Je sentis que toute ma haine pour Pierrot, tout mon amour pour Marie ne suffisaient pas pour me porter à un assassinat ; d'ailleurs quelles que fussent les apparences, une voix me criait au fond du cœur qu'un ennemi et un coupable ne vient pas de cette manière au-devant de la vengeance et du châtiment. Vous le dirai-je enfin ? il y avait dans le prestige impérieux dont cet être extraordinaire était environné quelque chose qui me subjuguait moi-même malgré moi dans ce moment. Je repoussai le poignard.

— Malheureux ! lui dis-je, je veux bien te tuer dans un combat, mais non t'assassiner. Défends-toi !

— Que je me défende ! répondit-il étonné ! et contre qui ?

— Contre moi !

Il fit un geste de stupeur.

— Contre toi ! C'est la seule chose pour laquelle je ne puisse t'obéir. Vois-tu Rask ? je puis bien l'égorger, il se laissera faire ; mais je ne saurais le contraindre à lutter contre moi, il ne me comprendrait point. Je ne te comprends pas ; je suis Rask pour toi.

Il ajouta après un silence :

— Je vois la haine dans tes yeux, comme tu l'as pu voir un jour dans les miens. Je sais que tu as éprouvé bien des malheurs, ton oncle massacré, tes champs incendiés, tes amis égorgés ; on a saccagé tes maisons, dévasté ton héritage ; mais ce n'est pas moi, ce sont les miens. Écoute, je t'ai dit un jour que les tiens m'avaient fait bien du mal ; tu m'as répondu que ce n'était pas toi ; qu'ai-je fait alors ?

Son visage s'éclaircit ; il s'attendait à me voir tomber dans ses bras. Je le regardai d'un air farouche.

— Tu désavoues tout ce que m'ont fait les tiens, lui dis-je avec l'accent de la fureur, et tu ne parles pas de ce que tu m'as fait, toi !

— Quoi donc ? demanda-t-il.

Je m'approchai violemment de lui, et ma voix devint un tonnerre :

— Où est Marie ? qu'as-tu fait de Marie ?

A ce nom, un nuage passa sur son front ; il parut un moment embarrassé. Enfin, rompant le silence :

— *Maria !* répondit-il. Oui, tu as raison... Mais trop d'oreilles nous écoutent.

Son embarras, ces mots : *Tu as raison*, rallumèrent un enfer dans mon cœur. Je crus voir qu'il éludait ma question. En ce moment il me regarda avec son visage ouvert, et me dit avec une émotion profonde :

— Ne me soupçonne pas, je t'en conjure. Je te dirai tout cela ailleurs. Tiens, aime-moi comme je t'aime, avec confiance.

Il s'arrêta un instant pour observer l'effet de ses paroles, et ajouta avec attendrissement :

— Puis-je t'appeler frère ?

Mais ma colère jalouse avait repris toute sa violence, et ces paroles tendres, qui me parurent hypocrites, ne firent que l'exaspérer.

— Oses-tu bien me rappeler ce temps ? m'écriai-je, misérable ingrat !

Il m'interrompit. De grosses larmes brillaient dans ses yeux.

— Ce n'est pas moi qui suis ingrat !

— Eh bien, parle ! repris-je avec emportement. Qu'as-tu fait de Marie ?

— Ailleurs, ailleurs ! me répondit-il. Ici nos oreilles n'entendent pas seules ce que nous disons. Au reste, tu ne me croirais pas sans doute sur parole, et puis le temps presse. Voilà qu'il fait jour, et il faut que je te tire d'ici. Écoute, tout est fini, puisque tu doutes de moi, et tu feras aussi bien de m'achever avec un poignard : mais attends encore un peu avant d'exécu-

ter ce que tu appelles ta vengeance ; je dois d'abord te
délivrer. Viens avec moi trouver Biassou.

Cette manière d'agir et de parler cachait un mystère
que je ne pouvais comprendre. Malgré toutes mes
préventions contre cet homme, sa voix faisait toujours
vibrer une corde dans mon cœur. En l'écoutant, je ne
sais quelle puissance me dominait. Je me surprenais
balançant entre la vengeance et la pitié, la défiance et
un aveugle abandon. Je le suivis.

XLII

Nous sortîmes du quartier des nègres du Morne-
Rouge. Je m'étonnais de marcher libre dans ce camp
barbare où la veille chaque brigand semblait avoir soif
de mon sang. Loin de chercher à nous arrêter, les
noirs et les mulâtres se prosternaient sur notre passage
avec des exclamations de surprise, de joie et de
respect. J'ignorais quel rang Pierrot occupait dans
l'armée des révoltés ; mais je me rappelais l'empire
qu'il exerçait sur ses compagnons d'esclavage, et je
m'expliquais sans peine l'importance dont il paraissait
jouir parmi ses camarades de rébellion.

Arrivés à la ligne de gardes qui veillait devant la
grotte de Biassou, le mulâtre Candi, leur chef, vint à
nous, nous demandant de loin, avec menaces, pourquoi nous osions avancer si près du général ; mais
quand il fut à portée de voir distinctement les traits de
Pierrot, il ôta subitement sa montera brodée en or, et,

comme terrifié de sa propre audace, il s'inclina jusqu'à terre, et nous introduisit près de Biassou, en balbutiant mille excuses, auxquelles Pierrot ne répondit que par un geste de dédain.

Le respect des simples soldats nègres pour Pierrot ne m'avait pas étonné ; mais en voyant Candi, l'un de leurs principaux officiers, s'humilier ainsi devant l'esclave de mon oncle, je commençai à me demander quel pouvait être cet homme dont l'autorité semblait si grande. Ce fut bien autre chose quand je vis le généralissime, qui était seul au moment où nous entrâmes, et mangeait tranquillement un calalou, se lever précipitamment à l'aspect de Pierrot, et, dissimulant une surprise inquiète et un violent dépit sous des apparences de profond respect, s'incliner humblement devant mon compagnon, et lui offrir son propre trône d'acajou. Pierrot refusa.

— Jean Biassou, dit-il, je ne suis pas venu vous prendre votre place, mais simplement vous demander une grâce.

— *Alteza*, répondit Biassou en redoublant ses salutations, vous savez que vous pouvez disposer de tout ce qui dépend de Jean Biassou, de tout ce qui appartient à Jean Biassou, et de Jean Biassou lui-même.

Ce titre d'*alteza*, qui équivaut à celui d'*altesse* ou de *hautesse*, donné à Pierrot par Biassou, accrut encore mon étonnement.

— Je n'en veux pas tant, reprit vivement Pierrot ; je ne vous demande que la vie et la liberté de ce prisonnier.

Il me désignait de la main. Biassou parut un moment interdit ; cet embarras fut court.

— Vous désolez votre serviteur, *alteza* ; vous exigez de lui bien plus qu'il ne peut vous accorder, à son grand regret. Ce prisonnier n'est point Jean Biassou, n'appartient pas à Jean Biassou, et ne dépend pas de Jean Biassou.

— Que voulez-vous dire ? demanda Pierrot sévèrement. De qui dépend-il donc ? Y a-t-il un autre pouvoir que vous ?

— Hélas oui ! *alteza.*

— Et lequel ?

— Mon armée.

L'air caressant et rusé avec lequel Biassou éludait les questions hautaines et franches de Pierrot annonçait qu'il était déterminé à n'accorder à l'autre que les respects auxquels il paraissait obligé.

— Comment ! s'écria Pierrot, votre armée ! Et ne la commandez-vous pas ?

Biassou, conservant son avantage, sans quitter pourtant son attitude d'infériorité, répondit avec une apparence de sincérité :

— *Sù alteza* pense-t-elle que l'on puisse réellement commander à des hommes qui ne se révoltent que pour ne pas obéir ?

J'attachais trop peu de prix à la vie pour rompre le silence ; mais ce que j'avais vu la veille de l'autorité illimitée de Biassou sur ses bandes aurait pu me fournir l'occasion de le démentir et de montrer à nu sa duplicité. Pierrot lui répliqua :

— Eh bien ! si vous ne savez pas commander à votre armée, et si vos soldats sont vos chefs, quels motifs de haine peuvent-ils avoir contre ce prisonnier ?

— Boukmann vient d'être tué par les troupes du

gouvernement, dit Biassou, en composant tristement
son visage féroce et railleur; les miens ont résolu de
venger sur ce blanc la mort du chef des nègres
marrons de la Jamaïque; ils veulent opposer trophée à
trophée, et que la tête de ce jeune officier serve de
contrepoids à la tête de Boukmann dans la balance où
le *bon Giu* pèse les deux partis.

— Comment avez-vous pu, dit Pierrot, adhérer à
ces horribles représailles? Écoutez-moi, Jean Biassou : ce sont ces cruautés qui perdront notre juste
cause. Prisonnier au camp des blancs, d'où j'ai réussi à
m'échapper, j'ignorais la mort de Boukmann, que
vous m'apprenez. C'est un juste châtiment du ciel
pour ses crimes. Je vais vous apprendre une autre
nouvelle : Jeannot, ce même chef de noirs, qui avait
servi de guide aux blancs pour les attirer dans
l'embuscade de Dompte-Mulâtre, Jeannot vient aussi
de mourir. Vous savez, ne m'interrompez pas, Biassou, qu'il rivalisait d'atrocité avec Boukmann et vous;
or, faites attention à ceci, ce n'est point la foudre du
ciel, ce ne sont point les blancs qui l'ont frappé, c'est
Jean-François lui-même qui a fait cet acte de justice.

Biassou, qui écoutait avec un sombre respect, fit
une exclamation de surprise. En ce moment Rigaud
entra, salua profondément Pierrot, et parla bas à
l'oreille du généralissime. On entendait au-dehors une
grande agitation dans le camp. Pierrot continuait :

— ... Oui, Jean-François, qui n'a d'autre défaut
qu'un luxe funeste, et l'étalage ridicule de cette
voiture à six chevaux qui le mène chaque jour de son
camp à la messe du curé de la Grande-Rivière, Jean-
François a puni les fureurs de Jeannot. Malgré les

lâches prières du brigand, quoique à son dernier
moment il se soit cramponné au curé de la Marmelade,
chargé de l'exhorter, avec tant de terreur qu'on a dû
l'arracher de force, le monstre a été fusillé hier, au
pied même de l'arbre armé de crochets de fer auxquels
il suspendait ses victimes vivantes. Biassou, méditez
cet exemple ! Pourquoi ces massacres qui contraignent
les blancs à la férocité ? Pourquoi encore user de
jongleries afin d'exciter la fureur de nos malheureux
camarades, déjà trop exaspérés ? Il y a au Trou-Coffi
un charlatan mulâtre, nommé Romaine-la-Prophétesse, qui fanatise une bande de noirs ; il profane la
sainte messe ; il leur persuade qu'il est en rapport avec
la Vierge, dont il écoute les prétendus oracles en
mettant sa tête dans le tabernacle ; et il pousse ses
camarades au meurtre et au pillage, au nom de Marie !

Il y avait peut-être une expression plus tendre
encore que la vénération religieuse dans la manière
dont Pierrot prononça ce nom. Je ne sais comment
cela se fit, mais je m'en sentis offensé et irrité.

— ... Eh bien ! poursuivit l'esclave, vous avez dans
votre camp je ne sais quel obi, je ne sais quel jongleur
comme ce Romaine-la-Prophétesse ! Je n'ignore point
qu'ayant à conduire une armée composée d'hommes
de tous pays, de toutes familles, de toutes couleurs, un
lien commun vous est nécessaire, mais ne pouvez-vous
le trouver autre part que dans un fanatisme féroce et
des superstitions ridicules ? Croyez-moi, Biassou, les
blancs sont moins cruels que nous. J'ai vu beaucoup
de planteurs défendre les jours de leur esclave ; je
n'ignore pas que, pour plusieurs d'entre eux, ce n'était
pas sauver la vie d'un homme, mais une somme

d'argent, du moins leur intérêt leur donnait une vertu. Ne soyons pas moins cléments qu'eux, c'est aussi notre intérêt. Notre cause sera-t-elle plus sainte et plus juste quand nous aurons exterminé des femmes, égorgé des enfants, torturé des vieillards, brûlés des colons dans leurs maisons ? Ce sont là pourtant nos exploits de chaque jour. Faut-il, répondez, Biassou, que le seul vestige de notre passage soit toujours une trace de sang ou une trace de feu ?

Il se tut. L'éclat de son regard, l'accent de sa voix donnaient à ses paroles une force de conviction et d'autorité impossible à reproduire. Comme un renard pris par un lion, l'œil obliquement baissé de Biassou semblait chercher par quelle ruse il pourrait échapper à tant de puissance. Pendant qu'il méditait, le chef de la bande des Cayes, ce même Rigaud qui la veille avait vu d'un front tranquille tant d'horreurs se commettre devant lui, paraissait s'indigner des attentats dont Pierrot avait tracé le tableau, et s'écriait avec une hypocrite consternation.

— Eh ! mon bon Dieu, qu'est-ce que c'est qu'un peuple en fureur !

XLIII

Cependant la rumeur extérieure s'accroissait et paraissait inquiéter Biassou. J'ai appris plus tard que cette rumeur provenait des nègres du Morne-Rouge, qui parcouraient le camp en annonçant le retour de mon libérateur, et exprimaient l'intention de le seconder, quel que fût le motif pour lequel il s'était rendu près de Biassou. Rigaud venait d'informer le généralissime de cette circonstance ; et c'est la crainte d'une scission funeste qui détermina le chef rusé à l'espèce de concession qu'il fit aux désirs de Pierrot.

— *Alteza*, dit-il avec un air de dépit, si nous sommes sévères pour les blancs, vous êtes sévère pour nous. Vous avez tort de m'accuser de la violence du torrent : il m'entraîne. Mais enfin *que podria hacer ahora*[a] qui vous fût agréable ?

— Je vous l'ai déjà dit, *señor* Biassou, répondit Pierrot ; laissez-moi emmener ce prisonnier.

Biassou demeura un moment pensif, puis s'écria, donnant à l'expression de ses traits le plus de franchise qu'il put :

— Allons, *alteza*, je veux vous prouver quel est mon désir de vous plaire. Permettez-moi seulement de dire deux mots en secret au prisonnier ; il sera libre ensuite de vous suivre.

— Vraiment ! qu'à cela ne tienne, répondit Pierrot.

Et son visage, jusqu'alors fier et mécontent, rayonnait de joie. Il s'éloigna de quelques pas.

Biassou m'entraîna dans un coin de la grotte et me dit à voix basse :

— Je ne puis t'accorder la vie qu'à une condition ; tu la connais, y souscris-tu ?

Il me montrait la dépêche de Jean-François. Un consentement m'eût paru une bassesse.

— Non, lui dis-je.

a. Que pourrais-je faire maintenant ?

— Ah ! reprit-il avec son ricanement. Toujours aussi décidé ! Tu comptes donc beaucoup sur ton protecteur ? Sais-tu qui il est ?

— Oui, lui répliquai-je vivement ; c'est un monstre comme toi, seulement plus hypocrite encore !

Il se redressa avec étonnement ; et, cherchant à deviner dans mes yeux si je parlais sérieusement :

— Comment ! dit-il, tu ne le connais donc pas ?

Je répondis avec dédain :

— Je ne reconnais en lui qu'un esclave de mon oncle, nommé Pierrot.

Biassou se remit à ricaner.

— Ha ! ha ! voilà qui est singulier ! Il demande ta vie et ta liberté, et tu l'appelles « un monstre comme moi » !

— Que m'importe ! répondis-je. Si j'obtenais un moment de liberté, ce ne serait pas pour lui demander ma vie, mais la sienne !

— Qu'est-ce que cela ? dit Biassou. Tu parais pourtant parler comme tu penses, et je ne suppose pas que tu veuilles plaisanter avec ta vie. Il y a là-dessous quelque chose que je ne comprends pas. Tu es protégé par un homme que tu hais ; il plaide pour ta vie, et tu veux sa mort ! Au reste, cela m'est égal, à moi. Tu désires un moment de liberté, c'est la seule chose que je puisse t'accorder. Je te laisserai libre de le suivre ; donne-moi seulement d'abord ta parole d'honneur de venir te remettre dans mes mains deux heures avant le coucher du soleil. — Tu es français, n'est-ce pas ?

— Vous le dirai-je, messieurs ? la vie m'était à charge ; je répugnais d'ailleurs à la recevoir de ce Pierrot, que tant d'apparences désignaient à ma haine ; je ne sais pas si même il n'entra pas dans ma résolution la certitude que Biassou, qui ne lâchait pas aisément une proie, ne consentirait jamais à ma délivrance ; je ne désirais réellement que quelques heures de liberté pour achever, avant de mourir, d'éclaircir le sort de ma bien-aimée Marie et le mien. La parole que Biassou, confiant en l'honneur français, me demandait était un moyen sûr et facile d'obtenir encore un jour ; je la donnai.

Après m'avoir lié de la sorte, le chef se rapprocha de Pierrot.

— *Alteza*, dit-il d'un ton obséquieux, le prisonnier blanc est à vos ordres ; vous pouvez l'emmener ; il est libre de vous accompagner.

Je n'avais jamais vu autant de bonheur dans les yeux de Pierrot.

— Merci, Biassou ! s'écria-t-il en lui tendant la main, merci ! Tu viens de me rendre un service qui te fait maître désormais de tout exiger de moi ! Continue à disposer de mes frères du Morne-Rouge jusqu'à mon retour.

Il se tourna vers moi.

— Puisque tu es libre, dit-il, viens !

Et il m'entraîna avec une énergie singulière.

Biassou nous regarda sortir d'un air étonné, qui perçait même à travers les démonstrations de respect dont il accompagna le départ de Pierrot.

XLIV

Il me tardait d'être seul avec Pierrot. Son trouble quand je l'avais questionné sur le sort de Marie, l'insolente tendresse avec laquelle il osait prononcer son nom, avaient encore enraciné les sentiments d'exécration et de jalousie qui germèrent en mon cœur au moment où je le vis enlever à travers l'incendie du fort Galifet celle que je pouvais à peine appeler mon épouse. Que m'importait, après cela, les reproches généreux qu'il avait adressés devant moi au sanguinaire Biassou, les soins qu'il avait pris de ma vie, et même cette empreinte extraordinaire qui marquait toutes ses paroles et toutes ses actions ? Que m'importait ce mystère qui semblait l'envelopper ; qui le faisait apparaître vivant à mes yeux quand je croyais avoir assisté à sa mort ; qui me le montrait captif chez les blancs quand je l'avais vu s'ensevelir dans la Grande-Rivière ; qui changeait l'esclave en altesse, le prisonnier en libérateur ? De toutes ces choses incompréhensibles, la seule qui fût claire pour moi, c'était le rapt odieux de Marie, un outrage à venger, un crime à punir. Ce qui s'était passé d'étrange sous mes yeux suffisait à peine pour me faire suspendre mon jugement, et j'attendais avec impatience l'instant où je pourrais contraindre mon rival à s'expliquer. Ce moment vint enfin.

Nous avions traversé les triples haies de noirs prosternés sur notre passage, et s'écriant avec surprise : *Miraculo ! ya no esta prisionero*[a] *!* J'ignore si c'est de moi ou de Pierrot qu'ils voulaient parler. Nous avions franchi les dernières limites du camp ; nous avions perdu de vue derrière les arbres et les rochers les dernières vedettes de Biassou ; Rask, joyeux, nous devançait, puis revenait à nous ; Pierrot marchait avec rapidité ; je l'arrêtai brusquement.

— Écoute, lui dis-je, il est inutile d'aller plus loin. Les oreilles que tu craignais ne peuvent plus nous entendre ; parle, qu'as-tu fait de Marie ?

Une émotion concentrée faisait haleter ma voix. Il me regarda avec douceur.

— Toujours ! me répondit-il.

— Oui, toujours ! m'écriai-je furieux, toujours ! Je te ferai cette question jusqu'à ton dernier souffle, jusqu'à mon dernier soupir. Où est Marie ?

— Rien ne peut donc dissiper tes doutes sur ma foi ! — Tu le sauras bientôt.

— Bientôt, monstre ! répliquai-je. C'est mainte-nant que je veux le savoir. Où est Marie ? où est Marie ? entends-tu ? Réponds, ou échange ta vie contre la mienne ! Défends-toi !

— Je t'ai déjà dit, reprit-il avec tristesse, que cela ne se pouvait pas. Le torrent ne lutte pas contre sa source ; ma vie, que tu as sauvée trois fois, ne peut combattre contre ta vie. Je le voudrais d'ailleurs, que la chose serait encore impossible. Nous n'avons qu'un poignard pour nous deux.

En parlant ainsi il tira un poignard de sa ceinture et me le présenta.

***

a. Miracle ! Il n'est déjà plus prisonnier !

— Tiens, dit-il.

J'étais hors de moi. Je saisis le poignard et le fis briller sur sa poitrine. Il ne songeait pas à s'y soustraire.

— Misérable, lui dis-je, ne me force point à un assassinat. Je te plonge cette lame dans le cœur, si tu ne me dis pas où est ma femme à l'instant.

Il me répondit sans colère :

— Tu es le maître. Mais, je t'en prie à mains jointes, laisse-moi encore une heure de vie, et suis-moi. Tu doutes de celui qui te doit trois vies, de celui que tu nommais ton frère ; mais, écoute, si dans une heure tu en doutes encore, tu seras libre de me tuer. Il sera toujours temps. Tu vois bien que je ne veux pas te résister. Je t'en conjure au nom même de *Maria*... Il ajouta péniblement : — De ta femme. — Encore une heure ; et si je te supplie ainsi, va, ce n'est pas pour moi, c'est pour toi !

Son accent avait une expression ineffable de persuasion et de douleur. Quelque chose sembla m'avertir qu'il disait peut-être vrai, que l'intérêt seul de sa vie ne suffirait pas pour donner à sa voix cette tendresse pénétrante, cette suppliante douceur, et qu'il plaidait pour plus que lui-même. Je cédai encore une fois à cet ascendant secret qu'il exerçait sur moi, et qu'en ce moment je rougissais de m'avouer.

— Allons, dis-je, je t'accorde ce sursis d'une heure ; je te suivrai.

Je voulus lui rendre le poignard.

— Non, répondit-il, garde-le, tu te défies de moi. Mais viens, ne perdons pas de temps.

XLV

Il recommença à me conduire. Rask, qui pendant notre entretien avait fréquemment essayé de se remettre en marche, puis était revenu chaque fois vers nous, demandant en quelque sorte du regard pourquoi nous nous arrêtions. Rask reprit joyeusement sa course. Nous nous enfonçâmes dans une forêt vierge. Au bout d'une demi-heure environ, nous débouchâmes sur une jolie savane verte, arrosée d'une eau de roche, et bordée par la lisière fraîche et profonde des grands arbres centenaires de la forêt. Une caverne, dont une multitude de plantes grimpantes, la clématite, la liane, le jasmin, verdissaient le front grisâtre, s'ouvrait sur la savane. Rask allait aboyer, Pierrot le fit taire d'un signe, et, sans dire une parole, m'entraîna par la main dans la caverne.

Une femme, le dos tourné à la lumière, était assise dans cette grotte, sur un tapis de sparterie. Au bruit de nos pas, elle se retourna. — Mes amis, c'était Marie !

Elle était vêtue d'une robe blanche comme le jour de notre union, et portait encore dans ses cheveux la couronne de fleurs d'oranger, dernière parure virginale de la jeune épouse, que mes mains n'avaient pas détachée de son front. Elle m'aperçut, me reconnut, jeta un cri, et tomba dans mes bras, mourante de joie et de surprise. J'étais éperdu.

A ce cri, une vieille femme qui portait un enfant

dans ses bras accourut d'une deuxième chambre
pratiquée dans un enfoncement de la caverne. C'était
la nourrice de Marie, et le dernier enfant de mon
malheureux oncle. Pierrot était allé chercher de l'eau à
la source voisine. Il en jeta quelques gouttes sur le
visage de Marie. Leur fraîcheur rappela la vie ; elle
ouvrit les yeux.

— Léopold, dit-elle, mon Léopold !

— Marie !... répondis-je ; et le reste de nos paroles
s'acheva dans un baiser.

— Pas devant moi au moins ! s'écria une voix
déchirante.

Nous levâmes les yeux : c'était Pierrot. Il était là,
assistant à nos caresses comme à un supplice. Son sein
gonflé haletait, une sueur glacée tombait à grosses
gouttes de son front. Tous ses membres tremblaient.
Tout à coup il cacha son visage de ses deux mains, et
s'enfuit hors de la grotte en répétant avec un accent
terrible : — Pas devant moi !

Marie se souleva de mes bras à demi, et s'écria en le
suivant des yeux :

— Grand Dieu ! mon Léopold, notre amour paraît
lui faire mal. Est-ce qu'il m'aimerait ?

Le cri de l'esclave m'avait prouvé qu'il était mon
rival ; l'exclamation de Marie me prouvait qu'il était
aussi mon ami.

— Marie ! répondis-je, et une félicité inouïe entra
dans mon cœur en même temps qu'un mortel regret ;
Marie ! est-ce que tu l'ignorais ?

— Mais je l'ignore encore, me dit-elle avec une
chaste rougeur. Comment ! il m'aime ! Je ne m'en étais
jamais aperçue.

Je la pressai sur mon cœur avec ivresse.

— Je retrouve ma femme et mon ami! m'écriai-je;
que je suis heureux et que je suis coupable! J'avais
douté de lui.

— Comment! reprit Marie étonnée, de lui! de
Pierrot! Oh oui, tu es bien coupable. Tu lui dois deux
fois ma vie, et peut-être plus encore, ajouta-t-elle en
baissant les yeux. Sans lui le crocodile de la rivière
m'aurait dévorée; sans lui les nègres... C'est Pierrot
qui m'a arrachée de leurs mains, au moment où ils
allaient sans doute me rejoindre à mon malheureux
père!

Elle s'interrompit et pleura.

— Et pourquoi, lui demandai-je, Pierrot ne t'a-t-il
pas renvoyée au Cap, à ton mari?

— Il l'a tenté, répondit-elle, mais il ne l'a pu.
Obligé de se cacher également des noirs et des blancs,
cela lui était fort difficile. Et puis, on ignorait ce que
tu étais devenu. Quelques-uns disaient t'avoir vu
tomber mort, mais Pierrot m'assurait que non, et
j'étais bien certaine du contraire, car quelque chose
m'en aurait avertie; et si tu étais mort, je serais morte
aussi, en même temps.

— Pierrot, lui dis-je, t'a donc amenée ici?

— Oui, mon Léopold; cette grotte isolée est
connue de lui seul. Il avait sauvé en même temps que
moi tout ce qui restait de la famille, ma bonne
nourrice et mon petit frère; il nous y a cachés. Je
t'assure qu'elle est bien commode; et sans la guerre
qui fouille tout le pays, maintenant que nous sommes
ruinés, j'aimerais à l'habiter avec toi. Pierrot pour-
voyait à tous nos besoins. Il venait souvent; il avait

une plume rouge sur la tête. Il me consolait, me parlait de toi, m'assurait que je te serais rendue. Cependant, ne l'ayant pas vu depuis trois jours, je commençais à m'inquiéter, lorsqu'il est revenu avec toi. Ce pauvre ami, il a donc été te chercher ?

— Oui, lui répondis-je.

— Mais comment se fait-il avec cela, reprit-elle, qu'il soit amoureux de moi ? En es-tu sûr ?

— Sûr maintenant ! lui dis-je. C'est lui qui, sur le point de me poignarder, s'est laissé fléchir par la crainte de t'affliger ; c'est lui qui te chantait ces chansons d'amour dans le pavillon de la rivière.

— Vraiment ! reprit Marie avec une naïve surprise, c'est ton rival ! Le méchant homme aux soucis est ce bon Pierrot ! Je ne puis croire cela. Il était avec moi si humble, si respectueux, plus que lorsqu'il était notre esclave ! Il est vrai qu'il me regardait quelquefois d'un air singulier ; mais ce n'était que de la tristesse, et je l'attribuais à mon malheur. Si tu savais avec quel dévouement passionné il m'entretenait de mon Léopold ! Son amitié parlait de toi presque comme mon amour.

Ces explications de Marie m'enchantaient et me désolaient à la fois. Je me rappelais avec quelle cruauté j'avais traité ce généreux Pierrot, et je sentais toute la force de son reproche tendre et résigné : — *Ce n'est pas moi qui suis ingrat !*

En ce moment Pierrot rentra. Sa physionomie était sombre et douloureuse. On aurait dit un condamné qui revient de la torture, mais qui en a triomphé. Il s'avança vers moi à pas lents, et me dit d'une voix grave, en montrant le poignard que j'avais placé dans ma ceinture :

— L'heure est écoulée.

— L'heure ! quelle heure ? lui dis-je.

— Celle que tu m'avais accordée ; elle m'était nécessaire pour te conduire ici. Je t'ai supplié alors de ma laisser la vie, maintenant je te conjure de me l'ôter.

Les sentiments les plus doux du cœur, l'amour, l'amitié, la reconnaissance, s'unissaient en ce moment pour me déchirer. Je tombai aux pieds de l'esclave, sans pouvoir dire un mot, en sanglotant amèrement. Il me releva avec précipitation.

— Que fais-tu ? me dit-il.

— Je te rends l'hommage que je te dois ; je ne suis plus digne d'une amitié comme la tienne. Ta reconnaissance ne peut aller jusqu'à me pardonner mon ingratitude.

Sa figure eut quelque temps encore une expression de rudesse ; il paraissait éprouver de violents combats ; il fit un pas vers moi et recula, il ouvrit la bouche et se tut. Ce moment fut de courte durée ; il m'ouvrit ses bras en disant :

— Puis-je à présent t'appeler frère ?

Je ne lui répondis qu'en me jetant sur son cœur. Il ajouta, après une légère pause :

— Tu es bon, mais le malheur t'avait rendu injuste.

— J'ai retrouvé mon frère, lui dis-je ; je ne suis plus malheureux ; mais je suis bien coupable.

— Coupable, frère ! Je l'ai été aussi, et plus que toi. Tu n'es plus malheureux ; moi, je le serai toujours !

XLVI

La joie que les premiers transports de l'amitié avaient fait briller sur son visage s'évanouit ; ses traits prirent une expression de tristesse singulière et énergique.

— Écoute, me dit-il d'un ton froid ; mon père était roi au pays de Kakongo. Il rendait la justice à ses sujets devant sa porte ; et, à chaque jugement qu'il portait, il buvait, suivant l'usage des rois, une pleine coupe de vin de palmier. Nous vivions heureux et puissants. Des européens vinrent ; ils me donnèrent ces connaissances futiles qui t'ont frappé. Leur chef était un capitaine espagnol ; il promit à mon père des pays plus vastes que les siens, et des femmes blanches ; mon père le suivit avec sa famille... — Frère, ils nous vendirent !

La poitrine du noir se gonfla, ses yeux étincelaient ; il brisa machinalement un jeune néflier qui se trouvait près de lui, puis il continua sans paraître s'adresser à moi.

— Le maître du pays Kakongo eut un maître, et son fils se courba en esclave sur les sillons de Santo-Domingo. On sépara le jeune lion de son vieux père pour les dompter plus aisément. — On enleva la jeune épouse à son époux pour en tirer plus de profit en les unissant à d'autres. — Les petits enfants cherchèrent la mère qui les avait nourris, le père qui les baignait dans les torrents ; ils ne trouvèrent que des tyrans barbares, et couchèrent parmi les chiens !

Il se tut ; ses lèvres remuaient sans qu'il parlât, son regard était fixe et égaré. Il me saisit le bras brusquement.

— Frère, entends-tu ? j'ai été vendu à différents maîtres comme une pièce de bétail. — Tu te souviens du supplice d'Ogé ; ce jour-là j'ai revu mon père. Écoute : — c'était sur la roue !

Je frémis. Il ajouta :

— Ma femme a été prostituée à des blancs. Écoute, frère : elle est morte et m'a demandé vengeance. Te le dirai-je ? continua-t-il en hésitant et en baissant les yeux, j'ai été coupable, j'en ai aimé une autre. — Mais passons !

Tous les miens me pressaient de les délivrer et de me venger. Rask m'apportait leurs messages.

Je ne pouvais les satisfaire, j'étais moi-même dans les prisons de ton oncle. Le jour où tu obtins ma grâce, je partis pour arracher mes enfants des mains d'un maître féroce ; j'arrivai. — Frère, le dernier des petits-fils du roi de Kakongo venait d'expirer sous les coups d'un blanc ! les autres l'avaient précédé.

Il s'interrompit et me demanda froidement :

— Frère, qu'aurais-tu fait ?

Ce déplorable récit m'avait glacé d'horreur. Je répondis à sa question par un geste menaçant. Il me comprit et se mit à sourire avec amertume. Il poursuivit :

— Les esclaves se révoltèrent contre leur maître, et le punirent du meurtre de mes enfants. Ils m'élurent leur chef. Tu sais les malheurs qu'entraîna cette rébellion. J'appris que ceux de ton oncle se préparaient à suivre le même exemple. J'arrivai dans l'Acul

la nuit même de l'insurrection. — Tu étais absent. —
Ton oncle venait d'être poignardé dans son lit. Les
noirs incendiaient déjà les plantations. Ne pouvant
calmer leur fureur, parce qu'ils croyaient me venger
en brûlant les propriétés de ton oncle, je dus sauver ce
qui restait de ta famille. Je pénétrai dans le fort par
l'issue que j'y avais pratiquée. Je confiai la nourrice de
ta femme à un noir fidèle. J'eus plus de peine à sauver
ta *Maria*. Elle avait couru vers la partie embrasée du
fort pour en tirer le plus jeune de ses frères, seul
échappé au massacre. Des noirs l'entouraient; ils
allaient la tuer. Je me présentai et leur ordonnai de me
laisser me venger moi-même. Ils se retirèrent. Je pris
ta femme dans mes bras, je confiai l'enfant à Rask, et
je les déposai tous deux dans cette caverne, dont je
connais seul l'existence et l'accès. — Frère, voilà mon
crime.

De plus en plus pénétré de remords et de reconnaissance, je voulus me jeter encore une fois aux pieds de
Pierrot, il m'arrêta d'un air offensé.

— Allons, viens, dit-il un moment après en me
prenant par la main, emmène ta femme et partons tous
les cinq.

Je lui demandai avec surprise où il voulait nous
conduire.

— Au camp des blancs, me répondit-il. Cette
retraite n'est plus sûre. Demain, à la pointe du jour,
les blancs doivent attaquer le camp de Biassou; la
forêt sera certainement incendiée. Et puis nous
n'avons pas un moment à perdre; dix têtes répondent
de la mienne. Nous pouvons nous hâter, car tu es
libre; nous le devons, car je ne le suis pas.

Ces paroles accrurent ma surprise ; je lui en demandai l'explication.

— N'as-tu pas entendu raconter que Bug-Jargal était prisonnier ? dit-il avec impatience.

— Oui, mais qu'as-tu de commun avec ce Bug-Jargal ?

Il parut à son tour étonné, et répondit gravement :

— Je suis ce Bug-Jargal.

XLVII

J'étais habitué, pour ainsi dire, à la surprise avec cet homme. Ce n'était pas sans étonnement que je venais de voir un instant auparavant l'esclave Pierrot se transformer en roi africain. Mon admiration était au comble d'avoir maintenant à reconnaître en lui le redoutable et magnanime Bug-Jargal, chef des révoltés du Morne-Rouge. Je comprenais enfin d'où venaient les respects que rendaient tous les rebelles, et même Biassou, au chef Bug-Jargal, au roi de Kakongo.

Il ne parut pas s'apercevoir de l'impression qu'avaient produite sur moi ces dernières paroles.

— L'on m'avait dit, reprit-il, que tu étais de ton côté prisonnier au camp de Biassou ; j'étais venu pour te délivrer.

— Pourquoi me disais-tu donc tout à l'heure que tu n'étais pas libre ?

Il me regarda, comme cherchant à deviner ce qui amenait cette question toute naturelle.

— Écoute, me dit-il, ce matin j'étais prisonnier parmi les tiens. J'entendis annoncer dans le camp que Biassou avait déclaré son intention de faire mourir avant le coucher du soleil un jeune captif nommé Léopold d'Auverney. On renforça les gardes autour de moi. J'appris que mon exécution suivrait la tienne, et qu'en cas d'évasion dix de mes camarades répondraient de moi. — Tu vois que je suis pressé.

Je le retins encore.

— Tu t'es donc échappé ? lui dis-je.

— Et comment serais-je ici ? Ne fallait-il pas te sauver ? Ne te dois-je pas la vie ? Allons, suis-moi maintenant. Nous sommes à une heure de marche du camp des blancs comme du camp de Biassou. Vois, l'ombre de ces cocotiers s'allonge, et leur tête ronde paraît sur l'herbe comme l'œuf énorme du condor. Dans trois heures le soleil sera couché. Viens, frère, le temps presse.

Dans trois heures le soleil sera couché. Ces paroles si simples me glacèrent comme une apparition funèbre. Elles me rappelèrent la promesse fatale que j'avais faite à Biassou. Hélas ! en revoyant Marie, je n'avais plus pensé à notre séparation éternelle et prochaine ; je n'avais été que ravi et enivré ; tant d'émotions m'avaient enlevé la mémoire, et j'avais oublié ma mort dans mon bonheur. Le mot de mon ami me rejeta violemment dans mon infortune. *Dans trois heures le soleil sera couché !* Il fallait une bonne heure pour me rendre au camp de Biassou. — Mon devoir était impérieusement prescrit ; le brigand avait ma parole, et il valait mieux encore mourir que de donner à ce barbare le droit de mépriser la seule chose à laquelle il

parût se fier encore, l'honneur d'un français. L'alter-
native était terrible ; je choisis ce que je devais choisir ;
mais, je l'avouerai, messieurs, j'hésitai un moment.
Étais-je coupable ?

XLVIII

Enfin, poussant un soupir, je pris d'une main la
main de Bug-Jargal, de l'autre celle de ma pauvre
Marie, qui observait avec anxiété le nuage sinistre
répandu sur mes traits.

— Bug-Jargal, dis-je avec effort, je te confie le seul
être au monde que j'aime plus que toi, Marie. —
Retournez au camp sans moi, car je ne puis vous
suivre.

— Mon Dieu, s'écria Marie respirant à peine,
quelque nouveau malheur !

Bug-Jargal avait tressailli. Un étonnement douloureux se peignait dans ses yeux.

— Frère, que dis-tu ?

La terreur qui oppressait Marie à la seule idée d'un
malheur que sa trop prévoyante tendresse semblait
deviner me faisait une loi de lui en cacher la réalité et
de lui épargner des adieux si déchirants ; je me
penchai à l'oreille de Bug-Jargal, et lui dis à voix
basse :

— Je suis captif. J'ai juré à Biassou de revenir me
mettre en son pouvoir deux heures avant la fin du
jour ; j'ai promis de mourir.

Il bondit de fureur ; sa voix devint éclatante.

— Le monstre ! Voilà pourquoi il a voulu t'entretenir secrètement ; c'était pour t'arracher cette promesse. J'aurais dû me défier de ce misérable Biassou.
Comment n'ai-je pas prévu quelque perfidie ? Ce n'est
pas un noir, c'est un mulâtre.

— Qu'est-ce donc ? Quelle perfidie ? Quelle promesse ? dit Marie épouvantée ; qui est ce Biassou ?

— Tais-toi, tais-toi, répétai-je bas à Bug-Jargal,
n'alarmons pas Marie.

— Bien, me dit-il d'un ton sombre. Mais comment
as-tu pu consentir à cette promesse ? Pourquoi l'as-tu
donnée ?

— Je te croyais ingrat, je croyais Marie perdue
pour moi. Que m'importait la vie ?

— Mais une promesse de bouche ne peut t'engager
avec ce brigand ?

— J'ai donné ma parole d'honneur.

Il parut chercher à comprendre ce que je voulais
dire.

— Ta parole d'honneur ! Qu'est-ce que cela ? Vous
n'avez pas bu à la même coupe ? Vous n'avez pas
rompu ensemble un anneau ou une branche d'érable à
fleurs rouges ?

— Non.

— Eh bien ! que nous dis-tu donc ? Qu'est-ce qui
peut t'engager ?

— Mon honneur, répondis-je.

— Je ne sais pas ce que cela signifie. Rien ne te lie
avec Biassou. Viens avec nous.

— Je ne puis, frère, j'ai promis.

— Non ! tu n'as pas promis ! s'écria-t-il avec

emportement ; puis élevant la voix : — Sœur, joignez-vous à moi ! empêchez votre mari de nous quitter ; il veut retourner au camp des nègres d'où je l'ai tiré, sous prétexte qu'il a promis sa mort à leur chef, à Biassou.

— Qu'as-tu fait ? m'écriai-je.

Il était trop tard pour prévenir l'effet de ce mouvement généreux qui lui faisait implorer pour la vie de son rival l'aide de celle qu'il aimait. Marie s'était jetée dans mes bras avec un cri de désespoir. Ses mains jointes autour de mon cou la suspendaient sur mon cœur, car elle était sans force et presque sans haleine.

— Oh ! murmurait-elle péniblement, que dit-il là, mon Léopold ? N'est-il pas vrai qu'il me trompe, et que ce n'est pas au moment qui vient de nous réunir que tu veux me quitter, et me quitter pour mourir ? Réponds-moi vite ou je meurs. Tu n'as pas le droit de donner ta vie, parce que tu ne dois pas donner la mienne. Tu ne voudrais pas te séparer de moi pour ne me revoir jamais.

— Marie, repris-je, ne le crois pas ; je vais te quitter en effet ; il le faut ; mais nous nous reverrons ailleurs.

— Ailleurs, reprit-elle avec effroi, ailleurs, où ?...

— Dans le ciel ! répondis-je, ne pouvant mentir à cet ange.

Elle s'évanouit encore une fois, mais alors c'était de douleur. L'heure pressait ; ma résolution était prise. Je la déposai entre les bras de Bug-Jargal, dont les yeux étaient pleins de larmes.

— Rien ne peut donc te retenir ? me dit-il. Je n'ajouterai rien à ce que tu vois. Comment peux-tu résister à Maria ? Pour une seule des paroles qu'elle t'a

dites, je lui aurais sacrifié un monde, et toi tu ne veux
pas lui sacrifier ta mort ?

— L'honneur ! répondis-je. Adieu, Bug-Jargal ;
adieu frère, je te la lègue.

Il me prit la main ; il était pensif, et semblait à peine
m'entendre.

— Frère, il y a au camp des blancs un de tes
parents ; je lui remettrai Maria ; quant à moi, je ne
puis accepter ton legs.

Il me montra un pic dont le sommet dominait toute
la contrée environnante.

— Vois ce rocher ; quand le signe de ta mort y
apparaîtra, le bruit de la mienne ne tardera pas à se
faire entendre. — Adieu.

Sans m'arrêter au sens inconnu de ces dernières
paroles, je l'embrassai ; je déposai un baiser sur le
front pâle de Marie, que les soins de sa nourrice
commençaient à ranimer, et je m'enfuis précipitamment, de peur que son premier regard, sa première
plainte ne m'enlevassent toute ma force.

XLIX

Je m'enfuis, je me plongeai dans la profonde forêt,
en suivant la trace que nous y avions laissée, sans
même oser jeter un coup d'œil derrière moi. Comme
pour étourdir les pensées qui m'obsédaient, je courus
sans relâche à travers les taillis, les savanes et les
collines, jusqu'à ce qu'enfin, à la crête d'une roche, le

camp de Biassou, avec ses lignes de cabrouets, ses rangées d'ajoupas et sa fourmilière de noirs, apparût sous mes yeux. Là, je m'arrêtai. Je touchais au terme de ma course et de mon existence. La fatigue et l'émotion rompirent mes forces ; je m'appuyai contre un arbre pour ne pas tomber, et je laissai errer mes yeux sur le tableau qui se développait à mes pieds dans la fatale savane.

Jusqu'à ce moment je croyais avoir goûté toutes les coupes d'amertume et de fiel. Je ne connaissais pas le plus cruel de tous les malheurs ; c'est d'être contraint par une force morale plus puissante que celle des événements à renoncer volontairement, heureux, au bonheur vivant, à la vie. Quelques heures auparavant, que m'importait d'être au monde ? Je ne vivais pas ; l'extrême désespoir est une espèce de mort qui fait désirer la véritable. Mais j'avais été tiré de ce désespoir ; Marie m'avait été rendue ; ma félicité morte avait été pour ainsi dire ressuscitée ; mon passé était redevenu mon avenir, et tous mes rêves éclipsés avaient reparu plus éblouissants que jamais ; la vie enfin, une vie de jeunesse, d'amour et d'enchantement, s'était de nouveau déployée radieuse devant moi dans un immense horizon. Cette vie, je pouvais la recommencer ; tout m'y invitait en moi et hors de moi. Nul obstacle matériel, nulle entrave visible. J'étais libre, j'étais heureux, et pourtant il fallait mourir. Je n'avais fait qu'un pas dans cet éden, et je ne sais quel devoir, qui n'était pas même éclatant, me forçait à reculer vers un supplice. La mort est peu de chose pour une âme flétrie et déjà glacée par l'adversité ; mais que sa main est poignante, qu'elle semble froide, quand elle tombe sur un cœur épanoui et comme réchauffé par les joies de l'existence ! Je l'éprouvais ; j'étais sorti un moment du sépulcre, j'avais été enivré dans ce court moment de ce qu'il y a de plus céleste sur la terre, l'amour, le dévouement, la liberté : et maintenant il fallait brusquement redescendre au tombeau !

L

Quand l'affaissement du regret fut passé, une sorte de rage s'empara de moi ; je m'enfonçai à grands pas dans la vallée ; je sentais le besoin d'abréger. Je me présentai aux avant-postes des nègres. Ils parurent surpris et refusaient de m'admettre. Chose bizarre ! je fus contraint presque de les prier. Deux d'entre eux enfin s'emparèrent de moi, et se chargèrent de me conduire à Biassou.

J'entrai dans la grotte de ce chef. Il était occupé à faire jouer les ressorts de quelques instruments de torture dont il était entouré. Au bruit que firent ses gardes en m'introduisant, il tourna la tête ; ma présence ne parut pas l'étonner.

— Vois-tu ? dit-il en m'étalant l'appareil horrible qui l'environnait.

Je demeurai calme ; je connaissais la cruauté du « héros de l'humanité », et j'étais déterminé à tout endurer sans pâlir.

— N'est-ce pas, reprit-il en ricanant, n'est-ce pas

que Léogri a été bien heureux de n'être que pendu ?

Je le regardai sans répondre, avec un froid dédain.

— Faites avertir le chapelain, dit-il alors à un aide de camp.

Nous restâmes un moment tous deux silencieux, nous regardant en face. Je l'observais ; il m'épiait.

En ce moment Rigaud entra ; il paraissait agité, et parla bas au généralissime.

— Qu'on rassemble tous les chefs de mon armée, dit tranquillement Biassou.

Un quart d'heure après, tous les chefs, avec leurs costumes diversement bizarres, étaient réunis devant la grotte. Biassou se leva.

— Écoutez, *amigos !* les blancs comptent nous attaquer ici, demain au point du jour. La position est mauvaise ; il faut la quitter. Mettons-nous tous en marche au coucher du soleil, et gagnons la frontière espagnole. — Macaya, vous formerez l'avant-garde avec vos noirs marrons. — Padrejan, vous enclouerez les pièces prises à l'artillerie de Praloto ; elles ne pourraient nous suivre dans les mornes. Les braves de la Croix-des-Bouquets s'ébranleront après Macaya. — Toussaint suivra avec les noirs de Léogane et du Trou. — Si les griots et les griotes font le moindre bruit, j'en charge le bourreau de l'armée. — Le lieutenant-colonel Cloud distribuera les fusils anglais débarqués au cap Cabron, et conduira les sang-mêlés ci-devant libres, par les sentiers de la Vista. — On égorgera les prisonniers, s'il en reste. On mâchera les balles ; on empoisonnera les flèches. Il faudra jeter trois tonnes d'arsenic dans la source où l'on puise l'eau du camp ; les coloniaux prendront cela pour du sucre, et boiront

sans défiance. — Les troupes du Limbé, du Dondon
et de l'Acul marcheront après Cloud et Toussaint. —
Obstruez avec des rochers toutes les avenues de la
savane ; carabinez tous les chemins ; incendiez les
forêts. — Rigaud, vous resterez près de nous. —
Candi, vous rassemblerez ma garde autour de moi. —
Les noirs du Morne-Rouge formeront l'arrière-garde,
et n'évacueront la savane qu'au soleil levant.

Il se pencha vers Rigaud, et dit à voix basse :

— Ce sont les noirs de Bug-Jargal ; s'ils pouvaient
être écrasés ici ! *Muerta la tropa, muerto el gefe*[a] ! Allez,
hermanos, reprit-il en se redressant. Candi vous por-
tera le mot d'ordre.

Les chefs se retirèrent.

— Général, dit Rigaud, il faudrait expédier la
dépêche de Jean-François. Nous sommes mal dans
nos affaires ; elle pourrait arrêter les blancs.

Biassou la tira précipitamment de sa poche.

— Vous m'y faites penser ; mais il y a tant de
fautes de grammaire, comme ils disent, qu'ils en
riront. — Il me présenta le papier. — Écoute, veux-tu
sauver ta vie ? Ma bonté le demande encore une fois
à ton obstination. Aide-moi à refaire cette lettre ;
je te dicterai mes idées ; tu écriras cela en *style
blanc*.

Je fis un signe de tête négatif. Il parut impatienté.

— Est-ce non ? me dit-il.

— Non ! répondis-je.

Il insista.

— Réfléchis bien.

a. Morte la bande, mort le chef !

Et son regard semblait appeler le mien sur l'attirail de bourreau avec lequel il jouait.

— C'est parce que j'ai réfléchi, repris-je, que je refuse. Tu me parais craindre pour toi et les tiens : tu comptes sur ta lettre à l'assemblée pour retarder la marche et la vengeance des blancs. Je ne veux pas d'une vie qui servirait peut-être à sauver la tienne. Fais commencer mon supplice.

— Ah! ah! *muchacho!* répliqua Biassou en poussant du pied les instruments de torture, il me semble que tu te familiarises avec cela. J'en suis fâché, mais je n'ai pas le temps de t'en faire faire l'essai. Cette position est dangereuse ; il faut que j'en sorte au plus vite. Ah! tu refuses de me servir de secrétaire! aussi bien, tu as raison, car je ne t'en aurais pas moins fait mourir après. On ne saurait vivre avec un secret de Biassou ; et puis, mon cher, j'avais promis ta mort à monsieur le chapelain.

Il se tourna vers l'obi, qui venait d'entrer.

— *Bon per,* votre escouade est-elle prête ?

Celui-ci fit un signe affirmatif.

— Avez-vous pris pour la composer des noirs du Morne-Rouge ? Ce sont les seuls de l'armée qui ne soient point encore forcés de s'occuper des apprêts du départ.

L'obi répondit oui par un second signe.

Biassou alors me montra du doigt le grand drapeau noir que j'avais déjà remarqué, et qui figurait dans un coin de la grotte.

— Voici qui doit avertir les tiens du moment où ils pourront donner ton épaulette à ton lieutenant. — Tu sens que dans cet instant-là je dois déjà être en marche. — A propos, tu viens de te promener, comment as-tu trouvé les environs ?

— J'y ai remarqué, répondis-je froidement, assez d'arbres pour y pendre toi et toute ta bande.

— Eh bien ! répliqua-t-il avec un ricanement forcé, il est un endroit que tu n'as sans doute pas vu, et avec lequel le *bon per* te fera faire connaissance. — Adieu, jeune capitaine, bonsoir à Léogri.

Il me salua avec ce rire qui me rappelait le bruit du serpent à sonnettes, fit un geste, me tourna le dos, et les nègres m'entraînèrent. L'obi voilé nous accompagnait, son chapelet à la main.

LI

Je marchais au milieu d'eux sans faire de résistance : il est vrai qu'elle eût été inutile. Nous montâmes sur la croupe d'un mont situé à l'ouest de la savane, où nous nous reposâmes un instant : là je jetai un dernier regard sur ce soleil couchant qui ne devait plus se lever pour moi. Mes guides se levèrent, je les suivis. Nous descendîmes dans une petite vallée qui m'eût enchanté dans un tout autre instant. Un torrent la traversait dans sa largeur et communiquait au sol une humidité féconde ; ce torrent se jetait à l'extrémité du vallon dans un de ces lacs bleus dont abonde l'intérieur des mornes à Saint-Domingue. Que de fois, dans les temps plus heureux, je m'étais assis pour rêver sur le bord de ces beaux lacs, à l'heure du

crépuscule, quand leur azur se change en une nappe
d'argent où le reflet des premières étoiles du soir sème
des paillettes d'or ! Cette heure allait bientôt venir,
mais il fallait passer ! Que cette vallée me sembla
belle ! on y voyait des platanes à fleurs d'érable d'une
force et d'une hauteur prodigieuses ; des bouquets
touffus de *mauritias*, sorte de palmier qui exclut toute
autre végétation sous son ombrage, des dattiers, des
magnolias avec leurs larges calices, de grands catalpas
montrant leurs feuilles polies et découpées parmi les
grappes d'or des faux ébéniers. L'odier du Canada y
mêlait ses fleurs d'un jaune pâle aux auréoles bleues
dont se charge cette espèce de chèvrefeuille sauvage
que les nègres nomment *coali*. Des rideaux verdoyants
de lianes dérobaient à la vue les flancs bruns des
rochers voisins. Il s'élevait de tous les points de ce sol
vierge un parfum primitif comme celui que devait
respirer le premier homme sur les premières roses de
l'Éden.

Nous marchions cependant le long d'un sentier
tracé sur le bord du torrent. Je fus surpris de voir ce
sentier aboutir brusquement au pied d'un roc à pic, au
bas duquel je remarquai une ouverture en forme
d'arche, d'où s'échappait le torrent. Un bruit sourd,
un vent impétueux sortaient de cette arche naturelle.
Les nègres prirent à gauche, et nous gravîmes le roc en
suivant un chemin tortueux et inégal, qui semblait y
avoir été creusé par les eaux d'un torrent desséché
depuis longtemps. Une voûte se présenta, à demi
bouchée par les ronces, les houx et les épines sauvages
qui y croissaient. Un bruit pareil à celui de l'arche de
la vallée se faisait entendre sous cette voûte. Les noirs

m'y entraînèrent. Au moment où je fis le premier pas
dans ce souterrain, l'obi s'approcha de moi, et me dit
d'une voix étrange : — Voici ce que j'ai à te prédire
maintenant : un de nous deux seulement sortira de
cette voûte et repassera par ce chemin. — Je dédaignai
de répondre. Nous avançâmes dans l'obscurité. Le
bruit devenait de plus en plus fort ; nous ne nous
entendions plus marcher. Je jugeai qu'il devait être
produit par une chute d'eau : je ne me trompais pas.

Après dix minutes de marche dans les ténèbres,
nous arrivâmes sur une espèce de plate-forme intérieure, formée par la nature dans le centre de la
montagne. La plus grande partie de cette plate-forme
demi-circulaire était inondée par le torrent qui jaillis-
sait des veines du mont avec un bruit épouvantable.
Au-dessus de cette salle souterraine, la voûte formait
une sorte de dôme tapissé de lierre d'une couleur
jaunâtre. Cette voûte était traversée presque dans
toute sa largeur par une crevasse à travers laquelle le
jour pénétrait, et dont le bord était couronné d'ar-
bustes verts, dorés en ce moment des rayons du soleil.
A l'extrémité nord de la plate-forme, le torrent se
perdait avec fracas dans un gouffre au fond duquel
semblait flotter sans pouvoir y pénétrer, la vague lueur
qui descendait de la crevasse. Sur l'abîme se penchait
un vieil arbre, dont les plus hautes branches se
mêlaient à l'écume de la cascade, et dont la souche
noueuse perçait le roc, un ou deux pieds au-dessous
du bord. Cet arbre, baignant ainsi à la fois dans le
torrent sa tête et sa racine, qui se projetait sur le
gouffre comme un bras décharné, était si dépouillé de
verdure qu'on n'en pouvait reconnaître l'espèce. Il

offrait un phénomène singulier : l'humidité qui imprégnait ses racines l'empêchait seule de mourir, tandis que la violence de la cataracte lui arrachait successivement ses branches nouvelles, et le forçait de conserver éternellement les mêmes rameaux.

LII

Les noirs s'arrêtèrent en cet endroit terrible, et je vis qu'il fallait mourir.

Alors, près de ce gouffre dans lequel je me précipitais en quelque sorte volontairement, l'image du bonheur auquel j'avais renoncé peu d'heures auparavant revint m'assaillir comme un regret, presque comme un remords. Toute prière était indigne de moi ; une plainte m'échappa pourtant.

Amis, dis-je aux noirs qui m'entouraient, savez-vous que c'est une triste chose que de périr à vingt ans, quand on est plein de force et de vie, qu'on est aimé de ceux qu'on aime, et qu'on laisse derrière soi des yeux qui pleureront jusqu'à ce qu'ils se ferment ?

Un rire horrible accueillit ma plainte. C'était celui du petit obi. Cette espèce de malin esprit, cet être impénétrable s'approcha brusquement de moi.

— Ha ! ha ! ha ! Tu regrettes la vie. *Labado sea Dios* [21] ! Ma seule crainte, c'était que tu n'eusses pas peur de la mort !

C'était cette même voix, ce même rire, qui avaient déjà fatigué mes conjectures.

— Misérable, lui dis-je, qui es-tu donc?

— Tu vas le savoir! me répondit-il d'un accent terrible. Puis, écartant le soleil d'argent qui parait sa brune poitrine : — Regarde!

Je me penchai jusqu'à lui. Deux noms étaient gravés sur le sein velu de l'obi en lettres blanchâtres, traces hideuses et ineffaçables qu'imprimait un fer ardent sur la poitrine des esclaves. L'un de ces noms était *Effingham*, l'autre était celui de mon oncle, le mien, *d'Auverney!* Je demeurai muet de surprise.

— Eh bien! Léopold d'Auverney, me demanda l'obi, ton nom te dit-il le mien?

— Non, répondis-je étonné de m'entendre nommer par cet homme, et cherchant à rallier mes souvenirs. Ces deux noms ne furent jamais réunis que sur la poitrine du bouffon... Mais il est mort, le pauvre nain, et d'ailleurs il nous était attaché, lui. Tu ne peux pas être Habibrah!

— Lui-même! s'écria-t-il d'une voix effrayante; et, soulevant la sanglante *gorra*, il détacha son voile. Le visage difforme du nain de la maison s'offrit à mes yeux; mais à l'air de folle gaieté que je lui connaissais avait succédé une expression menaçante et sinistre.

— Grand Dieu! m'écriai-je frappé de stupeur, tous les morts reviennent-ils? C'est Habibrah, le bouffon de mon oncle!

Le nain mit la main sur son poignard, et dit sourdement :

— Son bouffon, — et son meurtrier.

Je reculai avec horreur.

— Son meurtrier! Scélérat, est-ce donc ainsi que tu as reconnu ses bontés?

Il m'interrompit.

— Ses bontés ! dis ses outrages !

— Comment ! repris-je, c'est toi qui l'as frappé, misérable !

— Moi ! répondit-il avec une expression horrible. Je lui ai enfoncé le couteau si profondément dans le cœur, qu'à peine a-t-il eu le temps de sortir du sommeil pour entrer dans la mort. Il a crié faiblement : A moi, Habibrah ! — J'étais à lui.

Son atroce récit, son atroce sang-froid me révoltèrent.

— Malheureux ! lâche assassin ! tu avais donc oublié les faveurs qu'il n'accordait qu'à toi ? tu mangeais près de sa table, tu dormais près de son lit...

— ... Comme un chien ! interrompit brusquement Habibrah ; *como un perro !* Va ! je ne me suis que trop souvenu de ces faveurs qui sont des affronts ! Je m'en suis vengé sur lui, je vais m'en venger sur toi ! Écoute. Crois-tu donc que pour être mulâtre, nain et difforme, je ne sois pas homme ? Ah ! j'ai une âme, et une âme plus profonde et plus forte que celle dont je vais délivrer ton corps de jeune fille ! J'ai été donné à ton oncle comme un sapajou. Je servais à ses plaisirs, j'amusais ses mépris. Il m'aimait, dis-tu ; j'avais une place dans son cœur ; oui, entre sa guenon et son perroquet. Je m'en suis choisi une autre avec mon poignard !

Je frémissais.

— Oui, continua le nain, c'est moi ! c'est bien moi ! regarde-moi en face, Léopold d'Auverney ! Tu as assez ri de moi, tu peux frémir maintenant. Ah ! tu me rappelles la honteuse prédilection de ton oncle pour celui qu'il nommait son bouffon! Quelle prédilection, *bon Giu!* Si j'entrais dans vos salons, mille rires dédaigneux m'accueillaient; ma taille, mes difformités, mes traits, mon costume dérisoire, jusqu'aux infirmités déplorables de ma nature, tout en moi prêtait aux railleries de ton exécrable oncle et de ses exécrables amis. Et moi, je ne pouvais pas même me taire; il fallait, *o rabia*[22]! il fallait mêler mon rire aux rires que j'excitais! Réponds, crois-tu que de pareilles humiliations soient un titre à la reconnaissance d'une créature humaine? Crois-tu qu'elles ne vaillent pas les misères des autres esclaves, les travaux sans relâche, les ardeurs du soleil, les carcans de fer et le fouet des commandeurs? Crois-tu qu'elles ne suffisent pas pour faire germer dans un cœur d'homme une haine ardente, implacable, éternelle, comme le stigmate d'infamie qui flétrit ma poitrine? Oh! pour avoir souffert si longtemps, que ma vengeance a été courte! Que n'ai-je pu faire endurer à mon odieux tyran tous les tourments qui renaissaient pour moi à tous les moments de tous les jours! Que n'a-t-il pu avant de mourir connaître l'amertume de l'orgueil blessé et sentir quelles traces brûlantes laissent les larmes de honte et de rage sur un visage condamné à un rire perpétuel! Hélas! il est bien dur d'avoir tant attendu l'heure de punir, et d'en finir d'un coup de poignard! Encore s'il avait pu savoir quelle main le frappait! Mais j'étais trop impatient d'entendre son dernier râle; j'ai enfoncé trop vite le couteau: il est mort sans m'avoir reconnu, et ma fureur a trompé ma vengeance! Cette fois, du moins, elle sera plus complète. Tu me vois bien, n'est-ce pas? Il est vrai que tu dois

avoir peine à me reconnaître dans le nouveau jour qui
me montre à toi ! Tu ne m'avais jamais vu que sous un
air riant et joyeux : maintenant que rien n'interdit à
mon âme de paraître dans mes yeux, je ne dois plus me
ressembler. Tu ne connaissais que mon masque : voici
mon visage !

Il était horrible.

— Monstre ! m'écriai-je, tu te trompes, il y a
encore quelque chose du baladin dans l'atrocité de tes
traits et de ton cœur.

— Ne parle pas d'atrocité ! interrompit Habibrah.
Songe à la cruauté de ton oncle...

— Misérable ! repris-je indigné, s'il était cruel,
c'était par toi ! Tu plains le sort des malheureux
esclaves : mais pourquoi alors tournais-tu contre tes
frères le crédit que la faiblesse de ton maître t'accordait ? Pourquoi n'as-tu jamais essayé de le fléchir en
leur faveur ?

— J'en aurais été bien fâché ! Moi, empêcher un
blanc de se souiller d'une atrocité ! Non ! non ! Je
l'engageais au contraire à redoubler de mauvais traitements envers ses esclaves, afin d'avancer l'heure de la
révolte, afin que l'excès de l'oppression amenât enfin
la vengeance ! En paraissant nuire à mes frères, je les
servais !

Je restai confondu devant une si profonde combinaison de la haine.

— Eh bien ! continua le nain, trouves-tu que j'ai su
méditer et exécuter ? Que dis-tu du bouffon Habibrah ? Que dis-tu du fou de ton oncle ?

— Achève ce que tu as si bien commencé, lui
répondis-je. Fais-moi mourir, mais hâte-toi !

Il se mit à se promener de long en large sur la plate-
forme, en se frottant les mains.

— Et s'il ne me plaît pas de me hâter, à moi ? si je
veux jouir à mon aise de tes angoisses ? Vois-tu,
Biassou me devait ma part dans le butin du dernier
pillage. Quand je t'ai vu au camp des noirs, je ne lui ai
demandé que ta vie. Il me l'a accordée volontiers ; et
maintenant elle est à moi ! Je m'en amuse. Tu vas
bientôt suivre cette cascade dans ce gouffre, sois
tranquille ; mais je dois te dire auparavant qu'ayant
découvert la retraite où ta femme avait été cachée, j'ai
inspiré aujourd'hui à Biassou de faire incendier la
forêt, cela doit être commencé à présent. Ainsi ta
famille est anéantie. Ton oncle a péri par le fer ; tu vas
périr par l'eau, ta Marie par le feu !

— Misérable ! misérable ! m'écriai-je ; et je fis un
mouvement pour me jeter sur lui.

Il se retourna vers les nègres.

— Allons, attachez-le ! il avance son heure.

Alors les nègres commencèrent à me lier en silence
avec des cordes qu'ils avaient apportées. Tout à coup
je crus entendre des aboiements lointains d'un chien,
je pris ce bruit pour une illusion causée par le
mugissement de la cascade. Les nègres achevèrent de
m'attacher, et m'approchèrent du gouffre qui devait
m'engloutir. Le nain, croisant les bras, me regardait
avec une joie triomphante. Je levai les yeux vers la
crevasse pour fuir son odieuse vue, et pour découvrir
encore le ciel. En ce moment un aboiement plus fort
et plus prononcé se fit entendre. La tête énorme de
Rask passa par l'ouverture. Je tressaillis. Le nain
s'écria :

— Allons ! Les noirs, qui n'avaient pas remarqué les aboiements, se préparèrent à me lancer au milieu de l'abîme.

LIII

— Camarades ! cria une voix tonnante.

Tous se retournèrent ; c'était Bug-Jargal. Il était debout sur le bord de la crevasse ; une plume rouge flottait sur sa tête.

— Camarades, répéta-t-il, arrêtez !

Les noirs se prosternèrent. Il continua :

— Je suis Bug-Jargal.

Les noirs frappèrent la terre de leurs fronts, en poussant des cris dont il était difficile de distinguer l'expression.

— Déliez le prisonnier, cria le chef.

Ici le nain parut se réveiller de la stupeur où l'avait plongé cette apparition inattendue. Il arrêta brusquement les bras des noirs prêts à couper mes liens.

— Comment ! qu'est-ce ? s'écria-t-il. *Que quiere decir eso*[23] ?

Puis, levant la tête vers Bug-Jargal :

— Chef du Morne-Rouge, que venez-vous faire ici ?

Bug-Jargal répondit :

— Je viens commander à mes frères !

— En effet, dit le nain avec une rage concentrée, ce sont des noirs du Morne-Rouge ! Mais de quel droit,

ajouta-t-il en haussant la voix, disposez-vous de mon
prisonnier ?

Le chef répondit :

— Je suis Bug-Jargal.

Les noirs frappèrent la terre de leurs fronts.

— Bug-Jargal, reprit Habibrah, ne peut défaire ce
qu'a fait Biassou. Ce blanc m'a été donné par Biassou.
Je veux qu'il meure ; il mourra. — *Vosotros,* dit-il aux
noirs, obéissez ! Jetez-le dans le gouffre.

A la voix puissante de l'obi, les noirs se relevèrent et
firent un pas vers moi. Je crus que c'en était fait.

— Déliez le prisonnier ! cria Bug-Jargal.

En un clin d'œil je fus libre. Ma surprise égalait la
rage de l'obi. Il voulut se jeter sur moi. Les noirs
l'arrêtèrent. Alors il s'exhala en imprécations et en
menaces.

— *Demonios ! rabia ! infierno de mi alma* [24] !
Comment ! misérables ! vous refusez de m'obéir ! vous
méconnaissez *mi voz* ! Pourquoi ai-je perdu *el tiempo* à
écouter *este maldicho* ! J'aurais dû le faire jeter tout de
suite aux poissons *del baratro* [25] ! A force de vouloir
une vengeance complète, je la perds ! *O rabia de
Satan ! Escuchate, vosotros* [26] ! Si vous ne m'obéissez
pas, si vous ne précipitez pas cet exécrable blanc dans
le torrent, je vous maudis ! Vos cheveux deviendront
blancs ; les maringouins et les bigailles vous dévore-
ront tout vivants ; vos jambes et vos bras plieront
comme des roseaux ; votre haleine brûlera votre gosier
comme un sable ardent ; vous mourrez bientôt, et
après votre mort vos esprits seront condamnés à
tourner sans cesse une meule grosse comme une
montagne, dans la lune où il fait froid !

Cette scène produisait sur moi un effet singulier. Seul de mon espèce dans cette caverne humide et noire, environné de ces nègres pareils à des démons, balancé en quelque sorte au penchant de cet abîme sans fond, tour à tour menacé par ce nain hideux, par ce sorcier difforme, dont un jour pâle laissait à peine entrevoir le vêtement bariolé et la mitre pointue, et protégé par le grand noir, qui m'apparaissait au seul point d'où l'on pût voir le ciel, il me semblait être aux portes de l'enfer, attendre la perte ou le salut de mon âme, et assister à une lutte opiniâtre entre mon bon ange et mon mauvais génie.

Les noirs paraissaient terrifiés des malédictions de l'obi. Il voulut profiter de leur indécision, et s'écria :

— Je veux que le blanc meure. Vous m'obéirez ; il mourra.

Bug-Jargal répondit gravement :

— Il vivra ! Je suis Bug-Jargal. Mon père était roi au pays de Kakongo, et rendait la justice sur le seuil de sa porte.

Les noirs s'étaient prosternés de nouveau.

Le chef poursuivit :

— Frères ! allez dire à Biassou de ne pas déployer sur la montagne le drapeau noir qui doit annoncer aux blancs la mort de ce captif ; car ce captif a sauvé la vie à Bug-Jargal, et Bug-Jargal veut qu'il vive !

Ils se relevèrent. Bug-Jargal jeta sa plume rouge au milieu d'eux. Le chef du détachement croisa les bras sur sa poitrine, et ramassa le panache avec respect ; puis ils sortirent sans proférer une parole. L'obi disparut avec eux dans les ténèbres de l'avenue souterraine.

Je n'essaierai pas de vous peindre, messieurs, la
situation où je me trouvais. Je fixai des yeux humides
sur Pierrot, qui de son côté me contemplait avec une
singulière expression de reconnaissance et de fierté.

— Dieu soit béni, dit-il enfin, tout est sauvé.
Frère, retourne par où tu es venu. Tu me retrouveras
dans la vallée.

Il me fit un signe de la main, et se retira.

LIV

Pressé d'arriver à ce rendez-vous et de savoir par
quel merveilleux bonheur mon sauveur m'avait été
ramené si à propos, je me disposai à sortir de
l'effrayante caverne. Cependant de nouveaux dangers
m'y étaient réservés. A l'instant où je me dirigeai vers
la galerie souterraine, un obstacle imprévu m'en barra
tout à coup l'entrée. C'était encore Habibrah. Le
rancuneux obi n'avait pas suivi les nègres comme je
l'avais cru ; il s'était caché derrière un pilier de roches,
attendant un moment plus propice pour sa vengeance.
Ce moment était venu. Le nain se montra subitement
et rit. J'étais seul, désarmé ; un poignard, le même qui
lui tenait lieu de crucifix, brillait dans sa main. A sa
vue je reculai involontairement.

— Ha ! ha ! *maldicho !* tu croyais donc m'échapper !
mais le fou est moins fou que toi. Je te tiens, et cette
fois je ne te ferai pas attendre. Ton ami Bug-Jargal ne
t'attendra pas non plus en vain. Tu iras au rendez-

vous dans la vallée, mais c'est le flot de ce torrent qui se chargera de t'y conduire.

En parlant ainsi, il se précipita sur moi le poignard levé.

— Monstre ! lui dis-je en reculant sur la plate-forme, tout à l'heure tu n'étais qu'un bourreau, maintenant tu es un assassin !

— Je me venge ! répondit-il en grinçant des dents.

En ce moment j'étais sur le bord du précipice ; il fondit sur moi, afin de m'y pousser d'un coup de poignard. J'esquivai le choc. Le pied lui manqua sur cette mousse glissante dont les rochers humides sont en quelque sorte enduits ; il roula sur la pente arrondie par les flots. — Mille démons ! s'écria-t-il en rugissant. — Il était tombé dans l'abîme.

Je vous ai dit qu'une racine du vieil arbre sortait d'entre les fentes du granit, un peu au-dessous du bord. Le nain la rencontra dans sa chute, sa jupe chamarrée s'embarrassa dans les nœuds de la souche, et, saisissant ce dernier appui, il s'y cramponna avec une énergie extraordinaire. Son bonnet aigu se détacha de sa tête ; il fallut lâcher son poignard ; et cette arme d'assassin et la gorra sonnante du bouffon disparurent ensemble en se heurtant dans les profondeurs de la cataracte.

Habibrah, suspendu sur l'horrible gouffre, essaya d'abord de remonter sur la plate-forme ; mais ses petits bras ne pouvaient atteindre jusqu'à l'arête de l'escarpement, et ses ongles s'usaient en efforts impuissants pour entamer la surface visqueuse du roc qui surplombait dans le ténébreux abîme. Il hurlait de rage.

La moindre secousse de ma part eût suffi pour le précipiter ; mais c'eût été une lâcheté, et je n'y songeai pas un moment. Cette modération le frappa. Remerciant le ciel du salut qu'il m'envoyait d'une manière si inespérée, je me décidais à l'abandonner à son sort, et j'allais sortir de la salle souterraine, quand j'entendis tout à coup la voix du nain sortir de l'abîme, suppliante et douloureuse :

— Maître ! criait-il, maître ! ne vous en allez pas, de grâce ! au nom du *bon Giu*, ne laissez pas mourrir, impénitente et coupable, une créature humaine que vous pouvez sauver. Hélas ! les forces me manquent, la branche glisse et plie dans mes mains, le poids de mon corps m'entraîne, je vais la lâcher ou elle va se rompre. — Hélas ! maître ! l'effroyable gouffre tourbillonne au-dessous de moi ! *Nombre santo de Dios !* N'aurez-vous aucune pitié pour votre pauvre bouffon ? Il est bien criminel ; mais ne lui prouverez-vous pas que les blancs valent mieux que les mulâtres, les maîtres que les esclaves ?

Je m'étais approché du précipice presque ému, et la terne lumière qui descendait de la crevasse me montrait sur le visage repoussant du nain une expression que je ne lui connaissais pas encore, celle de la prière et de la détresse.

— *Señor* Léopold, continua-t-il, encouragé par le mouvement de pitié qui m'était échappé, serait-il vrai qu'un être humain vît son semblable dans une position aussi horrible, pût le secourir, et ne le fît pas ? Hélas ! tendez-moi la main, maître. Il ne faudrait qu'un peu d'aide pour me sauver. Ce qui est tout pour moi est si

peu de chose pour vous ! Tirez-moi à vous, de grâce !
Ma reconnaissance égalera mes crimes.

Je l'interrompis :

— Malheureux ! ne rappelle pas ce souvenir !

— C'est pour le détester, maître ! reprit-il. Ah !
soyez plus généreux que moi ! Ô ciel ! ô ciel ! je faiblis !
Je tombe. — *Ay desdichado !* La main ! votre main !
tendez-moi la main ! au nom de la mère qui vous a
porté !

Je ne saurais vous dire à quel point était lamentable
cet accent de terreur et de souffrance ! J'oubliai tout.
Ce n'était plus un ennemi, un traître, un assassin,
c'était un malheureux qu'un léger effort de ma part
pouvait arracher à une mort affreuse. Il m'implorait si
pitoyablement ! Toute parole, tout reproche eût été
inutile et ridicule ; le besoin d'aide paraissait urgent.
Je me baissai, et, m'agenouillant le long du bord, l'une
de mes mains appuyée sur le tronc de l'arbre dont la
racine soutenait l'infortuné Habibrah, je lui tendis
l'autre... — Dès qu'elle fut à sa portée, il la saisit de
ses deux mains avec une force prodigieuse, et, loin de
se prêter au mouvement d'ascension que je voulais lui
donner, je le sentis qui cherchait à m'entraîner avec lui
dans l'abîme. Si le tronc de l'arbre ne m'eût pas prêté
un aussi solide appui, j'aurais été infailliblement
arraché du bord par la secousse violente et inattendue
que me donna le misérable.

— Scélérat ! m'écriai-je, que fais-tu ?

— Je me venge ! répondit-il avec un rire éclatant et
infernal. Ah ! je te tiens enfin ! Imbécile ! tu t'es livré
toi-même ! je te tiens ! Tu étais sauvé, j'étais perdu ; et
c'est toi qui rentres volontairement dans la gueule du

caïman, parce qu'elle a gémi après avoir rugi ! Me
voilà consolé, puisque ma mort est une vengeance ! Tu
es pris au piège, *amigo !* et j'aurai un compagnon
humain chez les poissons du lac.

— Ah ! traître ! dis-je en me roidissant, voilà
comme tu me récompenses d'avoir voulu te tirer du
péril !

— Oui, reprenait-il, je sais que j'aurais pu me
sauver avec toi, mais j'aime mieux que tu périsses avec
moi. J'aime mieux ta mort que ma vie ! Viens !

En même temps, ses deux mains bronzées et
calleuses se crispaient sur la mienne avec des efforts
inouïs ; ses yeux flamboyaient, sa bouche écumait ; ses
forces, dont il déplorait si douloureusement l'abandon
un moment auparavant, lui étaient revenues, exaltées
par la rage et la vengeance ; ses pieds s'appuyaient
ainsi que deux leviers aux parois perpendiculaires du
rocher, et il bondissait comme un tigre sur la racine,
qui, mêlée à ses vêtements, le soutenait malgré lui ; car
il eût voulu la briser afin de peser de tout son poids sur
moi et de m'entraîner plus vite. Il interrompait
quelquefois, pour la mordre avec fureur, le rire
épouvantable que m'offrait son monstrueux visage.
On eût dit l'horrible démon de cette caverne cherchant à attirer une proie dans son palais d'abîmes et de
ténèbres.

Un de mes genoux s'était heureusement arrêté dans
une anfractuosité du rocher ; mon bras s'était en
quelque sorte noué à l'arbre qui m'appuyait ; et je
luttais contre les efforts du nain avec toute l'énergie
que le sentiment de conservation peut donner dans un
semblable moment. De temps en temps je soulevais

péniblement ma poitrine, et j'appelais de toutes mes forces : Burg-Jargal ! Mais le fracas de la cascade et l'éloignement me laissaient bien peu d'espoir qu'il pût entendre ma voix.

Cependant le nain, qui ne s'était pas attendu à tant de résistance, redoublait ses furieuses secousses. Je commençais à perdre mes forces, bien que cette lutte eût duré bien moins de temps qu'il ne m'en faut pour vous la raconter. Un tiraillement insupportable paralysait presque mon bras ; ma vue se troublait ; des lueurs livides et confuses se croisaient devant mes yeux, des tintements remplissaient mes oreilles ; j'entendais crier la racine prête à se rompre, rire le monstre prêt à tomber, et il me semblait que le gouffre hurlant se rapprochait de moi.

Avant de tout abandonner à l'épuisement et au désespoir, je tentai un dernier appel ; je rassemblai mes forces éteintes, et je criai encore une fois : Bug-Jargal ! Un aboiement me répondit. J'avais reconnu Rask, je tournais les yeux. Bug-Jargal et son chien étaient au bord de la crevasse. Je ne sais s'il avait entendu ma voix ou si quelque inquiétude l'avait ramené. Il vit mon danger.

— Tiens bon ! me cria-t-il.

Habibrah, craignant mon salut, me criait de son côté en écumant de fureur :

— Viens donc ! viens ! et il ramassait, pour en finir, le reste de sa vigueur surnaturelle.

En ce moment, mon bras fatigué se détacha de l'arbre. C'en était fait de moi ! quand je me sentis saisir par-derrière ; c'était Rask. A un signe de son maître il avait sauté de la crevasse sur la plate-forme, et sa gueule me retenait puissamment par les basques de mon habit. Ce secours inattendu me sauva. Habibrah avait consumé toute sa force dans son dernier effort ; je rappelai la mienne pour lui arracher ma main. Ses doigts engourdis et roides furent enfin contraints de me lâcher ; la racine, si longtemps tourmentée, se brisa sous son poids ; et, tandis que Rask me retirait violemment en arrière, le misérable nain s'engloutit dans l'écume de la sombre cascade, en me jetant une malédiction que je n'entendis pas, et qui retomba avec lui dans l'abîme.

Telle fut la fin du bouffon de mon oncle.

LV

Cette scène effrayante, cette lutte forcenée, son dénouement terrible, m'avaient accablé. J'étais presque sans force et sans connaissance. la voix de Bug-Jargal me ranima.

— Frère ! me criait-il, hâte-toi de sortir d'ici ! Le soleil sera couché dans une demi-heure. Je vais t'attendre là-bas. Suis Rask.

Cette parole amie me rendit tout à la fois espérance, vigueur et courage. Je me relevai. Le dogue s'enfonça rapidement dans l'avenue souterraine ; je le suivis ; son jappement me guidait dans l'ombre. Après quelques instants je revis le jour devant moi ; enfin nous atteignîmes l'issue, et je respirai librement. En sortant de dessous la voûte humide et noire je me rappelai la prédiction du nain, au moment où nous y étions entrés :

« L'un de nous deux seulement repassera par ce chemin. »

Son attente avait été trompée, mais sa prophétie s'était réalisée.

LVI

Parvenu dans la vallée, je revis Bug-Jargal ; je me jetai dans ses bras, et j'y demeurai oppressé, ayant mille questions à lui faire et ne pouvant parler.

— Écoute, me dit-il, ta femme, ma sœur, est en sûreté. Je l'ai remise, au camp des blancs, à l'un de vos parents, qui commande les avant-postes ; je voulais me rendre prisonnier, de peur qu'on ne sacrifiât en ma place les dix têtes qui répondent de la mienne. Ton parent m'a dit de fuir et de tâcher de prévenir ton supplice, les dix noirs ne devant être exécutés que si tu l'étais, ce que Biassou devait faire annoncer en arborant un drapeau noir sur la plus haute de nos montagnes. Alors j'ai couru, Rask m'a conduit, et je suis arrivé à temps, grâce au ciel ! Tu vivras, et moi aussi.

Il me tendit la main et ajouta :

— Frère, es-tu content ?

Je le serrai de nouveau dans mes bras ; je le conjurai de ne plus me quitter, de rester avec moi parmi les blancs ; je lui promis un grade dans l'armée coloniale. Il m'interrompit d'un air farouche.

— Frère, est-ce que je te propose de t'enrôler parmi les miens ?

Je gardai le silence, je sentais mon tort. Il ajouta avec gaieté :

— Allons, viens vite revoir et rassurer ta femme !

Cette proposition répondait à un besoin pressant de mon cœur ; je me levai ivre de bonheur : nous partîmes. Le noir connaissait le chemin ; il marchait devant moi ; Rask nous suivait…

Ici d'Auverney s'arrêta et jeta un sombre regard autour de lui. La sueur coulait à grosses gouttes de son front. Il couvrit son visage avec sa main. Rask le regardait d'un air inquiet.

— Oui, c'est ainsi que tu me regardais ! murmura-t-il.

Un instant après, il se leva violemment agité, et sortit de la tente. Le sergent et le dogue l'accompagnèrent.

LVII

— Je gagerais, s'écria Henri, que nous approchons de la catastrophe ! Je serais vraiment fâché qu'il arrivât quelque chose à Bug-Jargal ; c'était un fameux homme !

Paschal ôta de ses lèvres le goulot de sa bouteille revêtue d'osier, et dit :

— J'aurais voulu, pour douze paniers de Porto, voir la noix de coco qu'il vida d'un trait.

Alfred, qui était en train de rêver à un air de guitare, s'interrompit, et pria le lieutenant Henri de lui rattacher ses aiguillettes ; il ajouta :

— Ce nègre m'intéresse beaucoup. Seulement je n'ai pas encore osé demander à d'Auverney s'il savait aussi l'air de *la hermosa Padilla*.

— Biassou est bien plus remarquable, reprit Paschal : son vin goudronné ne devait pas valoir grand-chose, mais du moins cet homme-là savait ce que c'est qu'un Français. Si j'avais été son prisonnier, j'aurais laissé pousser ma moustache pour qu'il me prêtât quelques piastres dessus, comme la ville de Goa à ce capitaine portugais. Je vous déclare que mes créanciers sont plus impitoyables que Biassou.

— A propos, capitaine ! voilà quatre louis que je vous dois ! s'écria Henri en jetant sa bourse à Paschal.

Le capitaine regarda d'un œil étonné son généreux débiteur, qui aurait à plus juste titre pu se dire son créancier. Henri se hâta de poursuivre.

— Voyons, messieurs, que pensez-vous jusqu'ici de l'histoire que nous raconte le capitaine ?

— Ma foi, dit Alfred, je n'ai pas écouté fort attentivement, mais je vous avoue que j'aurais espéré quelque chose de plus intéressant de la bouche du rêveur d'Auverney. Et puis il y a une romance en prose, et je n'aime pas les romances en prose ; sur quel air chanter cela ? En somme, l'histoire de Bug-Jargal m'ennuie ; c'est trop long.

— Vous avez raison, dit l'aide de camp Paschal ; c'est trop long. Si je n'avais pas eu ma pipe et mon flacon, j'aurais passé une méchante nuit. Remarquez en outre qu'il y a beaucoup de choses absurdes.

Comment croire, par exemple, que ce petit magot de sorcier… comment l'appelle-t-il déjà ? *Habitbas ?* comment croire qu'il veuille, pour noyer son ennemi, se noyer lui-même ?

Henri l'interrompit en souriant :

— Dans de l'eau, surtout ! n'est-ce pas, capitaine Paschal ? Quant à moi, ce qui m'amusait le plus pendant le récit d'Auverney, c'était de voir son chien boiteux lever la tête chaque fois qu'il prononçait le nom de Bug-Jargal.

— Et en cela, interrompit Paschal, il faisait précisément le contraire de ce que j'ai vu faire aux vieilles bonnes femmes de Celadas quand le prédicateur prononçait le nom de Jésus ; j'entrais dans l'église avec une douzaine de cuirassiers…

Le bruit du fusil du factionnaire avertit que d'Auverney rentrait. Tout le monde se tut. Il se promena quelque temps les bras croisés et en silence. Le vieux Thadée, qui s'était rassis dans un coin, l'observait à la dérobée, et s'efforçait de paraître caresser Rask, pour que le capitaine ne s'aperçût pas de son inquiétude.

D'Auverney reprit enfin :

LVIII

— Rask nous suivait. Le rocher le plus élevé de la vallée n'était plus éclairé par le soleil ; une lueur s'y peignit tout à coup, et passa. Le noir tressaillit ; il me serra fortement la main.

— Écoute, me dit-il.

Un bruit sourd, semblable à la décharge d'une pièce d'artillerie, se fit entendre alors dans les vallées, et se prolongea d'échos en échos.

— C'est le signal ! dit le nègre d'une voix sombre. Il reprit : — C'est un coup de canon, n'est-ce pas ?

Je fis un signe de tête affirmatif.

En deux bonds il fut sur une roche élevée ; je l'y suivis. Il croisa les bras, et se mit à sourire tristement.

— Vois-tu ? me dit-il.

Je regardai du côté qu'il m'indiquait, et je vis le pic qu'il m'avait montré lors de mon entrevue avec Marie, le seul que le soleil éclairât encore, surmonté d'un grand drapeau noir.

Ici, d'Auverney fit une pause.

— J'ai su depuis que Biassou, pressé de partir, et me croyant mort, avait fait arborer l'étendard avant le retour du détachement qui avait dû m'exécuter.

Bug-Jargal était toujours là, debout, les bras croisés, et contemplant le lugubre drapeau. Soudain il se retourna vivement et fit quelques pas, comme pour descendre du roc.

— Dieu ! Dieu ! mes malheureux compagnons !

Il revint à moi. — As-tu entendu le canon ? me demanda-t-il. — Je ne répondis point.

— Eh bien ! frère, c'était le signal. On les conduit maintenant.

Sa tête tomba sur sa poitrine. Il se rapprocha encore de moi.

— Va retrouver ta femme, frère ; Rask te conduira.

Il siffla un air africain, le chien se mit à remuer la

queue, et parut vouloir se diriger vers un point de la
vallée.

Bug-Jargal me prit la main et s'efforça de sourire,
mais ce sourire était convulsif.

— Adieu! me cria-t-il d'une voix forte; et il se
perdit dans les touffes d'arbres qui nous entouraient.

J'étais pétrifié. Le peu que je comprenais à ce qui
venait d'avoir lieu me faisait prévoir tous les malheurs.

Rask, voyant son maître disparaître, s'avança sur le
bord du roc, et se mit à secouer la tête avec un
hurlement plaintif. Il revint en baissant la queue; ses
grands yeux étaient humides; il me regarda d'un air
inquiet, puis il retourna vers l'endroit d'où son maître
était parti, et aboya à plusieurs reprises. Je le compris;
je sentais les mêmes craintes que lui. Je fis quelques
pas de son côté; alors il partit comme un trait en
suivant les traces de Bug-Jargal! je l'aurais eu bientôt
perdu de vue, quoique je courusse aussi de toutes mes
forces, si, de temps en temps, il ne se fût arrêté,
comme pour me donner le temps de le joindre. —
Nous traversâmes ainsi plusieurs vallées, nous fran-
chîmes des collines couvertes de bouquets de bois.
Enfin...

La voix de d'Auverney s'éteignit. Un sombre
désespoir se manifesta sur tous ses traits; il put à peine
articuler ces mots:

— Poursuis, Thadée, car je n'ai pas plus de force
qu'une vieille femme.

Le vieux sergent n'était pas moins ému que le
capitaine; il se mit pourtant en devoir de lui obéir. —

Avec votre permission. — Puisque vous le désirez, mon capitaine... — Il faut vous dire, mes officiers, que, quoique Bug-Jargal, dit Pierrot, fût un grand nègre, bien doux, bien fort, bien courageux, et le premier brave de la terre, après vous, s'il vous plaît, mon capitaine, je n'en étais pas moins bien animé contre lui, ce que je ne me pardonnerai jamais, quoique mon capitaine me l'ait pardonné. Si bien, mon capitaine, qu'après avoir entendu annoncer votre mort pour le soir du second jour, j'entrai dans une furieuse colère contre ce pauvre homme, et ce fut avec un vrai plaisir infernal que je lui annonçai que ce serait lui ou, à défaut, dix des siens, qui vous tiendraient compagnie, et qui seraient fusillés en matière de représailles, comme on dit. A cette nouvelle, il ne manifesta rien, sinon qu'une heure après il se sauva en pratiquant un grand trou...

D'Auverney fit un geste d'impatience. Thadée reprit :

— Soit ! — Quand on vit le grand drapeau noir sur la montagne, comme il n'était pas revenu, ce qui ne nous étonnait pas, avec votre permission, mes officiers, on tira le coup de canon de signal, et je fus chargé de conduire les dix nègres au lieu de l'exécution, appelé la Bouche-du-Grand-Diable, et éloigné du camp environ... Enfin, qu'importe ! Quand nous fûmes là, vous sentez bien, messieurs, que ce n'était pas pour leur donner la clef des champs, je les fis lier, comme cela se pratique, et je disposai mes pelotons. Voilà que je vois arriver de la forêt le grand nègre. Les bras m'en tombèrent. Il vint à moi tout essoufflé.

— J'arrive à temps ! dit-il. Bonjour, Thadée.

— Oui, messieurs, il ne dit que cela, et il alla délier ses compatriotes. J'étais là, moi, tout stupéfait. Alors, avec votre permission, mon capitaine, il s'engagea un grand combat de générosité entre les noirs et lui, lequel aurait bien dû durer un peu plus longtemps... N'importe ! oui, je m'en accuse, ce fut moi qui le fis cesser. Il prit la place des noirs. En ce moment son grand chien... Pauvre Rask ! il arriva et me sauta à la gorge. Il aurait bien dû, mon capitaine, s'y tenir quelques moments de plus ! Mais Pierrot fit un signe, et le pauvre dogue me lâcha ; Bug-Jargal ne put pourtant pas empêcher qu'il ne vînt se coucher à ses pieds. Alors, je vous croyais mort, mon capitaine. J'étais en colère... — Je criai...

Le sergent étendit la main, regarda le capitaine, mais ne put articuler le mot fatal.

— Bug-Jargal tombe. — Une balle avait cassé la patte de son chien. — Depuis ce temps-là, mes officiers (et le sergent secouait la tête tristement), depuis ce temps-là il est boiteux. J'entendis des gémissements dans le bois voisin ; j'y entrai ; c'était vous, mon capitaine, une balle vous avait atteint au moment où vous accouriez pour sauver le grand nègre. — Oui, mon capitaine, vous gémissiez ; mais c'était sur lui ! Bug-Jargal était mort ! — Vous, mon capitaine, on vous rapporta au camp. Vous étiez blessé moins dangereusement que lui, car vous guérîtes, grâce aux bons soins de madame Marie.

Le sergent s'arrêta. D'Auverney reprit d'une voix solennelle et douloureuse :

— Bug-Jargal était mort !

Thadée baissa la tête.

— Oui, dit-il ; et il m'avait laissé la vie ; et c'est moi qui l'ai tué ! —

NOTE[27]

Comme les lecteurs ont en général l'habitude d'exiger des éclaircissements définitifs sur le sort de chacun des personnages auxquels on a tenté de les intéresser, il a été fait des recherches, dans l'intention de satisfaire à cette habitude, sur la destinée ultérieure du capitaine Léopold d'Auverney, de son sergent et de son chien. Le lecteur se rappelle peut-être que la sombre mélancolie du capitaine provenait d'une double cause, la mort de Bug-Jargal, dit Pierrot, et la perte de sa chère Marie, laquelle n'avait été sauvée de l'incendie du fort Galifet que pour périr peu de temps après dans le premier incendie du Cap. Quant au capitaine lui-même, voilà ce qu'on a découvert sur son compte.

Le lendemain d'une grande bataille gagnée par les troupes de la république française sur l'armée de l'Europe, le général divisionnaire M...[28], chargé du commandement en chef, était dans sa tente, seul, et rédigeant, d'après les notes de son chef d'état-major, le rapport qui devait être envoyé à la Convention nationale sur la victoire de la veille. Un aide de camp

vint lui dire que le représentant du peuple en mission
près de lui demandait à lui parler. Le général abhor-
rait ces espèces d'ambassadeurs à bonnet rouge que la
Montagne députait dans les camps pour les dégrader
et les décimer, délateurs attitrés, chargés par des
bourreaux d'espionner la gloire. Cependant il eût été
dangereux de refuser la visite de l'un d'entre eux,
surtout après une victoire. L'idole sanglante de ces
temps-là aimait les victimes illustres ; et les sacrifica-
teurs de la place de la Révolution étaient joyeux quand
ils pouvaient, d'un même coup, faire tomber une tête
et une couronne, ne fût-elle que d'épines, comme celle
de Louis XVI, de fleurs, comme celle des jeunes filles
de Verdun, ou de lauriers, comme celle de Custine et
d'André Chénier. Le général ordonna donc qu'on
introduisît le représentant.

Après quelques félicitations louches et restrictives
sur le récent triomphe des armées républicaines, le
représentant, se rapprochant du général, lui dit à
demi-voix :

— Ce n'est pas tout, citoyen général ; il ne suffit
pas de vaincre les ennemis du dehors, il faut encore
exterminer les ennemis du dedans.

— Que voulez-vous dire, citoyen représentant ?
répondit le général étonné.

— Il y a dans votre armée, reprit mystérieusement
le commissaire de la Convention, un capitaine nommé
Léopold d'Auverney ; il sert dans la 32e demi-brigade.
Général, le connaissez-vous ?

— Oui, vraiment ! repartit le général. Je lisais
précisément un rapport de l'adjudant-général, chef de

la 32ᵉ demi-brigade, qui le concerne. La 32ᵉ avait en lui un excellent capitaine.

— Comment, citoyen-général! dit le représentant avec hauteur. Est-ce que vous lui auriez donné un autre grade?

— Je ne vous cacherai pas, citoyen représentant, que telle était en effet mon intention...

Ici, le commissaire interrompit impérieusement le général.

— La victoire vous aveugle, général M...! Prenez garde à ce que vous faites et à ce que vous dites. Si vous réchauffez dans votre sein les serpents ennemis du peuple, tremblez que le peuple ne vous écrase en écrasant les serpents! Ce Léopold d'Auverney est un aristocrate, un contre-révolutionnaire, un royaliste, un feuillant, un girondin. La justice publique le réclame. Il faut me le livrer sur l'heure!

Le général répondit froidement :

— Je ne puis.

— Comment! vous ne pouvez! reprit le commissaire dont l'emportement redoublait. Ignorez-vous, général M..., qu'il n'existe ici de pouvoir illimité que le mien? La république vous ordonne, et vous ne pouvez! Écoutez-moi. Je veux, par condescendance pour vos succès, vous lire la note qui m'a été donnée sur ce d'Auverney et que je dois envoyer avec sa personne à l'accusateur public. C'est l'extrait d'une liste de noms que vous ne voudrez pas me forcer de clore par le vôtre. Écoutez. — « Léopold Auverney (ci-devant de), capitaine dans la 32ᵉ demi-brigade, convaincu, *primo*, d'avoir raconté dans un conciliabule de conspirateurs une prétendue histoire contre-révolutionnaire tendant à ridiculiser les principes de l'égalité et de la liberté, et à exalter les anciennes superstitions connues sous les noms de *royauté* et de *religion*; convaincu, *secundo,* de s'être servi d'expressions réprouvées par tous les bons sans-culottes pour caractériser divers événements mémorables, notamment l'affranchissement des ci-devant noirs de Saint-Domingue; convaincu, *tertio,* de s'être toujours servi du mot *monsieur* dans son récit, et jamais du mot *citoyen*; enfin, *quarto,* d'avoir, par ledit récit, conspiré ouvertement le renversement de la république au profit de la faction des girondins et brissotistes. Il mérite la mort. » — Eh bien ! général, que dites-vous de cela ? Protégerez-vous encore ce traître ? Balancerez-vous à livrer au châtiment cet ennemi de la patrie ?

— Cet ennemi de la patrie, répliqua le général avec dignité, s'est sacrifié pour elle. A l'extrait de votre rapport je répondrai par un extrait du mien. Écoutez à votre tour : — « Léopold d'Auverney, capitaine dans la 32ᵉ demi-brigade, a décidé la nouvelle victoire que nos armes ont obtenue. Une redoute formidable avait été établie par les coalisés ; elle était la clef de la bataille ; il fallait l'emporter. La mort du brave qui l'attaquerait le premier était certaine. Le capitaine d'Auverney s'est dévoué ; il a pris la redoute, s'y est fait tuer, et nous avons vaincu. Le sergent Thadée, de la 32ᵉ, et un chien, ont été trouvés morts près de lui. Nous proposons à la Convention nationale de décréter que le capitaine Léopold d'Auverney a bien mérité de la patrie. » — Vous voyez, représentant, continua le général avec tranquillité, la différence de nos missions ; nous envoyons tous deux, chacun de notre côté, une liste à la Convention. Le même nom se trouve dans les deux listes. Vous le dénoncez comme le nom d'un traître, moi comme celui d'un héros ; vous le vouez à l'ignominie, moi à la gloire ; vous faites dresser un échafaud, moi un trophée ; chacun son rôle. Il est heureux pourtant que ce brave ait pu échapper dans une bataille à vos supplices. Dieu merci ! celui que vous voulez faire mourir est mort. Il ne vous a pas attendu.

Le commissaire, furieux de voir s'évanouir sa conspiration avec son conspirateur, murmura entre ses dents :

— Il est mort ! c'est dommage !

Le général l'entendit et s'écria indigné :

— Il vous reste encore une ressource, citoyen représentant du peuple ! Allez chercher le corps du capitaine d'Auverney dans les décombres de la redoute. Qui sait ? les boulets ennemis auront peut-être laissé la tête du cadavre à la guillotine nationale !

*Le Dernier Jour
d'un Condamné*

1829

PRÉFACE DE LA
PREMIÈRE ÉDITION

Il y a deux manières de se rendre compte de l'existence de ce livre. Ou il y a eu, en effet, une liasse de papiers jaunes et inégaux sur lesquels on a trouvé, enregistrées une à une, les dernières pensées d'un misérable ; ou il s'est rencontré un homme, un rêveur occupé à observer la nature au profit de l'art, un philosophe, un poëte, que sais-je ? dont cette idée a été la fantaisie, qui l'a prise ou plutôt s'est laissé prendre par elle, et n'a pu s'en débarrasser qu'en la jetant dans un livre.

De ces deux explications, le lecteur choisira celle qu'il voudra.

UNE COMÉDIE
A PROPOS
D'UNE TRAGÉDIE *

PERSONNAGES

MADAME DE BLINVAL.

LE CHEVALIER.

ERGASTE.

UN POËTE ÉLÉGIAQUE.

UN PHILOSOPHE.

UN GROS MONSIEUR.

UN MONSIEUR MAIGRE.

DES FEMMES.

UN LAQUAIS.

---

* Nous avons cru devoir réimprimer ici l'espèce de préface en dialogue qu'on va lire, et qui accompagnait la troisième édition du *Dernier Jour d'un Condamné*. Il faut se rappeler, en la lisant, au milieu de quelles objections politiques, morales et littéraires les premières éditions de ce livre furent publiées.

(*Note de l'édition de 1832.*)

UN SALON

UN POËTE ÉLÉGIAQUE, *lisant.*

. . . .
. . . .

Le lendemain, des pas traversaient la forêt,
Un chien le long du fleuve en aboyant errait ;
Et quand la bachelette en larmes
Revint s'asseoir, le cœur rempli d'alarmes,
Sur la tant vieille tour de l'antique châtel,
Elle entendit les flots gémir, la triste Isaure,
Mais plus n'entendit la mandore [29]
Du gentil ménestrel !

TOUT L'AUDITOIRE

Bravo ! charmant ! ravissant !

On bat des mains.

MADAME DE BLINVAL

Il y a dans cette fin un mystère indéfinissable qui
tire les larmes des yeux.

LE POËTE ÉLÉGIAQUE, *modestement.*

La catastrophe est voilée.

LE CHEVALIER, *hochant la tête.*

Mandore, ménestrel, c'est du romantique, ça !

LE POËTE ÉLÉGIATIQUE

Oui, monsieur, mais du romantique raisonnable, du vrai romantique. Que voulez-vous ? Il faut bien faire quelques concessions.

LE CHEVALIER

Des concessions ! des concessions ! c'est comme cela qu'on perd le goût. Je donnerais tous les vers romantiques seulement pour ce quatrain :

> De par le Pinde et par Cythère,
> Gentil-Bernard est averti
> Que l'Art d'Aimer doit samedi
> Venir souper chez l'Art de Plaire.

Voilà la vraie poésie ! L'*Art d'Aimer qui soupe samedi chez l'Art de Plaire !* à la bonne heure ! Mais aujourd'hui c'est *la mandore, le ménestrel.* On ne fait plus de *poésies fugitives.* Si j'étais poëte, je ferais des *poésies fugitives :* mais je ne suis pas poëte, moi.

LE POËTE ÉLÉGIAQUE

Cependant, les élégies...

LE CHEVALIER

Poésies fugitives, monsieur. *(Bas à Mme de Blinval :)* Et puis, *châtel* n'est pas français ; on dit *castel.*

QUELQU'UN, *au poëte élégiaque.*

Une observation, monsieur. Vous dites l'*antique châtel,* pourquoi pas le *gothique?*

LE POËTE ÉLÉGIAQUE

Gothique ne se dit pas en vers.

LE QUELQU'UN

Ah! c'est différent.

LE POËTE ÉLÉGIAQUE, *poursuivant.*

Voyez-vous bien, monsieur, il faut se borner. Je ne suis pas de ceux qui veulent désorganiser le vers français, et nous ramener à l'époque des Ronsard et des Brébeuf[30]. Je suis romantique, mais modéré. C'est comme pour les émotions. Je les veux douces, rêveuses, mélancoliques, mais jamais de sang, jamais d'horreurs. Voiler les catastrophes. Je sais qu'il y a des gens, des fous, des imaginations en délire qui... Tenez, mesdames, avez-vous lu le nouveau roman?

LES DAMES

Quel roman?

LE POËTE ÉLÉGIAQUE

Le Dernier Jour...

UN GROS MONSIEUR

Assez, monsieur! je sais ce que vous voulez dire. Le titre seul me fait mal aux nerfs.

MADAME DE BLINVAL

Et à moi aussi. C'est un livre affreux. Je l'ai là.

LES DAMES

Voyons, voyons.

On se passe le livre de main en main.

QUELQU'UN, *lisant.*

Le Dernier Jour d'un...

LE GROS MONSIEUR

Grâce, madame !

MADAME DE BLINVAL

En effet, c'est un livre abominable, un livre qui
donne le cauchemar, un livre qui rend malade.

UNE FEMME, *bas.*

Il faudra que je lise cela.

LE GROS MONSIEUR

Il faut convenir que les mœurs vont se dépravant de
jour en jour. Mon Dieu, l'horrible idée ! développer,
creuser, analyser, l'une après l'autre et sans en passer
une seule, toutes les souffrances physiques, toutes les
tortures morales que doit éprouver un homme
condamné à mort, le jour de l'exécution ! Cela n'est-il
pas atroce ? Comprenez-vous, mesdames, qu'il se soit
trouvé un écrivain pour cette idée, et un public pour
cet écrivain ?

LE CHEVALIER

Voilà en effet qui est souverainement impertinent.

MADAME DE BLINVAL

Qu'est-ce que c'est que l'auteur ?

LE GROS MONSIEUR

Il n'y avait pas de nom à la première édition.

LE POËTE ÉLÉGIAQUE

C'est le même qui a déjà fait deux autres romans… ma foi, j'ai oublié les titres. Le premier commence à la Morgue et finit à la Grève. A chaque chapitre, il y a un ogre qui mange un enfant.

LE GROS MONSIEUR

Vous avez lu cela, monsieur ?

LE POËTE ÉLÉGIAQUE

Oui, monsieur : la scène se passe en Islande.

LE GROS MONSIEUR

En Islande, c'est épouvantable !

LE POËTE ÉLÉGIAQUE

Il a fait en outre des odes, des ballades, je ne sais quoi, où il y a des monstres qui ont des *corps bleus*.

LE CHEVALIER, *riant*.

Corbleu ! cela doit faire un furieux vers.

LE POËTE ÉLÉGIAQUE

Il a publié aussi un drame, — on appelle cela un drame, — où l'on trouve ce beau vers :

Demain vingt-cinq juin mil six cent cinquante sept [31].

QUELQU'UN

Ah, ce vers !

LE POËTE ÉLÉGIAQUE

Cela peut s'écrire en chiffres, voyez-vous, mesdames :

Demain, 25 juin 1657.

Il rit. On rit.

LE CHEVALIER

C'est une chose particulière que la poésie d'à présent.

LE GROS MONSIEUR

Ah çà ! il ne sait pas versifier, cet homme-là ! Comment donc s'appelle-t-il déjà ?

LE POËTE ÉLÉGIAQUE

Il a un nom aussi difficile à retenir qu'à prononcer. Il y a du goth, du wisigoth, de l'ostrogoth dedans.

Il rit.

MADAME DE BLINVAL

C'est un vilain homme.

LE GROS MONSIEUR

Un abominable homme.

UNE JEUNE FEMME

Quelqu'un qui le connaît m'a dit...

LE GROS MONSIEUR

Vous connaissez quelqu'un qui le connaît ?

LA JEUNE FEMME

Oui, et qui dit que c'est un homme doux, simple,
qui vit dans la retraite et passe ses journées à jouer
avec ses enfants.

LE POËTE

Et ses nuits à rêver des œuvres de ténèbres. — C'est
singulier ; voilà un vers que j'ai fait tout naturelle-
ment. Mais c'est qu'il y est, le vers :

Et ses nuits à rêver des œuvres de ténèbres.

Avec une bonne césure. Il n'y a plus que l'autre
rime à trouver. Pardieu ! *funèbres*.

MADAME DE BLINVAL

Quidquid tentabat dicere, versus erat[32].

LE GROS MONSIEUR

Vous disiez donc que l'auteur en question a des
petits enfants. Impossible, madame. Quand on a fait
cet ouvrage-là ! un roman atroce !

QUELQU'UN

Mais, ce roman, dans quel but l'a-t-il fait ?

LE POËTE ÉLÉGIAQUE

Est-ce que je sais, moi ?

UN PHILOSOPHE

A ce qu'il paraît, dans le but de concourir à l'abolition de la peine de mort.

LE GROS MONSIEUR

Une horreur, vous dis-je !

LE CHEVALIER

Ah ça ! c'est donc un duel avec le bourreau ?

LE POËTE ÉLÉGIAQUE

Il en veut terriblement à la guillotine.

UN MONSIEUR MAIGRE

Je vois cela d'ici. Des déclamations.

LE GROS MONSIEUR

Point. Il y a à peine deux pages sur ce texte de la peine de mort. Tout le reste, ce sont des sensations.

LE PHILOSOPHE

Voilà le tort. Le sujet méritait le raisonnement. Un drame, un roman ne prouve rien. Et puis, j'ai lu le livre, et il est mauvais.

LE POËTE ÉLÉGIAQUE

Détestable ! Est-ce que c'est là de l'art ? C'est passer les bornes, c'est casser les vitres. Encore, ce criminel, si je le connaissais ? mais point. Qu'a-t-il fait ? on n'en sait rien. C'est peut-être un fort mauvais drôle. On n'a pas le droit de m'intéresser à quelqu'un que je ne connais pas.

LE GROS MONSIEUR

On n'a pas le droit de faire éprouver à son lecteur des souffrances physiques. Quand je vois des tragédies, on se tue, eh bien ! cela ne me fait rien. Mais ce roman, il vous fait dresser les cheveux sur la tête, il vous fait venir la chair de poule, il vous donne de mauvais rêves. J'ai été deux jours au lit pour l'avoir lu.

LE PHILOSOPHE

Ajoutez à cela que c'est un livre froid et compassé.

LE POËTE

Un livre !... un livre !...

LE PHILOSOPHE

Oui. — Et comme vous disiez tout à l'heure, monsieur, ce n'est point là de véritable esthétique. Je ne m'intéresse pas à une abstraction, à une entité pure. Je ne vois point là une personnalité qui s'adéquate avec la mienne. Et puis, le style n'est ni simple ni clair. Il sent l'archaïsme. C'est bien là ce que vous disiez, n'est-ce pas ?

LE POËTE

Sans doute, sans doute. Il ne faut pas de personnalités.

LE PHILOSOPHE

Le condamné n'est pas intéressant.

LE POËTE

Comment intéresserait-il ? il a un crime et pas de remords. J'eusse fait tout le contraire. J'eusse conté l'histoire de mon condamné[33]. Né de parents honnêtes. Une bonne éducation. De l'amour. De la jalousie. Un crime qui n'en soit pas un. Et puis des remords, des remords, beaucoup de remords. Mais les lois humaines sont implacables : il faut qu'il meure. Et là j'aurais traité ma question de la peine de mort. A la bonne heure !

MADAME DE BLINVAL

Ah ! ah !

LE PHILOSOPHE

Pardon. Le livre, comme l'entend monsieur, ne prouverait rien. La particularité ne régit pas la généralité.

LE POËTE

Eh bien ! mieux encore ; pourquoi n'avoir pas choisi pour héros, par exemple... Malesherbes, le vertueux Malesherbes ? son dernier jour, son supplice ? Oh ! alors, beau et noble spectacle ! J'eusse pleuré, j'eusse frémi, j'eusse voulu monter sur l'échafaud avec lui.

LE PHILOSOPHE

Pas moi.

LE CHEVALIER

Ni moi. C'était un révolutionnaire, au fond, que votre M. de Malesherbes.

LE PHILOSOPHE

L'échafaud de Malesherbes ne prouve rien contre la peine de mort en général.

LE GROS MONSIEUR

La peine de mort! à quoi bon s'occuper de cela? Qu'est-ce que cela vous fait, la peine de mort? Il faut que cet auteur soit bien mal né de venir nous donner le cauchemar à ce sujet avec son livre!

MADAME DE BLINVAL

Ah! oui, un bien mauvais cœur!

LE GROS MONSIEUR

Il nous force à regarder dans les prisons, dans les bagnes, dans Bicêtre. C'est fort désagréable. On sait bien que ce sont des cloaques. Mais qu'importe à la société?

MADAME DE BLINVAL

Ceux qui ont fait les lois n'étaient pas des enfants.

LE PHILOSOPHE

Ah! cependant! en présentant les choses avec vérité...

LE MONSIEUR MAIGRE

Eh! c'est justement ce qui manque, la vérité. Que voulez-vous qu'un poëte sache sur de pareilles matières? Il faudrait être au moins procureur du roi. Tenez: j'ai lu dans une citation qu'un journal faisait de ce livre, que le condamné ne dit rien quand on lui lit son arrêt de mort! eh bien, moi, j'ai vu un condamné qui, dans ce moment-là, a poussé un grand cri. — Vous voyez.

LE PHILOSOPHE

Permettez...

LE MONSIEUR MAIGRE

Tenez, messieurs, la guillotine, la Grève, c'est de mauvais goût. Et la preuve, c'est qu'il paraît que c'est un livre qui corrompt le goût, et vous rend incapable d'émotions pures, fraîches, naïves. Quand donc se lèveront les défenseurs de la saine littérature? Je voudrais être, et mes réquisitoires m'en donneraient peut-être le droit, membre de l'académie française... — Voilà justement monsieur Ergaste, qui en est. Que pense-t-il du *Dernier Jour d'un Condamné*?

ERGASTE

Ma foi, monsieur, je ne l'ai lu ni ne le lirai. Je dînais hier chez Mme de Sénange, et la marquise de Morival en a parlé au duc de Melcour. On dit qu'il y a des personnalités contre la magistrature, et surtout contre le président d'Alimont. L'abbé de Floricour aussi était indigné. Il paraît qu'il y a un chapitre contre la religion [34], et un chapitre contre la monarchie [35]. Si j'étais procureur du roi!...

LE CHEVALIER

Ah bien oui, procureur du roi! et la charte! et la liberté de la presse! Cependant, un poëte qui veut supprimer la peine de mort, vous conviendrez que c'est odieux. Ah ! ah ! dans l'ancien régime, quelqu'un qui se serait permis de publier un roman contre la torture !... Mais depuis la prise de la Bastille, on peut tout écrire. Les livres font un mal affreux.

LE GROS MONSIEUR

Affreux. On était tranquille, on ne pensait à rien. Il se coupait bien de temps en temps en France une tête par-ci par-là, deux tout au plus par semaine. Tout cela sans bruit, sans scandale. Ils ne disaient rien. Personne n'y songeait. Pas du tout, voilà un livre... — un livre qui vous donne un mal de tête horrible !

LE MONSIEUR MAIGRE

Le moyen qu'un juré condamne après l'avoir lu !

ERGASTE

Cela trouble les consciences.

MADAME DE BLINVAL

Ah ! les livres ! les livres ! Qui eût dit cela d'un roman ?

LE POËTE

Il est certain que les livres sont bien souvent un poison subversif de l'ordre social.

LE MONSIEUR MAIGRE

Sans compter la langue, que messieurs les romantiques révolutionnent aussi.

LE POËTE

Distinguons, monsieur; il y a romantiques et romantiques.

LE MONSIEUR MAIGRE

Le mauvais goût, le mauvais goût.

ERGASTE

Vous avez raison. Le mauvais goût.

LE MONSIEUR MAIGRE

Il n'y a rien à répondre à cela.

LE PHILOSOPHE, *appuyé au fauteuil d'une dame.*

Ils disent là des choses qu'on ne dit même plus rue Mouffetard.

ERGASTE

Ah! l'abominable livre!

MADAME DE BLINVAL

Hé! ne le jetez pas au feu. Il est à la loueuse.

LE CHEVALIER

Parlez-moi de notre temps. Comme tout s'est dépravé depuis, le goût et les mœurs! Vous souvient-il de notre temps, madame de Blinval?

MADAME DE BLINVAL

Non, monsieur, il ne m'en souvient pas.

LE CHEVALIER

Nous étions le peuple le plus doux, le plus gai, le plus spirituel. Toujours de belles fêtes, de jolis vers. C'était charmant. Y a-t-il rien de plus galant que le madrigal de M. de La Harpe sur le grand bal que Mme la maréchale de Mailly donna en mil sept cent... l'année de l'exécution de Damiens ?

LE GROS MONSIEUR, *soupirant.*

Heureux temps ! Maintenant les mœurs sont horribles, et les livres aussi. C'est le beau vers de Boileau :

Et la chute des arts suit la décadence des mœurs[36].

LE PHILOSOPHE, *bas au poëte.*

Soupe-t-on dans cette maison ?

LE POËTE ÉLÉGIAQUE

Oui, tout à l'heure.

LE MONSIEUR MAIGRE

Maintenant on veut abolir la peine de mort, et pour cela on fait des romans cruels, immoraux et de mauvais goût, *Le Dernier Jour d'un Condamné,* que sais-je ?

LE GROS MONSIEUR

Tenez, mon cher, ne parlons plus de ce livre atroce ; et, puisque je vous rencontre, dites-moi, que faites-vous de cet homme dont nous avons rejeté le pourvoi depuis trois semaines ?

LE MONSIEUR MAIGRE

Ah! un peu de patience! je suis en congé ici.
Laissez-moi respirer. A mon retour. Si cela tarde trop
pourtant, j'écrirai à mon substitut...

UN LAQUAIS, *entrant*.

Madame est servie.

Le Dernier Jour
d'un Condamné

I

Bicêtre.

Condamné à mort !

Voilà cinq semaines que j'habite avec cette pensée,
toujours seul avec elle, toujours glacé de sa présence,
toujours courbé sous son poids !

Autrefois, car il me semble qu'il y a plutôt des
années que des semaines, j'étais un homme comme un
autre homme. Chaque jour, chaque heure, chaque
minute avait son idée. Mon esprit, jeune et riche, était
plein de fantaisies. Il s'amusait à me les dérouler les
unes après les autres, sans ordre et sans fin, brodant
d'inépuisables arabesques cette rude et mince étoffe
de la vie. C'étaient des jeunes filles, de splendides
chapes d'évêque, des batailles gagnées, des théâtres
pleins de bruit et de lumière, et puis encore des jeunes
filles et de sombres promenades la nuit sous les larges
bras des marronniers. C'était toujours fête dans mon
imagination. Je pouvais penser à ce que je voulais,
j'étais libre.

Maintenant je suis captif. Mon corps est aux fers

dans un cachot, mon esprit est en prison dans une idée. Une horrible, une sanglante, une implacable idée ! Je n'ai plus qu'une pensée, qu'une conviction, qu'une certitude : condamné à mort !

Quoi que je fasse, elle est toujours là, cette pensée infernale, comme un spectre de plomb à mes côtés, seule et jalouse, chassant toute distraction, face à face avec moi misérable, et me secouant de ses deux mains de glace quand je veux détourner la tête ou fermer les yeux. Elle se glisse sous toutes les formes où mon esprit voudrait la fuir, se mêle comme un refrain horrible à toutes les paroles qu'on m'adresse, se colle avec moi aux grilles hideuses de mon cachot ; m'obsède éveillé, épie mon sommeil convulsif, et reparaît dans mes rêves sous la forme d'un couteau.

Je viens de m'éveiller en sursaut, poursuivi par elle et me disant : — Ah ! ce n'est qu'un rêve ! Hé bien ! avant même que mes yeux lourds aient eu le temps de s'entrouvrir assez pour voir cette fatale pensée écrite dans l'horrible réalité qui m'entoure, sur la dalle mouillée et suante de ma cellule, dans les rayons pâles de ma lampe de nuit, dans la trame grossière de la toile de mes vêtements, sur la sombre figure du soldat de garde dont la giberne reluit à travers la grille du cachot, il me semble que déjà une voix a murmuré à mon oreille :

— Condamné à mort !

II

C'était par une belle matinée d'août.

Il y avait trois jours que mon procès était entamé, trois jours que mon nom et mon crime ralliaient chaque matin une nuée de spectateurs, qui venaient s'abattre sur les bancs de la salle d'audience comme des corbeaux autour d'un cadavre, trois jours que toute cette fantasmagorie des juges, des témoins, des avocats, des procureurs du roi, passait et repassait devant moi, tantôt grotesque, tantôt sanglante, toujours sombre et fatale. Les deux premières nuits, d'inquiétude et de terreur, je n'en avais pu dormir; la troisième, j'en avais dormi d'ennui et de fatigue. A minuit, j'avais laissé les jurés délibérant. On m'avait ramené sur la paille de mon cachot, et j'étais tombé sur-le-champ dans un sommeil profond, dans un sommeil d'oubli. C'étaient les premières heures de repos depuis bien des jours.

J'étais encore au plus profond de ce profond sommeil lorsqu'on vint me réveiller. Cette fois il ne suffit point du pas lourd et des souliers ferrés du guichetier, du cliquetis de son nœud de clefs, du grincement rauque des verrous; il fallut pour me tirer de ma léthargie sa rude voix à mon oreille et sa main rude sur mon bras. — Levez-vous donc! — J'ouvris les yeux, je me dressai effaré sur mon séant. En ce moment, par l'étroite et haute fenêtre de ma cellule, je vis au plafond du corridor voisin, seul ciel qu'il me fût donné d'entrevoir, ce reflet jaune où des yeux habitués aux ténèbres d'une prison savent si bien reconnaître le soleil. J'aime le soleil.

— Il fait beau, dis-je au guichetier.

Il resta un moment sans me répondre, comme ne sachant si cela valait la peine de dépenser une parole ; puis avec quelque effort il murmura brusquement :

— C'est possible.

Je demeurais immobile, l'esprit à demi endormi, la bouche souriante, l'œil fixé sur cette douce réverbération dorée qui diaprait le plafond.

— Voilà une belle journée, répétai-je.

— Oui, me répondit l'homme, on vous attend.

Ce peu de mots, comme le fil qui rompt le vol de l'insecte, me rejeta violemment dans la réalité. Je revis soudain, comme dans la lumière d'un éclair, la sombre salle des assises, le fer à cheval des juges chargé de haillons ensanglantés, les trois rangs de témoins aux faces stupides, les deux gendarmes aux deux bouts de mon banc, et les robes noires s'agiter, et les têtes de la foule fourmiller au fond dans l'ombre, et s'arrêter sur moi le regard fixe de ces douze jurés, qui avaient veillé pendant que je dormais !

Je me levai ; mes dents claquaient, mes mains tremblaient et ne savaient où trouver mes vêtements, mes jambes étaient faibles. Au premier pas que je fis, je trébuchai comme un portefaix trop chargé. Cependant je suivis le geôlier.

Les deux gendarmes m'attendaient au seuil de la cellule. On me remit les menottes. Cela avait une petite serrure compliquée qu'ils fermèrent avec soin. Je laissai faire : c'était une machine sur une machine.

Nous traversâmes une cour intérieure. L'air vif du matin me ranima. Je levai la tête. Le ciel était bleu, et les rayons chauds du soleil, découpés par les longues cheminées, traçaient de grands angles de lumière au faîte des murs hauts et sombres de la prison. Il faisait beau en effet.

Nous montâmes un escalier tournant en vis ; nous passâmes un corridor, puis un autre, puis un troisième ; puis une porte basse s'ouvrit. Un air chaud, mêlé de bruit, vint me frapper au visage ; c'était le souffle de la foule dans la salle des assises. J'entrai.

Il y eut à mon apparition une rumeur d'armes et de voix. Les banquettes se déplacèrent bruyamment. Les cloisons craquèrent ; et, pendant que je traversais la longue salle entre deux masses de peuple murées de soldats, il me semblait que j'étais le centre auquel se rattachaient les fils qui faisaient mouvoir toutes ces faces béantes et penchées.

En cet instant, je m'aperçus que j'étais sans fers ; mais je ne pus me rappeler où ni quand on me les avait ôtés.

Alors il se fit un grand silence. J'étais parvenu à ma place. Au moment où le tumulte cessa dans la foule, il cessa aussi dans mes idées. Je compris tout à coup clairement ce que je n'avais fait qu'entrevoir confusément jusqu'alors, que le moment décisif était venu, et que j'étais là pour entendre ma sentence.

L'explique qui pourra, de la manière dont cette idée me vint, elle ne me causa pas de terreur. Les fenêtres étaient ouvertes ; l'air et le bruit de la ville arrivaient librement du dehors : la salle était claire comme pour une noce ; les gais rayons du soleil traçaient çà et là la figure lumineuse des croisées, tantôt allongée sur le plancher, tantôt développée sur les tables, tantôt brisée à l'angle des murs ; et de ces losanges éclatants aux fenêtres chaque rayon découpait dans l'air un grand prisme de poussière d'or.

Les juges, au fond de la salle, avaient l'air satisfait, probablement de la joie d'avoir bientôt fini. Le visage du président, doucement éclairé par le reflet d'une vitre, avait quelque chose de calme et de bon ; et un jeune assesseur causait presque gaiement en chiffonnant son rabat avec une jolie dame en chapeau rose, placée par faveur derrière lui.

Les jurés seuls paraissaient blêmes et abattus, mais c'était apparemment de fatigue d'avoir veillé toute la nuit. Quelques-uns bâillaient. Rien, dans leur contenance, n'annonçait des hommes qui viennent de porter une sentence de mort ; et sur les figures de ces bons bourgeois je ne devinais qu'une grande envie de dormir.

En face de moi, une fenêtre était toute grande ouverte. J'entendais rire sur le quai des marchandes de fleurs ; et, au bord de la croisée, une jolie petite plante jaune, toute pénétrée d'un rayon de soleil, jouait avec le vent dans une fente de la pierre.

Comment une idée sinistre aurait-elle pu poindre parmi tant de gracieuses sensations ? Inondé d'air et de soleil, il me fut impossible de penser à autre chose qu'à la liberté ; l'espérance vint rayonner en moi comme le jour autour de moi ; et, confiant, j'attendis ma sentence comme on attend la délivrance et la vie.

Cependant mon avocat arriva. On l'attendait. Il venait de déjeuner copieusement et de bon appétit.

Parvenu à sa place, il se pencha vers moi avec un sourire.

— J'espère, me dit-il.

— N'est-ce pas? répondis-je, léger et souriant aussi.

— Oui, reprit-il; je ne sais rien encore de leur déclaration, mais ils auront sans doute écarté la préméditation, et alors ce ne sera que les travaux forcés à perpétuité.

— Que dites-vous là, monsieur? répliquai-je indigné; plutôt cent fois la mort!

Oui, la mort! — Et d'ailleurs, me répétait je ne sais quelle voix intérieure, qu'est-ce que je risque à dire cela? A-t-on jamais prononcé sentence de mort autrement qu'à minuit, aux flambeaux, dans une salle sombre et noire, et par une froide nuit de pluie et d'hiver? Mais au mois d'août, à huit heures du matin, un si beau jour, ces bons jurés, c'est impossible! Et mes yeux revenaient se fixer sur la jolie fleur jaune au soleil.

Tout à coup le président, qui n'attendait que l'avocat, m'invita à me lever. La troupe porta les armes; comme par un mouvement électrique, toute l'assemblée fut debout au même instant. Une figure insignifiante et nulle, placée à une table au-dessous du tribunal, c'était, je pense, le greffier, prit la parole, et lut le verdict que les jurés avaient prononcé en mon absence. Une sueur froide sortit de tous mes membres; je m'appuyai au mur pour ne pas tomber.

— Avocat, avez-vous quelque chose à dire sur l'application de la peine? demanda le président.

J'aurais eu, moi, tout à dire, mais rien ne me vint. Ma langue resta collée à mon palais.

Le défenseur se leva.

Je compris qu'il cherchait à atténuer la déclaration du jury, et à mettre dessous, au lieu de la peine qu'elle provoquait, l'autre peine, celle que j'avais été si blessé de lui voir espérer.

Il fallut que l'indignation fût bien forte, pour se faire jour à travers les mille émotions qui se disputaient ma pensée. Je voulus répéter à haute voix ce que je lui avais déjà dit : Plutôt cent fois la mort ! Mais l'haleine me manqua, et je ne pus que l'arrêter rudement par le bras, en criant avec une force convulsive : Non !

Le procureur général combattit l'avocat, et je l'écoutai avec une satisfaction stupide. Puis les juges sortirent, puis ils rentrèrent, et le président me lut mon arrêt.

— Condamné à mort ! dit la foule ; et, tandis qu'on m'emmenait, tout ce peuple se rua sur mes pas avec le fracas d'un édifice qui se démolit. Moi, je marchais, ivre et stupéfait. Une révolution venait de se faire en moi. Jusqu'à l'arrêt de mort, je m'étais senti respirer, palpiter, vivre dans le même milieu que les autres hommes ; maintenant je distinguais clairement comme une clôture entre le monde et moi. Rien ne m'apparaissait plus sous le même aspect qu'auparavant. Ces larges fenêtres lumineuses, ce beau soleil, ce ciel pur, cette jolie fleur, tout cela était blanc et pâle, de la couleur d'un linceul. Ces hommes, ces femmes, ces enfants qui se pressaient sur mon passage, je leur trouvais des airs de fantômes.

Au bas de l'escalier, une noire et sale voiture grillée m'attendait. Au moment d'y monter, je regardai au hasard dans la place. — Un condamné à mort ! criaient les passants, en courant vers la voiture. A travers le nuage qui me semblait s'être interposé entre les choses et moi, je distinguai deux jeunes filles qui me suivaient avec des yeux avides. — Bon, dit la plus jeune en battant des mains, ce sera dans six semaines [37] !

III

Condamné à mort !

Eh bien, pourquoi non ? *Les hommes*, je me rappelle l'avoir lu dans je ne sais quel livre où il n'y avait que cela de bon, *les hommes sont tous condamnés à mort avec des sursis indéfinis.* Qu'y a-t-il donc de si changé à ma situation ?

Depuis l'heure où mon arrêt m'a été prononcé, combien sont morts qui s'arrangeaient pour une longue vie ! Combien m'ont devancé qui, jeunes, libres et sains, comptaient bien aller voir tel jour tomber ma tête en place de Grève ! Combien d'ici là peut-être qui marchent et respirent au grand air, entrent et sortent à leur gré, et qui me devanceront encore !

Et puis, qu'est-ce que la vie a donc de si regrettable pour moi ? En vérité, le jour sombre et le pain noir du cachot, la portion de bouillon maigre puisée au baquet des galériens, être rudoyé, moi qui suis raffiné par l'éducation, être brutalisé des guichetiers et des gardes-chiourme, ne pas voir un être humain qui me croie digne d'une parole et à qui je le rende, sans cesse tressaillir et de ce que j'ai fait et de ce qu'on me fera : voilà à peu près les seuls biens que puisse m'enlever le bourreau.

Ah ! n'importe, c'est horrible !

IV

La voiture noire me transporta ici, dans ce hideux Bicêtre.

Vu de loin, cet édifice a quelque majesté. Il se déroule à l'horizon, au front d'une colline, et à distance garde quelque chose de son ancienne splendeur, un air de château de roi. Mais à mesure que vous approchez, le palais devient masure. Les pignons dégradés blessent l'œil. Je ne sais quoi de honteux et d'appauvri salit ces royales façades ; on dirait que les murs ont une lèpre. Plus de vitres, plus de glaces aux fenêtres ; mais de massifs barreaux de fer entrecroisés, auxquels se colle çà et là quelque hâve figure d'un galérien ou d'un fou.

C'est la vie vue de près.

V

A peine arrivé, des mains de fer s'emparèrent de moi. On multiplia les précautions : point de couteau, point de fourchette pour mes repas : la *camisole de force*, une espèce de sac de toile à voilure, emprisonna mes bras ; on répondait de ma vie. Je m'étais pourvu en cassation. On pouvait avoir pour six ou sept semaines cette affaire onéreuse, et il importait de me conserver sain et sauf à la place de Grève.

Les premiers jours on me traita avec une douceur qui m'était horrible. Les égards d'un guichetier sentent l'échafaud. Par bonheur, au bout de peu de jours, l'habitude reprit le dessus ; ils me confondirent avec les autres prisonniers dans une commune brutalité, et n'eurent plus de ces distinctions inaccoutumées de politesse qui me remettaient sans cesse le bourreau sous les yeux. Ce ne fut pas la seule amélioration. Ma jeunesse, ma docilité, les soins de l'aumônier de la prison, et surtout quelques mots en latin que j'adressai au concierge, qui ne les comprit pas, m'ouvrirent la promenade une fois par semaine avec les autres détenus, et firent disparaître la camisole où j'étais paralysé. Après bien des hésitations, on m'a aussi donné de l'encre, du papier, des plumes, et une lampe de nuit.

Tous les dimanches, après la messe, on me lâche dans le préau, à l'heure de la récréation. Là, je cause avec les détenus : il le faut bien. Ils sont bonnes gens, les misérables. Ils me content leurs *tours*, ce serait à faire horreur, mais je sais qu'ils se vantent. Ils m'apprennent à parler argot, à *rouscailler bigorne*, comme ils disent. C'est toute une langue entée sur la langue générale comme une espèce d'excroissance hideuse, comme une verrue. Quelquefois une énergie singulière, un pittoresque effrayant : *Il y a du raisiné sur le trimar* (du sang sur le chemin), *épouser la veuve* (être pendu), comme si la corde du gibet était veuve de tous les pendus. La tête d'un voleur a deux noms : *la sorbonne,* quand elle médite, raisonne et conseille le crime : *la tronche,* quand le bourreau la coupe. Quelquefois de l'esprit de vaudeville : un *cachemire d'osier* (une hotte de chiffonnier), *la menteuse* (la langue) ; et puis partout, à chaque instant, des mots bizarres, mystérieux, laids et sordides, venus on ne sait d'où : *le taule* (le bourreau), *la cône* (la mort), *la placarde* (la place des exécutions). On dirait des crapauds et des araignées. Quand on entend parler cette langue, cela fait l'effet de quelque chose de sale et de poudreux, d'une liasse de haillons que l'on secouerait devant vous.

Du moins, ces hommes-là me plaignent, ils sont les seuls. Les geôliers, les guichetiers, les porte-clefs, — je ne leur en veux pas, — causent et rient, et parlent de moi, devant moi, comme d'une chose.

VI

Je me suis dit :

— Puisque j'ai le moyen d'écrire, pourquoi ne le ferais-je pas ? Mais quoi écrire ? Pris entre quatre murailles de pierre nue et froide, sans liberté pour mes pas, sans horizon pour mes yeux, pour unique distraction machinalement occupé tout le jour à suivre la marche lente de ce carré blanchâtre que le judas de ma porte découpe vis-à-vis sur le mur sombre, et, comme je le disais tout à l'heure, seul à seul avec une idée, une idée de crime et de châtiment, de meurtre et de mort ! est-ce que je puis avoir quelque chose à dire, moi qui n'ai plus rien à faire dans ce monde ? Et que trouverai-je dans ce cerveau flétri et vide qui vaille la peine d'être écrit ?

Pourquoi non ? Si tout, autour de moi, est monotone et décoloré, n'y a-t-il pas en moi une tempête, une lutte, une tragédie ? Cette idée fixe qui me possède ne se présente-t-elle pas à moi à chaque heure, à chaque instant, sous une nouvelle forme, toujours plus hideuse et plus ensanglantée à mesure que le terme approche ? Pourquoi n'essaierai-je pas de me dire à moi-même tout ce que j'éprouve de violent et d'inconnu dans la situation abandonnée où me voilà ? Certes, la matière est riche ; et, si abrégée que soit ma vie, il y aura bien encore dans les angoisses, dans les terreurs, dans les tortures qui la rempliront, de cette heure à la dernière, de quoi user cette plume et tarir cet encrier. — D'ailleurs, ces angoisses, le seul moyen d'en moins souffrir, c'est de les observer, et les peindre m'en distraira.

Et puis, ce que j'écrirai ainsi ne sera peut-être pas inutile. Ce journal de mes souffrances, heure par heure, minute par minute, supplice par supplice, si j'ai la force de le mener jusqu'au moment où il me sera *physiquement* impossible de continuer, cette histoire, nécessairement inachevée, mais aussi complète que possible, de mes sensations, ne portera-t-elle point avec elle un grand et profond enseignement ? N'y aura-t-il pas dans ce procès-verbal de la pensée agonisante, dans cette progression toujours croissante de douleurs, dans cette espèce d'autopsie intellectuelle d'un condamné, plus d'une leçon pour ceux qui condamnent ? Peut-être cette lecture leur rendra-t-elle la main moins légère, quand il s'agira quelque autre fois de jeter une tête qui pense, une tête d'homme, dans ce qu'ils appellent la balance de la justice ? Peut-être n'ont-ils jamais réfléchi, les malheureux, à cette lente succession de tortures que renferme la formule expéditive d'un arrêt de mort ? Se sont-ils jamais seulement arrêtés à cette idée poignante que dans l'homme qu'ils retranchent il y a une intelligence, une intelligence qui avait compté sur la vie, une âme qui ne s'est point disposée pour la mort ? Non. Ils ne voient dans tout cela que la chute verticale d'un couteau triangulaire, et pensent sans doute que pour le condamné il n'y a rien avant, rien après.

Ces feuilles les détromperont. Publiées peut-être un jour, elles arrêteront quelques moments leur esprit sur les souffrances de l'esprit, car ce sont celles-là qu'ils ne soupçonnent pas. Ils sont triomphants de pouvoir tuer sans presque faire souffrir le corps. Hé ! c'est bien de cela qu'il s'agit ! Qu'est-ce que la douleur physique près de la douleur morale ! Horreur et pitié, des lois faites ainsi ! Un jour viendra, et peut-être ces mémoires, derniers confidents d'un misérable, y auront-ils contribué... —

A moins qu'après ma mort le vent ne joue dans le préau avec ces morceaux de papiers souillés de boue, ou qu'ils n'aillent pourrir à la pluie, collés en étoiles à la vitre cassée d'un guichetier.

VII

Que ce que j'écris ici puisse être un jour utile a d'autres, que cela arrête le juge prêt à juger, que cela sauve des malheureux, innocents ou coupables, de l'agonie à laquelle je suis condamné, pourquoi ? à quoi bon ? qu'importe ? Quand ma tête aura été coupée, qu'est-ce que cela me fait qu'on en coupe d'autres ? Est-ce que vraiment j'ai pu penser ces folies ? Jeter bas l'échafaud après que j'y aurai monté ! je vous demande un peu ce qui m'en reviendra.

Quoi ! le soleil, le printemps, les champs pleins de fleurs, les oiseaux qui s'éveillent le matin, les nuages, les arbres, la nature, la liberté, la vie, tout cela n'est plus à moi !

Ah ! c'est moi qu'il faudrait sauver ! Est-il bien vrai que cela ne se peut, qu'il faudra mourir demain, aujourd'hui peut-être, que cela est ainsi ? O Dieu ! l'horrible idée à se briser la tête au mur de son cachot !

VIII

Comptons ce qui me reste :

Trois jours de délai après l'arrêt prononcé pour le pourvoi en cassation.

Huit jours d'oubli au parquet de la cour d'assises,

après quoi les *pièces*, comme ils disent, sont envoyées au ministre.

Quinze jours d'attente chez le ministre, qui ne sait seulement pas qu'elles existent, et qui cependant est supposé les transmettre, après examen, à la cour de cassation.

Là, classement, numérotage, enregistrement : car la guillotine est encombrée, et chacun ne doit passer qu'à son tour.

Quinze jours pour veiller à ce qu'il ne vous soit pas fait de passe-droit.

Enfin la cour s'assemble, d'ordinaire un jeudi, rejette vingt pourvois en masse, et renvoie le tout au ministre, qui renvoie au procureur général, qui renvoie au bourreau. Trois jours.

Le matin du quatrième jour, le substitut du procureur général se dit, en mettant sa cravate. — Il faut pourtant que cette affaire finisse. — Alors, si le substitut du greffier n'a pas quelque déjeuner d'amis qui l'en empêche, l'ordre d'exécution est minuté, rédigé, mis au net, expédié, et le lendemain dès l'aube on entend dans la place de Grève clouer une charpente, et dans les carrefours hurler a pleine voix des crieurs enroués.

En tout six semaines. La petite fille avait raison.

Or, voilà cinq semaines au moins, six peut-être, je n'ose compter, que je suis dans ce cabanon de Bicêtre, et il me semble qu'il y a trois jours c'était jeudi.

IX

Je viens de faire mon testament.

A quoi bon ? Je suis condamné aux frais, et tout ce que j'ai y suffira à peine. La guillotine, c'est fort cher.

Je laisse une mère, je laisse une femme, je laisse un enfant.

Une petite fille de trois ans, douce, rose, frêle, avec de grands yeux noirs et de longs cheveux châtains.

Elle avait deux ans et un mois quand je l'ai vue pour la dernière fois.

Ainsi, après ma mort, trois femmes, sans fils, sans mari, sans père ; trois orphelines de différente espèce ; trois veuves du fait de la loi.

J'admets que je sois justement puni ; ces innocentes, qu'ont-elles fait ? N'importe ; on les déshonore, on les ruine. C'est la justice.

Ce n'est pas que ma pauvre vieille mère m'inquiète : elle a soixante-quatre ans, elle mourra du coup. Ou si elle va quelques jours encore, pourvu que jusqu'au dernier moment elle ait un peu de cendre chaude dans sa chaufferette, elle ne dira rien.

Ma femme ne m'inquiète pas non plus ; elle est déjà d'une mauvaise santé et d'un esprit faible. Elle mourra aussi.

A moins qu'elle ne devienne folle. On dit que cela fait vivre ; mais du moins, l'intelligence ne souffre pas ; elle dort, elle est comme morte.

Mais ma fille, mon enfant, ma pauvre petite Marie,

qui rit, qui joue, qui chante à cette heure et ne pense à rien, c'est celle-là qui me fait mal !

X

Voici ce que c'est que mon cachot :

Huit pieds carrés. Quatre murailles de pierre de taille qui s'appuient à angle droit sur un pavé de dalles exhaussé d'un degré au-dessus du corridor extérieur.

A droite de la porte, en entrant, une espèce d'enfoncement qui fait la dérision d'une alcôve. On y jette une botte de paille où le prisonnier est censé reposer et dormir, vêtu d'un pantalon de toile et d'une veste de coutil, hiver comme été.

Au-dessus de ma tête, en guise de ciel, une noire voûte en *ogive* — c'est ainsi que cela s'appelle — à laquelle d'épaisses toiles d'araignée pendent comme des haillons.

Du reste, pas de fenêtres, pas même de soupirail. Une porte où le fer cache le bois.

Je me trompe : au centre de la porte, vers le haut, une ouverture de neuf pouces carrés, coupée d'une grille en croix, et que le guichetier peut fermer la nuit.

Au-dehors, un assez long corridor, éclairé, aéré au moyen de soupiraux étroits au haut du mur, et divisé en compartiments de maçonnerie qui communiquent entre eux par une série de portes cintrées et basses ; chacun de ces compartiments sert en quelque sorte d'antichambre à un cachot pareil au mien. C'est dans ces cachots que l'on met les forçats condamnés par le directeur de la prison à des peines de discipline. Les trois premiers cabanons sont réservés aux condamnés à mort, parce qu'étant plus voisins de la geôle ils sont plus commodes pour le geôlier.

Ces cachots sont tout ce qui reste de l'ancien château de Bicêtre tel qu'il fut bâti dans le quinzième siècle par le cardinal de Winchester, le même qui fit brûler Jeanne d'Arc. J'ai entendu dire cela à des *curieux* qui sont venus me voir l'autre jour dans ma loge, et qui me regardaient à distance comme une bête de la ménagerie. Le guichetier a eu cent sous.

J'oubliais de dire qu'il y a nuit et jour un factionnaire de garde à la porte de mon cachot, et que mes yeux ne peuvent se lever vers la lucarne carrée sans rencontrer ses deux yeux fixes toujours ouverts.

Du reste, on suppose qu'il y a de l'air et du jour dans cette boîte de pierre.

XI

Puisque le jour ne paraît pas encore, que faire de la nuit ? Il m'est venu une idée. Je me suis levé et j'ai promené ma lampe sur les quatre murs de ma cellule. Ils sont couverts d'écritures, de dessins, de figures bizarres, de noms qui se mêlent et s'effacent les uns les autres[38]. Il semble que chaque condamné ait voulu laisser trace, ici du moins. C'est du crayon, de la craie, du charbon, des lettres noires, blanches, grises,

souvent de profondes entailles dans la pierre, çà et là
des caractères rouillés qu'on dirait écrits avec du sang.
Certes, si j'avais l'esprit plus libre, je prendrais intérêt
à ce livre étrange qui se développe page à page à mes
yeux sur chaque pierre de ce cachot. J'aimerais à
recomposer un tout de ces fragments de pensée, épars
sur la dalle ; à retrouver chaque homme sous chaque
nom ; à rendre le sens et la vie à ces inscriptions
mutilées, à ces phrases démembrées, à ces mots tron-
qués, corps sans tête comme ceux qui les ont écrits.

A la hauteur de mon chevet, il y a deux cœurs
enflammés, percés d'une flèche, et au-dessus *Amour
pour la vie*. Le malheureux ne prenait pas un long
engagement.

A côté, une espèce de chapeau à trois cornes avec
une petite figure grossièrement dessinée au-dessous,
et ces mots : *Vive l'empereur ! 1824.*

Encore des cœurs enflammés, avec cette inscription, caractéristique dans une prison : *J'aime et j'adore
Mathieu Danvin.* Jacques.

Sur le mur opposé on lit ce nom : *Papavoine*. Le P
majuscule est brodé d'arabesques et enjolivé avec soin.

Un couplet d'une chanson obscène.

Un bonnet de liberté sculpté assez profondément
dans la pierre, avec ceci dessous : — *Bories*. — *La
République*. C'était un des quatre sous-officiers de La
Rochelle. Pauvre jeune homme ! Que leurs prétendues
nécessités politiques sont hideuses ! pour une idée,
pour une rêverie, pour une abstraction, cette horrible
réalité qu'on appelle la guillotine ! Et moi qui me
plaignais, moi, misérable qui ai commis un véritable
crime, qui ai versé du sang !

Je n'irai pas plus loin dans ma recherche. — Je viens de voir, crayonnée en blanc au coin du mur, une image épouvantable, la figure de cet échafaud qui, à l'heure qu'il est, se dresse peut-être pour moi. — La lampe a failli me tomber des mains.

XII

Je suis revenu m'asseoir précipitamment sur ma paille, la tête dans les genoux. Puis mon effroi d'enfant s'est dissipé, et une étrange curiosité m'a repris de continuer la lecture de mon mur.

A côté du nom de Papavoine j'ai arraché une énorme toile d'araignée, tout épaissie par la poussière et tendue à l'angle de la muraille. Sour cette toile il y avait quatre ou cinq noms parfaitement lisibles, parmi d'autres dont il ne reste rien qu'une tache sur le mur. — DAUTUN, 1815. — POULAIN, 1818. — JEAN MARTIN, 1821. — CASTAING, 1823[39]. J'ai lu ces noms, et de lugubres souvenirs me sont venus : Dautun, celui qui a coupé son frère en quartiers, et qui allait la nuit dans Paris jetant la tête dans une fontaine et le tronc dans un égout ; Poulain, celui qui a assassiné sa femme ; Jean Martin, celui qui a tiré un coup de pistolet à son père au moment où le vieillard ouvrait une fenêtre ; Castaing, ce médecin qui a empoisonné son ami, et qui, le soignant dans cette dernière maladie qu'il lui avait faite, au lieu de remède lui redonnait du poison ; et auprès de ceux-là, Papavoine, l'horrible fou qui tuait les enfants à coups de couteau sur la tête !

Voilà, me disais-je, et un frisson de fièvre me montait dans les reins, voilà quels ont été avant moi les hôtes de cette cellule. C'est ici, sur la même dalle où je suis, qu'ils ont pensé leurs dernières pensées, ces hommes de meurtre et de sang ! c'est autour de ce mur, dans ce carré étroit, que leurs derniers pas ont tourné comme ceux d'une bête fauve. Ils se sont succédé à de courts intervalles ; il paraît que ce cachot ne désemplit pas. Ils ont laissé la place chaude, et c'est à moi qu'ils l'ont laissée. J'irai à mon tour les rejoindre au cimetière de Clamart, où l'herbe pousse si bien !

Je ne suis ni visionnaire, ni superstitieux. Il est probable que ces idées me donnaient un accès de fièvre ; mais pendant que je rêvais ainsi, il m'a semblé tout à coup que ces noms fatals étaient écrits avec du feu sur le mur noir ; un tintement de plus en plus précipité a éclaté dans mes oreilles ; une lueur rousse a rempli mes yeux ; et puis il m'a paru que le cachot était plein d'hommes, d'hommes étranges qui portaient leur tête dans leur main gauche, et la portaient par la bouche, parce qu'il n'y avait pas de chevelure. Tous me montraient le poing, excepté le parricide.

J'ai fermé les yeux avec horreur, alors j'ai tout vu plus distinctement.

Rêve, vision ou réalité, je serais devenu fou, si une impression brusque ne m'eût réveillé à temps. J'étais près de tomber à la renverse lorsque j'ai senti se traîner sur mon pied nu un ventre froid et des pattes velues ; c'était l'araignée que j'avais dérangée et qui s'enfuyait.

Cela m'a dépossédé. — ô les épouvantables spectres ! — Non, c'était une fumée, une imagination de mon cerveau vide et convulsif. Chimère à la Macbeth ! Les morts sont morts ; ceux-là surtout. Ils sont bien cadenassés dans le sépulcre. Ce n'est pas là une prison dont on s'évade. Comment se fait-il donc que j'aie eu peur ainsi ?

La porte du tombeau ne s'ouvre pas en dedans.

XIII

J'ai vu, ces jours passés, une chose hideuse.

Il était à peine jour, et la prison était pleine de bruit. On entendait ouvrir et fermer les lourdes portes, grincer les verrous et les cadenas de fer, carillonner les trousseaux de clefs entrechoqués à la ceinture des geôliers, trembler les escaliers du haut en bas sous des pas précipités, et des voix s'appeler et se répondre des deux bouts des longs corridors. Mes voisins de cachot, les forçats en punition, étaient plus gais qu'à l'ordinaire. Tout Bicêtre semblait rire, chanter, courir, danser.

Moi, seul muet dans ce vacarme, seul immobile dans ce tumulte, étonné et attentif, j'écoutais.

Un geôlier passa.

Je me hasardai à l'appeler et à lui demander si c'était fête dans la prison.

— Fête si l'on veut ! me répondit-il. C'est aujourd'hui qu'on ferre les forçats qui doivent partir demain pour Toulon. Voulez-vous voir, cela vous amusera.

C'était en effet, pour un reclus solitaire, une bonne fortune qu'un spectacle, si odieux qu'il fût. J'acceptai l'amusement.

Le guichetier prit les précautions d'usage pour s'assurer de moi, puis me conduisit dans une petite cellule vide, et absolument démeublée, qui avait une fenêtre grillée, mais une véritable fenêtre à hauteur d'appui, et à travers laquelle on apercevait réellement le ciel.

— Tenez, me dit-il, d'ici vous verrez et vous entendrez. Vous serez seul dans votre loge comme le roi.

Puis il sortit et referma sur moi serrures, cadenas et verrous.

La fenêtre donnait sur une cour carrée assez vaste, et autour de laquelle s'élevait des quatre côtés, comme une muraille, un grand bâtiment de pierre de taille à six étages. Rien de plus dégradé, de plus nu, de plus misérable à l'œil que cette quadruple façade percée d'une multitude de fenêtres grillées auxquelles se tenaient collés, du bas en haut, une foule de visages maigres et blêmes, pressés les uns au-dessus des autres, comme les pierres d'un mur, et tous pour ainsi dire encadrés dans les entrecroisements des barreaux de fer. C'étaient les prisonniers, spectateurs de la cérémonie en attendant leur jour d'être acteurs. On eût dit des âmes en peine aux soupiraux du purgatoire qui donnent sur l'enfer.

Tous regardaient en silence la cour vide encore. Ils attendaient. Parmi ces figures éteintes et mornes, çà et là brillaient quelques yeux perçants et vifs comme des points de feu.

Le carré de prisons qui enveloppe la cour ne se referme pas sur lui-même. Un des quatre pans de l'édifice (celui qui regarde le levant) est coupé vers son milieu, et ne se rattache au pan voisin que par une grille de fer. Cette grille s'ouvre sur une seconde cour, plus petite que la première et, comme elle, bloquée de murs et de pignons noirâtres.

Tout autour de la cour principale, des bancs de pierre s'adossent à la muraille. Au milieu se dresse une tige de fer courbée, destinée à porter une lanterne.

Midi sonna. Une grande porte cochère, cachée sous un enfoncement, s'ouvrit brusquement. Une charrette, escortée d'espèces de soldats sales et honteux, en uniformes bleus, à épaulettes rouges et à bandoulières jaunes, entra lourdement dans la cour avec un bruit de ferraille. C'était la chiourme et les chaînes.

Au même instant, comme si ce bruit réveillait tout le bruit de la prison, les spectateurs des fenêtres, jusqu'alors silencieux et immobiles, éclatèrent en cris de joie, en chansons, en menaces, en imprécations mêlées d'éclats de rire poignants à entendre. On eût cru voir des masques de démons. Sur chaque visage parut une grimace, tous les poings sortirent des barreaux, toutes les voix hurlèrent, tous les yeux flamboyèrent, et je fus épouvanté de voir tant d'étincelles reparaître dans cette cendre.

Cependant les argousins, parmi lesquels on distinguait, à leurs vêtements propres et à leur effroi, quelques curieux venus de Paris, les argousins se mirent tranquillement à leur besogne. L'un d'eux monta sur la charrette, et jeta à ses camarades les chaînes, les colliers de voyage, et les liasses de pantalons de toile. Alors ils se dépecèrent le travail; les uns allèrent étendre dans un coin de la cour les longues chaînes qu'ils nommaient dans leur argot *les ficelles :* les autres déployèrent sur le pavé *les taffetas,* les chemises et les pantalons; tandis que les plus sagaces examinaient un à un, sous l'œil de leur capitaine, petit vieillard trapu, les carcans de fer, qu'ils éprouvaient ensuite en les faisant étinceler sur le pavé. Le tout aux acclamations railleuses des prisonniers, dont la voix n'était dominée que par les rires bruyants des forçats pour qui cela se préparait, et qu'on voyait relégués aux croisées de la vieille prison qui donne sur la petite cour.

Quand ces apprêts furent terminés, un monsieur brodé en argent, qu'on appelait *monsieur l'inspecteur,* donna un ordre au *directeur* de la prison; et un moment après, voilà que deux ou trois portes basses vomirent presque en même temps, et comme par bouffées, dans la cour, des nuées d'hommes hideux, hurlants et déguenillés. C'étaient les forçats.

A leur entrée, redoublement de joie aux fenêtres. Quelques-uns d'entre eux, les grands noms du bagne, furent salués d'acclamations et d'applaudissements qu'ils recevaient avec une sorte de modestie fière. La plupart avaient des espèces de chapeaux tressés de leurs propres mains avec la paille du cachot, et toujours d'une forme étrange, afin que dans les villes où l'on passerait le chapeau fît remarquer la tête. Ceux-là étaient plus applaudis encore. Un, surtout, excita des transports d'enthousiasme : un jeune homme de dix-sept ans, qui avait un visage de jeune fille. Il sortait du cachot, où il était au secret depuis huit jours ; de sa botte de paille il s'était fait un vêtement qui l'enveloppait de la tête aux pieds, et il entra dans la cour en faisant la roue sur lui-même avec l'agilité d'un serpent. C'était un baladin condamné pour vol. Il y eut une rage de battements de mains et de cris de joie. Les galériens y répondaient, et c'était une chose effrayante que cet échange de gaietés entre les forçats en titre et les forçats aspirants. La société avait beau être là, représentée par les geôliers et les curieux épouvantés, le crime la narguait en face, et de ce châtiment horrible faisait une fête de famille.

A mesure qu'ils arrivaient, on les poussait, entre deux haies de gardes-chiourme, dans la petite cour grillée, où la visite des médecins les attendait. C'est là que tous tentaient un dernier effort pour éviter le voyage, alléguant quelque excuse de santé, les yeux malades, la jambe boiteuse, la main mutilée. Mais presque toujours on les trouvait bons pour le bagne ; et alors chacun se résignait avec insouciance, oubliant en peu de minutes sa prétendue infirmité de toute la vie.

La grille de la petite cour se rouvrit. Un gardien fit l'appel par ordre alphabétique ; et alors ils sortirent un à un, et chaque forçat s'alla ranger debout dans un coin de la grande cour, près d'un compagnon donné par le hasard de sa lettre initiale. Ainsi chacun se voit réduit à lui-même ; chacun porte sa chaîne pour soi, côte à côte avec un inconnu ; et si par hasard un forçat a un ami, la chaîne l'en sépare. Dernière des misères !

Quand il y en eut à peu près une trentaine de sortis,

on referma la grille. Un argousin les aligna avec son bâton, jeta devant chacun d'eux une chemise, une veste et un pantalon de grosse toile, puis fit un signe, et tous commencèrent à se déshabiller. Un incident inattendu vint, comme à point nommé, changer cette humiliation en torture.

Jusqu'alors le temps avait été assez beau, et, si la bise d'octobre refroidissait l'air, de temps en temps aussi elle ouvrait çà et là dans les brumes grises du ciel une crevasse par où tombait un rayon de soleil. Mais à peine les forçats se furent-ils dépouillés de leurs haillons de prison, au moment où ils s'offraient nus et debout à la visite soupçonneuse des gardiens, et aux regards curieux des étrangers qui tournaient autour d'eux pour examiner leurs épaules, le ciel devint noir, une froide averse d'automne éclata brusquement, et se déchargea à torrents dans la cour carrée, sur les têtes découvertes, sur les membres nus des galériens, sur leurs misérables sayons étalés sur le pavé.

En un clin d'œil le préau se vida de tout ce qui n'était pas argousin ou galérien. Les curieux de Paris allèrent s'abriter sous les auvents des portes.

Cependant la pluie tombait à flots. On ne voyait plus dans la cour que les forçats nus et ruisselants sur le pavé noyé. Un silence morne avait succédé à leurs bruyantes bravades. Ils grelottaient, leurs dents claquaient; leurs jambes maigries, leurs genoux noueux s'entrechoquaient : et c'était pitié de les voir appliquer sur leurs membres bleus ces chemises trempées, ces vestes, ces pantalons dégouttants de pluie. La nudité eût été meilleure.

Un seul, un vieux, avait conservé quelque gaieté. Il

s'écria, en s'essuyant avec sa chemise mouillée, que *cela n'était pas dans le programme* ; puis se prit à rire en montrant le poing au ciel.

Quand ils eurent revêtu les habits de route, on les mena par bandes de vingt ou trente à l'autre coin du préau, où les cordons allongés à terre les attendaient. Ces cordons sont de longues et fortes chaînes coupées transversalement de deux en deux pieds par d'autres chaînes plus courtes, à l'extrémité desquelles se rattache un carcan carré, qui s'ouvre au moyen d'une charnière pratiquée à l'un des angles et se ferme à l'angle opposé par un boulon de fer, rivé pour tout le voyage sur le cou du galérien. Quand ces cordons sont développés à terre, ils figurent assez bien la grande arête d'un poisson.

On fit asseoir les galériens dans la boue, sur les pavés inondés ; on leur essaya les colliers ; puis deux forgerons de la chiourme, armés d'enclumes portatives, les leur rivèrent à froid à grands coups de masses de fer. C'est un moment affreux, où les plus hardis pâlissent. Chaque coup de marteau, assené sur l'enclume appuyée à leur dos, fait rebondir le menton du patient : le moindre mouvement d'avant en arrière lui ferait sauter le crâne comme une coquille de noix.

Après cette opération, ils devinrent sombres. On n'entendait plus que le grelottement des chaînes, et par intervalles un cri et le bruit sourd du bâton des gardes-chiourme sur les membres des récalcitrants. Il y en eut qui pleurèrent : les vieux frissonnaient et se mordaient les lèvres. Je regardai avec terreur tous ces profils sinistres dans leurs cadres de fer.

Ainsi, après la visite des médecins, la visite des

geôliers ; après la visite des geôliers, le ferrage. Trois actes à ce spectacle.

Un rayon de soleil reparut. On eût dit qu'il mettait le feu à tous ces cerveaux. Les forçats se levèrent à la fois, comme par un mouvement convulsif. Les cinq cordons se rattachèrent par les mains, et tout à coup se formèrent en ronde immense autour de la branche de la lanterne. Ils tournaient à fatiguer les yeux. Ils chantaient une chanson du bagne, une romance d'argot, sur un air tantôt plaintif, tantôt furieux et gai ; on entendait par intervalles des cris grêles, des éclats de rire déchirés et haletants se mêler aux mystérieuses paroles ; puis des acclamations furibondes ; et les chaînes qui s'entrechoquaient en cadence servaient d'orchestre à ce chant plus rauque que leur bruit. Si je cherchais une image du sabbat, je ne la voudrais ni meilleure ni pire.

On apporta dans le préau un large baquet. Les gardes-chiourme rompirent la danse des forçats à coups de bâton, et les conduisirent à ce baquet, dans lequel on voyait nager je ne sais quelles herbes dans je ne sais quel liquide fumant et sale. Ils mangèrent.

Puis, ayant mangé, ils jetèrent sur le pavé ce qui restait de leur soupe et de leur pain bis, et se remirent à danser et à chanter. Il paraît qu'on leur laisse cette liberté le jour du ferrage et la nuit qui le suit.

J'observais ce spectacle étrange avec une curiosité si avide, si palpitante, si attentive, que je m'étais oublié moi-même. Un profond sentiment de pitié me remuait jusqu'aux entrailles, et leurs rires me faisaient pleurer.

Tout à coup, à travers la rêverie profonde où j'étais tombé, je vis la ronde hurlante s'arrêter et se taire.

Puis tous les yeux se tournèrent vers la fenêtre que j'occupais. — Le condamné ! le condamné ! crièrent-ils tous en me montrant du doigt ; et les explosions de joie redoublèrent.

Je restai pétrifié.

J'ignore d'où ils me connaissaient et comment ils m'avaient reconnu.

— Bonjour ! bonsoir ! me crièrent-ils avec leur ricanement atroce. Un des plus jeunes, condamné aux galères perpétuelles, face luisante et plombée, me regarda d'un air d'envie en disant : — Il est heureux ! il sera *rogné* ! Adieu, camarade !

Je ne puis dire ce qui se passait en moi. J'étais leur camarade en effet. La Grève est sœur de Toulon. J'étais même placé plus bas qu'eux : ils me faisaient honneur. Je frissonnai.

Oui, leur camarade ! Et quelques jours plus tard, j'aurais pu aussi, moi, être un spectacle pour eux.

J'étais demeuré à la fenêtre, immobile, perclus, paralysé. Mais quand je vis les cinq cordons s'avancer, se ruer vers moi avec des paroles d'une infernale cordialité ; quand j'entendis le tumultueux fracas de leurs chaînes, de leurs clameurs, de leurs pas, au pied du mur, il me sembla que cette nuée de démons escaladait ma misérable cellule ; je poussai un cri, je me jetai sur la porte d'une violence à la briser ; mais pas moyen de fuir. Les verrous étaient tirés en dehors. Je heurtai, j'appelai avec rage. Puis il me sembla entendre de plus près encore les effrayantes voix des forçats. Je crus voir leurs têtes hideuses paraître déjà au bord de ma fenêtre, je poussai un second cri d'angoisse, et je tombai évanoui.

XIV

Quand je revins à moi, il était nuit. J'étais couché
dans un grabat ; une lanterne qui vacillait au plafond
me fit voir d'autres grabats alignés des deux côtés du
mien. Je compris qu'on m'avait transporté à l'infirmerie.

Je restai quelques instants éveillé, mais sans pensée
et sans souvenir, tout entier au bonheur d'être dans un
lit. Certes, en d'autres temps, ce lit d'hôpital et de
prison m'eût fait reculer de dégoût et de pitié ; mais je
n'étais plus le même homme. Les draps étaient gris et
rudes au toucher, la couverture maigre et trouée ; on
sentait la paillasse à travers le matelas ; qu'importe !
mes membres pouvaient se déroidir à l'aise entre ces
draps grossiers ; sous cette couverture, si mince
qu'elle fût, je sentais se dissiper peu à peu cet horrible
froid de la moelle des os dont j'avais pris l'habitude.
— Je me rendormis.

Un grand bruit me réveilla ; il faisait petit jour. Ce
bruit venait du dehors ; mon lit était à côté de la
fenêtre, je me levai sur mon séant pour voir ce que
c'était.

La fenêtre donnait sur la grande cour de Bicêtre.
Cette cour était pleine de monde ; deux haies de
vétérans avaient peine à maintenir libre, au milieu de
cette foule, un étroit chemin qui traversait la cour.
Entre ce double rang de soldats cheminaient lentement, cahotées à chaque pavé, cinq longues charrettes

chargées d'hommes ; c'étaient les forçats qui partaient.

Ces charrettes étaient découvertes. Chaque cordon en occupait une. Les forçats étaient assis de côté sur chacun des bords, adossés les uns aux autres, séparés par la chaîne commune, qui se développait dans la longueur du chariot, et sur l'extrémité de laquelle un argousin debout, fusil chargé, tenait le pied. On entendait bruire leurs fers, et, à chaque secousse de la voiture, on voyait sauter leurs têtes et ballotter leurs jambes pendantes.

Une pluie fine et pénétrante glaçait l'air, et collait sur leurs genoux leurs pantalons de toile, de gris devenus noirs. Leurs longues barbes, leurs cheveux courts, ruisselaient ; leurs visages étaient violets ; on les voyait grelotter, et leurs dents grinçaient de rage et de froid. Du reste, pas de mouvements possibles. Une fois rivé à cette chaîne, on n'est plus qu'une fraction de ce tout hideux qu'on appelle le cordon, et qui se meut comme un seul homme. L'intelligence doit abdiquer, le carcan du bagne la condamne à mort ; et quant à l'animal lui-même, il ne doit plus avoir de besoins et d'appétits qu'à heures fixes. Ainsi, immobiles, la plupart demi-nus, têtes découvertes et pieds pendants, ils commençaient leur voyage de vingt-cinq jours, chargés sur les mêmes charrettes, vêtus des mêmes vêtements pour le soleil à plomb de juillet et pour les froides pluies de novembre. On dirait que les hommes veulent mettre le ciel de moitié dans leur office de bourreaux.

Il s'était établi entre la foule et les charrettes je ne sais quel horrible dialogue : injures d'un côté, bravades de l'autre, imprécations des deux parts ; mais, à un signe du capitaine, je vis les coups de bâton pleuvoir au hasard dans les charrettes, sur les épaules ou sur les têtes, et tout rentra dans cette espèce de calme extérieur qu'on appelle l'*ordre*. Mais les yeux étaient pleins de vengeance, et les poings des misérables se crispaient sur leurs genoux.

Les cinq charrettes, escortées de gendarmes à cheval et d'argousins à pied, disparurent successivement sous la haute porte cintrée de Bicêtre ; une sixième les suivit, dans laquelle ballotaient pêle-mêle les chaudières, les gamelles de cuivre et les chaînes de rechange. Quelques gardes-chiourme qui s'étaient attardés à la cantine sortirent en courant pour rejoindre leur escouade. La foule s'écoula. Tout ce spectacle s'évanouit comme une fantasmagorie. On entendit s'affaiblir par degrés dans l'air le bruit lourd des roues et des pieds des chevaux sur la route pavée de Fontainebleau, le claquement des fouets, le cliquetis des chaînes, et les hurlements du peuple qui souhaitait malheur au voyage des galériens.

Et c'est là pour eux le commencement !

Que me disait-il donc, l'avocat ? Les galères ! Ah ! oui, plutôt mille fois la mort ! plutôt l'échafaud que le bagne, plutôt le néant que l'enfer ; plutôt livrer mon cou au couteau de Guillotin qu'au carcan de la chiourme ! Les galères, juste ciel !

XV

Malheureusement je n'étais pas malade. Le lendemain il fallut sortir de l'infirmerie. Le cachot me
reprit.

Pas malade! en effet, je suis jeune, sain et fort. Le
sang coule librement dans mes veines; tous mes
membres obéissent à tous mes caprices; je suis
robuste de corps et d'esprit, constitué pour une longue
vie; oui, tout cela est vrai; et cependant j'ai une
maladie, une maladie mortelle, une maladie faite de la
main des hommes.

Depuis que je suis sorti de l'infirmerie, il m'est
venu une idée poignante, une idée à me rendre fou,
c'est que j'aurais peut-être pu m'évader si l'on m'y
avait laissé. Ces médecins, ces sœurs de charité,
semblaient prendre intérêt à moi. Mourir si jeune et
d'une telle mort! On eût dit qu'ils me plaignaient,
tant ils étaient empressés autour de mon chevet. Bah!
curiosité! Et puis, ces gens qui guérissent vous
guérissent bien d'une fièvre, mais non d'une sentence
de mort. Et pourtant cela leur serait si facile! une
porte ouverte! Qu'est-ce que cela leur ferait?

Plus de chance maintenant! mon pourvoi sera
rejeté, parce que tout est en règle; les témoins ont
bien témoigné, les plaideurs ont bien plaidé, les juges
ont bien jugé. Je n'y compte pas, à moins que... Non,
folie! plus d'espérance! Le pourvoi, c'est une corde
qui vous tient suspendu au-dessus de l'abîme, et qu'on

entend craquer à chaque instant, jusqu'à ce qu'elle se casse. C'est comme si le couteau de la guillotine mettait six semaines à tomber.

Si j'avais ma grâce ? — Avoir ma grâce ! Et par qui ? et pourquoi ? et comment ? Il est impossible qu'on me fasse grâce. L'exemple ! comme ils disent.

Je n'ai plus que trois pas à faire : Bicêtre, la Conciergerie, la Grève.

XVI

Pendant le peu d'heures que j'ai passées à l'infirmerie, je m'étais assis près d'une fenêtre, au soleil, — il avait reparu — ou du moins recevant du soleil tout ce que les grilles de la croisée m'en laissaient.

J'étais là, ma tête pesante et embrasée dans mes deux mains, qui en avaient plus qu'elles n'en pouvaient porter, mes coudes sur mes genoux, les pieds sur les barreaux de ma chaise, car l'abattement fait que je me courbe et me replie sur moi-même comme si je n'avais plus ni os dans les membres ni muscles dans la chair.

L'odeur étouffée de la prison me suffoquait plus que jamais, j'avais encore dans l'oreille tout ce bruit de chaînes des galériens, j'éprouvais une grande lassitude de Bicêtre. Il me semblait que le bon Dieu devrait bien avoir pitié de moi et m'envoyer au moins un petit oiseau pour chanter là, en face, au bord du toit.

Je ne sais si ce fut le bon Dieu ou le démon qui

m'exauça ; mais presque au même moment j'entendis s'élever sous ma fenêtre une voix, non celle d'un oiseau, mais bien mieux : la voix pure, fraîche, veloutée d'une jeune fille de quinze ans. Je levai la tête comme en sursaut, j'écoutai avidement la chanson qu'elle chantait. C'était un air lent et langoureux, une espèce de roucoulement triste et lamentable ; voici les paroles :

> C'est dans la rue du Mail
> Où j'ai été coltigé,
> Maluré,
> Par trois coquins de railles,
> Lirlonfa malurette,
> Sur mes sique' ont foncé,
> Lirlonfa maluré.

Je ne saurais dire combien fut amer mon désappointement. La voix continua :

> Sur mes sique' ont foncé,
> Maluré.
> Ils m'ont mis la tartouve,
> Lirlonfa malurette,
> Grand Meudon est aboule,
> Lirlonfa maluré.
> Dans mon trimin rencontre
> Lirlonfa malurette,
> Un peigre du quartier,
> Lirlonfa maluré.

> Un peigre du quartier.
> Maluré.
> Va-t'en dire à ma largue,
> Lirlonfa malurette,
> Que je suis enfourraillé,

Lirlonfa maluré.
Ma largue tout en colère,
Lirlonfa malurette,
M'dit : Qu'as-tu donc morfillé ?
Lirlonfa maluré.

M'dit : Qu'as-tu donc morfillé ?
Maluré.
J'ai fait suer un chêne,
Lirlonfa malurette,
Son auberg j'ai enganté,
Lirlonfa maluré,
Son auberg et sa toquante,
Lirlonfa malurette,
Et ses attach's de cés,
Lirlonfa maluré.

Et ses attach's de cés,
Maluré.
Ma largu' part pour Versailles,
Lirlonfa malurette,
Aux pieds d'sa majesté,
Lirlonfa maluré.
Elle lui fonce un babillard,
Lirlonfa malurette,
Pour m'faire défourrailler,
Lirlonfa maluré.

Pour m' faire défourrailler,
Maluré.
— Ah ! si j'en défourraille,
Lirlonfa malurette,
Ma largue j'entiferai,
Lirlonfa maluré,
J'li ferai porter fontange,
Lirlonfa malurette,
Et souliers galuchés,
Lirlonfa maluré.

Et souliers galuchés,
Maluré.
Mais grand dabe qui s'fâche,
Lirlonfa malurette,
Dit : — Par mon caloquet,
Lirlonfa maluré,
J'li ferai danser une danse,
Lirlonfa malurette,
Où il n'y a pas de plancher,
Lirlonfa maluré [40]. —

Je n'en ai pas entendu et n'aurais pu en entendre
davantage. Le sens à demi compris et à demi caché de
cette horrible complainte, cette lutte du brigand avec
le guet, ce voleur qu'il rencontre et qu'il dépêche à sa
femme, cet épouvantable message : J'ai assassiné un
homme et je suis arrêté, *j'ai fait suer un chêne et je suis
enfourraillé* ; cette femme qui court à Versailles avec un
placet, et cette *Majesté* qui s'indigne et menace le
coupable de lui faire danser *la danse où il n'y a pas de
plancher* ; et tout cela chanté sur l'air le plus doux et
par la plus douce voix qui ait jamais endormi l'oreille
humaine !... J'en suis resté navré, glacé, anéanti.
C'était une chose repoussante que toutes ces mons-
trueuses paroles sortant de cette bouche vermeille et
fraîche. On eût dit la bave d'une limace sur une rose.

Je ne saurais rendre ce que j'éprouvais ; j'étais à la
fois blessé et caressé. Le patois de la caverne et du
bagne, cette langue ensanglantée et grotesque, ce
hideux argot marié à une voix de jeune fille, gracieuse
transition de la voix d'enfant à la voix de femme ! tous
ces mots difformes et mal faits, chantés, cadencés,
perlés

Ah ! qu'une prison est quelque chose d'infâme ! il y

a un venin qui y salit tout. Tout s'y flétrit, même la
chanson d'une fille de quinze ans ! Vous y trouvez un
oiseau, il a de la boue sur son aile ; vous y ceuillez une
jolie fleur, vous la respirez : elle pue.

XVII

Oh ! si je m'évadais, comme je courrais à travers
champs !

Non, il ne faudrait pas courir. Cela fait regarder et
soupçonner. Au contraire, marche lentement, tête
levée, en chantant. Tâcher d'avoir quelque vieux
sarrau bleu à dessins rouges. Cela déguise bien. Tous
les maraîchers des environs en portent.

Je sais auprès d'Arcueil un fourré d'arbres à côté
d'un marais, où, étant au collège, je venais avec mes
camarades pêcher des grenouilles tous les jeudis. C'est
là que je me cacherais jusqu'au soir.

La nuit tombée, je reprendrais ma course. J'irais à
Vincennes. Non, la rivière m'empêcherait. J'irais à
Arpajon. — Il aurait mieux valu prendre du côté de
Saint-Germain, et aller au Havre, et m'embarquer
pour l'Angleterre. — N'importe ! j'arrive à Longju-
meau. Un gendarme passe ; il me demande mon
passeport... Je suis perdu !

Ah ! malheureux rêveur, brise donc d'abord le mur
épais de trois pieds qui t'emprisonne ! La mort ! la
mort !

Quand je pense que je suis venu tout enfant, ici, à
Bicêtre, voir le grand puits et les fous !

XVIII

Pendant que j'écrivais tout ceci, la lampe a pâli, le jour est venu, l'horloge de la chapelle a sonné six heures.

Qu'est-ce que cela veut dire ? Le guichetier de garde vient d'entrer dans mon cachot, il a ôté sa casquette, m'a salué, s'est excusé de me déranger, et m'a demandé, en adoucissant de son mieux sa rude voix, ce que je désirais à déjeuner ?...

Il m'a pris un frisson. — Est-ce que ce serait pour aujourd'hui ?

XIX

C'est pour aujourd'hui !

Le directeur de la prison lui-même vient de me rendre visite. Il m'a demandé en quoi il pourrait m'être agréable ou utile, a exprimé le désir que je n'eusse pas à me plaindre de lui ou de ses subordonnés, s'est informé avec intérêt de ma santé et de la façon dont j'avais passé la nuit ; en me quittant, il m'a appelé *monsieur* !

C'est pour aujourd'hui !

XX

Il ne croit pas, ce geôlier, que j'aie à me plaindre de lui et de ses sous-geôliers. Il a raison. Ce serait mal à moi de me plaindre ; ils ont fait leur métier, ils m'ont bien gardé ; et puis ils ont été polis à l'arrivée et au départ. Ne dois-je pas être content ?

Ce bon geôlier, avec son sourire bénin, ses paroles caressantes, son œil qui flatte et qui espionne, ses grosses et larges mains, c'est la prison incarnée, c'est Bicêtre qui s'est fait homme. Tout est prison autour de moi ; je retrouve la prison sous toutes les formes, sous la forme humaine comme sous la forme de grille ou de verrou. Ce mur, c'est de la prison en pierre ; cette porte, c'est de la prison en bois ; ces guichetiers, c'est de la prison en chair et en os. La prison est une espèce d'être horrible, complet, indivisible, moitié maison, moitié homme. Je suis sa proie ; elle me couve, elle m'enlace de tous ses replis. Elle m'enferme dans ses murailles de granit, me cadenasse sous ses serrures de fer, et me surveille avec ses yeux de geôlier.

Ah ! misérable ! que vais-je devenir ? qu'est-ce qu'ils vont faire de moi ?

XXI

Je suis calme maintenant. Tout est fini, bien fini. Je suis sorti de l'horrible anxiété où m'avait jeté la visite du directeur. Car, je l'avoue, j'espérais encore. Maintenant, Dieu merci, je n'espère plus.

Voici ce qui vient de se passer :

Au moment où six heures et demie sonnaient, — non, c'était l'avant-quart, — la porte de mon cachot s'est rouverte. Un vieillard à tête blanche, vêtu d'une redingote brune, est entré. Il a entrouvert sa redingote. J'ai vu une soutane, un rabat. C'était un prêtre.

Ce prêtre n'était pas l'aumônier de la prison. Cela était sinistre.

Il s'est assis en face de moi avec un sourire bienveillant ; puis a secoué la tête et levé les yeux au ciel, c'est-à-dire à la voûte du cachot. Je l'ai compris.

— Mon fils, m'a-t-il dit, êtes-vous préparé ?

Je lui ai répondu d'une voix faible :

— Je ne suis pas préparé, mais je suis prêt.

Cependant ma vue s'est troublée, une sueur glacée est sortie à la fois de tous mes membres, j'ai senti mes tempes se gonfler, et j'avais les oreilles pleines de bourdonnements.

Pendant que je vacillais sur ma chaise comme endormi, le bon vieillard parlait. C'est du moins ce qu'il m'a semblé, et je crois me souvenir que j'ai vu ses lèvres remuer, ses mains s'agiter, ses yeux reluire.

La porte s'est rouverte une seconde fois. Le bruit des verrous nous a arrachés, moi à ma stupeur, lui à son discours. Une espèce de monsieur en habit noir, accompagné du directeur de la prison, s'est présenté, et m'a salué profondément. Cet homme avait sur le visage quelque chose de la tristesse officielle des employés des pompes funèbres. Il tenait un rouleau de papier à la main.

— Monsieur, m'a-t-il dit avec un sourire de courtoisie, je suis huissier près de la cour royale de Paris. J'ai l'honneur de vous apporter un message de la part de monsieur le procureur général.

La première secousse était passée. Toute ma présence d'esprit m'était revenue.

— C'est monsieur le procureur général, lui ai-je répondu, qui a demandé si instamment ma tête ? Bien de l'honneur pour moi qu'il m'écrive. J'espère que ma mort lui va faire grand plaisir ? car il me serait dur de penser qu'il l'a sollicitée avec tant d'ardeur et qu'elle lui était indifférente.

J'ai dit tout cela, et j'ai repris d'une voix ferme :
— Lisez, monsieur !

Il s'est mis à me lire un long texte, en chantant à la fin de chaque ligne et en hésitant au milieu de chaque mot. C'était le rejet de mon pourvoi.

— L'arrêt sera exécuté aujourd'hui en place de Grève, a-t-il ajouté quand il a eu terminé, sans lever les yeux de dessus son papier timbré. Nous partons à sept heures et demie précises pour la Conciergerie. Mon cher monsieur, aurez-vous l'extrême bonté de me suivre ?

Depuis quelques instants je ne l'écoutais plus. Le directeur causait avec le prêtre ; lui, avait l'œil fixé sur son papier ; je regardais la porte, qui était restée entrouverte...

— Ah ! misérable ! quatre fusiliers dans le corridor !

L'huissier a répété sa question, en me regardant cette fois.

— Quand vous voudrez, lui ai-je répondu. A votre aise !

Il m'a salué en disant :

— J'aurai l'honneur de venir vous chercher dans une demi-heure.

Alors ils m'ont laissé seul.

Un moyen de fuir, mon Dieu ! un moyen quelconque ! Il faut que je m'évade ! il le faut ! sur-le-champ ! par les portes, par les fenêtres, par la charpente du toit ! quand même je devrais laisser de ma chair après les poutres !

Ô rage ! démons ! malédiction ! Il faudrait des mois pour percer ce mur avec de bons outils, et je n'ai ni un clou, ni une heure !

XXII

De la Conciergerie

Me voici *transféré*, comme dit le procès-verbal.

Mais le voyage vaut la peine d'être conté.

Sept heures et demie sonnaient lorsque l'huissier s'est présenté de nouveau au seuil de mon cachot — Monsieur, m'a-t-il dit, je vous attends. — Hélas lui et d'autres !

Je me suis levé, j'ai fait un pas ; il m'a semblé que je n'en pourrais faire un second, tant ma tête était lourde et mes jambes faibles. Cependant je me suis remis et j'ai continué d'une allure assez ferme. Avant de sortir

du cabanon, j'y ai promené un dernier coup d'œil. —
Je l'aimais, mon cachot. — Puis, je l'ai laissé vide et
ouvert ; ce qui donne à un cachot un air singulier.

Au reste, il ne le sera pas longtemps. Ce soir on y
attend quelqu'un, disaient les porte-clefs, un
condamné que la cour d'assises est en train de faire à
l'heure qu'il est.

Au détour du corridor, l'aumônier nous a rejoints.
Il venait de déjeuner.

Au sortir de la geôle, le directeur m'a pris affectueu-
sement la main, et a renforcé mon escorte de quatre
vétérans.

Devant la porte de l'infirmerie, un vieillard mori-
bond m'a crié : Au revoir !

Nous sommes arrivés dans la cour. J'ai respiré ; cela
m'a fait du bien.

Nous n'avons pas marché longtemps à l'air. Une
voiture attelée de chevaux de poste stationnait dans la
première cour ; c'est la même voiture qui m'avait
amené : une espèce de cabriolet oblong, divisé en
deux sections par une grille transversale de fil de fer si
épaisse qu'on la dirait tricotée. Les deux sections ont
chacune une porte, l'une devant, l'autre derrière la
carriole. Le tout si sale, si noir, si poudreux, que le
corbillard des pauvres est un carrosse du sacre en
comparaison.

Avant de m'ensevelir dans cette tombe à deux
roues, j'ai jeté un regard dans la cour, un de ces
regards désespérés devant lesquels il semble que les
murs devraient crouler. La cour, espèce de petite
place plantée d'arbres, était plus encombrée encore de
spectateurs que pour les galériens. Déjà la foule !

Comme le jour du départ de la chaîne, il tombait une pluie de la saison, une pluie fine et glacée qui tombe encore à l'heure où j'écris, qui tombera sans doute toute la journée, qui durera plus que moi.

Les chemins étaient effondrés, la cour pleine de fange et d'eau. J'ai eu plaisir à voir cette foule dans cette boue.

Nous sommes montés, l'huissier et un gendarme, dans le compartiment de devant ; le prêtre, moi et un gendarme dans l'autre. Quatre gendarmes à cheval autour de la voiture. Ainsi, sans le postillon, huit hommes pour un homme.

Pendant que je montais, il y avait une vieille aux yeux gris qui disait : — J'aime encore mieux cela que la chaîne.

Je conçois. C'est un spectacle qu'on embrasse plus aisément d'un coup d'œil, c'est plus tôt vu. C'est tout aussi beau et plus commode. Rien ne vous distrait. Il n'y a qu'un homme, et sur cet homme seul autant de misère que sur tous les forçats à la fois. Seulement cela est moins éparpillé ; c'est une liqueur concentrée, bien plus savoureuse.

La voiture s'est ébranlée. Elle a fait un bruit sourd en passant sous la voûte de la grande porte, puis a débouché dans l'avenue, et les lourds battants de Bicêtre se sont refermés derrière elle. Je me sentais emporté avec stupeur, comme un homme tombé en léthargie qui ne peut ni remuer ni crier et qui entend qu'on l'enterre. J'écoutais vaguement les paquets de sonnettes pendus au cou des chevaux de poste sonner en cadence et comme par hoquets, les roues ferrées bruire sur le pavé ou cogner la caisse en changeant d'ornière, le galop sonore des gendarmes autour de la carriole, le fouet claquant du postillon. Tout cela me semblait comme un tourbillon qui m'emportait.

A travers le grillage d'un judas percé en face de moi, mes yeux s'étaient fixés machinalement sur l'inscription gravée en grosses lettres au-dessus de la grande porte de Bicêtre : HOSPICE DE LA VIEILLESSE.

— Tiens, me disais-je, il paraît qu'il y a des gens qui vieillissent, là.

Et, comme on fait entre la veille et le sommeil, je retournais cette idée en tous sens dans mon esprit engourdi de douleur. Tout à coup la carriole, en passant de l'avenue dans la grande route, a changé le point de vue de la lucarne. Les tours de Notre-Dame sont venues s'y encadrer, bleues et à demi effacées dans la brume de Paris. Sur-le-champ le point de vue de mon esprit a changé aussi. J'étais devenu machine comme la voiture. A l'idée de Bicêtre a succédé l'idée des tours de Notre-Dame.

— Ceux qui seront sur la tour où est le drapeau verront bien, me suis-je dit en souriant stupidement.

Je crois que c'est à ce moment-là que le prêtre s'est remis à me parler. Je l'ai laissé dire patiemment. J'avais déjà dans l'oreille le bruit des roues, le galop des chevaux, le fouet du postillon. C'était un bruit de plus.

J'écoutais en silence cette chute de paroles monotones qui assoupissaient ma pensée comme le murmure d'une fontaine, et qui passaient devant moi, toujours diverses et toujours les mêmes, comme les ormeaux tortus de la grande route, lorsque la voix brève et saccadée de l'huissier, placé sur le devant, est venue subitement me secouer.

— Eh bien! monsieur l'abbé, disait-il avec un accent presque gai, qu'est-ce que vous savez de nouveau?

C'est vers le prêtre qu'il se retournait en parlant ainsi.

L'aumônier, qui me parlait sans relâche, et que la voiture assourdissait, n'a pas répondu.

— Hé! hé! a repris l'huissier en haussant la voix pour avoir le dessus sur le bruit des roues; infernale voiture!

Infernale! En effet.

Il a continué.

— Sans doute, c'est le cahot; on ne s'entend pas. Qu'est-ce que je voulais donc dire? Faites-moi le plaisir de m'apprendre ce que je voulais dire, monsieur l'abbé? — Ah! savez-vous la grande nouvelle de Paris, aujourd'hui?

J'ai tressailli, comme s'il parlait de moi.

— Non, a dit le prêtre, qui avait enfin entendu, je n'ai pas eu le temps de lire les journaux ce matin. Je verrai cela ce soir. Quand je suis occupé comme cela toute la journée, je recommande au portier de me garder mes journaux, et je les lis en rentrant.

— Bah! a repris l'huissier, il est impossible que vous ne sachiez pas cela. La nouvelle de Paris! La nouvelle de ce matin!

J'ai pris la parole : — Je crois la savoir.

L'huissier m'a regardé.

— Vous! vraiment! En ce cas, qu'en dites-vous?

— Vous êtes curieux! lui ai-je dit.

— Pourquoi, monsieur ? a répliqué l'huissier. Chacun a son opinion politique. Je vous estime trop pour
croire que vous n'avez pas la vôtre. Quant à moi, je
suis tout à fait d'avis du rétablissement de la garde
nationale. J'étais sergent de ma compagnie, et, ma foi,
c'était fort agréable.

Je l'ai interrompu.

— Je ne croyais pas que ce fût de cela qu'il
s'agissait.

Et de quoi donc ? vous disiez savoir la nouvelle...

— Je parlais d'une autre, dont Paris s'occupe aussi
aujourd'hui.

L'imbécile n'a pas compris ; sa curiosité s'est
éveillée.

— Une autre nouvelle ? Où diable avez-vous pu
apprendre des nouvelles ? Laquelle, de grâce, mon
cher monsieur ? Savez-vous ce que c'est, monsieur
l'abbé ? êtes-vous plus au courant que moi ? Mettez-
moi au fait, je vous prie. De quoi s'agit-il ? — Voyez-
vous, j'aime les nouvelles. Je les conte à monsieur le
président, et cela l'amuse.

Et mille billevesées. Il se tournait tour à tour vers le
prêtre et vers moi, et je ne répondais qu'en haussant
les épaules.

— Eh bien ! m'a-t-il dit, à quoi pensez-vous donc ?

— Je pense, ai-je répondu, que je ne penserai plus
ce soir.

— Ah ! C'est cela ! a-t-il répliqué. Allons, vous êtes
trop triste ! M. Castaing causait.

Puis, après un silence :

— J'ai conduit M. Papavoine ; il avait sa casquette
de loutre et fumait son cigare. Quant aux jeunes gens

de La Rochelle, ils ne parlaient qu'entre eux. Mais ils parlaient.

Il a fait encore une pause, et a poursuivi :

— Des fous ! des enthousiastes ! Ils avaient l'air de mépriser tout le monde. Pour ce qui est de vous, je vous trouve bien pensif, jeune homme.

— Jeune homme ! lui ai-je dit, je suis plus vieux que vous ; chaque quart d'heure qui s'écoule me vieillit d'une année.

Il s'est retourné, m'a regardé quelques minutes avec un étonnement inepte, puis s'est mis à ricaner lourdement.

— Allons, vous voulez rire, plus vieux que moi ! je serais votre grand-père.

— Je ne veux pas rire, lui ai-je répondu gravement.

Il a ouvert sa tabatière.

— Tenez, cher monsieur, ne vous fâchez pas ; une prise de tabac, et ne me gardez pas rancune.

— N'ayez pas peur ; je n'aurai pas longtemps à vous la garder.

En ce moment sa tabatière, qu'il me tendait, a rencontré le grillage qui nous séparait. Un cahot a fait qu'elle l'a heurté assez violemment et est tombée tout ouverte sous les pieds du gendarme.

— Maudit grillage ! s'est écrié l'huissier.

Il s'est tourné vers moi.

— Eh bien ! ne suis-je pas malheureux ? tout mon tabac est perdu !

— Je perds plus que vous, ai-je répondu en souriant.

Il a essayé de ramasser son tabac, en grommelant entre ses dents :

— Plus que moi ! cela est facile à dire. Pas de tabac jusqu'à Paris ! c'est terrible !

L'aumônier alors lui a adressé quelques paroles de consolation, et je ne sais si j'étais préoccupé, mais il m'a semblé que c'était la suite de l'exhortation dont j'avais eu le commencement. Peu à peu la conversation s'est engagée entre le prêtre et l'huissier ; je les ai laissés parler de leur côté, et je me suis mis à penser du mien.

En abordant la barrière, j'étais toujours préoccupé sans doute, mais Paris m'a paru faire un plus grand bruit qu'à l'ordinaire.

La voiture s'est arrêtée un moment devant l'octroi. Les douaniers de ville l'ont inspectée. Si c'eût été un mouton ou un bœuf qu'on eût mené à la boucherie, il aurait fallu leur jeter une bourse d'argent ; mais une tête humaine ne paye pas de droit. Nous avons passé.

Le boulevard franchi, la carriole s'est enfoncée au grand trot dans ces vieilles rues tortueuses du faubourg Saint-Marceau et de la Cité, qui serpentent et s'entrecoupent comme les mille chemins d'une fourmilière. Sur le pavé de ces rues étroites le roulement de la voiture est devenu si bruyant et si rapide, que je n'entendais plus rien du bruit extérieur. Quand je jetais les yeux par la petite lucarne carrée, il me semblait que le flot des passants s'arrêtait pour regarder la voiture, et que des bandes d'enfants couraient sur sa trace. Il m'a semblé aussi voir de temps en temps dans les carrefours çà et là un homme ou une vieille en haillons, quelquefois les deux ensemble, tenant en main une liasse de feuilles imprimées que les passants se disputaient, en ouvrant la bouche comme pour un grand cri.

Huit heures et demie sonnaient à l'horloge du Palais au moment où nous sommes arrivés dans la cour de la Conciergerie. La vue de ce grand escalier, de cette noire chapelle, de ces guichets sinistres, m'a glacé. Quand la voiture s'est arrêtée, j'ai cru que les battements de mon cœur allaient s'arrêter aussi.

J'ai recueilli mes forces ; la porte s'est ouverte avec la rapidité de l'éclair ; j'ai sauté à bas du cachot roulant, et je me suis enfoncé à grands pas sous la voûte entre deux haies de soldats. Il s'était déjà formé une foule sur mon passage.

XXIII

Tant que j'ai marché dans les galeries publiques du Palais de Justice, je me suis senti presque libre et à l'aise ; mais toute ma résolution m'a abandonné quand on a ouvert devant moi des portes basses, des escaliers secrets, des couloirs intérieurs, de longs corridors étouffés, où il n'entre que ceux qui condamnent ou ceux qui sont condamnés.

L'huissier m'accompagnait toujours. Le prêtre m'avait quitté pour revenir dans deux heures : il avait ses affaires.

On m'a conduit au cabinet du directeur, entre les mains duquel l'huissier m'a remis. C'était un échange. Le directeur l'a prié d'attendre un instant, lui annon-

çant qu'il allait avoir du *gibier* à lui remettre, afin qu'il
le conduisît sur-le-champ à Bicêtre par le retour de la
carriole. Sans doute le condamné d'aujourd'hui, celui
qui doit coucher ce soir sur la botte de paille que je
n'ai pas eu le temps d'user.

— C'est bon, a dit l'huissier au directeur, je vais
attendre un moment ; nous ferons les deux procès-
verbaux à la fois, cela s'arrange bien.

En attendant, on m'a déposé dans un petit cabinet
attenant à celui du directeur. Là, on m'a laissé seul,
bien verrouillé.

Je ne sais à quoi je pensais, ni depuis combien de
temps j'étais là, quand un brusque et violent éclat de
rire à mon oreille m'a réveillé de ma rêverie.

J'ai levé les yeux en tressaillant. Je n'étais plus seul
dans la cellule. Un homme s'y trouvait avec moi, un
homme d'environ cinquante-cinq ans, de moyenne
taille ; ridé, voûté, grisonnant ; à membres trapus ;
avec un regard louche dans des yeux gris, un rire amer
sur le visage ; sale, en guenilles, demi nu, repoussant à
voir.

Il paraît que la porte s'était ouverte, l'avait vomi,
puis s'était refermée sans que je m'en fusse aperçu. Si
la mort pouvait venir ainsi !

Nous nous sommes regardés quelques secondes
fixement, l'homme et moi ; lui, prolongeant son rire
qui ressemblait à un râle ; moi, demi étonné, demi
effrayé.

— Qui êtes-vous ? lui ai-je dit enfin.

— Drôle de demande ! a-t-il répondu. Un friauche.

— Un friauche ! Qu'est-ce que cela veut dire ?

Cette question a redoublé sa gaieté

— Cela veut dire, s'est-il écrié au milieu d'un éclat de rire, que le taule jouera au panier avec ma sorbonne dans six semaines, comme il va faire avec ta tronche dans six heures. — Ha! ha! il paraît que tu comprends maintenant.

En effet, j'étais pâle, et mes cheveux se dressaient. C'était l'autre condamné, le condamné du jour, celui qu'on attendait à Bicêtre, mon héritier.

Il a continué :

— Que veux-tu? voilà mon histoire à moi. Je suis fils d'un bon peigre; c'est dommage que Charlot ait pris la peine de lui attacher sa cravate[a]. C'était quand régnait la potence, par la grâce de Dieu. A six ans, je n'avais plus ni père ni mère; l'été, je faisais la roue dans la poussière au bord des routes, pour qu'on me jetât un sou par la portière des chaises de poste; l'hiver, j'allais pieds nus dans la boue en soufflant dans mes doigts tout rouges; on voyait mes cuisses à travers mon pantalon. A neuf ans, j'ai commencé à me servir de mes louches, de temps en temps je vidais une

---

a. Cravate : corde. Charlot : le bourreau. Mes louches : mes mains. Une fouillouse : une poche. Je filais une pelure : je volais un manteau. Un marlou : un filou. Un grinche : un voleur. Je forçais une boutanche, je faussais une tournante : je forçais une boutique, je faussais une clef. Dans la petite marine : aux galères. Une serpillière de ratichon : une soutane d'abbé. Tapiquer : habiter. Cheval de retour : ramené au bagne. Les bonnets verts : les condamnés à perpétuité. Leur coire : leur chef. On faisait la grande soulasse sur le trimar : on assassinait sur les grands chemins. Les marchands de lacets : les gendarmes. Fanandels : camarades. Le faucheur : le bourreau. A épousé la veuve : a été pendu. L'abbaye de Mont'-à-regret : la guillotine. Le sinvre devant la carline : le poltron devant la mort. La placarde : place de Grève. Vousailles : vous. Le sanglier : le prêtre.

fouillouse, je filais une pelure; à dix ans, j'étais un
marlou. Puis j'ai fait des connaissances; à dix-sept,
j'étais un grinche. Je forçais une boutanche, je faussais
une tournante. On m'a pris. J'avais l'âge, on m'a
envoyé ramer dans la petite marine. Le bagne, c'est
dur; coucher sur une planche, boire de l'eau claire,
manger du pain noir, traîner un imbécile de boulet qui
ne sert à rien; des coups de bâton et des coups de
soleil. Avec cela on est tondu, et moi qui avais de
beaux cheveux châtains! N'importe!... j'ai fait mon
temps. Quinze ans, cela s'arrache! J'avais trente-deux
ans. Un beau matin on me donna une feuille de route
et soixante-six francs que je m'étais amassés dans mes
quinze ans de galères, en travaillant seize heures par
jour, trente jours par mois, et douze mois par année.
C'est égal, je voulais être honnête homme avec mes
soixante-six francs, et j'avais de plus beaux sentiments
sous mes guenilles qu'il n'y en a sous une serpillière de
ratichon. Mais que les diables soient avec le passeport! il était jaune, et on avait écrit dessus *forçat libéré*.
Il fallait montrer cela partout où je passais et le
présenter tous les huit jours au maire du village où l'on
me forçait de tapiquer. La belle recommandation! un
galérien! Je faisais peur, et les petits enfants se
sauvaient, et l'on fermait les portes. Personne ne
voulait me donner d'ouvrage. Je mangeai mes
soixante-six francs. Et puis, il fallut vivre. Je montrai
mes bras bons au travail, on ferma les portes. J'offris
ma journée pour quinze sous, pour dix sous, pour cinq
sous. Point. Que faire? Un jour, j'avais faim. Je
donnai un coup de coude dans le carreau d'un
boulanger; j'empoignai un pain, et le boulanger

m'empoigna ; je ne mangeai pas le pain, et j'eus les
galères à perpétuité, avec trois lettres de feu sur
l'épaule. — Je te montrerai, si tu veux. — On appelle
cette justice-là *la récidive*. Me voilà donc cheval de
retour. On me remit à Toulon ; cette fois avec les
bonnets verts. Il fallait m'évader. Pour cela, je n'avais
que trois murs à percer, deux chaînes à couper, et
j'avais un clou. Je m'évadai. On tira le canon d'alerte ;
car, nous autres, nous sommes comme les cardinaux
de Rome, habillés de rouge, et on tire le canon quand
nous partons. Leur poudre alla aux moineaux. Cette
fois, pas de passeport jaune, mais pas d'argent non
plus. Je rencontrai des camarades qui avaient aussi fait
leur temps ou cassé leur ficelle. Leur coire me proposa
d'être des leurs, on faisait la grande soulasse sur le
trimar. J'acceptai, et je me mis à tuer pour vivre.
C'était tantôt une diligence, tantôt une chaise de
poste, tantôt un marchand de bœufs à cheval. On
prenait l'argent, on laissait aller au hasard la bête ou la
voiture, et l'on enterrait l'homme sous un arbre, en
ayant soin que les pieds ne sortissent pas ; et puis on
dansait sur la fosse, pour que la terre ne parût pas
fraîchement remuée. J'ai vieilli comme cela, gîtant
dans les broussailles, dormant aux belles étoiles,
traqué de bois en bois, mais du moins libre et à moi.
Tout a une fin, et autant celle-là qu'une autre. Les
marchands de lacets, une belle nuit, nous ont pris au
collet. Mes fanandels se sont sauvés ; mais moi, le plus
vieux, je suis resté sous la griffe de ces chats à
chapeaux galonnés. On m'a amené ici. J'avais déjà
passé tous les échelons de l'échelle, excepté un. Avoir
volé un mouchoir ou tué un homme, c'était tout un

pour moi désormais; il y avait encore une récidive à
m'appliquer. Je n'avais plus qu'à passer par le faucheur. Mon affaire a été courte. Ma foi, je commençais
à vieillir et à n'être plus bon à rien. Mon père a épousé
la veuve, moi je me retire à l'abbaye de Mont'-à-
Regret. — Voilà, camarade.

J'étais resté stupide en l'écoutant. Il s'est remis à
rire plus haut encore qu'en commençant, et a voulu
me prendre la main. J'ai reculé avec horreur.

— L'ami, m'a-t-il dit, tu n'as pas l'air brave. Ne va
pas faire le sinvre devant la carline. Vois-tu, il y a un
mauvais moment à passer sur la placarde; mais cela
est sitôt fait! Je voudrais être là pour te montrer la
culbute. Mille dieux! j'ai envie de ne pas me pourvoir,
si l'on veut me faucher aujourd'hui avec toi. Le même
prêtre nous servira à tous deux; ça m'est égal d'avoir
tes restes. Tu vois que je suis un bon garçon. Hein!
dis, veux-tu? d'amitié!

Il a encore fait un pas pour s'approcher de moi.

— Monsieur, lui ai-je répondu en le repoussant, je
vous remercie.

Nouveaux éclats de rire à ma réponse.

— Ah! ah! monsieur, vousailles êtes un marquis!
c'est un marquis!

Je l'ai interrompu :

— Mon ami, j'ai besoin de me recueillir, laissez-
moi.

La gravité de ma parole l'a rendu pensif tout à coup.
Il a remué sa tête grise et presque chauve; puis,
creusant avec ses ongles sa poitrine velue, qui s'offrait
nue sous sa chemise ouverte :

— Je comprends, a-t-il murmuré entre ses dents ; au fait, le sanglier !...

Puis, après quelques minutes de silence :

— Tenez, m'a-t-il dit presque timidement, vous êtes un marquis, c'est fort bien ; mais vous avez là une belle redingote qui ne vous servira plus à grand-chose ! le taule la prendra. Donnez-la-moi, je la vendrai pour avoir du tabac.

J'ai ôté ma redingote et je la lui ai donnée. Il s'est mis à battre des mains avec une joie d'enfant. Puis, voyant que j'étais en chemise et que je grelottais :

— Vous avez froid, monsieur, mettez ceci ; il pleut, et vous seriez mouillé ; et puis il faut être décemment, sur la charrette.

En parlant ainsi, il ôtait sa grosse veste de laine grise et la passait dans mes bras. Je le laissais faire.

Alors j'ai été m'appuyer contre le mur, et je ne saurais dire quel effet me faisait cet homme. Il s'était mis à examiner la redingote que je lui avais donnée, et poussait à chaque instant des cris de joie.

— Les poches sont toutes neuves ! le collet n'est pas usé ! — j'en aurai au moins quinze francs. — Quel bonheur ! du tabac pour mes six semaines !

La porte s'est rouverte. On venait nous chercher tous deux ; moi, pour me conduire à la chambre où les condamnés attendent l'heure ; lui, pour le mener à Bicêtre. Il s'est placé en riant au milieu du piquet qui devait l'emmener, et il disait aux gendarmes :

— Ah çà ! ne vous trompez pas ; nous avons changé de pelure, monsieur et moi ; mais ne me prenez pas à sa place. Diable ! cela ne m'arrangerait pas, maintenant que j'ai de quoi avoir du tabac !

XXIV

Ce vieux scélérat, il m'a pris ma redingote, car je ne la lui ai pas donnée, et puis il m'a laissé cette guenille, sa veste infâme. De qui vais-je avoir l'air ?

Je ne lui ai pas laissé prendre ma redingote par insouciance ou par charité. Non ; mais parce qu'il était plus fort que moi. Si j'avais refusé, il m'aurait battu avec ses gros poings.

Ah bien oui, charité ! j'étais plein de mauvais sentiments. J'aurais voulu pouvoir l'étrangler de mes mains, le vieux voleur ! pouvoir le piler sous mes pieds !

Je me sens le cœur plein de rage et d'amertume. Je crois que la poche au fiel a crevé. La mort rend méchant.

XXV

Ils m'ont amené dans une cellule où il n'y a que les quatre murs, avec beaucoup de barreaux à la fenêtre et beaucoup de verrous à la porte, cela va sans dire.

J'ai demandé une table, une chaise, et ce qu'il faut pour écrire. On m'a apporté tout cela.

Puis j'ai demandé un lit. Le guichetier m'a regardé de ce regard étonné qui semble dire : — A quoi bon ?

Cependant ils ont dressé un lit de sangle dans le coin. Mais en même temps un gendarme est venu s'installer dans ce qu'ils appellent *ma chambre*. Est-ce qu'ils ont peur que je ne m'étrangle avec le matelas ?

XXVI

Il est dix heures.

Ô ma pauvre petite fille ! encore six heures ; et je serai mort ! je serai quelque chose d'immonde qui traînera sur la table froide des amphithéâtres ; une tête qu'on moulera d'un côté, un tronc qu'on disséquera de l'autre ; puis de ce qui restera, on en mettra plein une bière, et le tout ira à Clamart.

Voilà ce qu'ils vont faire de ton père, ces hommes dont aucun ne me hait, qui tous me plaignent et tous pourraient me sauver. Ils vont me tuer. Comprends-tu cela, Marie ? me tuer de sang-froid, en cérémonie, pour le bien de la chose ! Ah ! grand Dieu !

Pauvre petite ! ton père qui t'aimait tant, ton père qui baisait ton petit cou blanc et parfumé, qui passait la main sans cesse dans les boucles de tes cheveux comme sur de la soie, qui prenait ton joli visage rond dans sa main, qui te faisait sauter sur ses genoux, et le soir joignait tes deux mains pour prier Dieu !

Qui est-ce qui te fera tout cela maintenant ? Qui est-ce qui t'aimera ? Tous les enfants de ton âge auront des pères, excepté toi. Comment te déshabitueras-tu, mon enfant, du jour de l'an, des étrennes, des beaux joujoux, des bonbons et des baisers ? — Comment te déshabitueras-tu, malheureuse orpheline, de boire et de manger ?

Oh ! si ces jurés l'avaient vue, au moins, ma jolie petite Marie ! ils auraient compris qu'il ne faut pas tuer le père d'un enfant de trois ans.

Et quand elle sera grande, si elle va jusque-là, que deviendra-t-elle ? Son père sera un des souvenirs du peuple de Paris. Elle rougira de moi et de mon nom ; elle sera méprisée, repoussée, vile à cause de moi, de moi qui l'aime de toutes les tendresses de mon cœur. Ô ma petite Marie bien-aimée ! Est-il bien vrai que tu auras honte et horreur de moi ?

Misérable ! quel crime j'ai commis, et quel crime je fais commettre à la société !

Oh ! est-il bien vrai que je vais mourir avant la fin du jour ? Est-il bien vrai que c'est moi ? Ce bruit sourd de cris que j'entends au-dehors, ce flot de peuple joyeux qui déjà se hâte sur les quais, ces gendarmes qui s'apprêtent dans leurs casernes, ce prêtre en robe noire, cet autre homme aux mains rouges, c'est pour moi ! c'est moi qui vais mourir ! moi, le même qui est ici, qui vit, qui se meut, qui respire, qui est assis à cette table, laquelle ressemble à une autre table, et pourrait aussi bien être ailleurs ; moi, enfin, ce moi que je touche et que je sens, et dont le vêtement fait les plis que voilà !

XXVII

Encore si je savais comment cela est fait, et de quelle façon on meurt là-dessus ! mais c'est horrible, je ne le sais pas.

Le nom de la chose est effroyable, et je ne comprends point comment j'ai pu jusqu'à présent l'écrire et le prononcer.

La combinaison de ces dix lettres, leur aspect, leur physionomie est bien faite pour réveiller une idée épouvantable, et le médecin de malheur qui a inventé la chose avait un nom prédestiné.

L'image que j'y attache, à ce mot hideux, est vague, indéterminée, et d'autant plus sinistre. Chaque syllabe est comme une pièce de la machine. J'en construis et j'en démolis sans cesse dans mon esprit la monstrueuse charpente.

Je n'ose faire une question là-dessus, mais il est affreux de ne savoir ce que c'est, ni comment s'y prendre. Il paraît qu'il y a une bascule et qu'on vous couche sur le ventre... — Ah ! mes cheveux blanchiront avant que ma tête ne tombe !

XXVIII

Je l'ai cependant entrevue une fois.

Je passais sur la place de Grève, en voiture, un jour

vers onze heures du matin. Tout à coup la voiture s'arrêta [41].

Il y avait foule sur la place. Je mis la tête à la portière. Une populace encombrait la Grève et le quai, et des femmes, des hommes, des enfants étaient debout sur le parapet. Au-dessus des têtes, on voyait une espèce d'estrade en bois rouge que trois hommes échafaudaient.

Un condamné devait être exécuté le jour même, et l'on bâtissait la machine.

Je détournai la tête avant d'avoir vu. A côté de la voiture, il y avait une femme qui disait à un enfant :

— Tiens, regarde ! le couteau coule mal, ils vont graisser la rainure avec un bout de chandelle.

C'est probablement là qu'ils en sont aujourd'hui. Onze heures viennent de sonner. Ils graissent sans doute la rainure.

Ah ! cette fois, malheureux, je ne détournerai pas la tête.

XXIX

O ma grâce ! ma grâce ! on me fera peut-être grâce. Le roi ne m'en veut pas. Qu'on aille chercher mon avocat ! vite l'avocat ! Je veux bien des galères. Cinq ans de galères, et que tout soit dit. — ou vingt ans, — ou a perpétuité avec le fer rouge. Mais grâce de la vie !

Un forçat, cela marche encore, cela va et vient, cela voit le soleil.

XXX

Le prêtre est revenu.

Il a des cheveux blancs, l'air très doux, une bonne et respectable figure ; c'est en effet un homme excellent et charitable. Ce matin, je l'ai vu vider sa bourse dans les mains des prisonniers. D'où vient que sa voix n'a rien qui émeuve et qui soit ému ? D'où vient qu'il ne m'a rien dit encore qui m'ait pris par l'intelligence ou par le cœur ?

Ce matin, j'étais égaré. J'ai à peine entendu ce qu'il m'a dit. Cependant ses paroles m'ont semblé inutiles, et je suis resté indifférent : elles ont glissé comme cette pluie froide sur cette vitre glacée.

Cependant, quand il est rentré tout à l'heure près de moi, sa vue m'a fait du bien. C'est parmi tous ces hommes le seul qui soit encore homme pour moi, me suis-je dit. Et il m'a pris une ardente soif de bonnes et consolantes paroles.

Nous nous sommes assis, lui sur la chaise, moi sur le lit. Il m'a dit : — Mon fils... — Ce mot m'a ouvert le cœur. Il a continué :

— Mon fils, croyez-vous en Dieu ?

— Oui, mon père, lui ai-je répondu.

— Croyez-vous en la sainte église catholique, apostolique et romaine ?

— Volontiers, lui ai-je dit.

— Mon fils, a-t-il repris, vous avez l'air de douter. Alors il s'est mis à parler. Il a parlé longtemps ; il a dit beaucoup de paroles ; puis, quand il a cru avoir fini, il s'est levé et m'a regardé pour la première fois depuis le commencement de son discours, en m'interrogeant :

— Eh bien ?

Je proteste que je l'avais écouté avec avidité d'abord, puis avec attention, puis avec dévouement. Je me suis levé aussi.

— Monsieur, lui ai-je répondu, laissez-moi seul, je vous prie.

Il m'a demandé :

— Quand reviendrai-je ?

— Je vous le ferai savoir.

Alors il est sorti sans colère, mais en hochant la tête, comme se disant à lui-même :

— Un impie !

Non, si bas que je sois tombé, je ne suis pas un impie, et Dieu m'est témoin que je crois en lui. Mais que m'a-t-il dit, ce vieillard ? rien de senti, rien d'attendri, rien de pleuré, rien d'arraché de l'âme, rien qui vînt de son cœur pour aller au mien, rien qui fût de lui à moi. Au contraire, je ne sais quoi de vague, d'inaccentué, d'applicable à tout et à tous ; emphatique où il eût été besoin de profondeur, plat où il eût fallu être simple ; une espèce de sermon sentimental et d'élégie théologique. Çà et là, une citation latine en latin. Saint Augustin, saint Grégoire, que sais-je ? Et puis, il avait l'air de réciter une leçon déjà vingt fois récitée, de repasser un thème, oblitéré dans sa mémoire à force d'être su. Pas un regard dans l'œil, pas un accent dans la voix, pas un geste dans les mains.

Et comment en serait-il autrement ? Ce prêtre est l'aumônier en titre de la prison. Son état est de consoler et d'exhorter, et il vit de cela. Les forçats, les patients sont du ressort de son éloquence. Il les confesse et les assiste, parce qu'il a sa place à faire. Il a vieilli à mener des hommes mourir. Depuis longtemps il est habitué à ce qui fait frissonner les autres ; ses cheveux, bien poudrés à blanc, ne se dressent plus ; le bagne et l'échafaud sont de tous les jours pour lui. Il est blasé. Probablement il a son cahier ; telle page les galériens, telle page les condamnés à mort. On l'avertit la veille qu'il y aura quelqu'un à consoler le lendemain à telle heure ; il demande ce que c'est, galérien ou supplicié ? et relit la page ; et puis il vient. De cette façon, il advient que ceux qui vont à Toulon et ceux qui vont à la Grève sont un lieu commun pour lui, et qu'il est un lieu commun pour eux.

Oh ! qu'on m'aille donc, au lieu de cela, chercher quelque jeune vicaire, quelque vieux curé, au hasard, dans la première paroisse venue, qu'on le prenne au coin de son feu, lisant son livre et ne s'attendant à rien, et qu'on lui dise :

— Il y a un homme qui va mourir, et il faut que ce soit vous qui le consoliez. Il faut que vous soyez là quand on lui liera les mains, là quand on lui coupera les cheveux ; que vous montiez dans sa charrette avec votre crucifix pour lui cacher le bourreau ; que vous soyez cahoté avec lui par le pavé jusqu'à la Grève : que vous traversiez avec lui l'horrible foule buveuse de sang ; que vous l'embrassiez au pied de l'échafaud, et que vous restiez jusqu'à ce que la tête soit ici et le corps là.

Alors, qu'on me l'amène, tout palpitant, tout frissonnant de la tête aux pieds ; qu'on me jette entre ses bras, à ses genoux ; et il pleurera, et nous pleurerons, et il sera éloquent, et je serai consolé, et mon cœur se dégonflera dans le sien, et il prendra mon âme, et je prendrai son Dieu.

Mais ce bon vieillard, qu'est-il pour moi ? que suis-je pour lui ? un individu de l'espèce malheureuse, une ombre comme il en a déjà tant vu, une unité à ajouter au chiffre des exécutions.

J'ai peut-être tort de le repousser ainsi ; c'est lui qui est bon et moi qui suis mauvais. Hélas ! ce n'est pas ma faute. C'est mon souffle de condamné qui gâte et flétrit tout.

On vient de m'apporter de la nourriture ; ils ont cru que je devais en avoir besoin. Une table délicate et recherchée, un poulet, il me semble, et autre chose encore. Eh bien ! j'ai essayé de manger ; mais, à la première bouchée, tout est tombé de ma bouche, tant cela m'a paru amer et fétide !

XXXI

Il vient d'entrer un monsieur, le chapeau sur la tête, qui m'a à peine regardé, puis a ouvert un pied-de-roi et s'est mis à mesurer de bas en haut les pierres du mur, parlant d'une voix très haute pour dire tantôt : *C'est cela ;* tantôt : *Ce n'est pas cela.*

J'ai demandé au gendarme qui c'était. Il paraît que

c'est une espèce de sous-architecte employé à la prison.

De son côté, sa curiosité s'est éveillée sur mon compte. Il a échangé quelques demi-mots avec le porte-clefs qui l'accompagnait ; puis a fixé un instant les yeux sur moi, a secoué la tête d'un air insouciant, et s'est remis à parler à haute voix et à prendre des mesures.

Sa besogne finie, il s'est approché de moi en me disant avec sa voix éclatante :

— Mon bon ami, dans six mois cette prison sera beaucoup mieux.

Et son geste semblait ajouter :

— Vous n'en jouirez pas, c'est dommage.

Il souriait presque. J'ai cru voir le moment où il allait me railler doucement, comme on plaisante une jeune mariée le soir de ses noces.

Mon gendarme, vieux soldat à chevrons, s'est chargé de la réponse.

— Monsieur, lui a-t-il dit, on ne parle pas si haut dans la chambre d'un mort.

L'architecte s'en est allé.

Moi, j'étais là, comme une des pierres qu'il mesurait.

XXXII

Et puis, il m'est arrivé une chose ridicule.

On est venu relever mon bon vieux gendarme,

auquel, ingrat égoïste que je suis, je n'ai seulement pas serré la main. Un autre l'a remplacé ; homme à front déprimé, des yeux de bœuf, une figure inepte.

Au reste, je n'y avais fait aucune attention. Je tournais le dos à la porte, assis devant la table ; je tâchais de rafraîchir mon front avec ma main, et mes pensées troublaient mon esprit.

Un léger coup, frappé sur mon épaule, m'a fait tourner la tête. C'était le nouveau gendarme, avec qui j'étais seul.

Voici à peu près de quelle façon il m'a adressé la parole.

— Criminel, avez-vous bon cœur ?

— Non, lui ai-je dit.

La brusquerie de ma réponse a paru le déconcerter. Cependant il a repris en hésitant :

— On n'est pas méchant pour le plaisir de l'être.

— Pourquoi non ? ai-je répliqué. Si vous n'avez que cela à me dire, laissez-moi. Où voulez-vous en venir ?

— Pardon, mon criminel, a-t-il répondu. Deux mots seulement. Voici. Si vous pouviez faire le bonheur d'un pauvre homme, et que cela ne vous coûtât rien, est-ce que vous ne le feriez pas ?

J'ai haussé les épaules.

— Est-ce que vous arrivez de Charenton ? Vous choisissez un singulier vase pour y puiser du bonheur. Moi, faire le bonheur de quelqu'un !

Il a baissé la voix et pris un air mystérieux, ce qui n'allait pas à sa figure idiote.

— Oui, criminel, oui bonheur, oui fortune. Tout cela me sera venu de vous. Voici. Je suis un pauvre

gendarme. Le service est lourd, la paye est légère ;
mon cheval est à moi et me ruine. Or, je mets à la
loterie pour contre-balancer. Il faut bien avoir une
industrie. Jusqu'ici il ne m'a manqué pour gagner que
d'avoir de bons numéros. J'en cherche partout de
sûrs ; je tombe toujours à côté. Je mets le 76 ; il sort le
77. J'ai beau les nourrir, ils ne viennent pas... — Un
peu de patience, s'il vous plaît, je suis à la fin. — Or,
voici une belle occasion pour moi. Il paraît, pardon,
criminel, que vous passez aujourd'hui. Il est certain
que les morts qu'on fait périr comme cela voient la
loterie d'avance. Promettez-moi de venir demain
soir, qu'est-ce que cela vous fait ? me donner trois
numéros, trois bons. Hein ? — Je n'ai pas peur
des revenants, soyez tranquille. — Voici mon
adresse : Caserne Popincourt, escalier A, n° 26, au
fond du corridor. Vous me reconnaîtrez bien, n'est-ce
pas ? — Venez même ce soir, si cela vous est plus
commode.

J'aurais dédaigné de lui répondre, à cet imbécile, si
une espérance folle ne m'avait traversé l'esprit. Dans
la position désespérée où je suis, on croit par moments
qu'on briserait une chaîne avec un cheveu.

— Écoute, lui ai-je dit en faisant le comédien
autant que le peut faire celui qui va mourir, je puis en
effet te rendre plus riche que le roi, te faire gagner des
millions. — A une condition.

Il ouvrait des yeux stupides.

— Laquelle ? laquelle ? tout pour vous plaire, mon
criminel.

— Au lieu de trois numéros, je t'en promets
quatre. Change d'habits avec moi.

— Si ce n'est que cela ! s'est-il écrié en défaisant les premières agrafes de son uniforme.

Je m'étais levé de ma chaise. J'observais tous ses mouvements, mon cœur palpitait. Je voyais déjà les portes s'ouvrir devant l'uniforme de gendarme, et la place, et la rue et le Palais de Justice derrière moi !

Mais il s'est retourné d'un air indécis.

— Ah çà ! ce n'est pas pour sortir d'ici ?

J'ai compris que tout était perdu. Cependant j'ai tenté un dernier effort, bien inutile et bien insensé !

— Si fait, lui ai-je dit, mais ta fortune est faite...

Il m'a interrompu.

— Ah bien non ! tiens ! et mes numéros ! pour qu'ils soient bons, il faut que vous soyez mort.

Je me suis rassis, muet et plus désespéré de toute l'espérance que j'avais eue.

XXXIII

J'ai fermé les yeux, et j'ai mis les mains dessus, et j'ai tâché d'oublier, d'oublier le présent dans le passé. Tandis que je rêve, les souvenirs de mon enfance et de ma jeunesse me reviennent un à un, doux, calmes, riants, comme des îles de fleurs sur ce gouffre de pensées noires et confuses qui tourbillonnent dans mon cerveau.

Je me revois enfant, écolier rieur et frais, jouant, courant, criant avec mes frères dans la grande allée verte de ce jardin sauvage où ont coulé mes premières années, ancien enclos de religieuses que domine de sa tête de plomb le sombre dôme du Val-de-Grâce.

Et puis, quatre ans plus tard, m'y voilà encore, toujours enfant, mais déjà rêveur et passionné. Il y a une jeune fille dans le solitaire jardin.

La petite Espagnole, avec ses grands yeux et ses grands cheveux, sa peau brune et dorée, ses lèvres rouges et ses joues roses, l'Andalouse de quatorze ans, Pepa.

Nos mères nous ont dit d'aller courir ensemble : nous sommes venus nous promener.

On nous a dit de jouer, et nous causons, enfants du même âge, non du même sexe.

Pourtant, il n'y a encore qu'un an, nous courions, nous luttions ensemble. Je disputais à Pepita la plus belle pomme du pommier ; je la frappais pour un nid d'oiseau. Elle pleurait ; je disais : C'est bien fait ! et nous allions tous deux nous plaindre ensemble à nos mères, qui nous donnaient tort tout haut et raison tout bas.

Maintenant elle s'appuie sur mon bras, et je suis tout fier et tout ému. Nous marchons lentement, nous parlons bas. Elle laisse tomber son mouchoir, je le lui ramasse. Nos mains tremblent en se touchant. Elle me parle des petits oiseaux, de l'étoile qu'on voit là-bas, du couchant vermeil derrière les arbres, ou bien de ses amies de pension, de sa robe et de ses rubans. Nous disons des choses innocentes, et nous rougissons tous deux. La petite fille est devenue jeune fille.

Ce soir-là, — c'était un soir d'été, — nous étions sous les marronniers, au fond du jardin. Après un de ces longs silences qui remplissaient nos promenades, elle quitta tout à coup mon bras, et me dit : Courons !

Je la vois encore, elle était tout en noir, en deuil de sa grand-mère. Il lui passa par la tête une idée d'enfant, Pepa redevint Pepita, elle me dit : Courons !

Et elle se mit à courir devant moi avec sa taille fine comme le corset d'une abeille et ses petits pieds qui relevaient sa robe jusqu'à mi-jambe. Je la poursuivis, elle fuyait : le vent de sa course soulevait par moments sa pèlerine noire, et me laissait voir son dos brun et frais.

J'étais hors de moi. Je l'atteignis près du vieux puisard en ruine ; je la pris par la ceinture, du droit de victoire, et je la fis asseoir sur un banc de gazon ; elle ne résista pas. Elle était essoufflée et riait. Moi, j'étais sérieux, et je regardais ses prunelles noires à travers ses cils noirs.

— Asseyez-vous là, me dit-elle. Il fait encore grand jour, lisons quelque chose. Avez-vous un livre ?

J'avais sur moi le tome second des Voyages de Spallanzani. J'ouvris au hasard, je me rapprochai d'elle, elle appuya son épaule à mon épaule, et nous nous mîmes à lire chacun de notre côté, tout bas, la même page. Avant de tourner le feuillet, elle était toujours obligée de m'attendre. Mon esprit allait moins vite que le sien.

— Avez-vous fini ? me disait-elle, que j'avais à peine commencé.

Cependant nos têtes se touchaient, nos cheveux se mêlaient, nos haleines peu à peu se rapprochèrent, et nos bouches tout à coup.

Quand nous voulûmes continuer notre lecture, le ciel était étoilé.

— Oh! maman, maman, dit-elle en rentrant, si tu savais comme nous avons couru!

Moi, je gardais le silence.

— Tu ne dis rien, me dit ma mère, tu as l'air triste

J'avais le paradis dans le cœur.

C'est une soirée que je me rappellerai toute ma vie. Toute ma vie!

<h1 style="text-align:center">XXXIV</h1>

Une heure vient de sonner. Je ne sais laquelle . j'entends mal le marteau de l'horloge. Il me semble que j'ai un bruit d'orgue dans les oreilles; ce sont mes dernières pensées qui bourdonnent.

A ce moment suprême où je me recueille dans mes souvenirs, j'y retrouve mon crime avec horreur; mais je voudrais me repentir davantage encore. J'avais plus de remords avant ma condamnation; depuis, il semble qu'il n'y ait plus de place que pour les pensées de mort. Pourtant, je voudrais bien me repentir beaucoup.

Quand j'ai rêvé une minute à ce qu'il y a de passé dans ma vie, et que j'en reviens au coup de hache qui doit la terminer tout à l'heure, je frissonne comme dans une chose nouvelle. Ma belle enfance! ma belle jeunesse! étoffe dorée dont l'extrémité est sanglante. Entre alors et à présent, il y a une rivière de sang, le sang de l'autre et le mien.

Si on lit un jour mon histoire, après tant d'années

d'innocence et de bonheur, on ne voudra pas croire à cette année exécrable, qui s'ouvre par un crime et se clôt par un supplice ; elle aura l'air dépareillée.

Et pourtant, misérables lois et misérables hommes, je n'étais pas un méchant !

Oh ! mourir dans quelques heures, et penser qu'il y a un an, à pareil jour, j'étais libre et pur, que je faisais mes promenades d'automne, que j'errais sous les arbres, et que je marchais dans les feuilles !

XXXV

En ce moment même, il y a tout auprès de moi, dans ces maisons qui font cercle autour du Palais et de la Grève, et partout dans Paris, des hommes qui vont et viennent, causent et rient, lisent le journal, pensent à leurs affaires ; des marchands qui vendent ; des jeunes filles qui préparent leurs robes de bal pour ce soir ; des mères qui jouent avec leurs enfants !

XXXVI

Je me souviens qu'un jour, étant enfant, j'allai voir le bourdon de Notre-Dame.

J'étais déjà étourdi d'avoir monté le sombre escalier en colimaçon, d'avoir parcouru la frêle galerie qui lie les deux tours, d'avoir eu Paris sous les pieds, quand j'entrai dans la cage de pierre et de charpente où pend le bourdon avec son battant, qui pèse un millier.

J'avançai en tremblant sur les planches mal jointes, regardant à distance cette cloche si fameuse parmi les enfants et le peuple de Paris, et ne remarquant pas sans effroi que les auvents couverts d'ardoises qui entourent le clocher de leurs plans inclinés étaient au niveau de mes pieds. Dans les intervalles, je voyais, en quelque sorte à vol d'oiseau, la place du Parvis-Notre-Dame, et les passants comme des fourmis.

Tout à coup l'énorme cloche tinta, une vibration profonde remua l'air, fit osciller la lourde tour. Le plancher sautait sur les poutres. Le bruit faillit me renverser ; je chancelai, prêt à tomber, prêt à glisser sur les auvents d'ardoises en pente. De terreur, je me couchai sur les planches, les serrant étroitement de mes deux bras, sans parole, sans haleine, avec ce formidable tintement dans les oreilles, et sous les yeux ce précipice, cette place profonde où se croisaient tant de passants paisibles et enviés.

Eh bien ! il me semble que je suis encore dans la tour du bourdon. C'est tout ensemble un étourdissement et un éblouissement. Il y a comme un bruit de cloche qui ébranle les cavités de mon cerveau ; et autour de moi je n'aperçois plus cette vie plane et tranquille que j'ai quittée, et où les autres hommes cheminent encore, que de loin et à travers les crevasses d'un abîme.

XXXVII

L'hôtel de ville est un édifice sinistre.

Avec son toit aigu et roide, son clocheton bizarre, son grand cadran blanc, ses étages à petites colonnes, ses mille croisées, ses escaliers usés par les pas, ses deux arches à droite et à gauche, il est là, de plain-pied avec la Grève ; sombre, lugubre, la face toute rongée de vieillesse, et si noir, qu'il est noir au soleil.

Les jours d'exécution, il vomit des gendarmes de toutes ses portes, et regarde le condamné avec toutes ses fenêtres.

Et le soir, son cadran, qui a marqué l'heure, reste lumineux sur sa façade ténébreuse.

XXXVIII

Il est une heure et quart.

Voici ce que j'éprouve maintenant :

Une violente douleur de tête. Les reins froids, le front brûlant. Chaque fois que je me lève ou que je me penche, il me semble qu'il y a un liquide qui flotte dans mon cerveau, et qui fait battre ma cervelle contre les parois du crâne.

J'ai des tressaillements convulsifs, et de temps en temps la plume tombe de mes mains comme par une secousse galvanique.

Les yeux me cuisent comme si j'étais dans la fumée.
J'ai mal dans les coudes.

Encore deux heures et quarante-cinq minutes, et je
serai guéri.

XXXIX

Ils disent que ce n'est rien, qu'on ne souffre pas,
que c'est une fin douce, que la mort de cette façon est
bien simplifiée.

Eh! qu'est-ce donc que cette agonie de six semaines
et ce râle de tout un jour? Qu'est-ce que les angoisses
de cette journée irréparable, qui s'écoule si lentement
et si vite? Qu'est-ce que cette échelle de torture qui
aboutit à l'échafaud?

Apparemment ce n'est pas là souffrir.

Ne sont-ce pas les mêmes convulsions, que le sang
s'épuise goutte à goutte, ou que l'intelligence s'éteigne
pensée à pensée?

Et puis, on ne souffre pas, en sont-ils sûrs? Qui le
leur a dit? Conte-t-on que jamais une tête coupée se
soit dressée sanglante au bord du panier, et qu'elle ait
crié au peuple : Cela ne fait pas de mal!

Y a-t-il des morts de leur façon qui soient venus les
remercier et leur dire : C'est bien inventé. Tenez-
vous-en là. La mécanique est bonne.

Est-ce Robespierre? Est-ce Louis XVI?...

Non, rien! moins qu'une minute, moins qu'une
seconde, et la chose est faite. — Se sont-ils jamais mis,

seulement en pensée, à la place de celui qui est là, au moment où le lourd tranchant qui tombe mord la chair, rompt les nerfs, brise les vertèbres... Mais quoi ! une demi-seconde ! la douleur est escamotée... Horreur !

XL

Il est singulier que je pense sans cesse au roi. J'ai beau faire, beau secouer la tête, j'ai une voix dans l'oreille qui me dit toujours :

— Il y a dans cette même ville, à cette même heure, et pas bien loin d'ici, dans un autre palais, un homme qui a aussi des gardes à toutes ses portes, un homme unique comme toi dans le peuple, avec cette différence qu'il est aussi haut que tu es bas. Sa vie entière, minute par minute, n'est que gloire, grandeur, délices, enivrement. Tout est autour de lui amour, respect, vénération. Les voix les plus hautes deviennent basses en lui parlant et les fronts les plus fiers ploient. Il n'a que de la soie et de l'or sous les yeux. A cette heure, il tient quelque conseil de ministres où tous sont de son avis ; ou bien songe à la chasse de demain, au bal de ce soir, sûr que la fête viendra à l'heure, et laissant à d'autres le travail de ses plaisirs. Eh bien ! cet homme est de chair et d'os comme toi !

— Et pour qu'à l'instant même l'horrible échafaud s'écroulât, pour que tout te fût rendu, vie, liberté, fortune, famille, il suffirait qu'il écrivît avec cette plume les sept lettres de son nom au bas d'un morceau de papier, ou même que son carrosse rencontrât ta charrette ! — Et il est bon, et il ne demanderait pas mieux peut-être, et il n'en sera rien !

XLI

Eh bien donc ! ayons courage avec la mort, prenons cette horrible idée à deux mains, et considérons-la en face. Demandons-lui compte de ce qu'elle est, sachons ce qu'elle nous veut, retournons-la en tous sens, épelons l'énigme, et regardons d'avance dans le tombeau.

Il me semble que, dès que mes yeux seront fermés, je verrai une grande clarté et des abîmes de lumière où mon esprit roulera sans fin. Il me semble que le ciel lumineux de sa propre essence, que les astres y feront des taches obscures, et qu'au lieu d'être comme pour les yeux vivants des paillettes d'or sur du velours gris, ils sembleront des points noirs sur du drap d'or.

Ou bien, misérable que je suis, ce sera peut-être un gouffre hideux, profond, dont les parois seront tapissées de ténèbres, et où je tomberai sans cesse en voyant des formes remuer dans l'ombre.

Ou bien, en m'éveillant après le coup, je me trouverai peut-être sur quelque surface plane et humide, rampant dans l'obscurité et tournant sur moi-même comme une tête qui roule. Il me semble qu'il y aura un grand vent qui me poussera, et que je serai heurté çà et là par d'autres têtes roulantes. Il y aura par place des mares et des ruisseaux d'un liquide inconnu et tiède : tout sera noir. Quand mes yeux, dans leur rotation, seront tournés en haut, ils ne verront qu'un ciel sombre, dont les couches épaisses pèseront sur eux, et au loin dans le fond de grandes arches de fumées plus noires que les ténèbres. Ils verront aussi voltiger dans la nuit de petites étincelles rouges, qui, en s'approchant, deviendront des oiseaux de feu. Et ce sera ainsi toute l'éternité.

Il se peut bien aussi qu'à certaines dates les morts de la Grève se rassemblent par de noires nuits d'hiver sur la place qui est à eux. Ce sera une foule pâle et sanglante, et je n'y manquerai pas. Il n'y aura pas de lune, et l'on parlera à voix basse. L'hôtel de ville sera là, avec sa façade vermoulue, son toit déchiqueté, et son cadran qui aura été sans pitié pour tous. Il y aura sur la place une guillotine de l'enfer, où un démon exécutera un bourreau : ce sera à quatre heures du matin. A notre tour nous ferons foule autour.

Il est probable que cela est ainsi. Mais si ces morts-là reviennent, sous quelle forme reviennent-ils ? Que gardent-ils de leur corps incomplet et mutilé ? Que choisissent-ils ? Est-ce la tête ou le tronc qui est spectre ?

Hélas qu'est-ce que la mort fait avec notre âme ? quelle nature lui laisse-t-elle ? qu'a-t-elle à lui prendre ou à lui donner ? où la met-elle ? lui prête-t-elle quelquefois des yeux de chair pour regarder sur la terre, et pleurer ?

Ah ! un prêtre ! un prêtre qui sache cela ! Je veux un prêtre, et un crucifix à baiser !

Mon Dieu, toujours le même !

XLII

Je l'ai prié de me laisser dormir, et je me suis jeté sur le lit.

En effet, j'avais un flot de sang dans la tête, qui m'a fait dormir. C'est mon dernier sommeil, de cette espèce.

J'ai fait un rêve[42].

J'ai rêvé que c'était la nuit. Il me semblait que j'étais dans mon cabinet avec deux ou trois de mes amis, je ne sais plus lesquels.

Ma femme était couchée dans la chambre à coucher, à côté, et dormait avec son enfant.

Nous parlions à voix basse, mes amis et moi, et ce que nous disions nous effrayait.

Tout à coup il me sembla entendre un bruit quelque part dans les autres pièces de l'appartement. Un bruit faible, étrange, indéterminé.

Mes amis avaient entendu comme moi. Nous écoutâmes : c'était comme une serrure qu'on ouvre sourdement, comme un verrou qu'on scie à petit bruit.

Il y avait quelque chose qui nous glaçait : nous avions peur. Nous pensâmes que peut-être c'étaient des voleurs qui s'étaient introduits chez moi, à cette heure si avancée de la nuit.

Nous résolûmes d'aller voir. Je me levai, je pris la bougie. Mes amis me suivaient, un à un.

Nous traversâmes la chambre à coucher, à côté. Ma femme dormait avec son enfant.

Puis nous arrivâmes dans le salon. Rien. Les portraits étaient immobiles dans leurs cadres d'or sur la tenture rouge. Il me sembla que la porte du salon à la salle à manger n'était point à sa place ordinaire.

Nous entrâmes dans la salle à manger ; nous en fîmes le tour. Je marchais le premier. La porte sur l'escalier était bien fermée, les fenêtres aussi. Arrivé près du poêle, je vis que l'armoire au linge était ouverte, et que la porte de cette armoire était tirée sur l'angle du mur comme pour le cacher.

Cela me surprit. Nous pensâmes qu'il y avait quelqu'un derrière la porte.

Je portai la main à cette porte pour refermer l'armoire ; elle résista. Étonné, je tirai plus fort, elle céda brusquement, et nous découvrit une petite vieille, les mains pendantes, les yeux fermés, immobile, debout, et comme collée dans l'angle du mur.

Cela avait quelque chose de hideux, et mes cheveux se dressent d'y penser.

Je demandai à la vieille :

— Que faites-vous là ?

Elle ne répondit pas.

Je lui demandai :

— Qui êtes-vous ?

Elle ne répondit pas, ne bougea pas, et resta les yeux fermés.

Mes amis dirent :

— C'est sans doute la complice de ceux qui sont entrés avec de mauvaises pensées ; ils se sont échappés en nous entendant venir ; elle n'aura pu fuir et s'est cachée là.

Je l'ai interrogée de nouveau, elle est demeurée sans voix, sans mouvement, sans regard.

Un de nous l'a poussée à terre, elle est tombée.

Elle est tombée tout d'une pièce, comme un morceau de bois, comme une chose morte.

Nous l'avons remuée du pied, puis deux de nous l'ont relevée et de nouveau appuyée au mur. Elle n'a donné aucun signe de vie. On lui a crié dans l'oreille, elle est restée muette comme si elle était sourde.

Cependant, nous perdions patience, et il y avait de la colère dans notre terreur. Un de nous m'a dit.

— Mettez-lui la bougie sous le menton.

Je lui ai mis la mèche enflammée sous le menton. Alors elle a ouvert un œil à demi, un œil vide, terne, affreux, et qui ne regardait pas.

J'ai ôté la flamme et j'ai dit :

— Ah ! enfin ! répondras-tu, vieille sorcière ? Qui es-tu ?

L'œil s'est refermé comme de lui-même.

— Pour le coup, c'est trop fort, ont dit les autres. Encore la bougie ! encore ! il faudra bien qu'elle parle.

J'ai replacé la lumière sous le menton de la vieille.

Alors, elle a ouvert ses deux yeux lentement, nous a regardés tous les uns après les autres, puis, se baissant brusquement, a soufflé la bougie avec un souffle glacé. Au même moment j'ai senti trois dents aiguës s'imprimer sur ma main, dans les ténèbres.

Je me suis réveillé, frissonnant et baigné d'une sueur froide.

Le bon aumônier était assis au pied de mon lit, et lisait des prières.

— Ai-je dormi longtemps ? lui ai-je demandé.

— Mon fils, m'a-t-il dit, vous avez dormi une heure. On vous a amené votre enfant. Elle est là dans la pièce voisine, qui vous attend. Je n'ai pas voulu qu'on vous éveillât.

— Oh! ai-je crié, ma fille, qu'on m'amène ma fille!

XLIII

Elle est fraîche, elle est rose, elle a de grands yeux, elle est belle!

On lui a mis une petite robe qui lui va bien.

Je l'ai prise, je l'ai enlevée dans mes bras, je l'ai assise sur mes genoux, je l'ai baisée sur ses cheveux.

Pourquoi pas avec sa mère? — Sa mère est malade, sa grand'mère aussi. C'est bien.

Elle me regardait d'un air étonné; caressée, embrassée, dévorée de baisers et se laissant faire; mais jetant de temps en temps un coup d'œil inquiet sur sa bonne, qui pleurait dans le coin.

Enfin j'ai pu parler.

— Marie! ai-je dit, ma petite Marie!

Je la serrais violemment contre ma poitrine enflée de sanglots. Elle a poussé un petit cri.

— Oh! vous me faites du mal, monsieur, m'a-t-elle dit.

Monsieur! il y a bientôt un an qu'elle ne m'a vu, la pauvre enfant. Elle m'a oublié, visage, parole, accent; et puis, qui me reconnaîtrait avec cette barbe, ces habits et cette pâleur? Quoi! déjà effacé de cette

mémoire, la seule où j'eusse voulu vivre ! Quoi ! déjà
plus père ! être condamné à ne plus entendre ce mot,
ce mot de la langue des enfants, si doux qu'il ne peut
rester dans celle des hommes : *papa !*

Et pourtant l'entendre de cette bouche, encore une
fois, une seule fois, voilà tout ce que j'eusse demandé
pour les quarante ans de vie qu'on me prend.

— Écoute, Marie, lui ai-je dit en joignant ses deux
petites mains dans les miennes, est-ce que tu ne me
connais point ?

Elle m'a regardé avec ses beaux yeux, et a répondu :

— Ah bien non !

— Regarde bien, ai-je répété. Comment, tu ne sais
pas qui je suis ?

— Si, a-t-elle dit. Un monsieur.

Hélas ! n'aimer ardemment qu'un seul être au
monde, l'aimer avec tout son amour, et l'avoir devant
soi, qui vous voit et vous regarde, vous parle et vous
répond, et ne vous connaît pas ! Ne vouloir de
consolation que de lui, et qu'il soit le seul qui ne sache
pas qu'il vous en faut parce que vous allez mourir !

— Marie, ai-je repris, as-tu un papa ?

— Oui, monsieur, a dit l'enfant.

— Eh bien, où est-il ?

Elle a levé ses grands yeux étonnés.

— Ah ! vous ne savez donc pas ? il est mort.

Puis elle a crié ; j'avais failli la laisser tomber.

— Mort ! disais-je. Marie, sais-tu ce que c'est
qu'être mort ?

— Oui, monsieur, a-t-elle répondu. Il est dans la
terre et dans le ciel.

Elle a continué d'elle-même :

— Je prie le bon Dieu pour lui matin et soir sur les genoux de maman.

Je l'ai baisée au front.

— Marie, dis-moi ta prière.

— Je ne peux pas, monsieur. Une prière, cela ne se dit pas dans le jour. Venez ce soir dans ma maison ; je la dirai.

C'était assez de cela. Je l'ai interrompue.

— Marie, c'est moi qui suis ton papa.

— Ah ! m'a-t-elle dit.

J'ai ajouté : — Veux-tu que je sois ton papa ?

L'enfant s'est détournée.

— Non, mon papa était bien plus beau.

Je l'ai couverte de baisers et de larmes. Elle a cherché à se dégager de mes bras en criant :

— Vous me faites mal avec votre barbe.

Alors, je l'ai replacée sur mes genoux, en la couvant des yeux, et puis je l'ai questionnée.

— Marie, sais-tu lire ?

— Oui, a-t-elle répondu. Je sais bien lire. Maman me fait lire mes lettres.

— Voyons, lis un peu, lui ai-je dit en lui montrant un papier qu'elle tenait chiffonné dans une de ses petites mains.

Elle a hoché sa jolie tête.

— Ah bien ! je ne sais lire que des fables.

— Essaie toujours. Voyons, lis.

Elle a déployé le papier, et s'est mise à épeler avec son doigt :

— A. R. *ar.* R. E. T, *rêt.* ARRÊT...

Je lui ai arraché cela des mains. C'est ma sentence

de mort qu'elle me lisait. Sa bonne avait eu le papier pour un sou. Il me coûtait plus cher, à moi.

Il n'y a pas de paroles pour ce que j'éprouvais. Ma violence l'avait effrayée ; elle pleurait presque. Tout à coup elle m'a dit :

— Rendez-moi donc mon papier, tiens ! c'est pour jouer.

Je l'ai remise à sa bonne.

— Emportez-la.

Et je suis retombé sur ma chaise, sombre, désert, désespéré. A présent ils devraient venir ; je ne tiens plus à rien ; la dernière fibre de mon cœur est brisée. Je suis bon pour ce qu'ils vont faire.

XLIV

Le prêtre est bon, le gendarme aussi. Je crois qu'ils ont versé une larme quand j'ai dit qu'on m'emportât mon enfant.

C'est fait. Maintenant il faut que je me roidisse en moi-même, et que je pense fermement au bourreau, à la charrette, aux gendarmes, à la foule sur le pont, à la foule sur le quai, à la foule aux fenêtres, et à ce qu'il y aura exprès pour moi sur cette lugubre place de Grève, qui pourrait être pavée des têtes qu'elle a vues tomber.

Je crois que j'ai encore une heure pour m'habituer à tout cela.

XLV

Tout ce peuple rira, battra des mains, applaudira. Et parmi tous ces hommes, libres et inconnus des geôliers, qui courent pleins de joie à une exécution, dans cette foule de têtes qui couvrira la place, il y aura plus d'une tête prédestinée qui suivra la mienne tôt ou tard dans le panier rouge. Plus d'un qui y vient pour moi y viendra pour soi.

Pour ces êtres fatals, il y a sur un certain point de la place de Grève un lieu fatal, un centre d'attraction, un piège. Ils tournent autour jusqu'à ce qu'ils y soient.

XLVI

Ma petite Marie! — On l'a remmenée jouer; elle regarde la foule par la portière du fiacre, et ne pense déjà plus à ce *monsieur*.

Peut-être aurais-je encore le temps d'écrire quelques pages pour elle, afin qu'elle les lise un jour, et qu'elle pleure dans quinze ans pour aujourd'hui.

Oui, il faut qu'elle sache par moi mon histoire, et pourquoi le nom que je lui laisse est sanglant.

XLVII

MON HISTOIRE[43]

Note de l'éditeur. — On n'a pu encore retrouver les feuillets qui se rattachaient à celui-ci. Peut-être, comme ceux qui suivent semblent l'indiquer, le condamné n'a-t-il pas eu le temps de les écrire. Il était tard quand cette pensée lui est venue.

XLVIII

D'une chambre de l'hôtel de ville.

De l'hôtel de ville !... — Ainsi j'y suis. Le trajet exécrable est fait. La place est là, et au-dessous de la fenêtre l'horrible peuple qui aboie, et m'attend, et rit.

J'ai eu beau me roidir, beau me crisper, le cœur m'a failli. Quand j'ai vu au-dessus des têtes ces deux bras rouges, avec leur triangle noir au bout, dressés entre les deux lanternes du quai, le cœur m'a failli. J'ai demandé à faire une dernière déclaration. On m'a déposé ici, et l'on est allé chercher quelque procureur du roi. Je l'attends, c'est toujours cela de gagné.

Voici :

Trois heures sonnaient, on est venu m'avertir qu'il

était temps. J'ai tremblé, comme si j'eusse pensé à autre chose depuis six heures, depuis six semaines, depuis six mois. Cela m'a fait l'effet de quelque chose d'inattendu.

Ils m'ont fait traverser leurs corridors et descendre leurs escaliers. Ils m'ont poussé entre deux guichets du rez-de-chaussée, salle sombre, étroite, voûtée, à peine éclairée d'un jour de pluie et de brouillard. Une chaise était au milieu. Ils m'ont dit de m'asseoir ; je me suis assis.

Il y avait près de la porte et le long des murs quelques personnes debout, outre le prêtre et les gendarmes, et il y avait aussi trois hommes.

Le premier, le plus grand, le plus vieux, était gras et avait la face rouge. Il portait une redingote et un chapeau à trois cornes déformé. C'était lui.

C'était le bourreau, le valet de la guillotine. Les deux autres étaient ses valets, à lui.

A peine assis, les deux autres se sont approchés de moi, par-derrière, comme des chats ; puis tout à coup j'ai senti un froid d'acier dans mes cheveux, et les ciseaux ont grincé à mes oreilles.

Mes cheveux, coupés au hasard, tombaient par mèches sur mes épaules, et l'homme au chapeau à trois cornes les époussetait doucement avec sa grosse main.

Autour, on parlait à voix basse.

Il y avait un grand bruit au-dehors, comme un frémissement qui ondulait dans l'air. J'ai cru d'abord que c'était la rivière ; mais, à des rires qui éclataient, j'ai reconnu que c'était la foule.

Un jeune homme, près de la fenêtre, qui écrivait,

avec un crayon, sur un portefeuille, a demandé à un des guichetiers comment s'appelait ce qu'on faisait là.

— La toilette du condamné, a répondu l'autre.

J'ai compris que cela serait demain dans le journal.

Tout à coup l'un des valets m'a enlevé ma veste, et l'autre a pris mes deux mains qui pendaient, les a ramenées derrière mon dos, et j'ai senti les nœuds d'une corde se rouler lentement autour de mes poignets rapprochés. En même temps, l'autre détachait ma cravate. Ma chemise de batiste, seul lambeau qui me restât du moi d'autrefois, l'a fait en quelque sorte hésiter un moment ; puis il s'est mis à en couper le col.

A cette précaution horrible, au saisissement de l'acier qui touchait mon cou, mes coudes ont tressailli, et j'ai laissé échapper un rugissement étouffé. La main de l'exécuteur a tremblé.

— Monsieur, m'a-t-il dit, pardon ! Est-ce que je vous ai fait mal ?

Ces bourreaux sont des hommes très doux.

La foule hurlait plus haut au-dehors.

Le gros homme au visage bourgeonné m'a offert à respirer un mouchoir imbibé de vinaigre.

— Merci, lui ai-je dit de la voix la plus forte que j'ai pu, c'est inutile ; je me trouve bien.

Alors l'un d'eux s'est baissé et m'a lié les deux pieds, au moyen d'une corde fine et lâche, qui ne me laissait à faire que de petits pas. Cette corde est venue se rattacher à celle de mes mains.

Puis le gros homme a jeté la veste sur mon dos, et a noué les manches ensemble sous mon menton. Ce qu'il y avait à faire là était fait.

Alors le prêtre s'est approché avec son crucifix.

— Allons, mon fils, m'a-t-il dit.

Les valets m'ont pris sous les aisselles. Je me suis levé, j'ai marché. Mes pas étaient mous et fléchissaient comme si j'avais eu deux genoux à chaque jambe.

En ce moment la porte extérieure s'est ouverte à deux battants. Une clameur furieuse et l'air froid et la lumière blanche ont fait irruption jusqu'à moi dans l'ombre. Du fond du sombre guichet, j'ai vu brusquement tout à la fois, à travers la pluie, les mille têtes hurlantes du peuple entassées pêle-mêle sur la rampe du grand escalier du Palais ; à droite, de plain-pied avec le seuil, un rang de chevaux de gendarmes, dont la porte basse ne me découvrait que les pieds de devant et les poitrails ; en face, un détachement de soldats en bataille ; à gauche, l'arrière d'une charrette, auquel s'appuyait une roide échelle. Tableau hideux, bien encadré dans une porte de prison.

C'est pour ce moment redouté que j'avais gardé mon courage. J'ai fait trois pas, et j'ai paru sur le seuil du guichet.

— Le voilà ! le voilà ! a crié la foule. Il sort ! enfin !

Et les plus près de moi battaient des mains. Si fort qu'on aime un roi, ce serait moins de fête.

C'était une charrette ordinaire, avec un cheval étique, et un charretier en sarrau bleu à dessins rouges, comme ceux des maraîchers des environs de Bicêtre.

Le gros homme en chapeau à trois cornes est monté le premier.

— Bonjour, monsieur Samson ! criaient des enfants pendus à des grilles.

Un valet l'a suivi.

— Bravo, Mardi! ont crié de nouveau les enfants.

Ils se sont assis tous deux sur la banquette de devant.

C'était mon tour. J'ai monté d'une allure assez ferme.

— Il va bien! a dit une femme à côté des gendarmes.

Cet atroce éloge m'a donné du courage. Le prêtre est venu se placer auprès de moi. On m'avait assis sur la banquette de derrière, le dos tourné au cheval. J'ai frémi de cette dernière attention.

Ils mettent de l'humanité là-dedans.

J'ai voulu regarder autour de moi. Gendarmes devant, gendarmes derrière; puis de la foule, de la foule, et de la foule; une mer de têtes sur la place.

Un piquet de gendarmerie à cheval m'attendait à la porte de la grille du Palais.

L'officier a donné l'ordre. La charrette et son cortège se sont mis en mouvement, comme poussés en avant par un hurlement de la populace.

On a franchi la grille. Au moment où la charrette a tourné vers le Pont-au-Change, la place a éclaté en bruit, du pavé aux toits, et les ponts et les quais ont répondu à faire un tremblement de terre.

C'est là que le piquet qui attendait s'est rallié à l'escorte.

— Chapeaux bas! chapeaux bas! criaient mille bouches ensemble. — Comme pour le roi.

Alors j'ai ri horriblement aussi, moi, et j'ai dit au prêtre :

— Eux les chapeaux, moi la tête.

On allait au pas.

Le quai aux Fleurs embaumait; c'est jour de marché. Les marchandes ont quitté leurs bouquets pour moi.

Vis-à-vis, un peu avant la tour carrée qui fait le coin du Palais, il y a des cabarets, dont les entresols étaient pleins de spectateurs heureux de leurs belles places. Surtout des femmes. La journée doit être bonne pour les cabaretiers.

On louait des tables, des chaises, des échafaudages, des charrettes. Tout pliait de spectateurs. Des marchands de sang humain criaient à tue-tête :

— Qui veut des places ?

Une rage m'a pris contre ce peuple. J'ai eu envie de leur crier :

— Qui veut la mienne ?

Cependant la charrette avançait. A chaque pas qu'elle faisait, la foule se démolissait derrière elle, et je la voyais de mes yeux égarés qui s'allait reformer plus loin sur d'autres points de mon passage.

En entrant sur le Pont-au-Change, j'ai par hasard jeté les yeux à ma droite en arrière. Mon regard s'est arrêté sur l'autre quai, au-dessus des maisons, à une tour noire, isolée, hérissée de sculptures, au sommet de laquelle je voyais deux monstres de pierre assis de profil. Je ne sais pourquoi j'ai demandé au prêtre ce que c'était que cette tour.

— Saint-Jacques-la-Boucherie, a répondu le bourreau.

J'ignore comment cela se faisait; dans la brume, et malgré la pluie fine et blanche qui rayait l'air comme un réseau de fils d'araignée, rien de ce qui se passait autour de moi ne m'a échappé. Chacun de ces détails m'apportait sa torture. Les mots manquent aux émotions.

Vers le milieu de ce Pont-au-Change, si large et si encombré que nous cheminions à grand-peine l'horreur m'a pris violemment. J'ai craint de défaillir, dernière vanité ! Alors je me suis étourdi moi-même pour être aveugle et pour être sourd à tout, excepté au prêtre, dont j'entendais à peine les paroles entrecoupées de rumeurs.

J'ai pris le crucifix et je l'ai baisé.

— Ayez pitié de moi, ai-je dit, ô mon Dieu ! — Et j'ai tâche de m'abîmer dans cette pensée.

Mais chaque cahot de la dure charrette me secouait. Puis tout à coup je me suis senti un grand froid. La pluie avait traversé mes vêtements, et mouillait la peau de ma tête à travers mes cheveux coupés et courts.

— Vous tremblez de froid, mon fils ? m'a demandé le prêtre.

— Oui, ai-je répondu.

Hélas ! pas seulement de froid.

Au détour du pont, des femmes m'ont plaint d'être si jeune.

Nous avons pris le fatal quai. Je commençais à ne plus voir, à ne plus entendre. Toutes ces voix, toutes ces têtes aux fenêtres, aux portes, aux grilles des boutiques, aux branches des lanternes : ces spectateurs avides et cruels ; cette foule où tous me connaissent et où je ne connais personne ; cette route pavée et murée de visages humains... J'étais ivre, stupide, insensé. C'est une chose insupportable que le poids de tant de regards appuyés sur vous.

Je vacillais donc sur le banc, ne prêtant même plus d'attention au prêtre et au crucifix.

Dans le tumulte qui m'enveloppait, je ne distinguais plus les cris de pitié des cris de joie, les rires des plaintes, les voix du bruit ; tout cela était une rumeur qui résonnait dans ma tête comme dans un écho de cuivre.

Mes yeux lisaient machinalement les enseignes des boutiques.

Une fois, l'étrange curiosité me prit de tourner la tête et de regarder vers quoi j'avançais. C'était une dernière bravade de l'intelligence. Mais le corps ne voulut pas ; ma nuque resta paralysée et d'avance comme morte.

J'entrevis seulement de côté, à ma gauche, au-delà de la rivière, la tour de Notre-Dame, qui, vue de là, cache l'autre. C'est celle où est le drapeau. Il y avait beaucoup de monde, et qui devait bien voir.

Et la charrette allait, allait, et les boutiques passaient, et les enseignes se succédaient, écrites, peintes, dorées, et la populace riait et trépignait dans la boue, et je me laissais aller, comme à leurs rêves ceux qui sont endormis.

Tout à coup la série des boutiques qui occupait mes yeux s'est coupée à l'angle de la place ; la voix de la foule est devenue plus vaste, plus glapissante, plus joyeuse encore ; la charrette s'est arrêtée subitement, et j'ai failli tomber la face sur les planches. Le prêtre m'a soutenu. — Courage ! a-t-il murmuré. — Alors on a apporté une échelle à l'arrière de la charrette ; il m'a donné le bras, je suis descendu, puis j'ai fait un pas, puis je me suis retourné pour en faire un autre, et je n'ai pu. Entre les deux lanternes du quai, j'avais vu une chose sinistre.

Oh ! c'était la réalité !

Je me suis arrêté, comme chancelant déjà du coup.

— J'ai une dernière déclaration à faire ! ai-je crié faiblement.

On m'a monté ici.

J'ai demandé qu'on me laissât écrire mes dernières volontés. Ils m'ont délié les mains, mais la corde est ici, toute prête, et le reste est en bas.

XLIX

Un juge, un commissaire, un magistrat, je ne sais de quelle espèce, vient de venir. Je lui ai demandé ma grâce en joignant les deux mains et en me traînant sur les deux genoux. Il m'a répondu, en souriant fatalement, si c'est là tout ce que j'avais à lui dire.

— Ma grâce ! ma grâce ! ai-je répété, ou, par pitié, cinq minutes encore !

Qui sait ? elle viendra peut-être ! Cela est si horrible, à mon âge, de mourir ainsi ! Des grâces qui arrivent au dernier moment, on l'a vu souvent. Et à qui fera-t-on grâce, monsieur, si ce n'est à moi ?

Cet exécrable bourreau ! il s'est approché du juge pour lui dire que l'exécution devait être faite à une certaine heure, que cette heure approchait, qu'il était responsable, que d'ailleurs il pleut, et que cela risque de se rouiller.

— Eh, par pitié ! une minute pour attendre ma grâce ! ou je me défends ! je mords !

Le juge et le bourreau sont sortis. Je suis seul. — Seul avec deux gendarmes.

Oh ! l'horrible peuple avec ses cris d'hyène ! — Qui sait si je ne lui échapperai pas ? si je ne serai pas sauvé ? si ma grâce ?... Il est impossible qu'on ne me fasse pas grâce !

Ah ! les misérables ! il me semble qu'on monte l'escalier...

QUATRE HEURES

NOTE

Nous donnons ci-jointe, pour les personnes curieuses de cette sorte de littérature, la chanson d'argot avec l'explication en regard, d'après une copie que nous avons trouvée dans les papiers du condamné, et dont ce fac-similé reproduit tout, orthographe et écriture. La signification des mots était écrite de la main du condamné ; il y a aussi dans le dernier couplet deux vers intercalés qui semblent de son écriture ; le reste de la complainte est d'une autre main. Il est probable que, frappé de cette chanson, mais ne se la rappelant qu'imparfaitement, il avait cherché à se la procurer, et que copie lui en avait été donnée par quelque calligraphe de la geôle.

La seule chose que ce fac-similé ne reproduise pas, c'est l'aspect du papier de la copie, qui est jaune, sordide et rompu à ses plis.

C'est dans la rue du mail
ou j'ai été colligé(1) maluré
par trois coquins de rail(2) larlonfa maturette
Sur mes signe ont foncé(3) larlonfa maluré   (1) campagné
                                  (2) maisons, dons généraux
                                  (3) ils se sont jetés sur moi

il mon mit la tartouse(4) larlonfa malurette   (4) les menottes
grand maidon est abouti(5) larlonfa maluré   (5) le marchand est arrivé
dans mon terminé(6) rencontré larlonfa malurette   (6) chemin
un pegre(7) du cartier larlonfa maluré   (7) voleur

vaten dire à ma largue(8) larlonfa malurett(8) ma femme
que je suis enfourraillé(9) larlonfa maluré   (9) emprisonné
ma largue tout en colra larlonfa malurette
mdit qu'à tu donc mafaillé(10) larlonfa maluré   (10) qu'as tu donc fais ?

j'ai fait suer un chinois(11) larlonfa malurette(11) j'ai tué un homme
son fourbarg j'ai an garotte(12) larlonfa malaré   (12) j'ai pris son argent
son fourbarg et sa toquante(13) larlonfa malurette   (13) sa montre
et les tachés de ses(14) larlonfa maluré   (14) des boucles de soulier

ma largue part pour versailles larlonfa malurette
au pieds de sa majesté larlonfa maluré
elle lui fonca en babillard(15) larlonfa malurette (15) elle lui présente un placet
pour me faire d'éfourvaillé larlonfa maluré ;

à fi y ou desjournal larlonfa fabima breathe
ma largue g'antiforné(16) larlonfa malaré   (16) je m'avance, j'avancerai
ge le faro posté printarge larlonfa malurette
et des souderes g'atriché(17) larlonfa maluré   (17) à gahotcher
                                    (18) le Roi
je te fade renfort une larne, larlonfa malurette
ou il ny a pas de planche larlonfa maluré   (19)

PRÉFACE DE 1832

Il n'y avait en tête des premières éditions de cet ouvrage, publié d'abord sans nom d'auteur, que les quelques lignes qu'on va lire :

« Il y a deux manières de se rendre compte de l'existence de ce livre. Ou il y a eu, en effet, une liasse de papiers jaunes et inégaux sur lesquels on a trouvé, enregistrées une à une, les dernières pensées d'un misérable ; ou il s'est rencontré un homme, un rêveur occupé à observer la nature au profit de l'art, un philosophe, un poète, que sais-je ? dont cette idée a été la fantaisie, qui l'a prise ou plutôt s'est laissé prendre par elle, et n'a pu s'en débarrasser qu'en la jetant dans un livre.

« De ces deux explications, le lecteur choisira celle qu'il voudra. »

Comme on le voit, à l'époque où ce livre fut publié, l'auteur ne jugea pas à propos de dire dès lors toute sa pensée. Il aima mieux attendre qu'elle fût comprise et voir si elle le serait. Elle l'a été. L'auteur aujourd'hui peut démasquer l'idée politique, l'idée sociale, qu'il

avait voulu populariser sous cette innocente et candide
forme littéraire. Il déclare donc, ou plutôt il avoue
hautement que *Le Dernier Jour d'un Condamné* n'est
autre chose qu'un plaidoyer, direct ou indirect,
comme on voudra, pour l'abolition de la peine de
mort. Ce qu'il a eu dessein de faire, ce qu'il voudrait
que la postérité vît dans son œuvre, si jamais elle
s'occupe de si peu, ce n'est pas la défense spéciale, et
toujours facile, et toujours transitoire, de tel ou tel
criminel choisi, de tel ou tel accusé d'élection ; c'est la
plaidoirie générale et permanente pour tous les accusés présents et à venir ; c'est le grand point de droit de
l'humanité allégué et plaidé à toute voix devant la
société, qui est la grande cour de cassation ; c'est cette
suprême fin de non-recevoir, *abhorrescere a sanguine* [44],
construite à tout jamais en avant de tous les procès
criminels ; c'est la sombre et fatale question qui
palpite obscurément au fond de toutes les causes
capitales sous les triples épaisseurs de pathos dont
l'enveloppe la rhétorique sanglante des gens du roi ;
c'est la question de vie et de mort, dis-je, déshabillée,
dénudée, dépouillée des entortillages sonores du parquet, brutalement mise au jour, et posée où il faut
qu'on la voie, où il faut qu'elle soit, où elle est
réellement, dans son vrai milieu, dans son milieu
horrible, non au tribunal, mais à l'échafaud, non chez
le juge, mais chez le bourreau.

Voilà ce qu'il a voulu faire. Si l'avenir lui décernait
un jour la gloire de l'avoir fait, ce qu'il n'ose espérer, il
ne voudrait pas d'autre couronne.

Il le déclare donc, et il le répète, il occupe, au nom
de tous les accusés possibles, innocents ou coupables,

devant toutes les cours, tous les prétoires, tous les
jurys, toutes les justices. Ce livre est adressé à
quiconque juge. Et pour que le plaidoyer soit aussi
vaste que la cause, il a dû, et c'est pour cela que *Le
Dernier Jour d'un Condamné* est ainsi fait, élaguer de
toutes parts dans son sujet le contingent, l'accident, le
particulier, le spécial, le relatif, le modifiable, l'épisode, l'anecdote, l'événement, le nom propre, et se
borner (si c'est là se borner) à plaider la cause d'un
condamné quelconque, exécuté un jour quelconque,
pour un crime quelconque[45]. Heureux si, sans autre
outil que sa pensée, il a fouillé assez avant pour faire
saigner un cœur sous l'*æs triplex*[46] du magistrat !
heureux s'il a rendu pitoyables ceux qui se croient
justes ! heureux si, à force de creuser dans le juge, il a
réussi quelquefois à y retrouver un homme !

Il y a trois ans, quand ce livre parut, quelques
personnes imaginèrent que cela valait la peine d'en
contester l'idée à l'auteur. Les uns supposèrent un
livre anglais, les autres un livre américain[47]. Singulière manie de chercher à mille lieues les origines des
choses, et de faire couler des sources du Nil le ruisseau
qui lave votre rue ! Hélas ! il n'y a en ceci ni livre
anglais, ni livre américain, ni livre chinois. L'auteur a
pris l'idée du *Dernier Jour d'un Condamné*, non dans
un livre, il n'a pas l'habitude d'aller chercher ses idées
si loin, mais là où vous pouviez tous la prendre, où
vous l'aviez prise peut-être (car qui n'a fait ou rêvé
dans son esprit *Le Dernier Jour d'un Condamné ?*), tout
bonnement sur la place publique, sur la place de
Grève. C'est là qu'un jour en passant il a ramassé cette

idée fatale, gisante dans une mare de sang sous les rouges moignons de la guillotine.

Depuis, chaque fois qu'au gré des funèbres jeudis de la cour de cassation, il arrivait un de ces jours où le cri d'un arrêt de mort se fait dans Paris, chaque fois que l'auteur entendait passer sous ses fenêtres ces hurlements enroués qui ameutent des spectateurs pour la Grève, chaque fois, la douloureuse idée lui revenait, s'emparait de lui, lui emplissait la tête de gendarmes, de bourreaux et de foule, lui expliquait heure par heure les dernières souffrances du misérable agonisant, — en ce moment on le confesse, en ce moment on lui coupe les cheveux, en ce moment on lui lie les mains, — le sommait, lui pauvre poëte, de dire tout cela à la société, qui fait ses affaires pendant que cette chose monstrueuse s'accomplit, le pressait, le poussait, le secouait, lui arrachait ses vers de l'esprit, s'il était en train d'en faire, et les tuait à peine ébauchés, barrait tous ses travaux, se mettait en travers de tout, l'investissait, l'obsédait, l'assiégeait. C'était un supplice, un supplice qui commençait avec le jour, et qui durait, comme celui du misérable qu'on torturait au même moment, jusqu'à *quatre heures*. Alors seulement, une fois le *ponens caput expiravit*[48] crié par la voix sinistre de l'horloge, l'auteur respirait et retrouvait quelque liberté d'esprit. Un jour enfin, c'était, à ce qu'il croit, le lendemain de l'exécution d'Ulbach, il se mit à écrire ce livre. Depuis lors il a été soulagé. Quand un de ces crimes publics, qu'on nomme exécutions judiciaires, a été commis, sa conscience lui a dit qu'il n'en était plus solidaire ; et il n'a plus senti à son front cette goutte de sang qui rejaillit de la Grève sur la tête de tous les membres de la communauté sociale.

Toutefois, cela ne suffit pas. Se laver les mains est bien, empêcher le sang de couler serait mieux.

Aussi ne connaîtrait-il pas de but plus élevé, plus saint, plus auguste que celui-là : concourir à l'abolition de la peine de mort. Aussi est-ce du fond du cœur qu'il adhère aux vœux et aux efforts des hommes généreux de toutes les nations qui travaillent depuis plusieurs années à jeter bas l'arbre patibulaire, le seul arbre que les révolutions ne déracinent pas. C'est avec joie qu'il vient à son tour, lui chétif, donner son coup de cognée, et élargir de son mieux l'entaille que Beccaria a faite, il y a soixante-six ans, au vieux gibet dressé depuis tant de siècles sur la chrétienté[49].

Nous venons de dire que l'échafaud est le seul édifice que les révolutions ne démolissent pas. Il est rare, en effet, que les révolutions soient sobres de sang humain, et, venues qu'elles sont pour émonder, pour ébrancher, pour étêter la société, la peine de mort est une des serpes dont elles se dessaisissent le plus malaisément.

Nous l'avouerons cependant, si jamais révolution nous parut digne et capable d'abolir la peine de mort, c'est la révolution de juillet. Il semble, en effet, qu'il appartenait au mouvement populaire le plus clément des temps modernes de raturer la pénalité barbare de Louis XI, de Richelieu et de Robespierre, et d'inscrire au front de la loi l'inviolabilité de la vie humaine. 1830 méritait de briser le couperet de 93.

Nous l'avons espéré un moment. En août 1830, il y avait tant de générosité et de pitié dans l'air, un tel esprit de douceur et de civilisation flottait dans les masses, on se sentait le cœur si bien épanoui par l'approche d'un bel avenir, qu'il nous sembla que la peine de mort était abolie de droit, d'emblée, d'un consentement tacite et unanime, comme le reste des choses mauvaises qui nous avaient gênés. Le peuple venait de faire un feu de joie des guenilles de l'ancien régime. Celle-là était la guenille sanglante. Nous la crûmes dans le tas. Nous la crûmes brûlée comme les autres. Et pendant quelques semaines, confiant et crédule, nous eûmes foi pour l'avenir à l'inviolabilité de la vie comme à l'inviolabilité de la liberté.

Et en effet deux mois s'étaient à peine écoulés qu'une tentative fut faite pour résoudre en réalité légale l'utopie sublime de César Bonesana.

Malheureusement, cette tentative fut gauche, maladroite, presque hypocrite, et faite dans un autre intérêt que l'intérêt général.

Au mois d'octobre 1830, on se le rappelle, quelques jours après avoir écarté par l'ordre du jour la proposition d'ensevelir Napoléon sous la colonne, la Chambre tout entière se mit à pleurer et à bramer. La question de la peine de mort fut mise sur le tapis, nous allons dire quelques lignes plus bas à quelle occasion ; et alors il sembla que toutes ces entrailles de législateurs étaient prises d'une subite et merveilleuse miséricorde. Ce fut à qui parlerait, à qui gémirait, à qui lèverait les mains au ciel. La peine de mort, grand Dieu ! quelle horreur ! Tel vieux procureur général, blanchi dans la robe rouge, qui avait mangé toute sa vie le pain trempé de sang des réquisitoires, se composa tout à coup un air piteux et attesta les dieux qu'il était indigné de la guillotine. Pendant deux jours la tribune ne désemplit pas de harangueurs en pleureuses. Ce fut une lamentation, une myriologie, un concert de psaumes lugubres, un *Super flumina Babylonis*[50], un *Stabat mater dolorosa*[51], une grande symphonie en *ut,* avec chœurs, exécutée par tout cet orchestre d'orateurs qui garnit les premiers bancs de la Chambre, et rend de si beaux sons dans les grands jours. Tel vint avec sa basse, tel avec son fausset. Rien n'y manqua. La chose fut on ne peut plus pathétique et pitoyable. La séance de nuit surtout fut tendre, paterne et déchirante comme un cinquième acte de Lachaussée. Le bon public, qui n'y comprenait rien, avait les larmes aux yeux[a].

De quoi s'agissait-il donc? d'abolir la peine de mort?

Oui et non.

Voici le fait :

Quatre hommes du monde, quatre hommes comme il faut, de ces hommes qu'on a pu rencontrer dans un salon, et avec qui peut-être on a échangé quelques paroles polies; quatre de ces hommes, dis-je, avaient tenté, dans les hautes régions politiques, un de ces coups hardis que Bacon appelle *crimes*, et que Machiavel appelle *entreprises*. Or, crime ou entreprise, la loi, brutale pour tous, punit cela de mort. Et les quatre

---

a. Nous ne prétendons pas envelopper dans le même dédain *tout* ce qui a été dit à cette occasion à la Chambre. Il s'est prononcé çà et là quelques belles et dignes paroles. Nous avons applaudi, comme tout le monde, au discours grave et simple de M. de Lafayette, et, dans une autre nuance, à la remarquable improvisation et M. Villemain.

malheureux étaient là, prisonniers, captifs de la loi, gardés par trois cents cocardes tricolores sous les belles ogives de Vincennes. Que faire et comment faire ? Vous comprenez qu'il est impossible d'envoyer à la Grève, dans une charrette, ignoblement liés avec de grosses cordes, dos à dos avec ce fonctionnaire qu'il ne faut pas seulement nommer, quatre hommes comme vous et moi, quatre *hommes du monde ?* Encore s'il y avait une guillotine en acajou !

Hé ! il n'y a qu'à abolir la peine de mort !

Et là-dessus, la Chambre se met en besogne.

Remarquez, messieurs, qu'hier encore vous traitiez cette abolition d'utopie, de théorie, de rêve, de folie, de poësie. Remarquez que ce n'est pas la première fois qu'on cherche à appeler votre attention sur la charrette, sur les grosses cordes et sur l'horrible machine écarlate, et qu'il est étrange que ce hideux attirail vous saute ainsi aux yeux tout à coup.

Bah ! c'est bien de cela qu'il s'agit ! Ce n'est pas à cause de vous, peuple, que nous abolissons la peine de mort, mais à cause de nous, députés qui pouvons être ministres. Nous ne voulons pas que la mécanique de Guillotin morde les hautes classes. Nous la brisons. Tant mieux si cela arrange tout le monde, mais nous n'avons songé qu'à nous. Ucalégon brûle[52]. Éteignons le feu. Vite, supprimons le bourreau, biffons le code.

Et c'est ainsi qu'un alliage d'égoïsme altère et dénature les plus belles combinaisons sociales. C'est la veine noire dans le marbre blanc ; elle circule partout, et apparaît à tout moment à l'improviste sous le ciseau. Votre statue est à refaire.

Certes, il n'est pas besoin que nous le déclarions ici,

nous ne sommes pas de ceux qui réclamaient les têtes des quatre ministres. Une fois ces infortunés arrêtés, la colère indignée que nous avait inspirée leur attentat s'est changée, chez nous comme chez tout le monde, en une profonde pitié. Nous avons songé aux préjugés d'éducation de quelques-uns d'entre eux, au cerveau peu développé de leur chef[53], relaps fanatique et obstiné des conspirations de 1804, blanchi avant l'âge sous l'ombre humide des prisons d'état, aux nécessités fatales de leur position commune, à l'impossibilité d'enrayer sur cette pente rapide où la monarchie s'était lancée elle-même à toute bride le 8 août 1829[54], à l'influence trop peu calculée par nous jusqu'alors de la personne royale, surtout à la dignité que l'un d'entre eux répandait comme un manteau de pourpre sur leur malheur. Nous sommes de ceux qui leur souhaitaient bien sincèrement la vie sauve, et qui étaient prêts à se dévouer pour cela. Si jamais, par impossible, leur échafaud eût été dressé un jour en Grève, nous ne doutons pas, et si c'est une illusion nous voulons la conserver, nous ne doutons pas qu'il n'y eût eu une émeute pour le renverser, et celui qui écrit ces lignes eût été de cette sainte émeute. Car, il faut bien le dire aussi, dans les crises sociales, de tous les échafauds, l'échafaud politique est le plus abominable, le plus funeste, le plus vénéneux, le plus nécessaire à extirper. Cette espèce de guillotine-là prend racine dans le pavé, et en peu de temps repousse de bouture sur tous les points du sol.

En temps de révolution, prenez garde à la première tête qui tombe. Elle met le peuple en appétit.

Nous étions donc personnellement d'accord avec

ceux qui voulaient épargner les quatre ministres, et d'accord de toutes manières, par les raisons sentimentales comme par les raisons politiques. Seulement, nous eussions mieux aimé que la Chambre choisît une autre occasion pour proposer l'abolition de la peine de mort.

Si on l'avait proposée, cette souhaitable abolition, non à propos de quatre ministres tombés des Tuileries à Vincennes, mais à propos du premier voleur de grands chemins venu, à propos d'un de ces misérables que vous regardez à peine quand ils passent près de vous dans la rue, auxquels vous ne parlez pas, dont vous évitez instinctivement le coudoiement poudreux ; malheureux dont l'enfance déguenillée a couru pieds nus dans la boue des carrefours, grelottant l'hiver au rebord des quais, se chauffant au soupirail des cuisines de M. Véfour chez qui vous dînez, déterrant çà et là une croûte de pain dans un tas d'ordures et l'essuyant avant de la manger, grattant tout le jour le ruisseau avec un clou pour y trouver un liard, n'ayant d'autre amusement que le spectacle gratis de la fête du roi et les exécutions en Grève, cet autre spectacle gratis ; pauvres diables, que la faim pousse au vol, et le vol au reste ; enfants déshérités d'une société marâtre, que la maison de force prend à douze ans, le bagne à dix-huit, l'échafaud à quarante ; infortunés qu'avec une école et un atelier vous auriez pu rendre bons, moraux, utiles, et dont vous ne savez que faire, les versant, comme un fardeau inutile, tantôt dans la rouge fourmilière de Toulon, tantôt dans le muet enclos de Clamart, leur retranchant la vie après leur avoir volé la liberté ; si c'eût été à propos d'un de ces hommes que vous eussiez proposé d'abolir la peine de mort, oh ! alors, votre séance eût été vraiment digne, grande, sainte, majestueuse, vénérable. Depuis les augustes pères de Trente, invitant les hérétiques au concile au nom des entrailles de Dieu, *per viscera Dei,* parce qu'on espère leur conversion, *quoniam sancta synodus sperat hœreticorum conversionem*[55], jamais assemblée d'hommes n'aurait présenté au monde spectacle plus sublime, plus illustre et plus miséricordieux. Il a toujours appartenu à ceux qui sont vraiment forts et vraiment grands d'avoir souci du faible et du petit. Un conseil de brahmines serait beau prenant en main la cause du paria. Et ici, la cause du paria, c'était la cause du peuple. En abolissant la peine de mort, à cause de lui et sans attendre que vous fussiez intéressés dans la question, vous faisiez plus qu'une œuvre politique, vous faisiez une œuvre sociale.

Tandis que vous n'avez pas même fait une œuvre politique en essayant de l'abolir, non pour l'abolir, mais pour sauver quatre malheureux ministres pris la main dans le sac des coups d'État !

Qu'est-il arrivé ? c'est que, comme vous n'étiez pas sincères, on a été défiant. Quand le peuple a vu qu'on voulait lui donner le change, il s'est fâché contre toute la question en masse, et, chose remarquable ! il a pris fait et cause pour cette peine de mort dont il supporte pourtant tout le poids. C'est votre maladresse qui l'a amené là. En abordant la question de biais et sans franchise, vous l'avez compromise pour longtemps. Vous jouiez une comédie. On l'a sifflée.

Cette farce pourtant, quelques esprits avaient eu la

bonté de la prendre au sérieux. Immédiatement après la fameuse séance, ordre avait été donné aux procureurs généraux, par un garde des sceaux honnête homme, de suspendre indéfiniment toutes exécutions capitales. C'était en apparence un grand pas. Les adversaires de la peine de mort respirèrent. Mais leur illusion fut de courte durée.

Le procès des ministres fut mené à fin. Je ne sais quel arrêt fut rendu. Les quatre vies furent épargnées. Ham fut choisi comme juste milieu entre la mort et la liberté. Ces divers arrangements une fois faits, toute peur s'évanouit dans l'esprit des hommes d'État dirigeants, et, avec la peur, l'humanité s'en alla. Il ne fut plus question d'abolir le supplice capital; et une fois qu'on n'eut plus besoin d'elle, l'utopie redevint utopie, la théorie, théorie, la poësie, poësie.

Il y avait pourtant toujours dans les prisons quelques malheureux condamnés vulgaires qui se promenaient dans les préaux depuis cinq ou six mois, respirant l'air, tranquilles désormais, sûrs de vivre, prenant leur sursis pour leur grâce. Mais attendez.

Le bourreau, à vrai dire, avait eu grand'peur. Le jour où il avait entendu les faiseurs de lois parler humanité, philanthropie, progrès, il s'était cru perdu. Il s'était caché, le misérable, il s'était blotti sous sa guillotine, mal à l'aise au soleil de juillet comme un oiseau de nuit en plein jour, tâchant de se faire oublier, se bouchant les oreilles et n'osant souffler. On ne le voyait plus depuis six mois. Il ne donnait plus signe de vie. Peu à peu cependant il s'était rassuré dans ses ténèbres. Il avait écouté du côté des Chambres et n'avait pas entendu prononcer son nom. Plus de ces grands mots sonores dont il avait eu si grande frayeur. Plus de commentaires déclamatoires du *Traité des Délits et des Peines*. On s'occupait de toute autre chose, de quelque grave intérêt social, d'un chemin vicinal, d'une subvention pour l'Opéra-Comique, ou d'une saignée de cent mille francs sur un budget apoplectique de quinze cents millions. Personne ne songeait plus à lui, coupe-tête. Ce que voyant, l'homme se tranquillise, il met sa tête hors de son trou, et regarde de tous côtés ; il fait un pas, puis deux, comme je ne sais plus quelle souris de La Fontaine, puis il se hasarde à sortir tout à fait de dessous son échafaudage, puis il saute dessus, le raccommode, le restaure, le fourbit, le caresse, le fait jouer, le fait reluire, se remet à suifer la vieille mécanique rouillée que l'oisiveté détraquait ; tout à coup il se retourne, saisit au hasard par les cheveux dans la première prison venue un de ces infortunés qui comptaient sur la vie, le tire à lui, le dépouille, l'attache, le boucle, et voilà les exécutions qui recommencent.

Tout cela est affreux, mais c'est de l'histoire.

Oui, il y a eu un sursis de six mois accordé à de malheureux captifs, dont on a gratuitement aggravé la peine de cette façon en les faisant reprendre à la vie ; puis, sans raison, sans nécessité, sans trop savoir pourquoi, *pour le plaisir,* on a un beau matin révoqué le sursis, et l'on a remis froidement toutes ces créatures humaines en coupe réglée. Eh ! mon Dieu ! je vous le demande, qu'est-ce que cela nous faisait à tous que ces hommes vécussent ? Est-ce qu'il n'y a pas en France assez d'air à respirer pour tout le monde ?

Pour qu'un jour un misérable commis de la chancellerie, à qui cela était égal, se soit levé de sa chaise en disant : — Allons ! personne ne songe plus à l'abolition de la peine de mort. Il est temps de se remettre à guillotiner ! — il faut qu'il se soit passé dans le cœur de cet homme-là quelque chose de bien monstrueux.

Du reste, disons-le, jamais les exécutions n'ont été accompagnées de circonstances plus atroces que depuis cette révocation du sursis de juillet, jamais l'anecdote de la Grève n'a été plus révoltante et n'a mieux prouvé l'exécration de la peine de mort. Ce redoublement d'horreur est le juste châtiment des hommes qui ont remis le code du sang en vigueur. Qu'ils soient punis par leur œuvre. C'est bien fait.

Il faut citer ici deux ou trois exemples de ce que certaines exécutions ont eu d'épouvantable et d'impie. Il faut donner mal aux nerfs aux femmes des procureurs du roi. Une femme, c'est quelquefois une conscience.

Dans le midi, vers la fin du mois de septembre dernier, nous n'avons pas bien présents à l'esprit le lieu, le jour, ni le nom du condamné, mais nous les retrouverons si l'on conteste le fait, et nous croyons que c'est à Pamiers ; vers la fin de septembre donc, on vient trouver un homme dans sa prison, où il jouait tranquillement aux cartes : on lui signifie qu'il faut mourir dans deux heures, ce qui le fait trembler de tous ses membres, car, depuis six mois qu'on l'oubliait, il ne comptait plus sur la mort ; on le rase, on le tond, on le garrotte, on le confesse ; puis on le brouette entre quatre gendarmes, et à travers la foule, au lieu de l'exécution. Jusqu'ici rien que de simple.

C'est comme cela que cela se fait. Arrivé à l'échafaud, le bourreau le prend au prêtre, l'emporte, le ficelle sur la bascule, *l'enfourne*, je me sers ici du mot d'argot, puis il lâche le couperet. Le lourd triangle de fer se détache avec peine, tombe en cahotant dans ses rainures, et, voici l'horrible qui commence, entaille l'homme sans le tuer. L'homme pousse un cri affreux. Le bourreau, déconcerté, relève le couperet et le laisse retomber. Le couperet mord le cou du patient une seconde fois, mais ne le tranche pas. Le patient hurle, la foule aussi. Le bourreau rehisse encore le couperet, espérant mieux du troisième coup. Point. Le troisième coup fait jaillir un troisième ruisseau de sang de la nuque du condamné, mais ne fait pas tomber la tête. Abrégeons. Le couteau remonta et retomba cinq fois, cinq fois il entama le condamné, cinq fois le condamné hurla sous le coup et secoua sa tête vivante en criant grâce ! Le peuple indigné prit des pierres et se mit dans sa justice à lapider le misérable bourreau. Le bourreau s'enfuit sous la guillotine et s'y tapit derrière les chevaux des gendarmes. Mais vous n'êtes pas au bout. Le supplicié, se voyant seul sur l'échafaud, s'était redressé sur la planche, et là, debout, effroyable, ruisselant de sang, soutenant sa tête à demi coupée qui pendait sur son épaule, il demandait avec de faibles cris qu'on vînt le détacher. La foule, pleine de pitié, était sur le point de forcer les gendarmes et de venir à l'aide du malheureux qui avait subi cinq fois son arrêt de mort. C'est en ce moment-là qu'un valet du bourreau, jeune homme de vingt ans monte sur l'échafaud, dit au patient de se tourner pour qu'il le délie, et, profitant de la posture du mourant qui se

livrait à lui sans défiance, saute sur son dos et se met à
lui couper péniblement ce qui lui restait de cou avec je
ne sais quel couteau de boucher. Cela s'est fait. Cela
s'est vu. Oui.

Aux termes de la loi, un juge a dû assister à cette
exécution. D'un signe il pouvait tout arrêter. Que
faisait-il donc au fond de sa voiture, cet homme
pendant qu'on massacrait un homme ? Que faisait ce
punisseur d'assassins, pendant qu'on assassinait en
plein jour, sous ses yeux, sous le souffle de ses
chevaux, sous la vitre de sa portière ?

Et le juge n'a pas été mis en jugement ! et le
bourreau n'a pas été mis en jugement ! Et aucun
tribunal ne s'est enquis de cette monstrueuse extermi-
nation de toutes les lois sur la personne sacrée d'une
créature de Dieu !

Au dix-septième siècle, à l'époque de barbarie du
code criminel, sous Richelieu, sous Christophe Fouquet, quand M. de Chalais fut mis à mort devant le
Bouffay de Nantes par un soldat maladroit qui, au lieu
d'un coup d'épée, lui donna trente-quatre coups[a]
d'une doloire de tonnelier, du moins cela parut-il
irrégulier au parlement de Paris : il y eut enquête et
procès, et si Richelieu ne fut pas puni, si Christophe
Fouquet ne fut pas puni, le soldat le fut. Injustice sans
doute, mais au fond de laquelle il y avait de la justice.

Ici, rien. La chose a eu lieu après juillet, dans un
temps de douces mœurs et de progrès, un an après la
célèbre lamentation de la Chambre sur la peine de

---

a. La Porte dit vingt-deux, mais Aubery dit trente-quatre. M. de
Chalais cria jusqu'au vingtième.

mort. Eh bien ! le fait a passé absolument inaperçu. Les journaux de Paris l'ont publié comme une anecdote. Personne n'a été inquiété. On a su seulement que la guillotine avait été disloquée exprès par quelqu'un *qui voulait nuire à l'exécuteur des hautes œuvres.* C'était un valet du bourreau, chassé par son maître, qui, pour se venger, lui avait fait cette malice

Ce n'était qu'une espièglerie. Continuons.

A Dijon, il y a trois mois, on a mené au supplice une femme. (Une femme !) Cette fois encore, le couteau du docteur Guillotin a mal fait son service. La tête n'a pas été tout à fait coupée. Alors les valets de l'exécuteur se sont attelés aux pieds de la femme, et à travers les hurlements de la malheureuse, et à force de tiraillements et de soubresauts, ils lui ont séparé la tête du corps par arrachement.

A Paris, nous revenons au temps des exécutions secrètes. Comme on n'ose plus décapiter en Grève depuis juillet, comme on a peur, comme on est lâche, voici ce qu'on fait. On a pris dernièrement à Bicêtre un homme, un condamné à mort, un nommé Désandrieux, je crois ; on l'a mis dans une espèce de panier traîné sur deux roues, clos de toutes parts, cadenassé et verrouillé ; puis, un gendarme en tête, un gendarme en queue, à petit bruit et sans foule, on a été déposer le paquet à la barrière déserte de Saint-Jacques. Arrivés là, il était huit heures du matin, à peine jour, il y avait une guillotine toute fraîche dressée et pour public quelque douzaine de petits garçons groupés sur les tas de pierres voisins autour de la machine inattendue ; vite, on a tiré l'homme du panier, et, sans lui donner le temps de respirer, furtivement, sournoisement, honteusement, on lui a escamoté sa tête. Cela s'appelle un acte public et solennel de haute justice. Infâme dérision !

Comment donc les gens du roi comprennent-ils le mot civilisation ? Où en sommes-nous ? La justice ravalée aux stratagèmes et aux supercheries ! la loi aux expédients ! monstrueux !

C'est donc une chose bien redoutable qu'un condamné à mort, pour que la société le prenne en traître de cette façon !

Soyons juste pourtant, l'exécution n'a pas été tout à fait secrète. Le matin on a crié et vendu comme de coutume l'arrêt de mort dans les carrefours de Paris. Il paraît qu'il y a des gens qui vivent de cette vente. Vous entendez ? du crime d'un infortuné, de son châtiment, de ses tortures, de son agonie, on fait une denrée, un papier qu'on vend un sou. Concevez-vous rien de plus hideux que ce sou, vertdegrisé dans le sang ? Qui est-ce donc qui le ramasse ?

Voilà assez de faits. En voilà trop. Est-ce que tout cela n'est pas horrible ? Qu'avez-vous à alléguer pour la peine de mort ?

Nous faisons cette question sérieusement : nous la faisons pour qu'on y réponde : nous la faisons aux criminalistes, et non aux lettrés bavards. Nous savons qu'il y a des gens qui prennent l'excellence de la peine de mort pour texte à paradoxe comme tout autre thème. Il y en d'autres qui n'aiment la peine de mort que parce qu'ils haïssent tel ou tel qui l'attaque. C'est pour eux une question quasi littéraire, une question de personnes, une question de noms propres. Ceux-là sont les envieux, qui ne font pas plus faute aux bons jurisconsultes qu'aux grands artistes. Les Joseph Grippa ne manquent pas plus aux Filangieri que les Torregiani aux Michel-Ange et les Scudéry aux Corneille.

Ce n'est pas à eux que nous nous adressons, mais aux hommes de loi proprement dits, aux dialecticiens, aux raisonneurs, à ceux qui aiment la peine de mort pour la peine de mort, pour sa beauté, pour sa bonté, pour sa grâce.

Voyons, qu'ils donnent leurs raisons.

Ceux qui jugent et qui condamnent disent la peine de mort nécessaire. D'abord, — parce qu'il importe de retrancher de la communauté sociale un membre qui lui a déjà nui et qui pourrait lui nuire encore. — S'il ne s'agissait que de cela, la prison perpétuelle suffirait. A quoi bon la mort? Vous objectez qu'on peut s'échapper d'une prison? faites mieux votre ronde. Si vous ne croyez pas à la solidité des barreaux de fer, comment osez-vous avoir des ménageries?

Pas de bourreau où le geôlier suffit.

Mais, reprend-on, — il faut que la société se venge, que la société punisse. — Ni l'un, ni l'autre. Se venger est de l'individu, punir est de Dieu.

La société est entre deux. Le châtiment est au-dessus d'elle, la vengeance au-dessous. Rien de si grand et de si petit ne lui sied. Elle ne doit pas « punir pour se venger »; elle doit *corriger pour améliorer*. Transformez de cette façon la formule des criminalistes, nous la comprenons et nous y adhérons.

Reste la troisième et dernière raison, la théorie de l'exemple. — Il faut faire des exemples! il faut épouvanter par le spectacle du sort réservé aux

criminels ceux qui seraient tentés de les imiter! —
Voilà bien à peu près textuellement la phrase éternelle
dont tous les réquisitoires des cinq cents parquets de
France ne sont que des variations plus ou moins
sonores. Eh bien! nous nions d'abord qu'il y ait
exemple. Nous nions que le spectacle des supplices
produise l'effet qu'on en attend. Loin d'édifier le
peuple, il le démoralise, et ruine en lui toute sensibi-
lité, partant toute vertu. Les preuves abondent, et
encombreraient notre raisonnement si nous voulions
en citer. Nous signalerons pourtant un fait entre mille,
parce qu'il est le plus récent. Au moment où nous
écrivons, il n'a que dix jours de date. Il est du 5 mars,
dernier jour du carnaval. A Saint-Pol, immédiatement
après l'exécution d'un incendiaire nommé Louis
Camus, une troupe de masques est venue danser
autour de l'échafaud encore fumant. Faites donc des
exemples! le mardi gras vous rit au nez.

Que si, malgré l'expérience, vous tenez à votre
théorie routinière de l'exemple, alors rendez-nous le
seizième siècle, soyez vraiment formidables, rendez-
nous la variété des supplices, rendez-nous Farinacci,
rendez-nous les tourmenteurs-jurés, rendez-nous le
gibet, la roue, le bûcher, l'estrapade, l'essorillement,
l'écartèlement, la fosse à enfouir vif, la cuve à bouillir
vif; rendez-nous, dans tous les carrefours de Paris,
comme une boutique de plus ouverte parmi les autres,
le hideux étal du bourreau, sans cesse garni de chair
fraîche. Rendez-nous Montfaucon, ses seize piliers de
pierre, ses brutes assises, ses caves à ossements, ses
poutres, ses crocs, ses chaînes, ses brochettes de
squelettes, son éminence de plâtre tachetée de cor-

beaux, ses potences succursales, et l'odeur du cadavre
que par le vent du nord-est il répand à larges bouffées
sur tout le faubourg du Temple. Rendez-nous dans sa
permanence et dans sa puissance ce gigantesque
appentis du bourreau de Paris. A la bonne heure !
Voilà de l'exemple en grand. Voilà de la peine de mort
bien comprise. Voilà un système de supplices qui a
quelque proportion. Voilà qui est horrible, mais qui
est terrible.

Ou bien faites comme en Angleterre. En Angleterre, pays de commerce, on prend un contrebandier
sur la côte de Douvres, on le pend *pour l'exemple, pour
l'exemple* on le laisse accroché au gibet ; mais, comme
les intempéries de l'air pourraient détériorer le cadavre, on l'enveloppe soigneusement d'une toile enduite
de goudron, afin d'avoir à le renouveler moins souvent. O terre d'économie ! goudronner les pendus !

Cela pourtant a encore quelque logique. C'est la
façon la plus humaine de comprendre la théorie de
l'exemple.

Mais vous, est-ce bien sérieusement que vous
croyez faire un exemple quand vous égorgillez miséra-
blement un pauvre homme dans le recoin le plus
désert des boulevards extérieurs ? En Grève, en plein
jour, passe encore ; mais à la barrière Saint-Jacques !
mais à huit heures du matin ! Qui est-ce qui passe là ?
Qui est-ce qui va là ? Qui est-ce qui sait que vous tuez
un homme là ? Qui est-ce qui se doute que vous faites
un exemple là ? Un exemple pour qui ? Pour les arbres
du boulevard, apparemment.

Ne voyez-vous donc pas que vos exécutions publiques se font en tapinois ? Ne voyez-vous donc pas que

vous vous cachez? Que vous avez peur et honte de
votre œuvre? Que vous balbutiez ridiculement votre
discite justitiam moniti[56]? Qu'au fond vous êtes ébran-
lés, interdits, inquiets, peu certains d'avoir raison,
gagnés par le doute général, coupant des têtes par
routine et sans trop savoir ce que vous faites? Ne
sentez-vous pas au fond du cœur que vous avez tout au
moins perdu le sentiment moral et social de la mission
de sang que vos prédécesseurs, les vieux parlemen-
taires, accomplissaient avec une conscience si tranquille? La nuit, ne retournez-vous pas plus souvent
qu'eux la tête sur votre oreiller? D'autres avant vous
ont ordonné des exécutions capitales, mais ils s'esti-
maient dans le droit, dans le juste, dans le bien.
Jouvenel des Ursins se croyait un juge; Élie de
Thorrette se croyait un juge; Laubardemont, La
Reynie et Laffemas eux-mêmes se croyaient des juges;
vous, dans votre for intérieur, vous n'êtes pas bien
sûrs de ne pas être des assassins!

Vous quittez la Grève pour la barrière Saint-
Jacques, la foule pour la solitude, le jour pour le
crépuscule. Vous ne faites plus fermement ce que vous
faites. Vous vous cachez, vous dis-je!

Toutes les raisons pour la peine de mort, les voilà
donc démolies. Voilà tous les syllogismes de parquets
mis à néant. Tous ces copeaux de réquisitoires, les
voilà balayés et réduits en cendres. Le moindre
attouchement de la logique dissout tous les mauvais
raisonnements.

Que les gens du roi ne viennent donc plus nous
demander des têtes, à nous jurés, à nous hommes, en
nous adjurant d'une voix caressante au nom de la

société à protéger, de la vindicte publique à assurer, des exemples à faire. Rhétorique, ampoule, et néant que tout cela ! un coup d'épingle dans ces hyperboles, et vous les désenflez. Au fond de ce doucereux verbiage, vous ne trouvez que dureté de cœur, cruauté, barbarie, envie de prouver son zèle, nécessité de gagner ses honoraires. Taisez vous, mandarins ! Sous la patte de velours du juge on sent les ongles du bourreau.

Il est difficile de songer de sang-froid à ce que c'est qu'un procureur royal criminel. C'est un homme qui gagne sa vie à envoyer les autres à l'échafaud. C'est le pourvoyeur titulaire des places de Grève. Du reste, c'est un monsieur qui a des prétentions au style et aux lettres, qui est beau parleur ou croit l'être, qui récite au besoin un vers latin ou deux avant de conclure à la mort, qui cherche à faire de l'effet, qui intéresse son amour-propre, ô misère ! là où d'autres ont leur vie engagée, qui a ses modèles à lui, ses types désespérants à atteindre, ses classiques, son Bellart, son Marchangy, comme tel poëte a Racine et tel autre Boileau. Dans le débat, il tire du côté de la guillotine, c'est son rôle, c'est son état. Son réquisitoire, c'est son œuvre littéraire, il le fleurit de métaphores, il le parfume de citations, il faut que cela soit beau à l'audience, que cela plaise aux dames. Il a son bagage de lieux communs encore très neufs pour la province, ses élégances d'élocution, ses recherches, ses raffinements d'écrivain. Il hait le mot propre presque autant que nos poëtes tragiques de l'école de Delille. N'ayez pas peur qu'il appelle les choses par leur nom. Fi donc ! Il a pour toute idée dont la nudité vous révolterait des déguisements complets d'épithètes et d'adjectifs. Il rend M. Samson présentable. Il gaze le couperet. Il estompe la bascule. Il entortille le panier rouge dans une périphrase. On ne sait plus ce que c'est. C'est douceâtre et décent. Vous le représentez-vous, la nuit, dans son cabinet, élaborant à loisir et de son mieux cette harangue qui fera dresser un échafaud dans six semaines ? Le voyez-vous suant sang et eau pour emboîter la tête d'un accusé dans le plus fatal article du code ? Le voyez-vous scier avec une loi mal faite le cou d'un misérable ? Remarquez-vous comme il fait infuser dans un gâchis de tropes et de synec-doches deux ou trois textes vénéneux pour en expri-mer et en extraire à grand-peine la mort d'un homme ? N'est-il pas vrai que, tandis qu'il écrit, sous sa table, dans l'ombre, il a probablement le bourreau accroupi à ses pieds, et qu'il arrête de temps en temps sa plume pour lui dire, comme le maître à son chien : — Paix là ! paix là ! tu vas avoir ton os !

Du reste, dans la vie privée, cet homme du roi peut être un honnête homme, bon père, bon fils, bon mari, bon ami, comme disent toutes les épitaphes du Père-Lachaise.

Espérons que le jour est prochain où la loi abolira ces fonctions funèbres. L'air seul de notre civilisation doit dans un temps donné user la peine de mort.

On est parfois tenté de croire que les défenseurs de la peine de mort n'ont pas bien réfléchi à ce que c'est. Mais pesez donc un peu à la balance de quelque crime que ce soit ce droit exorbitant que la société s'arroge d'ôter ce qu'elle n'a pas donné, cette peine, la plus irréparable des peines irréparables !

De deux choses l'une :

Ou l'homme que vous frappez est sans famille, sans parents, sans adhérents dans ce monde. Et dans ce cas, il n'a reçu ni éducation, ni instruction, ni soins pour son esprit, ni soins pour son cœur ; et alors de quel droit tuez-vous ce misérable orphelin ? Vous le punissez de ce que son enfance a rampé sur le sol sans tige et sans tuteur ! Vous lui imputez à forfait l'isolement où vous l'avez laissé ! De son malheur vous faites son crime ! Personne ne lui a appris à savoir ce qu'il faisait. Cet homme ignore. Sa faute est à sa destinée, non à lui. Vous frappez un innocent.

Ou cet homme a une famille ; et alors croyez-vous que le coup dont vous l'égorgez ne blesse que lui seul ? que son père, que sa mère, que ses enfants, n'en saigneront pas ? Non. En le tuant, vous décapitez toute sa famille. Et ici encore vous frappez des innocents.

Gauche et aveugle pénalité, qui, de quelque côté qu'elle se tourne, frappe l'innocent !

Cet homme, ce coupable qui a une famille, séquestrez-le. Dans sa prison, il pourra travailler encore pour les siens. Mais comment les fera-t-il vivre du fond de son tombeau ? Et songez-vous sans frissonner à ce que deviendront ces petits garçons, ces petites filles, auxquelles vous ôtez leur père, c'est-à-dire leur pain ? Est-ce que vous comptez sur cette famille pour approvisionner dans quinze ans, eux le bagne, elles le musico ? Oh ! les pauvres innocents !

Aux colonies, quand un arrêt de mort tue un esclave, il y a mille francs d'indemnité pour le propriétaire de l'homme. Quoi ! vous dédommagez le

maître, et vous n'indemnisez pas la famille ! Ici aussi
ne prenez-vous pas un homme à ceux qui le possè-
dent ? N'est-il pas, à un titre bien autrement sacré que
l'esclave vis-à-vis du maître, la propriété de son père,
le bien de sa femme, la chose de ses enfants ?

Nous avons déjà convaincu votre loi d'assassinat.
La voici convaincue de vol.

Autre chose encore. L'âme de cet homme, y songez-
vous ? Savez-vous dans quel état elle se trouve ? Osez-
vous bien l'expédier si lestement ? Autrefois du moins,
quelque foi circulait dans le peuple ; au moment
suprême, le souffle religieux qui était dans l'air
pouvait amollir le plus endurci ; un patient était en
même temps un pénitent ; la religion lui ouvrait un
monde au moment où la société lui en fermait un
autre ; toute âme avait conscience de Dieu ; l'échafaud
n'était qu'une frontière du ciel. Mais quelle espérance
mettez-vous sur l'échafaud maintenant que la grosse
foule ne croit plus ? maintenant que toutes les religions sont attaquées du dry-rot, comme ces vieux
vaisseaux qui pourrissent dans nos ports, et qui jadis
peut-être ont découvert des mondes ? maintenant que
les petits enfants se moquent de Dieu ? De quel droit
lancez-vous dans quelque chose dont vous doutez
vous-mêmes les âmes obscures de vos condamnés, ces
âmes telles que Voltaire et M. Pigault-Lebrun les ont
faites ? Vous les livrez à votre aumônier de prison,
excellent vieillard sans doute ; mais croit-il et fait-il
croire ? Ne grossoie-t-il pas comme une corvée son
œuvre sublime ? Est-ce que vous le prenez pour un
prêtre, ce bonhomme qui coudoie le bourreau dans la
charrette ? Un écrivain plein d'âme et de talent l'a dit

avant nous : *C'est une horrible chose de conserver le bourreau après avoir ôté le confesseur !*

Ce ne sont là, sans doute, que des « raisons sentimentales », comme disent quelques dédaigneux qui ne prennent leur logique que dans leur tête. A nos yeux, ce sont les meilleures. Nous préférons souvent les raisons du sentiment aux raisons de la raison. D'ailleurs les deux séries se tiennent toujours, ne l'oublions pas. Le *Traité des Délits* est greffé sur l'*Esprit des Lois*. Montesquieu a engendré Beccaria.

La raison est pour nous, le sentiment est pour nous, l'expérience est aussi pour nous. Dans les états modèles, où la peine de mort est abolie, la masse des crimes capitaux suit d'année en année une baisse progressive. Pesez ceci.

Nous ne demandons cependant pas pour le moment une brusque et complète abolition de la peine de mort, comme celle où s'était si étourdiment engagée la Chambre des députés. Nous désirons, au contraire, tous les essais, toutes les précautions, tous les tâtonnements de la prudence. D'ailleurs, nous ne voulons pas seulement l'abolition de la peine de mort, nous voulons un remaniement complet de la pénalité sous toutes ses formes, du haut en bas, depuis le verrou jusqu'au couperet, et le temps est un des ingrédients qui doivent entrer dans une pareille œuvre pour qu'elle soit bien faite. Nous comptons développer ailleurs, sur cette matière, le système d'idées que nous croyons applicable. Mais, indépendamment des abolitions partielles pour le cas de fausse monnaie, d'incendie, de vols qualifiés, etc., nous demandons que dès à présent, dans toutes les affaires capitales, le président soit tenu de poser au jury cette question : *L'accusé a-t-il agi par passion ou par intérêt ?* et que, dans le cas où le jury répondrait : *L'accusé a agi par passion,* il n'y ait pas condamnation à mort. Ceci nous épargnerait du moins quelques exécutions révoltantes. Ulbach et Debacker seraient sauvés. On ne guillotinerait plus Othello.

Au reste, qu'on ne s'y trompe pas, cette question de la peine de mort mûrit tous les jours. Avant peu, la société entière la résoudra comme nous.

Que les criminalistes les plus entêtés y fassent attention, depuis un siècle la peine de mort va s'amoindrissant. Elle se fait presque douce. Signe de décrépitude. Signe de faiblesse. Signe de mort prochaine. La torture a disparu. La roue a disparu. La potence a disparu. Chose étrange ! la guillotine elle-même est un progrès.

M. Guillotin était un philanthrope.

Oui, l'horrible Thémis dentue et vorace de Farinace et de Vouglans, de Delancre et d'Isaac Loisel, de d'Oppède et de Machault, dépérit. Elle maigrit. Elle se meurt.

Voilà déjà la Grève qui n'en veut plus. La Grève se réhabilite. La vieille buveuse de sang s'est bien conduite en juillet. Elle veut mener désormais meilleure vie et rester digne de sa dernière belle action. Elle qui s'était prostituée depuis trois siècles à tous les échafauds, la pudeur la prend. Elle a honte de son ancien métier. Elle veut perdre son vilain nom. Elle répudie le bourreau. Elle lave son pavé.

A l'heure qu'il est, la peine de mort est déjà hors de

Paris. Or, disons-le bien ici, sortir de Paris c'est sortir de la civilisation.

Tous les symptômes sont pour nous. Il semble aussi qu'elle se rebute et qu'elle rechigne, cette hideuse machine, ou plutôt ce monstre fait de bois et de fer qui est à Guillotin ce que Galatée est à Pygmalion. Vues d'un certain côté, les effroyables exécutions que nous avons détaillées plus haut sont d'excellents signes. La guillotine hésite. Elle en est à manquer son coup. Tout le vieil échafaudage de la peine de mort se détraque.

L'infâme machine partira de France, nous y comptons, et, s'il plaît à Dieu, elle partira en boitant, car nous tâcherons de lui porter de rudes coups.

Qu'elle aille demander l'hospitalité ailleurs, à quelque peuple barbare, non à la Turquie, qui se civilise, non aux sauvages, qui ne voudraient pas d'elle[a] ; mais qu'elle descende quelques échelons encore de l'échelle de la civilisation, qu'elle aille en Espagne ou en Russie.

L'édifice social du passé reposait sur trois colonnes, le prêtre, le roi, le bourreau. Il y a déjà longtemps qu'une voix a dit : *Les dieux s'en vont !* Dernièrement une autre voix s'est élevée et a crié : *Les rois s'en vont !* Il est temps maintenant qu'une troisième voix s'élève et dise : *Le bourreau s'en va !*

Ainsi l'ancienne société sera tombée pierre à pierre ; ainsi la providence aura complété l'écroulement du passé.

A ceux qui ont regretté les dieux, on a pu dire : Dieu reste. A ceux qui regrettent les rois, on peut

---

a. Le « parlement » d'Otahiti vient d'abolir la peine de mort.

dire : la patrie reste. A ceux qui regretteraient le bourreau, on n'a rien à dire.

Et l'ordre ne disparaîtra pas avec le bourreau ; ne le croyez point. La voûte de la société future ne croulera pas pour n'avoir point cette clef hideuse. La civilisation n'est autre chose qu'une série de transformations successives. A quoi donc allez-vous assister ? à la transformation de la pénalité. La douce loi du Christ pénétrera enfin le code et rayonnera à travers. On regardera le crime comme une maladie, et cette maladie aura ses médecins qui remplaceront vos juges, ses hôpitaux qui remplaceront vos bagnes. La liberté et la santé se ressembleront. On versera le baume et l'huile où l'on appliquait le fer et le feu. On traitera par la charité ce mal qu'on traitait par la colère. Ce sera simple et sublime. La croix substituée au gibet. Voilà tout.

15 mars 1832.

DOSSIER

VIE DE VICTOR HUGO

1802 — *26 février* : Naissance de Victor-Marie Hugo, troisième fils du commandant Hugo.

1803 — Naissance d'Adèle Foucher, la future Mme V. Hugo.

1806 — Naissance de Julienne Gauvain (Juliette Drouet).

1811 — Le général Hugo demande le divorce à la suite de l'arrestation, chez sa femme, du général Lahorie, conspirateur et amant de Mme Hugo.

1812 — Premier texte connu de Victor Hugo : *L'Enfer sur terre*.

1815 — Victor Hugo est mis en pension chez Cordier, dans l'actuelle rue Gozlin. Il compose ses premiers poèmes.

1816 — « Je veux être Chateaubriand, ou rien. » (Authenticité douteuse.) Achève *Irtamène*, tragédie.

1817 — Il obtient une mention de l'Académie française, commence une tragédie.

1818 — Divorce légal des époux Hugo. Il suit les cours du lycée Louis-le-Grand et obtient le 5e accessit de physique au Concours général.
Il achève *A.Q.C.H.E.B.*, opéra-comique. Écrit la première version de *Bug-Jargal*, en quinze jours, à la suite d'un pari.

1819 — Idylle avec Adèle Foucher. Prix des Jeux floraux de Toulouse pour deux odes d'inspiration royaliste. Les frères Hugo fondent *Le Conservateur littéraire*. Hugo écrit *Inès de Castro*, mélodrame.

1821 — Mort de Mme Hugo. Fiançailles secrètes avec Adèle Foucher.

1822 — *Odes et Poésies diverses*, parution. Il épouse Adèle Foucher. Son frère, Eugène Hugo, devient fou. Condamnation à mort et exécution en place de Grève des Quatre Sergents de La Rochelle, épisode qui sera évoqué dans *Le Dernier Jour d'un Condamné*.

1823 — *Han d'Islande*, parution. Louis XVIII renouvelle la pension accordée en 1822. Naissance et mort du premier fils, Léopold-Victor.

1824 — *Les Nouvelles Odes*. Naissance de Léopoldine.

1825 — Le Gouvernement français reconnaît, par ordonnance, l'indépendance de la République de Saint-Domingue (Haïti).

1826 — Deuxième version de *Bug-Jargal*. *Odes et Ballades*. Naissance de Charles.

1827 — Hugo achève *Cromwell* et se lie avec Sainte-Beuve. Il écrit la préface de *Cromwell* où se trouve défini le drame romantique. Il fait figure de chef d'école.

1828 — Victor Hugo et David d'Angers assistent au ferrement des forçats, à Bicêtre. La scène est décrite dans *Le dernier Jour d'un Condamné*, écrit la même année. Hugo passe un contrat d'édition avec Gosselin, qui reprend toutes ses œuvres.
Naissance de François-Victor Hugo.

1829 — *Les Orientales*, publication. Il écrit *Marion Delorme* et *Hernani*.

1830 — « Bataille » d'*Hernani* à la Comédie-Française. Hugo commence *Notre-Dame de Paris*. Naissance d'Adèle, dont Sainte-Beuve est le parrain.

1831 — *Notre-Dame de Paris, Les Feuilles d'automne*, publication. *Marion Delorme*, représentation.

1832 — Hugo écrit *Le Roi s'amuse*. *Lucrèce Borgia*. Il s'installe place Royale (actuel musée Victor-Hugo, place des Vosges). Interdiction de la représentation de *Le Roi s'amuse*.

1833 — Hugo rencontre Juliette Drouet, comédienne. Il devient son amant. *Lucrèce Borgia*, représentation (avec

J. Drouet dans un petit rôle). *Marie Tudor,* représentation et publication.

1834 — Publications : *Étude sur Mirabeau. Littérature et philosophie mêlées, Claude Gueux.* Rupture avec Sainte-Beuve.

1835 — Publications : *Angelo, Les Chants du crépuscule.* Représentation d'*Angelo.*

1836 — Échec à l'Académie, à deux reprises.

1837 — Le frère de Hugo, Eugène, meurt à l'asile de Charenton où il avait été interné. Publication des *Voix intérieures.* Voyage en Belgique avec Juliette Drouet.

1838 — Publication de *Ruy Blas.*

1839 — Voyage dans l'Est, la Rhénanie et la Provence avec Juliette Drouet.

1840 — Hugo, président de la Société des Gens de Lettres, à la suite de Balzac. Nouvel échec à L'Académie. Publication de *Les Rayons et les Ombres.* Voyage avec Juliette Drouet sur les bords du Rhin.

1841 — Hugo est élu à l'Académie.

1842 — Publication du *Rhin.*

1843 — Représentation et publication des *Burgraves.* Voyage en Espagne avec Juliette Drouet. Mariage de Léopoldine avec Charles Vacquerie : quelques mois après, ils se noient à Villequier.

1844 — Liaison avec Mme Biard.

1845 — Hugo reçoit Sainte-Beuve à l'Académie. Il est nommé pair de France Léonie Biard et Hugo sont surpris en fragrant délit d'adultère.

1846 — Liaison avec Alice Ozy.

1851 — Expulsé après le coup d'État, Hugo gagne Bruxelles où il commence *Histoire d'un Crime.*

1852 — Hugo achève à Bruxelles *Histoire d'un crime,* écrit *Napoléon-le-Petit,* puis gagne Jersey. Il s'installe à Marine-Terrace.

1853 — Séances de tables tournantes à Jersey.
23-24 novembre : Publication des *Châtiments.*

1854 — Hugo écrit *La Fin de Satan.*

1855 — Mort d'Abel Hugo. Expulsé de Jersey. Hugo gagne Guernesey.

1856 — Publication des *Contemplations*. Hugo s'installe à Hauteville-House.

1859 — Publication de *La Légende des Siècles* (1ʳᵉ série).

1861 — Hugo gagne Bruxelles. Il achève *Les Misérables*. Il revient à Guernesey.

1862 — Publication des *Misérables*. Voyage sur les bords du Rhin, recommencé en 1863, 1864, 1865.

1864 — Publication de *William Shakespeare*.

1865 — Hugo reste seul à Guernesey avec Juliette Drouet. Il voyage en Belgique et sur les bords du Rhin. Publication des *Chansons des rues et des bois*.

1866 — Publication des *Travailleurs de la mer*.

1867 — Juliette Drouet et Adèle Hugo se rendent visite pour la première fois.
Hugo écrit *Mangeront-ils?* et *La Voix de Guernesey*.

1868 — Mort d'Adèle Hugo, sa femme, à Bruxelles. Hugo achève *L'homme qui rit*.

1870 — *5 septembre :* Hugo rentre en France après dix-neuf ans d'exil. La première édition française des *Châtiments* est mise en vente. On en donne lecture publique au théâtre de la Porte-Saint-Martin.

1871 — Hugo, élu député à l'Assemblée constituante, rejoint le gouvernement à Bordeaux.
21 mars : Hugo se rend à Bruxelles pour régler la succession de son fils Charles, qui vient de mourir.

1872 — Sa fille Adèle, folle, est internée. Publication de *L'Année terrible*.
Liaison avec la femme de chambre de Juliette Drouet.

1873 — Hugo achève *Quatre-vingt-treize*. Son fils François-Victor meurt.

874 — Publication de *Quatre-vingt-treize* et de *Mes Fils*.

1875 — Publication de *Avant l'Exil* et *Pendant l'Exil*. Hugo rédige son testament littéraire.

1876 — Hugo, élu sénateur, prononce un discours pour l'amnistie des Communards. Il écrit l'éloge funèbre de G. Sand et publie *Depuis l'Exil*.

1877 — Publication de *La Légende des Siècles* (2ᵉ série), de *L'Art d'être grand-père*, d'*Histoire d'un crime*.

1878 — *27 juin :* Congestion cérébrale : Hugo ne pourra plus écrire que difficilement.

1880 — Nouveau discours en faveur de l'amnistie des Communards. Publication de *Religions et Religion* et de *L'Ane.*

1881 — Hommage à Hugo : manifestation populaire, séance au Sénat. Publication des *Quatre Vents de l'Esprit.*

1882 — Publication de *Torquemada.* Éloge funèbre de Louis Blanc.

1883 — Mort de Juliette Drouet. Publication de *La Légende des Siècles* (3ᵉ série) et de *L'Archipel de la Manche.*

1885 — *15 mai :* Congestion pulmonaire. *22 mai,* 13 h 27 : mort de Victor Hugo à son domicile, 130, avenue d'Eylau, *1ᵉʳ juin :* Funérailles nationales. Inhumation au Panthéon.

NOTICES

BUG-JARGAL

Le chapitre XXXI du *Victor Hugo raconté par un témoin de sa vie* fournit quelques précisions intéressantes sur les circonstances dans lesquelles fut conçue et rédigée la première version de *Bug-Jargal*, vraisemblablement au cours du deuxième semestre de l'année 1818. La page mérite d'être citée ici, l'anecdote qu'elle relate étant tout à fait significative de la personnalité du jeune Hugo :

> La rentrée des classes n'interrompit pas le *Banquet littéraire*. Victor était libre de sortir quand il voulait et d'emmener Eugène, qui d'ailleurs, capricieux et bizarre par instants, refusait souvent d'y aller et s'enfermait à la pension.
> Victor, lui, n'y manquait jamais.
> Un jour, l'un des dîneurs eut une idée :
> — Savez-vous ce que nous devrions faire ? demanda-t-il.
> — Quoi ?
> — Nous devrions faire un livre collectif. Nous nous réunissons dans un dîner, réunissons-nous dans un roman !
> — Explique-toi.
> — Rien de plus simple. Nous supposerons, par exemple, que des officiers, la veille d'une bataille, se racontent leurs histoires pour tuer le temps en attendant qu'ils tuent le monde et que le monde les tue : cela nous donnera l'unité, et nous aurons la variété par nos manières différentes. Nous publierons la chose sans nom d'auteur, et le public sera

délicieusement surpris de trouver dans un seul livre toutes les espèces de talent.

— Bravo[1] cria la table enthousiasmée.

Le plan fut adopté. On convint de la dimension que devait avoir chaque histoire, car il ne fallait pas que l'ouvrage entier dépassât deux volumes in-octavo pour n'être pas d'une vente trop lourde. Du reste, chacun fut libre de son sujet. Au moment de se séparer, Abel résuma ce qui avait été décidé.

— Et maintenant, ajouta-t-il, il ne va pas s'agir de se croiser les bras. Pour nous forcer au travail, il serait bon de se fixer une époque où nous devrions avoir fini. Voyons, combien de temps nous donnons-nous ?

— Quinze jours, dit Victor.

Les autres le regardèrent pour voir s'il parlait sérieusement. Mais il était à l'âge où l'on ne doute de rien. Il répéta

— Eh bien, oui, quinze jours.

— Quinze jours pour faire un roman ! dit Malitourne, pour le trouver et pour l'écrire ! c'est de l'enfantillage.

— J'aurai fini dans quinze jours, insista Victor.

— Allons donc !

— Je parie.

— Eh bien, un dîner pour tous.

— Un dîner pour tous, soit.

Le 15 au matin, tous les convives du *Banquet littéraire* reçurent un mot de Victor les avertissant qu'il avait terminé sa nouvelle qui, pour n'être pas chicanée sur la quantité, avait un volume, et que ceux qui voudraient l'entendre n'avaient qu'à se trouver le soir à huit heures chez Gilé.

Tous y coururent, et Victor lut *Bug-Jargal*.

Il convient toutefois de ne pas se laisser abuser par le ton de ce témoignage destiné à mettre en valeur le caractère de tour de force d'une des premières entreprises littéraires de Hugo. D'une part, l'histoire de la littérature abonde en exemples de précocité et de dons non moins remarquables que ceux qui se révèlent ici ; et d'autre part, la portée de cette nouvelle qu'est le premier *Bug-Jargal* est relativement limitée. Hugo avait l'intention de faire suivre ce premier récit d'une série d'autres *Contes sous la tente*. Finalement, il renonça (non sans dédain) à son projet, et de cet ensemble d'histoires de guerre nous ne connaîtrons jamais que le fruit du pari de 1818. Fruit quelque peu vert, serait-on tenté de

dire au sujet de cette description d'un monde « pré-
pubère », comme le note judicieusement Georges Piroué,
« où seuls comptent l'honneur et le courage ».

Quelques-uns des éléments de la version définitive (donnée dans ce volume) sont absents de la première version : en
particulier, tous les développements concernant le fascinant
personnage de Habibrah, prototype hugolien du monstre ;
toutes les excessives descriptions du visionnaire (ici, l'incendie de l'île) et surtout, bien entendu, le personnage de
Marie, véritable création de la deuxième version, personnage au demeurant assez insignifiant, mais dont l'apparition
ouvre néanmoins, au cœur du récit, des abîmes nouveaux.
Au schématique petit chef-d'œuvre de 1818, qui posait le
problème en termes simplistes (limpidité morale d'un cas de
conscience militaire), succède l'incroyable mélodrame de
1826. L'opposition militaire et raciale qui dressait l'un
contre l'autre les deux héros du livre, se double désormais
d'une concurrence amoureuse qui charge le récit d'ambigui-
tés inquiétantes — et aussi d'*effets* délibérément grossiers.
L'incessant appel de Bug-Jargal à la fraternisation (« Puis-je
t'appeler frère ? ») n'en prend alors que plus de sens ; les
héros cessent d'être les jouets de l'Histoire ; c'est librement
qu'ils veulent accéder à l'égalité par le cœur, sans laquelle
l'égalité par le jeu de textes législatifs serait lettre morte.
Bug-Jargal et le capitaine d'Auverney sont tout à la fois
ennemis de sang et de classe, et rivaux d'opérette. On
pourrait craindre que cette hypothèse théâtrale ne fasse
sombrer l'exposé dans la confusion. Le génie de Hugo
consiste précisément en ceci qu'il trouve, dans la confusion
même, les moyens de donner au problème politique envisagé
sa portée la plus haute et la plus générale.

Ainsi la première version était-elle à peu près parfaite,
mais *courte*, dans tous les sens du terme. La seconde est
infiniment plus riche, plus grosse d'imperfections passion-
nantes, plus inadmissible mais combien plus géniale, en un
mot combien plus hugolienne. La première version avait
cette virilité pure et un peu gauche de l'adolescence. La
seconde a pris une épaisseur trouble, inavouable déjà, dans
ses replis inconscients. Avec cette sorte de flair souverain

qui vous mène droit au but sans le secours de la pensée (flair que Hugo lui-même désigne du nom de génie) l'auteur trouve les situations à l'intérieur desquelles se jouent les complexes que la psychanalyse a depuis lors définis. Mélodrame ou psychodrame ? Ce n'est pas un hasard si Hugo fait peser tout au long du récit l'hypothèque d'un viol de la blanche par le noir. C'est que d'une version à l'autre, le problème a cessé de se poser en termes de pure idéologie. La couleur de la peau a cessé d'être une idée. La peau de Bug-Jargal n'est plus un « thème », elle est une réalité que le frémissement du désir a rendu sensible. La synthèse de Freud et de Marx, aujourd'hui pierre d'achoppement de la pensée, ne trouve-t-elle pas, avant la lettre, sa première expression inconsciente dans de telles fictions ? En entrecroisant l'intrigue pour midinettes et les données politiques du roman, Hugo donne au problème sa véritable dimension. De sa part, le véritable tour de force, ce n'est pas d'avoir écrit le premier *Bug-Jargal* à seize ans, en quelque jours, mais d'avoir réussi à insérer dans le second des éléments qui sans rien modifier de l'architecture du récit en bouleversent complètement le sens. On assiste, de 1818 à 1826, à une véritable *naissance* du personnage de Bug-Jargal ; c'est de son accession à l'humanité qu'il s'agit, et son émancipation littéraire est évidemment le symbole de l'émancipation politique en question. Cette naissance du personnage est aussi la naissance de l'écrivain, en Hugo.

Une remarque, pourtant, vaut pour les deux versions : Victor Hugo a choisi, pour son premier récit, d'évoquer ce qui sera plus tard le problème de la décolonisation, et qui est déjà le problème du racisme — thème exemplaire de la lutte des opprimés pour arracher l'indépendance aux oppresseurs. C'est d'autant plus curieux et passionnant que Hugo, abordant ce sujet comme s'il obéissait à quelque force obscure dont il semble alors ne pas être conscient (écrire, pour lui, c'est justement élucider cette force), le fait avec tous les préjugés et toutes les préventions de son éducation « légitimiste ». Les attaques acerbes contre la Révolution française, les concessions faites aux conventions racistes de

l'époque, abondent dans ce texte et nous sommes loin encore
de *Quatre-vingt-treize*. Mais à l'origine de cette démarche
significative il y a déjà cette fascination pour l'exercice de la
révolte, cet intérêt porté au mécanisme des révolutions, qui,
en un demi-siècle, conduiront Hugo de la Note « réaction-
naire » sur laquelle s'achève Bug-Jargal à la grandiose
apologie de Marat.

Nous reproduisons, dans les *Documents*, une carte de
Saint-Domingue qui n'est pas indifférente à l'intelligence du
texte (p. 425). Le lecteur qui aimerait prolonger sa lecture
de *Bug-Jargal* par une étude, brève mais sérieuse, sur la
véritable situation politique de l'île au moment où se
déroulèrent les événements que la fiction transpose ou
invente, se reporteront avec fruit à l'ouvrage de base en la
matière : *Toussaint-Louverture,* par Aimé Césaire (Présence
Africaine, et Club Français du Livre, 1961).

LE DERNIER JOUR D'UN CONDAMNÉ

Commencé le 14 novembre 1828 et achevé, deux mois et
demi plus tard, le 26 décembre 1828. *Le Dernier Jour d'un
Condamné* est la troisième grande prose de Hugo (*Han
d'Islande* avait été rédigé en 1823, c'est-à-dire entre les deux
versions de *Bug-Jargal*). Il est possible d'affirmer que ce
livre joue le rôle d'une véritable charnière dans l'histoire de
l'œuvre de Hugo ; l'économie de cette fiction sans précédent
représente en outre un jalon de première importance dans
l'histoire des littératures occidentales : si l'on tenait à dater
l'origine du roman moderne, on pourrait se référer au
Dernier Jour d'un Condamné tout autant qu'à *Madame
Bovary*. Les reproches que la critique traditionnelle adressa
à ce livre, dès sa parution, sont à cet égard significatifs. Une
formule donne leur ton : ce roman n'en est pas un.
L'argument ne vaut rien, mais continue d'être utilisé de nos
jours contre nombre de romans contemporains. Œuvre de
précurseur. *Le Dernier Jour d'un Condamné* consacre (après

Cromwell, Marion Delorme et *Hernani*) la majorité littéraire de Hugo. De façon beaucoup plus sensible que dans *Bug-Jargal*, un profond accord a été trouvé par l'auteur, entre l'exposé polémique et l'écriture. Il y a au moins deux façons de passer à côté de ce texte majeur :

En premier lieu, on peut ne voir en lui qu'une œuvre d'imagination quelque peu morbide, aux ressources romanesques singulièrement limitées (répétons-le : c'est ce que fit une grande partie de la critique de l'époque) et pleines de lacunes essentielles. C'est ainsi qu'on fait grief à Hugo d'avoir expurgé son texte de tout élément anecdotique. On ne sait pas *qui* est ce condamné, ni d'où il vient. Ah ! s'il s'agissait d'une version romancée de telle ou telle affaire judiciaire célèbre ; s'il était possible de retrouver à travers l'histoire de cet homme, les faits, les gestes, les traits de quelque guillotiné illustre ; alors on pourrait prendre parti, pour ou contre lui, et se passionner au récit. Mais au lieu de cela, nous sommes tenus dans l'ignorance la plus complète. Un monsieur que personne ne connaît bavarde sa mort prochaine et l'on ignore jusqu'au crime qui lui a valu l'échafaud. Et songez que l'histoire de ce crime, on a failli la connaître. Le chapitre XLVII en fait état. On nous dit que le condamné se proposait de l'écrire. Mais voilà, il n'a pas eu le temps, ou bien il a changé d'avis, ou bien encore la liasse de feuillets a été perdue. Quel maladroit subterfuge ! Dérober ainsi au lecteur les éléments qui eussent satisfait sa curiosité, c'est-à-dire, en fait, le priver du mobile même de sa lecture. N'est-ce pas là, sur le plan de la plus élémentaire stratégie narrative, une erreur grave sinon une inconvenance ? A cette première faute s'en ajoute d'ailleurs bientôt une seconde. Après avoir privé son roman de tout ressort dramatique, Hugo ne nous invite-t-il pas à partager, heure par heure, minute après minute, les états d'âme d'un anti-héros, dont la conduite au pied de l'échafaud se révèle particulièrement décevante ? Il aurait pu avoir, en montant sur l'estrade, un de ces mots d'auteur qui passent à la postérité. Bien au contraire il va convaincre les spectateurs (et le lecteur) de sa méprisable médiocrité. Il n'est pas sûr que sa *tête vaille la peine d'être montrée au peuple* (Danton) ni qu'il y eût jamais *quelque chose là !* Chénıer). Tout ce qu'il sait faire, c'est trembler, et pas de froid, comme Malesherbes, mais de peur tout simplement. Effondré, suppliant, il finit par menacer de mordre les gardiens qui le remettent entre les mains du bourreau ! Bref, pas d'intrigue, pas de personnage, pas de fin (puisque la minute ultime vers laquelle tend le récit est absente, et pour cause). En somme, il s'agit d'un anti-roman, et ce sont justement ces considérations qui suggèrent dans quelle perspective il y aurait lieu d'insister sur la modernité de ce livre.

A propos de l'anonymat du condamné, lisons Charles Nodier :

> Qu'est-ce, après tout que ce condamné ? C'est un être abstrait qui se creuse et s'examine en tous sens. C'est un esprit de condamné qui s'analyse et se scrute avec une rigueur et une patience toute métaphysique ; c'est comme un *empirique* qui veut avoir conscience de tout un ordre de phénomènes particuliers qui traversent son âme. Ce criminel n'a pas de passé : il vient là, sans antécédents, sans souvenirs : on dirait qu'il n'a pas vécu avant d'être criminel. [...] On est froid pour cet être qui ne ressemble à personne.

Or s'il ne ressemble à personne, c'est pour mieux ressembler à tout le monde. La réponse de Hugo va, foudroyante, dans ce sens : « Ce qu'il [l'auteur] a eu dessein de faire, ce qu'il voudrait que la postérité vît dans son œuvre, si jamais elle s'occupe de si peu, ce n'est pas la défense spéciale, et toujours facile, et toujours transitoire, de tel ou tel criminel choisi, de tel ou tel accusé d'élection ; c'est la plaidoirie générale et permanente pour tous les accusés présents et à venir. » Et puis cet anonymat a un autre sens ; c'est l'anonymat de toute pensée mourante ; cet anonymat est le vôtre. C'est le mien. « Ah ! insensé, qui crois que je ne suis pas toi », déclare Victor Hugo, s'adressant au lecteur dans la préface des *Contemplations*. Henri Meschonnic a noté, très remarquablement, que *Le Dernier Jour d'un Condamné* a été « écrit pour que chacun se dise : *Insensé, si je crois que tu n'es pas moi.* » Cette façon de prendre le lecteur à revers, ce procédé qui consiste à lui faire prendre sa propre personne pour une image quelconque dans un miroir, sont évidemment des nouveautés littéraires considérables dont les répercussions sont sensibles jusqu'à nous.

Mais il est une seconde façon de ne pas lire *Le Dernier Jour*. C'est de ne voir en lui qu'un réquisitoire contre la peine de mort. Il est cela, certes, mais aussi beaucoup plus que cela. En ce qui concerne le contenu politique du livre, le témoignage de Victor Hugo lui-même est aussi formel qu'essentiel : « [L'auteur] déclare donc, ou plutôt il avoue hautement que *Le Dernier Jour d'un Condamné* n'est autre chose qu'un plaidoyer, direct ou indirect, comme on voudra, pour l'abolition de la peine de mort. » Ici, l'article de Nodier doit être longuement cité :

> L'abolition de la peine de mort est une question qui se débat vivement de notre temps, et qui reçoit dans quelques pays des solutions partielles, prémisses d'une solution générale. Depuis que l'état des peuples s'améliore par l'émancipation morale des individus, depuis que la paix et la liberté amènent dans le monde cette civilisation tout intérieure, qui jette moins d'éclat mais qui va plus au fond de l'humanité que les grandes civilisations venues et développées tout d'un jet sous la forte unité du despotisme, les hommes, devenus plus heureux, se retournent avec sympathie vers tous les points de l'état social, s'inquiétant si quelque réparation reste encore à faire, si quelque amélioration attend son tour de venir, et de passer dans le train des choses. Ils veulent que tout se ressente du mieux général, tout, jusqu'au misérable qui a perdu, par l'homicide, le droit d'être compté parmi les hommes.
>
> L'impopularité du code criminel n'est plus une fantaisie de sensibilité pure, mais une opinion de raison et de bonne justice. L'homme a-t-il le droit de faire mourir l'homme ? Voilà comment on entre dans la question. Les considérations du droit naturel veulent être seules en cause, et dans l'abondance des moyens de conviction, on dédaigne presque de persuader et d'apitoyer le législateur. Ainsi procèdent à présent les publicistes et les jurisconsultes, qui seuls paraissent avoir la propriété et comme le monopole de ce grand procès. Pourquoi donc le poète n'y mettrait-il pas la main ? Pourquoi ne plaiderait-il pas pour l'humanité, par la pitié, comme ceux-ci plaident par la raison, par le droit ? M. Vic-

tor Hugo a fait son livre dans ce noble dessein, je l'en crois
sur parole : et pendant que les avocats battaient en ruine,
sur d'autres points, cette vieille cruauté de notre législation,
le poëte s'est adressé à l'imagination et au cœur, et il a
montré tout ce que l'âme d'un homme a de puissance pour
souffrir, tout ce qui peut se passer et s'épuiser de douleurs
au fond d'un cachot. Cette partie de la question était toute
neuve. Elle allait merveilleusement au sombre et énergique
talent de Victor Hugo. [...] La question a-t-elle fait un pas
de plus vers sa solution ? La peine de mort analysée avec tant
de luxe, et mise à nu sous les yeux du lecteur, lui a-t-elle
apparu comme une effroyable et inutile barbarie ? Je ne le
pense pas.

En résumé, si l'on en croit Nodier. Victor Hugo avait
trouvé un excellent sujet, qu'il n'a pas su traiter. Après quoi,
il nous donne les raisons de cet échec :

> Le but du livre étant manqué, et l'écrivain paraissant seul
> en scène, on se demande encore pourquoi ce livre ? Beau-
> coup même s'en tiennent là, et comme ils n'y voient pas de
> motifs, ils n'y voient pas de talent. Ce sont, disent-ils, de
> gratuites horreurs. Ils auraient dit tout autrement, je crois,
> si l'auteur eût fait choix d'un cadre plus vrai.
>
> Imaginez, par exemple, un condamné dont le nom eût été
> crié dans les rues de Paris ; un jeune homme comme les jurés
> en ont vu sur les bancs de la cour d'assise, comme la loi
> criminelle en envoie trop souvent à la mort, un malheureux
> qui eût versé le sang dans un mouvement de frénésie,
> tranquille jusque-là et souvent honnête. Écoutez ce qui se
> dit dans son cachot, et ne parlez pas pour lui. Sa douleur
> sera de l'étourdissement stupide plutôt que de savants
> monologues. Dans ses moments de réveil lucide, il ramènera
> sa pensée en arrière, vers le temps où il était libre, au lieu de
> la tenir toujours fixée sur sa mort prochaine. Il jugera son
> jugement à sa manière, mais sans insultes ni moqueries, car
> la justice des jurés est vénérée en France comme la justice de
> Dieu. Seulement il se trouvera bien jeune pour mourir sur
> l'échafaud. Quand il passera dans la charrette, épuisé et
> abîmé, la pensée nette et distincte cessera en lui. Ce sera le
> peuple alors qui achèvera le drame, et qui verra tomber la
> victime, non pas en spectateur féroce, se faisant fête, six
> semaines d'avance, d'une tête coupée, mais en témoin

passionné et sympathique dont la curiosité sera douloureuse, et qui s'en reviendra, plus révolté du supplice que du crime, tirant ainsi, presque à son insu, une moralité sévère et vraie.

De cette assez incroyable leçon de littérature que Charles Nodier se croit autorisé à donner à Hugo, on ne retiendra, pour leur exactitude, que deux affirmations : à savoir, premièrement, que la question de la peine de mort était alors vivement débattue : ensuite, que le sujet « allait merveilleusement au sombre et énergique talent de Victor Hugo ». Le reste n'est qu'un ramassis de sottises qui appellent les remarques suivantes :

L'amélioration de l'état des peuples par l'émancipation morale des individus, que Nodier se plaît à constater, est une notion tout à fait contestable. N'en déplaise au littérateur optimiste, l'humanité n'a pas fini d'exploiter son capital de cruauté. La réalité, ce ne sont pas les considérations lénifiantes de Nodier, qui la reflètent, mais les *gratuites horreurs* du roman de Hugo. Nodier fait état de la bonté et de la politesse du condamné, de la bonté et de la gloire de ses juges, de la bonté émue du public. En fin de compte il n'y aurait que Hugo pour aller chercher des horreurs là où il n'y en a pas. Le comble du ridicule, Nodier l'atteint lorsqu'il suggère que l'auteur aurait dû faire « choix d'un cadre plus vrai ». Nous savons que Hugo n'a pas écrit *Le Dernier Jour d'un Condamné* sur la foi de renseignements de seconde main, mais qu'il s'est déplacé « sur le terrain », sur la place de Grève : « C'est là qu'un jour en passant il a ramassé cette idée fatale, gisante dans une mare de sang sous les rouges moignons de la guillotine. » Il a assisté au ferrement des forçats : il a visité les cellules. Ceci, quant aux faits. Mais Nodier va plus loin encore, jusqu'à chicaner Hugo sur la réalité psychologique de son condamné. Celui-ci ne devrait-il pas « ramener sa pensée en arrière, vers le temps où il était libre, au lieu de la tenir toujours fixée sur sa mort prochaine » ? Pensez donc, un homme qui va mourir le lendemain matin et qui ne pense qu'à ça ! Charles Nodier vous le dit, Monsieur Victor Hugo exagère.

Il suffit. Ces mauvaises lectures (il conviendrait d'y adjoindre celle de Jules Janin) sont celles d'une critique effarée, moins par les horreurs décrites que par la nouveauté de la description. Précisément, c'est Jules Janin qui s'écriera : « Figurez-vous une agonie de trois cents pages. » Il n'est plus question de la monstruosité de la peine de mort, mais d'une sorte de monstruosité littéraire, celle qui instaure l'usage de la première personne du singulier, de ce Je en train de mourir, voix anonyme qui n'a pas fini de monologuer, de Hugo à Beckett.

*

Il nous a paru judicieux de donner la préface de 1832, *à la suite* du texte et non en tête. Non seulement l'ordre chronologique des rédactions et publications nous y autorise, mais le ton même de cet écrit (ton d'une postface) nous y invite.

Dans les *Documents* qui suivent on trouvera une lettre de Victor Hugo à son éditeur, Gosselin (p. 427). Ce dernier avait, lui aussi, son avis sur la question du *Dernier Jour d'un Condamné,* et proposait d'importantes modifications au livre. Victor Hugo le remet assez sèchement à sa place, et ce document est éclairant quant aux rapports que Victor Hugo entend avoir avec ses éditeurs.

Le document suivant n'est autre que le chapitre LII du *Victor Hugo raconté par un témoin de sa vie* (p. 429). Il évoque les circonstances dans lesquelles l'horreur fascinée de Hugo pour la guillotine l'amena peu à peu à rédiger *Le Dernier Jour.*

Le dernier document est constitué par un fragment du *Prospectus* annonçant l'édition des œuvres complètes de Hugo, chez Gosselin, en janvier 1829. C'est Sainte-Beuve qui a rédigé ce texte (p. 432).

DOCUMENTS

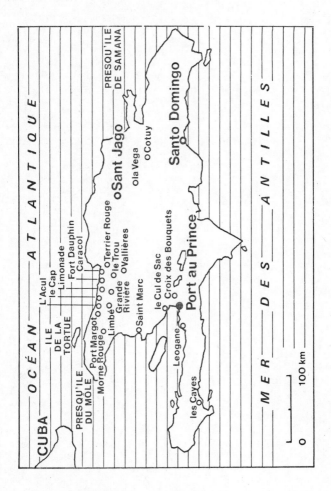

LETTRE DE VICTOR HUGO
A SON ÉDITEUR

à Gosselin, le 3 janvier 1829

3 janvier, soir.

Monsieur,

La preuve que je ne prends pas en mauvaise part la lettre que vous me faites l'honneur de m'écrire, c'est que j'y réponds. Il me semble seulement que vous n'avez peut-être pas assez réfléchi en l'écrivant. Si vous avez voulu dire que *Le Dernier Jour d'un Condamné* n'est pas un roman historique, vous avez raison. Je n'ai point voulu faire de roman historique. *Notre-Dame de Paris* sera le premier, mais il y a plusieurs sortes de romans, et l'on pourrait souvent, à mon avis, les classer en deux grandes divisions : romans de faits et romans d'analyse, drames extérieurs et drames intérieurs. *René* ou *Ricca, Édouard,* sont de ce dernier genre ; c'est un fait simple et nu avec des développements de pensée. Je ne sache pas que ces livres aient eu moins de succès que d'autres.

Il y a surtout deux ouvrages qu'il est impossible que vous n'ayez pas lus et que je vous présenterais, comme offrant une frappante analogie avec mon livre, si son principal mérite à mes yeux n'était pas d'être sans modèle. C'est le *Voyage autour de ma chambre* et le *Sentimental Journey* de Sterne. Jamais livre, jamais roman ne se sont plus *vendus* que cela. Jamais on ne s'est avisé de les exclure de la classe des romans.

Je vous sais trop intelligent, Monsieur, pour insister sur ces choses évidentes. Il me semble donc impossible qu'après un moment de réflexion vous hésitiez à voir dans le *Condamné* un roman, et un roman de la nature peut-être la plus populaire et la plus universellement goûtée. Ce n'est donc plus qu'un conseil *littéraire* que celui que vous voulez bien me donner d'écrire l'histoire du condamné. Il serait beaucoup trop long de vous déduire dans une lettre pour-quoi je ne suivrai pas votre conseil. Nous en causerons si vous voulez bien, et j'espère vous amener vite à mon avis.

Vous devez penser que ce n'est pas sans mûre réflexion que je me suis décidé au parti que j'ai pris. D'ailleurs, vous savez que j'ai, à tort ou à raison, peu de sympathie pour les conseils, et si j'ai quelque originalité, elle vient de là. Si j'avais écouté les conseils, je n'aurais pas fait *Han d'Islande*, et j'aurais peut-être eu raison, mais non pour le libraire. Je vous remercie beaucoup, cependant, du fait pour lequel vous me redressez ; je prendrai des renseignements positifs à ce sujet et j'y aurai certainement égard.

Vous devez aussi avoir mal calculé pour la grosseur du livre. Le manuscrit est un peu plus de la moitié de celui de *Bug-Jargal*, que j'ai conservé. Il y aura, au contraire, un fort volume in-12.

Je vous dirai en terminant, Monsieur, et sans, du reste, vous en faire un reproche, que la lettre que vous m'avez fait l'honneur de m'écrire est la première de ce genre que je reçois. Jusqu'ici — et c'est à regret que je suis forcé de rappeler cela — les libraires, de ma main, avaient pris sans lire. Je ne leur ai jamais ouï-dire qu'ils s'en fussent mal trouvés. J'espère qu'il en sera de même de vous, car je ne crois pas avoir rien fait qui ait plus de chance de vente, et d'autres que moi sont de cet avis. Si cette lettre m'était venue de tout autre, je ne vous cache pas que je n'y eusse point répondu, mais j'ai voulu vous donner ces explications à vous, Monsieur, comme une marque spéciale d'estime et de cordial attachement.

V. Hugo.

P.-S. La gravure est très bien. L'édition in-18 des *Orientales* me paraît imprimée en un caractère bien fin et peu beau. Je voudrais bien causer de tout cela avec vous, ainsi que du *prospectus*... Il importe de mettre vite *Le Condamné* sous presse, si vous voulez qu'il paraisse avant la Chambre, ce qui est de la plus haute importance.

V. H.

L'ÉCHAFAUD

M. Victor Hugo s'était trouvé, en 1820, sur le passage de Louvel allant à l'échafaud. L'assassin du duc de Berry n'avait rien qui éveillât la sympathie : il était gros et trapu, avait un nez cartilagineux sur des lèvres minces, et des yeux d'un bleu vitreux. L'auteur de l'ode sur la *Mort du duc de Berry* le haïssait de tout son ultra-royalisme d'enfant. Et cependant, à voir cet homme qui était vivant et bien portant et qu'on allait tuer, il n'avait pu s'empêcher de le plaindre, et il avait senti sa haine pour l'assassin se changer en pitié pour le patient. Il avait réfléchi, avait pour la première fois regardé la peine de mort en face, s'était étonné que la société fît au coupable et de sang-froid, et sans danger, précisément la même chose dont elle le punissait, et avait eu l'idée d'écrire un livre contre la guillotine.

À la fin de l'été de 1825, un après-midi, comme il allait à la bibliothèque du Louvre, il rencontra M. Jules Lefèvre, qui lui prit le bras et l'entraîna sur le quai de la Ferraille. La foule affluait des rues, se dirigeant vers la place de Grève.

— Qu'est-ce donc qui se passe ? demanda-t-il.

— Il se passe qu'on va couper le poing et la tête à un nommé Jean Martin qui a tué son père. Je suis en train de faire un poëme où il y a un parricide qu'on exécute, je viens voir exécuter celui-là, mais j'aime autant n'y pas être tout seul.

L'horreur qu'éprouva M. Victor Hugo à la pensée de voir une exécution était une raison de plus de s'y contraindre : l'affreux spectacle l'exciterait à sa guerre projetée contre la peine de mort.

Au pont au Change, la foule était si épaisse qu'il devint difficile d'avancer. MM. Victor Hugo et Jules Lefèvre purent cependant gagner la place. Les maisons regorgeaient de monde. Les locataires avaient invité leurs amis à la *fête ;* on voyait des tables couvertes de fruits et de vins : des fenêtres avaient été louées fort cher : de jeunes femmes venaient s'accouder à l'appui des croisées, verre en main et riant aux éclats, ou minaudant avec des jeunes gens. Mais bientôt la coquetterie cessa pour un plaisir plus vif : la charrette arrivait.

Le patient, le dos tourné au cheval, au bourreau et aux aides, la tête couverte d'un chiffon noir rattaché au cou, ayant pour tout vêtement un pantalon de toile grise et une chemise blanche, grelottait sous une pluie croissante. L'aumônier des prisons, l'abbé Montès, lui parlait et lui faisait baiser un crucifix à travers son voile.

M. Victor Hugo voyait la guillotine de profil : ce n'était pour lui qu'un poteau rouge. Un large emplacement gardé par la troupe isolait l'échafaud : la charrette y entra. Jean Martin descendit, soutenu par les aides, puis, toujours supporté par eux, il gravit l'échelle. L'aumônier monta après lui, puis le greffier, qui lut le jugement à haute voix. Alors le bourreau leva le voile noir, fit apparaître un jeune visage effrayé et hagard, prit la main droite du condamné, l'attacha au poteau avec une chaîne, saisit une hachette, la leva en l'air ; mais M. Victor Hugo ne put pas en regarder davantage, il détourna la tête, et ne redevint maître de lui que lorsque le *Ha !* de la foule lui dit que le malheureux cessait de souffrir.

Une autre fois, il vit la charrette d'un détrousseur de grands chemins nommé Delaporte. Celui-là était un vieillard : les bras liés derrière le dos, son crâne chauve éclatait au soleil.

Il semblait que la peine de mort ne voulût pas qu'il l'oubliât. Il se croisa avec une autre charrette : cette fois la guillotine faisait coup double ; on exécutait les deux assassins du changeur Joseph. Malagutti et Ratta. M. Victor Hugo fut frappé de la différence d'aspect des deux condamnés : Ratta, blond, pâle, consterné, tremblait et vacillait : Malagutti, brun, robuste, tête haute, regard insouciant, allait mourir comme il serait allé dîner.

M. Victor Hugo revit la guillotine un jour qu'il traversait, vers deux heures, la place de l'Hôtel-de-ville. Le bourreau *répétait* la représentation du soir ; le couperet n'allait pas bien ; il graissa les rainures, et puis il essaya encore. Cette fois il fut content. Cet homme, qui s'apprêtait à en tuer un autre, qui faisait cela en plein jour, en public, en causant avec les curieux, pendant qu'un malheureux homme désespéré se débattait dans sa prison, fou de rage, ou se laissait lier avec l'inertie et l'hébétement de la terreur, fut pour M. Victor Hugo une figure hideuse, et la répétition de la chose lui parut aussi odieuse que la chose même.

Il se mit le lendemain même à écrire *Le Dernier Jour d'un Condamné*, et l'acheva en trois semaines. Chaque soir il lisait à ses amis ce qu'il avait écrit dans sa journée. M. Édouard Bertin, s'étant trouvé à une de ces lectures, en parla à M. Gosselin, qui imprimait dans ce moment les *Orientales* et qui vint demander le volume de prose comme le volume de vers. Le marché signé, il lut le manuscrit : quand il en fut au passage où l'auteur voulant que son condamné reste absolument impersonnel afin de ne pas intéresser à un condamné spécial, mais à tous, suppose que les feuillets qui contenaient l'histoire de sa vie ont été perdus, M. Gosselin lui conseilla, dans l'intérêt de la vente du livre, « de retrouver les feuillets perdus », M. Victor Hugo répondit qu'il avait pris M. Gosselin pour éditeur et non pour collaborateur. Ce fut le commencement du refroidissement de leurs relations.

Les *Orientales* parurent en janvier 1829, et *Le Dernier Jour d'un Condamné* trois semaines après.

PROSPECTUS ANNONÇANT
L'ÉDITION DES ŒUVRES COMPLÈTES
DE VICTOR HUGO CHEZ GOSSELIN

Dans *Bug-Jargal*, le romancier, avec la même originalité de caractères et la même fidélité de pinceau, a poussé plus avant l'analyse de l'âme humaine et de ses passions les plus étranges, mais sans chercher à relier son roman en drame. A une époque où l'imitation de Walter Scott est presque une contagion nécessaire, même pour de très hauts talents, Victor Hugo s'est tenu à l'abri du soupçon par une diversité de manière incontestable. *Le Dernier Jour d'un Condamné*, roman d'analyse, dans lequel toute la scène est psychologique, et dont les événements sont des idées, des sensations et des rêveries, se sépare encore plus complètement de la manière de l'écrivain écossais. Si jamais, comme il est probable, Victor Hugo se décide à porter sa puissance de combinaison romanesque sur une époque historique, il sera bien prouvé du moins qu'il n'y vient pas sur les traces d'autrui, et que là, non plus qu'ailleurs, son originalité n'aurait pas eu besoin de modèle*. Le roman d'analyse, tel que l'ont exécuté d'habiles écrivains de nos jours, a été jusqu'ici touché presque seulement avec grâce, discrétion, finesse et douce mélancolie ; quand d'orageuses passions y ont été retracées, comme dans *Werther* et *René*, ç'a été presque toujours une seule et même passion sous diverses formes, la vague d'un jeune et grand cœur qui ne trouve point ici-bas son objet ; mais je ne sache pas qu'on ait encore analysé avec tant de profondeur et de précision des sentiments humains à la fois aussi intimes et aussi positifs qu'en ce dernier roman de Victor Hugo ; jamais les fibres les plus déliées et les plus vibrantes de l'âme n'ont été à ce point mises à nu et en relief ; c'est comme une dissection au vif sur le cerveau d'un condamné.

* M. Victor Hugo termine en ce moment un roman historique qui aura pour titre *Notre-Dame de Paris*.

NOTES

Les appels de notes 1, 2, 3... renvoient aux notes ci-dessous.
Les appels de notes a, b, c... renvoient aux notes de Victor Hugo
en bas de page.

BUG-JARGAL

Page 33.

1. Ce chapitre ne figurait pas dans la première version. D'une
version à l'autre, le narrateur est devenu un héros romantique.

Page 37.

2. L'allusion du lieutenant Henri au Club Massiac repose sur un
contresens de Hugo que ce dernier développe dans sa note : Le
Club Massiac n'était pas une « association de négrophiles » mais une
sorte de syndicat de planteurs blancs.

Page 39.

3. On sait quelle importance devait prendre dans l'œuvre de
Hugo le thème de l'araignée. Utilisé pour la première fois ici, il sera
repris dans *Le Dernier Jour d'un Condamné* et développé dans *Notre-
Dame de Paris.*

Page 42.

4. Peinier et Blanchelande furent gouverneurs de Saint-Domingue. Mauduit, commandant du régiment de Port-au-Prince, défen-
dit l'autorité du gouverneur entré en conflit contre un autre

rassemblement de blancs, l'Assemblée dite de Saint-Marc. Au cours d'une émeute il fut lynché et sa tête coupée fut promenée au bout d'une pique.

5. Comme aujourd'hui en Rhodésie, les blancs tentèrent de proclamer l'indépendance de l'île à leur avantage, mais ils étaient divisés, ainsi que l'établit la note précédente, et bientôt plusieurs assemblées se disputèrent le gouvernement de Saint-Domingue.

Page 44.

6. Utilisant à leur profit les troubles provoqués par une émeute nègre, les mulâtres libres s'étaient révoltés avant les esclaves nègres.

Page 54.

7. Noble, excellent.
8. Mesure de capacité : 55 litres environ !

Page 72.

9. Basquine, jupe très ornée.

Page 75.

10. Meneur mulâtre, exécuté par les blancs le 25 février 1791, qui décidèrent de faire un exemple. Il eut les bras, les jambes, les cuisses et les reins rompus vifs ; puis sa tête fut exposée sur un poteau.

Page 79.

11. C'est le colonel Mauduit qui avait créé le corps des *pompons blancs*, par opposition aux *pompons rouges* de l'Assemblée de Saint-Marc.

Page 80.

12. « Le 22 août 1791, une grande cérémonie vaudou réunit au Bois Caïman des milliers de nègres sous la présidence d'un *papaloi* réputé, l'esclave Boukman. La scène fut grandiose : au milieu des bois épais, dans la ténèbre sillonnée d'éclairs et parmi le rugissement du tonnerre, les dieux d'Afrique furent invoqués... La cérémonie terminée, les nègres, Boukman en tête, s'ébranlèrent. Dans la matinée du 23, l'insurrection était générale. Huit jours après, le bilan : deux cents sucreries et six cents caféières détruites, des centaines de blancs massacrés, la plaine du Nord, la plus riche partie de l'île, réduite à l'état de désert jonché de ruines fumantes. Il ne restait plus aux colons que le Cap, hâtivement transformé en camp retranché... »

Au cours de l'assaut, Boukman fut tué. « Le cadavre décapité, le corps brûlé ; la tête fichée sur un pieu, lequel fut planté sur la place d'armes du Cap avec cette inscription : " Tête de **Boukman**, chef des révoltés. " » Aimé Césaire, *Toussaint-Louverture*.

Page 95.

13. « Après la mort de Boukman, le commandement suprême était échu à Jean-François. En sous-ordre, venait Biassou qui, à son titre de général, avait ajouté celui, pompeux, de *vice-roi des pays conquis*. Jean-François était fier, avantageux, susceptible, d'une collaboration difficile ; Biassou, au contraire, faible, influençable. » Aimé Césaire, *Toussaint-Louverture*.

Page 109.

14. Cf. Grégoire, *De la littérature des nègres*, 1808.

Page 117.

15. Calotte : sorte de béret.

Page 132.

16. Métoposcopie : « Art prétendu de conjecturer, par l'inspection des traits du visage, ce qui doit arriver à quelqu'un. » Littré.

Page 162.

17. Lorsque Israël sortit d'Égypte (Psaume 114, 1).

Page 165.

18. *Olla-podrida* et *puchero* : pot-au-feu.

Page 174.

19. Sur le contenu de cette lettre et les circonstances dans lesquelles elle fut envoyée, voir Aimé Césaire, *Toussaint-Louverture*, pp. 184 et 185 de l'édition « Présence Africaine ».

Page 175.

20. Railleries.

Page 219.

21. Dieu soit loué !

Page 222.

22. Ô Rage !

Page 225.

23. Que veut dire ceci ?

Page 226.

24. Diables ! Rage ! Enfer de mon âme !
25. De l'enfer.
26. Ô Rage de Satan ! Écoutez, vous autres !

Page 245.

27. Cette note ne figurait pas dans la première édition.

28. Jean Massin propose de lire derrière cette initiale le nom du général Moreau. Ce serait en effet assez savoureux et mettrait en porte-à-faux tout le contenu de cette *note* anti-révolutionnaire de 1832. Le représentant du peuple fait remarquer au général M..., qu'*il ne suffit pas de vaincre les ennemis du dehors*, mais qu'*il faut encore exterminer les ennemis du dedans*. On sait que Moreau devait être exilé pour avoir négocié avec les royalistes et qu'il fut tué en 1813 alors qu'il combattait sa patrie dans les rangs des Russes auxquels il s'était rallié.

LE DERNIER JOUR D'UN CONDAMNÉ

Une Comédie à propos d'une tragédie

Page 257.

29. Sorte de luth semblable à une grosse mandoline.

Page 259.

30. Allusion au *Tableau de la Poésie française au XVIe siècle* de Sainte-Beuve.

Page 262.

31. C'est le premier vers de *Cromwell*.

Page 263.

32. « Tout ce qu'il tentait de dire était en vers. »

Page 266.

33. Allusion au chapitre XLVII. Voir à ce sujet, dans la notice, la critique de Charles Nodier, et dans la préface de 1832, l'exposé par Hugo des raisons pour lesquelles il n'a pas conté cette histoire.

Page 268.

34. Le chapitre XXX.
35. Le chapitre XL.

Page 271.

36. Le vers n'est pas de Boileau mais de Gilbert. Et, bien entendu, il compte douze pieds et non quatorze :
Et la chute des arts suit la perte des mœurs.

Le Dernier Jour d'un Condamné

Page 281.

37. Victor Hugo n'exagère en rien la cruauté de la foule se faisant une fête de l'exécution prochaine. Jean-Louis Cornuz rapporte ainsi le témoignage du peintre Charles Vuillermet : « La ville était très animée, les auberges pleines, on entendait chanter par-ci par-là ; il y avait un air de fête, presque comme pour une *abbaye de village*... De son côté le correspondant de *La Gazette de Lausanne* avoue avoir entendu çà et là des chants, mais il ajoute que ces " manifestations déplacées " étaient " en petit nombre ". Ce dont on se réjouit, mais ce qui n'empêcha pas trois mégères de se précipiter sur l'échafaud, aussitôt que " justice " eut été faite, des " verres en main " pour boire du sang de l'exécuté. »

Page 291.

38. C'est ce que fera à son tour Henri Calet, dans *Les Murs de Fresnes*.

Page 293.

39. Bories : âgé de vingt-sept ans, il se trouvait placé à la tête du complot de La Rochelle (tentative d'insurrection de la Charbonnerie), il fut exécuté, ainsi que trois de ses camarades (Goubin, Pommier et Raoulx) le 21 septembre 1822.
Charles Dautun : trente-cinq ans ; accusé d'avoir tué sa tante, puis son frère, dont il dispersa le corps en différents endroits de Paris. Il fut condamné à mort le 25 février 1815.
Louis Poulain : avait tiré, sans l'atteindre, deux coups de feu sur sa femme à laquelle il reprochait son inconduite. Il fut décapité le 2 août 1817. Il était âgé de trente-neuf ans.
Pierre-Louis Martin : ses parents l'avaient chassé. Il vint rôder autour de la maison et tira un coup de pistolet en direction de son père, « pour l'effrayer ». Personne ne fut touché. Il fut exécuté le 6 décembre 1820. Il avait six enfants.

Castaing : exécuté le 6 décembre 1823 pour avoir tué son ami Auguste Ballet et le frère de ce dernier.

Papavoine : tua à coups de couteau deux petits garçons de cinq et six ans, qui jouaient près de leur mère au bois de Vincennes. Guillotiné le 25 mars 1825.

Page 311.

40. Voir à la fin du texte la note de Victor Hugo et le « fac-similé » de la chanson (pp. 373-374).

Page 336.

41. Allusion de Victor Hugo à sa propre expérience du terrible spectacle. Cf. *Victor Hugo raconté par un témoin de sa vie*, « L'Écha-faud », dans les Documents (p. 429).

Page 355.

42. Victor Hugo aurait réellement fait ce rêve. De nombreux éléments autobiographiques sont ainsi insérés dans le monologue du condamné.

Page 363.

43. Voir la note 33 de la page 266.

Préface de 1832

Page 376.

44. « Avoir horreur du sang. »

Page 377.

45. Hugo fournit ici les raisons pour lesquelles il s'est abstenu de rédiger l'*histoire* du condamné.

46. « Triple cuirasse d'airain. »

47. Allusion à des articles traitant du même sujet, fort débattu à l'époque.

Page 378.

48. « Penchant la tête, il expira. »

Page 379.

49. César de Beccaria (1738-1794), philosophe et criminaliste italien, auteur d'un célèbre *Traité des délits et des peines* (1766) favorable à un adoucissement du droit pénal.

Page 381.

50. « Auprès des fleuves de Babylone » (Psaume 137, 1).
51. « La mère douloureuse se tient debout » (Jean, XIX, 25).

Page 382.

52. « Jam proximus ardet Ucalegon » (*Énéide*, II, 311-312).

Page 383.

53. Jules de Polignac. Jean Massin note : « Il voyait souvent la Sainte Vierge lui apparaître pour lui dicter sa politique ; Charles X disait tranquillement : " Cette nuit, Jules a encore vu la Sainte Vierge. " »
54. Date de la constitution d'un nouveau ministère ultra (Coblentz — Waterloo — 1815) avec Polignac aux Affaires étrangères, Bourmont à la Guerre, la Bourdonnaye à l'Intérieur.

Page 385.

55. « Parce que le Saint Synode espère la conversion des hérétiques. »

Page 396.

56. « Apprenez la justice par l'exemple. »

DOSSIER

DU MÊME AUTEUR

Dans la même collection

CHOSES VUES, 1830-1848.

CHOSES VUES, 1849-1885. *Édition présentée et établie par Hubert Juin.*

LES MISÉRABLES I, II. *Édition présentée et établie par Yves Gohin.*

NOTRE-DAME DE PARIS. *Préface de Louis Chevalier. Édition établie par Samuel S. de Sacy.*

QUATREVINGT-TREIZE. *Édition présentée et établie par Yves Gohin.*

LES TRAVAILLEURS DE LA MER. *Édition présentée et établie par Yves Gohin.*

HAN D'ISLANDE. *Édition présentée et établie par Bernard Leuillot.*

L'HOMME QUI RIT. *Introduction de Pierre Albouy. Édition de Roger Borderie.*

LE THÉÂTRE EN LIBERTÉ. *Édition présentée et établie par Arnaud Laster (avril 2002).*

Dans la collection Folio théâtre

HERNANI. *Édition présentée et établie par Yves Gohin.*

RUY BLAS. *Édition présentée et établie par Patrick Berthier.*